장편소설

지은이 김성호

갈대들의 신음

해는 이미 중천에 떠올라 있다.

성미출판사

발행일/2025년 02월 28일

지은이/김성호

발행인/김성호

펴낸 곳/성미출판사

주소/서울시 금천구 시흥대로6길35-25(시흥동)리치힐2층203호

창립일/2016년 01월 05일

등록번호/720/93/00159

전자우편/sungmobook@naver.com

https://cafe.naver.com/sungmebook

전화/02-802-2113/FAX02-802-2113

ISBN/979-11-93864-11-1

판매가격=뒷면에 있습니다.

잘못된 책은 구입처에서 교환 가능합니다.

목차

줄거리
한파寒波　　　　　　　　　　008
강도신고　　　　　　　　　　034
고민　　　　　　　　　　　　049
위원장의 죽음　　　　　　　060
도피　　　　　　　　　　　　076
일가족과의 외식　　　　　　086
여류시인　　　　　　　　　　094
세 친구　　　　　　　　　　109
모녀　　　　　　　　　　　　119
구치소　　　　　　　　　　　123
전직판사와의 하룻밤　　　　132
금식　　　　　　　　　　　　141
신앙의 형제들　　　　　　　149
폭력사태　　　　　　　　　　169
수행준비　　　　　　　　　　179
첫 사랑과의 재회　　　　　193
선 넘은 갈등　　　　　　　210
형제구원　　　　　　　　　　213
예비약속　　　　　　　　　　226
작가노트　　　　　　　　　　240

오늘 겪어본 굴욕의 사례를 들어 고난의 쓴 잔을 더 이상 마시고 싶지 않다는 게 인간의 솔직한 심정이다.

갈대들의 신음

성미출판사

줄거리

　이 책의 줄거리는 기독교신앙을 가진 영혼들이 저마다의 정체성을 잃고 신음하는 내용이다.
　먼저, 이 책의 주인공인 정봉준은 국가인권위원장의 처조카로 등장한다. 그는 양부모를 여의 후 그들로부터 재산을 물려받은 자산가이나, 일찍부터 물질세계에 관심을 두지 않고 영적세계에만 지순하게 몰입한다.
　학부-신학대학원 전 과정을 마치고 우여곡절 끝에 그가 선택한 길은, 삼 년 기한을 정하고 오른 산중 생활이었다.
　목사 정봉준이 보통목사의 편안한 길을 걷지 않고, 인간의 고행을 감수해 가며 그토록 영적싸움을 벌이는 것은, 진정한 자아를 찾자는데 있었다. 저자의 성향이 많이 투영된 인물이 정봉준이다.
　산중생활은 순탄하지 않았다. 혹한에 동사凍死하지 않으려 산중을 이탈하여 여관에 들어가 몸을 녹이다 창녀의 유혹을 받기도 하고, 편안한 생활이 그리워져 세속을 기웃거리며 살 길을 찾기도 한다. 그렇지만 추위의 피난처인 일반여관에서 소복을 입은 하늘나라의 조부 및 어머니가 꿈자리에 차례로 나타나 산으로 돌아가라는 설득을 듣게 된다.
　산이 으스스 춥다는 핑계로 산을 내려와 세상을 구경하던 정봉준은 의부의 학대로 집을 도망쳐 나와 거리의 소년이 된 백승연이라는 아이를 만나게 된다. 그는 산중 생활을 하는 중이라 아이를 보살필 수 있는 입장이 아니었기에, 이모 댁에다 맡겨 양육을 부탁한다. 소년은 그 집에서 양아들로 호적에 올려지고, 정상적으로 학교도 다니게 된다. 소년은 중학교 담임선생님으로부터 조기 유학자로 추천을 받는다.
　신정혜는 정봉준이 산중에서 알게 된 여류시인이다. 두 사람의 관계는 평행선을 유지하다, 정봉준이 금식 후 영양실조로 길바닥에 쓰러져 잠시 병원에 입원하게 된 무렵부터 부쩍 가까워진다. 그러다가 그가 산중 생활을 마친 뒤부터는 한 집에서 동거를 하는 관계에 이른다. 그렇지만 결혼을 바라는 여류시인의 뜻을 정봉준은 받아들일 수가 없었다. 목사의 입장에서 그녀가 이혼녀에 신을 배척하는 무신론자여서 목회에 별 도움이 안 된다는 명분이 서질 않는다는 변명보다, 전부터 알고 지내 온 허정옥을 결혼상대자로 잠정 택정해두었기 때문이다.

전직판사 임무영도 정봉준이 산에서 만난 인물이다. 임무영은 인권위원장의 처조카인 정봉준과 하룻밤을 같이 보낸 뒤 참된 나를 찾는 연단의 여정에 오른다. 그는 법관의 지위를 떠나 개인적으로는 다윈의 진화론에 심취되어 있는 인물이다. 기독교인들을 두루 알게 된 후부터는 그들의 비교양적인 가식적 신앙관에 경악을 금치 못하게 된다. 그런 와중에 그는 창조신앙에 가까워지게 되고, 이윽고 산중 생활로 들어간다.

전직판사 임무영처럼 높은 교육과 사회적 지위를 누렸던 사람들이 탈 세속을 외치며 산속으로 들어가는 수가 부쩍 늘었다는 소식을 듣고 있다. 실제 재판관 생활을 오래했던 어떤 판사가 정년퇴직하자마자 머리를 밀고, 그동안 모아 둔 돈도 버리고, 절에 들어가 승려의 길을 걷고 있다는 신문기사를 본 적이 있다. 그 바탕에서 불교 아닌 기독교인으로 바꿔 등장시킨 인물이 임무영이다.

송경호는 시위운동가 출신이다. 그는 기독교인이지만, 혼전 동침으로 교회를 문란케 한 위인답게 세속에 대한 욕망이 대단히 강하다. 촛불시위 주동자로 지명수배가 내려진 그는, 산에서 우연히 만난 정봉준의 권면을 받아들여 자수하게 된다. 그러고는 출소 후 기도원에 들어가 앞날을 모색하다 거기서 알게 된 임무영의 소개장을 들고 아내와 어린 자녀들이 사는 집으로 돌아온다.

그는 면접을 보던 변호사의 정서가 불안정하게 부족하자, 그 못마땅한 행습에 분노를 터트리고 만다. 취직실패의 쓴맛을 본 그는 극악해진 화를 삭이지 못하고, 막무가내로 시비를 건 한 행인을 폭행하고, 그 행인의 금품을 훔치는 우발적 범죄를 저지르고 만다. 그 피해자의 입장권으로 오페라를 관람하고 나온 그는 범죄 신고를 받고 범인 검거에 나선 경찰관들에게 잡혀 생애 두 번째로 쇠고랑을 차게 되는 신세로 전락한다.

1
-한파寒波-

 새해 벽두부터 밀어닥친 소한小寒 한파는 뼛속 깊이까지 얼어붙게 하였다. 어른의 두 신장 높이인 비죽비죽 바위너설 절벽에서는 보이지 않게 내면으로 스며들어 흐르던 눈 녹은 실물이 멈춘 그대로 꽁꽁 언 길고 짧은 고드름으로 켜켜이 맺혀있다. 그나마 다행스러운 위안은 체감온도를 크게 떨어트리는 바람이 없다는 점이었다.
 동사목凍死木에 깊이 잠긴 수목들은 저마다 몰골이 앙상하다. 모진 추위를 굳건하게 견디는 모습이 모든 고통을 감내하는 구도자와도 같다. 나무들은 매서운 한파를 이겨내기 위하여, 철갑처럼 껍질을 단단하게 만들거나 추위가 스며들 수 있는 공간을 차단하여 몸이 얼지 않도록 수분을 막고 당분농도를 높인다고 한다. 나무들의 분주함은 여기서 멈추질 않고, 지방함량을 높여 겨우내 소모할 에너지를 비축하고, 찬 기운이 드나드는 조직의 구멍들 주변에 두꺼운 세포벽과 왁스 층을 만들어 열과 물 관리가 가능하도록 최선의 노력을 다한다고 한다. 그리고 나무들은 인간들처럼 겨울추위를 움츠려 피하려 하지 않고, 오히려 당당히 맞서 싸우는 편이란다.
 정봉준은 속내의 위에다 몇 겹의 옷을 껴입은 뒤 안감이 인조털인 두꺼운 긴 외투와 국방색바지에 양말도 두 켤레나 신은 채로, 두 겹의 담요 속에서 기나긴 밤을 보냈다. 그럼에도 다리목 아래부터 시린 기운이 통 가시지 않아 제대로 잠을 이루지 못하고 뒤채기만 연시해댔다.
 해는 이미 중천에 떠올라 있다. 그렇지만 그가 터를 잡은 지대는 하얀 눈 덮인 높은 산줄기봉우리에 가려져 있어, 아직도 햇살은 미치지 않고 그늘이 짙다. 봉준은 한없이 늑장을 부린다. 딱히 할 일이 없는 데다, 무엇보다 수면 부족으로 기운이 시무룩 가라앉은 몸 상태를 노루잠으로라도 채우고 싶을 뿐이라 일어나기를 극도로 싫어한다.

그는 담요 속에서 양손으로 양발을 감싸 쥐면서 새우등을 궁시렁 세웠다. 언 발의 영향은 손마저도 시린 증세를 끼쳤다. 발을 반대편 무릎 굽이에 번갈아 끼고 힘껏 조여도 쥐가 날 정도로 신체만 불편할 뿐, 추위를 녹여 줄 정도의 온기는 좀처럼 오르지 않는다.

담요를 턱밑으로 살짝 밀어내고 얼굴을 내밀자, 이내 콧잔등과 귓불에 맵쌀 공기가 달라붙었다. 그는 다시금 깊이 묻은 담요 속에서 몸을 잔뜩 움츠리며 양발을 움켜쥐었다.

시장기가 느껴졌다. 언제까지나 마냥 누워만 있을 수 없게 되었다. 봉준은 머리 위로 두 팔을 쭉 펴 기지개를 한껏 켰다. 누운 채로 살풍경한 낮은 천장을 올려다본다. 천이 엷은 천막 위를 덮은 반쪽짜리 누런 담요 사이로 하늘빛이 그대로 비쳐들었다.

애초부터 기술 없는 손방으로 세운 낡은 이인용 천막이다. 그 건깡깡이 솜씨는 진즉부터 목격된 바였다. 바깥에서 네 가닥의 끈으로 동여맸을 때인 처음의 팽창이 시간이 흐를수록 중앙부위가 점차 늘어지면서, 그 중심부 위주로 덮었던 천 덮개 아래 반쪽짜리 담요가 무시로 넘나드는 거친 바람결에 제멋대로 휘날리면서 한곳으로 몰린 현상이 바로 그것이었다. 그 무게에, 언젠가 일직선으로 타오르는 책상 위 촛불줄기에 의해-발견 즉시 조기에 진화를 해서 망정이지, 하마터면 천막을 홀라당 태우는 큰 화재로 이어졌을 뻔 했던-그 자취의 밀감 크기의 구멍이 생긴 우측 부위가 더욱 더 음폭 가라앉아 있다.

더께 냄새에 전 담요에서는 메마른 먼지가 푸푸 일었다. 몸을 일으켜 활기차게 천막자락을 활짝 열어젖혔다. 그리고는 바깥에서 돌린 상체를 구부려 끄집어 낸 두 장의 담요를 굵은 나일론 줄에 펴 일광을 쬐게 했다.

바위벽을 뒤덮은 얼음덩이의 기운이 으스스 떠는 온몸에 닭살을 돋게 했다. 당장 쓸 수 있는 물조차도 한 방울 없다. 어젯밤에 모진 추위를 견디며 먼 곳에서 떠 온 농업용 플라스틱 물통을 한가득 채우고 있었지만-본래 용도는 전기밥솥이나-산중에서는 아쉬운 대로 설거지 및 물 데우는 용기로 쓰이는 양은밥솥 안의 물과, 어제 저녁식사 후 설거지를 미루고 담가 뒀던 그 안의 작은 양은냄비와 수저-포크까지도 꽁꽁 얼음에 악물려있었다. 이럴 거라는 예상은 충분히 했었다. 생존에 기본인 물이 얼지 않도록 보온할 따뜻한 공간이 없어 한데다 방치한 결과는 이토록 큰 낭패를 안겨주었다.
　시장기는 기력을 떨어트렸다. 시급히 움직여야 할 문제였다. 그는 묵직한 양은밥솥을 통째로 들고 천막 안으로 돌아와서 이동 가스레인지 위에 얹은 다음 불을 켰다. 처음에 크게 일어난 붉은 불길은 몇 초 지나지 않아 가물가물 약해졌다. 기온이 워낙 낮은 극한파에 제대로 맥을 쓰지 못하는 것이었다.
　오른쪽 구석에는 이러한 최악의 환경에서 매번 바꿔치기했던 부탄가스통 여러 개가 세워져 있다. 잔량을 마저 쓰려고 버리지 않고 모아둔 연료통들이다. 그 하나씩 들고 위아래로 흔들어 잔량을 가늠한다. 그중에 비교적 양이 많다고 느껴지는 통을 골라 갈아 끼운다. 그렇지만 처음과 다름없이 불길은 몇 초를 버티지 못하고 흐물흐물 푹 꺼져버린다. 수차례 교체한 끝에 드디어 설거지 용기 안의 얼음덩이가 차츰 풀리기 시작했다. 희미한 김을 피우는 미지근한 물속에 엄지와 검지를 집어넣어 작은 냄비와 수저-포크를 건져 올린 후, 그 물 그대로를 밥 냄비에 적당히 채웠다. 그리고는 검게 그을린 표면으로 물방울을 뚝뚝 흘리는 양은밥솥을 바깥한데에 내놓은 그 앉은 자세 그대로 오른손만 움직여서 우편 구석에서 옮겨 온 플라스틱 통 덮개를 열어 정확히 일곱 움큼의 흰쌀을 세어 풀었다.
　흰 쌀밥은 끓는 소리도 내지 않고 조용히 완숙되었다. 뜸을 기다린다. 구수한 밥내가 코를 자극할 무렵에 양 손잡이가 뜨거운 냄비를 수건으로 감싸 쥐고, 미리 펴둔 몇 겹의 신문지 위 장판바닥에다 내려놓는다. 이어, 역시 채워둔 물이 꽁꽁 얼려있는 삭은 금속주전자를 가스레인지에 재빨리 얹었다. 그나마 뭉근한 불길 덕분에 천막 내 지독한 한기는 어느 정도 가셨다.
　밑반찬은 깻잎절임과 고등어통조림 두 가지뿐이다. 재래시장에서 사온 찬거리였다. 어떤 음식이든 편식 없이 잘 먹는 봉준은 냄비를 깨끗이 비우고 아침 겸 점심을 마쳤다. 그 사이에 주전자 물도 미지근해졌다. 그 물을 밥 냄비에다 일정량을 따라 숭늉으로 좀 더 데워지기를 마주 보며 기다리면서 숱이 풍성한 머리를 매만진다. 손가락 사이사이로 수십 올은 족히 되는 묵은 기름진 머리카락이 무더기로 뽑혔다. 전례로 미루어 탈모 현상은 아닌 것 같아 걱정은 안 되었다.
 날을 소급하여 따져보니 머리를 감은 지도 일주일을 넘겼다. 그는 한데에다 대기시켰던 양은밥솥을 안으로 들이고, 희미한 김을 피우는 냄비와 얼른 교체했다. 두 차례 덜어 쓴 물로 물량은 반정도 줄어있었다. 이 소량의 물로 세발을 해야 한다. 그렇지만 그릇 표면에 촘촘히 맺힌 물방울을 무수히 떨구면서, 가뜩이나 약한 불을 곧잘 꺼트린다. 그때마다 새로운 불길을 키워 올려야 했다.
 기상 후 한 끼니 식사만을 했을 뿐인 데, 어느덧 해거름을 맞게 되었다. 하늘에는 벌써 개밥바라기가 떴다. 기온이 더욱 곤두박질칠 야기夜氣가 신체를 감싸왔다. 모진 추위에 떨고 싶지 않다는 육체적 반응이 절로 일었다. 그는 지체할수록 움츠려 들뿐인 기다림을 포기하고, 기는 네 발로 천막에서 뛰쳐나왔다.
 산중의 짙은 어둠에 하늘빛은 청아하게 맑고 푸르다. 그 천체를 수놓은 수많은 반짝반짝 작은 빛들이 대지를 내려다보고 있다. 그 별빛들 사이로 느리게 이동하는 한 점의 빛이 시야에 잡혔다. 인간이 지구에서 쏘아 올린 인공위성이다. 그 찬란한 빛들 아래에서 양은 대야에다 거의 찬물에 가까운 밥솥 물 일부를 따랐다. 그리고는 땅에 박듯이 깊이 낮춘 머리를 대강 적시면서 오른손으로 비누를 움켜쥐었다. 세발이 거의 다 끝나갈 무렵에 맞추어서 이중 면도날을 집어 들고 입시울(우리 선-어 형태. 현대어는 '입술' 평북 의 주출신의 국어학자유창돈 선생은 '어조의 사전(1964년)' 에서 '시울' 을 '술가리, 즉 '가장자리' 언저리라 했다.)부터 밀기 시작했다. 달포 전쯤 공중목욕탕에서 비누면도를 마친 후, 날과 분리해 둔 손잡이를 깜박 잊고, 그 남은 날만으로 면도를 해야 한다는 건 여간 곤욕이 아니다.
 오른손엄지와 검지만으로 위태롭게 겨우 잡은 한끝 날 면만으로의 면도는, 툭 하면 억센 수염에 걸리면서 피부를 찢어놓기 일쑤였다. 벌써 다섯 군데나 배어 피가 돋았다. 더구나 가벼운 내의 차림새라 신체는 와들와들 떨고 있는 형편이다. 상체에서 내려오는 냉기와 발끝에서 올라오는 냉기의 교차는, 이젠 살얼음물이 된 바닥권 물줄기를 뜰 적마다 줄줄 새어 흘리는 열 손가락 전체도, 시린 정도를 넘어 안으로 잔뜩 오마라 들어서 제대로 펼 수조차 없는 지경으로 몰렸다. 신체열기를 급속히 떨어트린 저체온 증은, 정신적 가늠마저도 얼얼하게 떨게 했다.
　도리가 없었다. 더는 견딜 수가 없었다. 수염을 듬성듬성 남기고 빨랫줄에서 급히 거둔 수건으로 흐르는 물줄기를 대충 훔치면서 상체를 세웠다. 새로 갈아 쓸 물이 더는 없어 끝내 씻어내지 못한 비눗물을 머금은 체인 머릿결은 미끌미끌했다. 그 머릿결을 양쪽 끝을 잡은 수건으로 탁탁 털어내자, 얼음알갱이들이 우수수 떨어진다. 개중에는 머리카락이 여러 겹으로 뭉쳐있기도 해서 손으로 일일이 떼어야만 했다. 손목이 끊어질 듯한 찬기의 연결로 꽁꽁 언 양손은 호호 입김도 아무런 도움이 되지 않았다.
　조급하게 와락 뛰어든 천막에 들어앉자마자 담요부터 뒤집어썼다. 이빨 부딪치는 소리가 나도록 떨고 있는 체감은 좀처럼 진정이 되질 않는다. 시간 흐름에 따라 언 몸이 차츰 풀리자, 콧물이 줄줄 흘러내리기 시작했다. 담요 속에서 좀 더 뒤척거리다 일어나 바르게 앉아 잠깐의 독서 후 묵상에 잠긴다.
　'오염되지 않은 물이 건강에 큰 영향을 끼치듯, 곡물 역시도 좋은 땅에서 성장하여야 먹는 사람의 피를 맑게 한다. 열악한 환경일지라도, 마음먹기에 따라서 얼마든지 긍정적 평안을 유지할 수 있는 게 사람의 의지이다. 심기가 불편하면 옹춘마니에 빠진 불평불만이 솟구치기 마련이다. 건조한 마음에서는 화기가 쉽게 일어나기 마련이고, 일시적 대면은 성의가 없으므로 관계성이 짧을 수밖에 없다. 어떠한 환경에서든 굴하지 않는 정신일도가 수련의 지름길이다.
　악의 없는 사람의 얼굴빛은 항상 밝게 빛나나, 윤기 흐르는 인상의 이면으로 탐욕민을 좇는 자는 간사한 인간이나. 너 이상 빨아들일 단물이 안 나온다 싶으면, 빈껍데기 버리듯 외면하는 자는 모든 사람을 이용가치로만 보는 비양심적인 자이다. 자신의 사사로운 감정에서 벗어난 사랑으로 세상을 정복하겠다는 굳은 의지를 불태워라. 생명을 살리는 사랑의 첫 번째는 변치 않는 지속성 믿음이고, 두 번째는 자연의 이치를 깨닫는 지혜로운 통찰이며, 세 번째는 이웃들에게 섬김의 자세를 본받게 함이다.'
　봉준은 내면에서 우러난 이 말들을 귀담아 새겨들으면서 몇 차례 고개를 끄덕였다. 긍정으로 받아들인다는 신앙의 결단이었다. 이렇게 다짐한지 불과 몇 분 뒤, 한껏 들떠있던 평안의 심령을 전면 뒤엎는 부정적인 회의가 가슴을 휘저었다. '신념의 위장은 투철하다는 기백을 내세운 홀림이요, 불씨 잃은 예배와 기도는 현실과 동떨어진 환상이므로 실효가 약할 수밖에 없고, 그래서 아무런 응답도 듣지 못하는 것이 아니던가? 근신이 도리어 목적을 희미하게 한다면 무슨 낙으로 참는 인내가 우러나겠는가.' 라는 두 대립의 생각 중 후자가, 산만을 유도하며 하늘에 소망을 두었던 전자의 열정을 송두리째 집어삼켰다.
　"그래, 몸 아픔과 사물에 대한 느낌과 이밖에 식욕, 정욕, 물욕 등은 하늘의 신이 아무리 초월하라 설득을 하여도 땅의 식물을 먹여야 사는 육신의 속성임을 부인할 수 없는 진짜 나이다. 근원적 뿌리가 완전히 뽑혔다면 모를까? 수명 제한을 안고 사는 인간은 인간일 뿐이다. 제아무리 불사신의 이상을 외칠지라도 하늘보좌에 앉아 계시는 신은 절대 될 수 없는 하찮은 빈 껍질의 피조물이다. 괴벽한 살균 정신은 고립의 자초일 뿐이다.
　나의 심성은 유약하다. 모질지 못한 이런 기질로 어찌 타인들을 위하여 영적으로 강해지라는 용기를 독려할 수 있겠는가. 양떼들에 좌우로 치우치지 않는 영육 간 강건함을 키우라는 영적 일을 하려면, 무엇보다 연민의 정이 뜨겁게 달아있어야 한다. 이웃의 아픔을 곧 나의 아픔으로 받아들이는 궁휼심이 깊어야 한다. 정말, 마음을 텅 비워서 하늘의 은총만을 기대하는-그야말로 범인이 접근할 수 없는 성역聖域 고지에 오른 성인들만이 할 수 있는 거룩한 사명이다."
　봉준은 일찍부터 우짖는 새들의 소리를 들으면서, 낙엽 지는 작년 추경秋景 무렵부터, 낮에는 물론이고 잠잘 때도 내내 벗지 않아 켜켜이 쌓인 더께 냄새가 지독하게 배어 있고, 살짝 건드리기만 하여도 입자 가벼운 먼지가 자욱하게 풀풀 이는-모자 달린 두꺼운 국방색 생활복장을 벗고 남루한 외출복으로 재빨리 갈아입었다. 그러고는 여성용 둥근 손잡이 거울로 얼굴을 대충 비춰보고, 어제 사용으로 물기가 돌덩이처럼 얼어붙어 쓰기 못하게 된 수건 끝자락으로 눈곱만을 대충 씻어낸 후 천막을 나오면서 미리 준비해둔 빈 배낭을 한쪽 어깨에 걸쳤다.

일이 분에 불과했던 그 사이 과정은 뼛속까지 얼어붙게 하였다. 걷잡을 수 없이 오들오들 떠는 목뒤가 당겨지면서 손과 발은 물론이고, 닭살이 한가득 피어오른 안면 전체에도 새파란 빛이 역력하게 떴다. 절로 동동 굴려지는 얼음덩이 발로 표고가 가파르며 좁다란 샛길 언덕을 서둘러 오른다. 가늠을 제대로 잡을 수 없이 옥죄어진 신체는, 굵은 바위가루로 온통 뒤덮여있어 미끄러운 경사 오르는 과정을 더욱 힘들게 하였다. 도중에 꽁꽁 얼어 안으로만 잔뜩 오물인 양손을 옷 속 깊은 겨드랑이에 어긋 꼈다. 몸 움직임이 부자유해졌다. 여의치 않게 된 그 양손을 잠시 만에 빼서 오른손부터 한 겹의 면장갑을 간신히 꼈다. 그런 다음 두 장갑 손을 바지주머니에 차례로 쑤셔 넣었다.

지난 연말에 내린 새하얀 눈에 뒤덮인 능선에 도달했다. 맞아주는 대상은 상고대를 곱게 피워낸 작은 나뭇가지들을 마구 흔들어 대는 세찬 한풍寒風이었다. 불과 일 미터 남짓 거리, 좌편 저 깊은 절벽 골짝을 타고 매섭게 치밀어 오르는 그 한풍이 전신을 휘감자, 순간 몸이 크게 휘청 흔들리면서 호흡장애가 일었다. 봉준은 얼른 한풍을 등졌다. 이내 한풍에 등이 떠밀리는 형국이 되었다. 짧은 완만한 언덕을 벗어나 평탄한 산마루에 도달하자, 날려버릴 듯이 휘몰아쳤던 세찬바람은 어느 정도 잦아들었다. 한결 마음이 놓였다.

소나무 밀집 지역이다. 그 숲을 등지고, 뿌리 채 도태되어 길 변 가까이 낙엽 쌓인 지대로 밀린 그 한 소나무등걸 복판에 웬 사람이 홀로 앉아 있다. 눈에 잘 띄는 노란오리털점퍼에 귀마개 보온 모자를 푹 눌러 쓴 초로의 노인이다. 두꺼운 털장갑을 꼈는데, 한 손에든 다목적 칼로 바싹 마른 오리나무 뿌리를 다듬는 작업을 하고 있다. 그 노인 역시 호된 추위로 턺실을 한가득 피워낸 몸을 부들부들 떨고 있었다. 얼굴 전체도 시퍼렇게 얼려있다.

동사凍死 기로에 몰려 곧 쓰러질 수도 있는 몸을 한시바삐 녹여야 한다는 조급증으로 남을 돌아볼 여력을 완전히 잃은 봉준은, 그편을 외면하고 그냥 지나치리라 마음을 순간 먹었다. 그때 마치

말끔한 미소를 머금은 안면이 쳐들렸다. 두 눈길이 마주쳤다. 호젓한 인상이 퍽 보기 좋다. 봉준은 예의상 걸음을 멈추고, 초 노인에게 답례 어린 미소를 보냈다.
"조각가이십니까?" 작업 손길에 착안하여 첫 인사말을 건네 봉준의 음색은, 위-아랫니가 맞부딪치는 발음이라 부정확하게 떨렸다. 상대방의 말의 의미를 뒤늦게 이해한 초노인은, 바싹 붙인 두 다리 사이 나무뿌리로 내리깐 시선을 다시금 높이 세웠다.
"보시는 눈이 제법 깨단하시네요. 아직은 첫 작품도 선보이지 못한 단순한 취미차원일 뿐이나, 집 장식용으로 조각해보려고요. 구상대로 작품이 만들어질지 모르겠네요."
"조각 작업에 꼭 맞는 도구가 아닌 데도 불구하고 안전감 있게 잡으신 솜씨와 다루시는 가말다 손길로 미뤄, 취미수준은 이미 넘으신 것 같습니다." 온 몸이 엄동에 떠는 악 조건 하에서도 한번 튼 말문은 슬슬 잘 풀린다.
"예사 안목이 아니시군요. 맞습니다. 공무원생활을 하면서 틈틈이 솜씨를 익혀뒀습니다. 공무원퇴직 후 이제야 본격적인 담금질을 하게 된 셈이죠." 반백 눈썹이 짙고, 큰 코끝이 불그스름하고, 구김살 없는 안색에 수수한 성질, 중저음 목청에서도 인간미 드레가 느껴졌다.
"직장퇴직 후 뭘 해 먹고 살까 고민하는 노인세대들이 배워야 할 본보기를 선생님을 통해 배웁니다. 행복하시겠습니다. 적어도 정신쇠퇴는 방지해 두신 게 아니겠습니까?"
"듣고 보니 그 이상의 그림이 그려지네요. 뭐 하시는 분이신데, 감히 따라갈 수 없는 도록식견이 그리 밝습니까?"
등산객은 초면을 뛰어넘어 허심탄회하게 말하는 봉준을 좀 더 자세히 보려고, 검지 끝으로 귀마개 모자챙을 상대에 맞춰 뒤로 젖혔다.
"여전히 고집스러운 자아를 버리지 못하여 하나님으로부터 탈속의 연단을 받고 있는 설익은 똘기수도사입니다."
"은둔 거사 중이시라? 이담에 큰 인물이 될 준비 중이시군요. 성격이 솔직하시니 나도 스스로 담이 허물어지네요."
등산객은 필요한 몇 가지만 챙겨 넣었기에 가벼운 배낭을 어깨에서 풀고 지퍼를 돌려 열었다. 그 안에서 꺼낸 물건은 모양새가 길쭉하게 둥근 금속재질의 보온 용기였다.
"몹시 추워 보이는 데, 차 한 잔 합시다. 커피 좋아하나요?"
발등 면이 튼 낡은 흰색운동화 속 열 발가락 전체를 쉴 새 없이 동동 구르면서, 피지선이 없어 다른 부위에 비해 건조가 빨라 유독 새파랗게 죽은 입술을 눈에 띄게 부들부들 떠는 봉준에 대해 측은하다는 안색을 감추듯이 은밀하게 드러낸 등산객은 이렇게 에둘러 위로했다.
봉준의 핏기 마른 까칠한 표정이 해사하게 밝아졌다. 그는 마주 비비던 면장갑 손으로 김이 피어오르는 보온병뚜껑을 받아들었다. 그러고는 그 용기를 두 손으로 꼭 감쌌다. 꽁꽁 언 손을 녹이려는 작은 동작이었다. 뚜껑표면의 온기가 미미하나마, 팔목을 타고 심장에 미쳤다. 모처럼 만에 맡아보는 그윽한 커피 향기는, 모진 추위로 회전이 둔해진 신경을 어느 정도 일깨웠다.
첫 모금의 커피는 건조했던 입안에 단맛이 돌게 했다. 봉준은 빈 뚜껑을 돌려주면서 아쉬움을 내비쳤다. 보다, 인생경륜이 긴 초노인은 눈썰미로 이를 놓치지 않았다. 한 잔 더 하라며 보온병을 기울여 잔을 채워줬다.
난방버스로 몇 정거장을 거쳤는데도, 얼음장 몸은 조금도 풀리질 않았다. 여전히 주체 없이 경정경정 떨렸다. 그 쫓김은 숙소부터 두루 찾게 했다. 입실한 여관방은 투숙객의 기대를 저버리지 않았다. 훈훈한 난방 열기에 몸 추위가 서서히 풀리자, 재채기가 연신 터지면서 콧물이 줄줄 흘러내렸다. 한 시간 남짓 몸을 둘렀던 이불을 거두고, 남은 오한을 무릅쓰고 속옷까지 전부 벗은 몸 전체의 살빛은 시퍼런 피멍을 연상케 했다. 그대로 전신을 온탕에 담갔다. 그때까지도 어금니 부딪치는 추위는 그치지 않았다.
온수에 불린 발뒤꿈치 각질층은 겹겹이로 쌓여있다. 한 손가락으로 살짝 미니 겉 피부가루가 무더기로 벗겨지면서 갈기갈기 찢긴 속 피부 일부가 드러났다. 뒤따라 빨간 피가 솟았다. 두 발등상온 퉁퉁 부이있었고, 그 때문에 기며음중을 긁는 손길이 쉽사리 떼어지지 않았다. 제거가 안 되어 무더기 가루로 떨어지는 각질층 발을 물로 한 번 더 헹군 후, 손님용으로 비치해 둔 로션을 손바닥에 듬뿍 받아 동상 발을 부드럽게 문지르며 달랬다.
여관방에 들어온 또 하나의 이유는, 산중에서 해결이 쉽지 않은 옷가지 세탁 건도 있었다. 봉준은 부피가 큰 외투 하나만을 남겨 두고, 내의부터 새로 받은 욕조 물에 푹 담가 적신 후, 세숫비누로 손빨래를 마쳤다. 아침까지 반드시 말라야 하는 빨랫감 너는 것이 마땅치 않았다. 궁리 끝에 물기를 뚝뚝 흘리는 총 여덟 가지 의복을 여러 장의 마른 수건으로 꼭꼭 눌러 짠 뒤, 옷걸이나 벽 못에 아무렇게나 마구 걸었다. 모처럼 만에 추위를 잊은 따뜻한 밤이었다.

누군가가 등을 두들긴다. 돌아보니 흰 수염을 길게 기른 근엄한 노인이다. 코흘리개 시절에 자주 뵀던 조부였다. 노인은 뜸을 들이지 않고 이내 말문을 열었다.

"어디로 가려는 게냐? 저길 보아라. 네가 심어 아껴 키운 사과나무가 이파리 하나 없이 앙상하게 말라 있질 않느냐. 어쩔 것이냐? 저 나무를 다시 살릴 수 있는 자는 세상천지에 너뿐인데, 어째 돌볼 생각을 않고 타락으로 이끄는 유혹의 음란이 도처에 깔린 세속에 뛰어들어 휩쓸려 다닐 궁리만을 하고 있는 게냐. 쓸데없는 체력소모이다. 어서 산으로 돌아가거라. 네가 아무리 발버둥을 친다 할지라도, 네 육신의 행위는 네 몸 하나도 들어 올리지 못하느니라. 세상에는 너보다 똑똑하고 현명한 사람들이 수두룩 널렸는데, 보잘것없는 마른 지푸라기 힘으로 저들을 설득하여 계몽해 보겠다는 게냐? 가소하구나. 의지는 기특하나, 분수 넘는 행위임을 일러주고 싶구나.

굵기가 가는 낚시 줄로 짐승 중 덩치가 제일 크고 무거운 하마를 낚을 수 있겠느냐? 그 입에 잡혀 먹힐 수 있는 어리석은 짓이니, 너로서 너를 알려 하질 말고, 너보다 지각이 앞선 초월의 전능자에게 모든 것을 맡기어라. 그것은 죽어야 비로소 싹을 띄우는 한 알의 밀알이 되는 일이다."

봉준은 한밤중에 돌연 잠에서 깨어났다. 그러나 눈을 뜰 수 없는 졸음에 짓눌려 도무지 정신을 차릴 수가 없었다. 비몽사몽을 안고 다시금 요 위에 길게 누워 잠결에 든다.

이번에는 흰옷을 입은 여인이 머리맡에 나타났다. 핏기 없는 안색이 창백하고, 체온조차도 느껴지지 않는 몸체 기운은 차가웠다. 검은 머릿결을 허리춤까지 늘어트린 여인은, 선 채로 핏기 없는 입술을 열었다. 그 음색은 정분이 담겨있으면서도 왠지 섬뜩했다.

"봉준아, 왜 그리 지혜하지 못한 육신의 잠에서 헤어나지 못하고 있는 게냐? 순수만을 추구하던 영혼에 죄질의 때가 낄까 무섭구나. 명예를 지켜라. 진리를 아는 데 게으르지 말고, 특히 정신머리를 썩히는 안락함정에 조심하여라. 땅의 세대는 대낮에 젖퉁이 출렁이는 벌거숭이 몸매로 거리를 내달리는 여인네들에게 재미있다며 박수를 쳐대는 음란이 판을 치고 있단다. 고결한 영혼을 지키어라. 오염이 덧씌워지지 않도록 각성을 키워라. 긴장과 위기감을 느끼려무나. 신경이 무디어지면 지혜의 영특함도 함께 무디어지는 법. 그 정신으로 뭇사람들의 마음을 열 수 있겠느냐? 감동을 심어줄 수 있겠느냐?

나는 너를 낳고 젖을 먹여 오늘날의 성인이 되게 한 네 어미란다. 기억하느냐? 사랑하는 내 아들아! 나는 외아들인 너를 사랑으로 키웠고, 무엇보다 세상의 어둠을 밝히는 빛이 되라며, 희생적인 뒷바라지로 고등교육을 받게 하여 인격을 닦게 하였다. 내 비록 오랜 지병을 끝내 이겨내지 못하고-사방이 칠흑으로 꽉 막혀 숨쉴 공간조차 전혀 없는 흙 속에 누워있긴 하나, 부모와 자식은 떼려 해도 뗄 수 없는 천륜의 관계이지 않느냐. 그러니 나를 위해서라도 긴장을 높여 삼킬 자를 두루 찾는 죄악의 마귀에게 용도 되는 세상방황을 그만 멈추어라. 네 마음대로 세상을 돌아다닌다면 이 어미 편히 잠들 수 없겠으니, 부디 내 마음 슬프게 하지 말아다오.

우리 다시 만날 날을 기약해 보자꾸나. 그 길은 네가 좌우로 치우치지 않고, 영적고지에 오르는 거란다. 나는 현재 부활의 몸으로 천국생활을 누리고 있단다. 사도 베드로의 말에 의하면, 조만간 네 아버지와 부부 해후를 하게 되리라는 소식이란다."

청소아줌마의 시끄러운 문 노크에 긴 잠에서 깨어났을 때는 오전 열한 시 무렵이었다. 무려 열두 시간을 꼬박 잔셈이었다. 봉준은 침대 가장자리에 걸터앉아서 턱을 괴고 생각에 잠긴다. 온종일 추위에 빌빌 떨어야 하는 고립무원의 첩첩산중으로 돌아가고 싶지 않다는 게 최종 결론이었다.

그는 여관방에다 가방을 놔두고 햇살이 흐린 침침한 밖으로 나왔다. 예금을 맡겨둔 거래은행은 그리 멀지 않은 곳에 있었다. 통유리 문을 밀고 안으로 들어서자 난방 열기가 후끈 감싸왔다. 아버지와 어머니가 삼 년 간격으로 하늘나라로 떠나기 전에 남기신 유산은, 몇 개월 동안 큰 이자가 붙어 있었다. 그는 그 이자의 일부를 인출하고, 곧바로 허기진 배를 채우려 식당 문을 당겼다.

첫술의 된장찌개 맛은 생 소금처럼 매우 짰다. 산중에서 익숙해진 싱거운 입맛에는 영 맞지 않았다. 정수기에서 온수를 한 컵 받아 찌개 속에다 부었다. 그럼에도 설핀 맛은 희석되질 않았다. 반찬을 적게 먹는 도리밖에 없었다.

봉준은 삼일 치 숙박비를 선 지급으로 치르고 잠시 들른 숙소에서 나왔다. 도로는 양방향에서 끊임없이 밀려드는 차량들로 소음이 높은 데 비해, 보행로는 한산했다. 차량들이 무시로 배출하는 매연으로 목이 따끔따끔 찔렸다. 인도를 따라 한참을 걸어가도 눈길을 끌 만한 건물이나, 이색적인 행사가 없어 심심하기만 한 큰길을 벗어나 주택지로 접어들었다. 검은 털 바탕에 흰 반점이 드문드문 박힌 성체고양이 한 마리가, 골목을 가로질러 훌쩍 뛰어오른 한옥담장 너머로 사라졌다.

움직이는 물체가 연이어 또 목격되었다. 작은 체구를 잔뜩 움츠린 소년이었다. 소년은 세운 두 무릎에 어긋 얹은 두 팔 위에다 이마를 대고 있었다. 봉준은 소년 앞에 멈춰 서서 물끄러미 바라보는 눈길을 깔았다. 한쪽 어깨를 조심스럽게 흔들어 깨우자, 열네 살쯤 된 소년의 몽구리 얼굴이 슬그머니 쳐들렸다. 철이 한참 지난 엷은 가을점퍼 안에 목 때가 시커멓게 절은 파란색 티셔츠를 입은 손대기 소년의 더럽고 일그러진 낯빛은, 생기 없이 창백하게 말라 있었다. 추위에 오랫동안 시달린 새파란 입술은 오들오들 떨고 있었다.

"이름이 뭐니?" 봉준은 아이에게 거부감을 안기지 않으려고 미소부터 보이며 부드럽게 물었다.

"백승연이요. 아저씨는 누구세요?" 차림새가 저처럼 별 볼일 없이 남루한 어른을 머리부터 발끝까지 대충 훑어본 소년은, 경계하는 빛을 띠우며 기어드는 작은 목소리로 되물었다. 힘없는 그 여린 음성에서도 모질게 겪는 한데추위의 고생이 배어 있었다.

"응, 차차 알게 되겠지. 그보다 우리 밥 먹으러 갈까? 입맛이 없어서 아직 점심을 못 먹었는데, 너와 함께라면 절로 밥맛이 날 것 같구나."

소년을 배고픈 서러움에서 구제하겠다며 나선 봉준은 몸을 돌려 지나온 길을 되짚었다. 기대와 달리 뒤쫓는 기척이 아니 들린다. 그는 걸음을 멈추고 고개를 돌렸다. 소년은 처음 자세대로 냉기 피는 차디찬 벽돌 벽면에 등을 기대고 있었다.
　"배 안 고프니? 그럼, 아저씨 혼자서 네 몫까지 다 먹어도 불평하지 않기다."
　양 귀를 솔깃이 세운 소년의 동공에 일순 생기가 스며들었다. 소년은 벽면을 짚고 느리게 움직이는 동작을 보였다. 안으로 잔뜩 오므린 주먹손 고정 체로 무릎을 세우는 과정이 오래 걸렸다. 게다가 힘에 부치는지, 얼음장 같은 시멘트바닥에 다시금 주저앉고 만다. 될 수 있으면 손까지 대어가며 도움을 베풀지 않겠다던 봉준은 얼른 달려 나가 체중을 가누지 못하는 소년의 마른 몸매를 부축했다. 그 몸에서 오싹 떨게 하는 서기瑞氣가 학 내뿜어졌다. 봉준은 새파랗게 얼려있는 소년의 얼굴을 양손으로 문지르며 열을 피웠다. 그런 다음 소년의 얼음장 손을 꼭 감쌌다. 소년은 낯선 어른의 과잉 관심에 부담을 느꼈는지, 곁눈질거리며 봉준의 손아귀에 들어있는 손을 은근히 뺐다.
　소년의 짧은 보폭은 불안정했다. 때로는 갈지자로 걷다 제 발등에 걸려 넘어질 뻔도 하였다. 봉준은 소년의 몸체를 반쯤 끌어안고 식당 문을 열었다. 면적이 좁은 영세식당의 난방 기구는 석유난로 하나뿐이었다. 봉준은 그 앞으로 식탁의자를 끌어다 놓고 소년을 앉혔다. 소년이 부들부들 떠는 몸을 녹이고 있는 동안 식탁에 쌀죽이 차려졌다. 식당의 정식 메뉴는 아니나, 봉준이 특별 주문을 한 음식이었다. 긴 손톱 사이마다 시커먼 때가 가득가득 배인 그 더러운 손으로 숟가락을 잡기 전에, 소년은 봉준에게 고개를 한번 끄덕거렸다. 잘 먹겠다는 인사였다.
　"속을 달래가며 천천히 먹어야지. 체하면 병원에 실려 가야 하지 않겠니?"
　"치리리 그뤳으며 좋겠이요." 음식물 및 술이 들어간 소년의 목소리는 희미하나마 기운이 감돌았다.
　"주사 맞는 게 무섭지 않니?"
　"주사보다 더 무서운 건 배고픔과 추위인 걸요."
　"독한 고생이 준 대답으로 받아들여 줄게. 꿈이 있니? 이를테면 어떤 어른이 되고 싶다는 희망 말이다."
"체, 당장 잘 곳도 없고 일가붙이도 없는 고아 신세인데, 무슨 꿈을 꿀 수 있나요. 세상은 그런 건가요? 아동학대를 일삼는 어른에겐 아무런 벌도 내리지 않고, 거리를 버젓이 다니게 하는 게 평등 사회인가요? 복지사회인가요? 저는 계부의 폭력 때문에 집을 도망쳐 나왔어요. 세상 사람들은 굶주림과 추위에 떨며 거리를 헤매고 다니는 저 같은 어린이에게 따뜻한 관심을 돌리지 않고, 되레 재수 더럽다는 거지취급을 하면서 소금을 뿌려댔어요." 대답을 낸 김에 처한 형편을 두서없이 헉헉 숨결로 발설한 소년은 눈물까지 흘렸다. 위로가 필요했다.
"세상은 빛과 어둠이 함께 공존한단다. 좋은 사람이 있으면 나쁜 사람도 있다는 뜻이지."
"아저씨는 좋은 사람이세요? 저의 추운 몸을 녹여주시는 걸로 봐서는 마음씨가 착하신 분 같아요."
"나는 내 입으로 나를 자랑하거나 비하를 하지 않는단다. 판단은 상대방의 몫이거든. 다 먹었구나. 일어나자!"
"어디 가시게요?" 소년이 여름바지 입은 마른 뒷다리로 의자를 물리면서 두 동공을 크게 키웠다.
"궁금하니? 지금부터 내가 시키는 대로 순종을 해야 한다. 알아들었니?"
"뭘 시키시려고요?"
"따라오너라."
낡은 반접이 지갑을 열어 아이가 먹은 음식 값을 계산하자, 여주인이 수상쩍다는 눈빛으로 빤히 쳐다본다. 봉준은 편치 못한 기분으로 상대방의 그 눈 속을 뚫어지게 응시했다.
"왜요?"
"아, 아니에요. 제가 사람을 잘못 봤나 봐요." 당혹감을 감출 수 없게 된 중년의 여주인은 변명이 궁색해지자, 슬그머니 외면하면서 거둔 빈 그릇을 물속에 담갔다.
소년은 잘 따라 주었다. 봉준은 입장표 한 장만을 끊고 소년의 등을 떠밀어 목욕탕에 들여보냈다.
"나중에 보자."
소년이 목욕탕 내로 들어간 것을 확인한 그는 낙후된 시설물을 최근 새롭게 단장한 재래시장으로 들어가 아동복가게를 찾았다. 그는 여주인에게 아이의 나이와 신체를 설명하고, 외투와 그 안에 입을 상하의 한 벌씩 골라달라고 부탁했다. 가게주인이 팔에 걸쳐 가져온 몇 옷가지를 그는 대충 훑어보고 종이봉투에 넣어 달라 했다. 다른 가게에서는 내의 한 벌과 양말 두 켤레를 더 샀다. 수가 퍽 줄어 쉬 눈에 띄지 않는 공중전화는 시장 바깥에 있었다. 봉준은 수화기를 들고 동전을 투입한 후, 누군가와 짧은 통화를 나눴다.

소년은 그새 사귄 또래 아이 두셋과 탕 안에서 물장난을 치고 있었다. 봉준은 소년을 탈의실로 불러냈다. 승연의 영양실조로 비쩍 마른 몸매에는 군데군데 검은 피멍 자국이 선명하게 드러나 있었으며, 가는 회초리에 두 차례 맞은 자국은 옆구리에서 허리부위까지 휘감겨 있었다. 그 알몸 위로 새 옷들이 하나씩 입혀지자, 소년은 금세 딴 아이로 변신되었다. 소년은 기쁨을 감추지 못하고 연신 싱글벙글 밝은 표정을 띠웠다. 자신의 새롭게 변한 모습을 대형거울에 비춰보면서 기념할만한 자랑까지 드러냈다.

"녀석 참 멋져졌구나." 봉준이 흐뭇한 표정으로 승연의 어깨에 손을 얹었다.

"아저씨, 이 옷들은 어떻게 할까요?" 소년이 고약한 냄새가 코를 찌르는 한 더미의 헌 옷가지들을 머쓱하게 들어 보였다.

"어떻게 하긴 버려야지."

두 사람은 앞에 선 택시 문을 열고 차례로 올라탔다. 적어도 세 시간 전까지 겪었던 추위와 고생을 까맣게 잊고 입매 기운이 한결 살아 오른 소년은 매번 봉준을 돌아봤다. 차창 밖을 내다보다 조용한 분위기가 궁금하여 고개를 돌린 봉준은 함박웃음을 찰기로 머금고 있는 소년의 온순한 눈길을 받으면서 짧은 머리를 쓰다듬었다.

"왜? 내게 할 말이 있니?"

"아저씨가 아주 좋아졌어요."

"그 말이 전부니?"

"네!"

"그래, 은혜를 입었을 때는 감사하다는 말을 많이 하는 아이가 되어라."

성북동 집은 서울성곽 산자락 아래에 있다. 벨 소리를 듣고 이모가 대문까지 직접 나와 반겨 맞았다. 오래간만에 이모의 품에 안겨 포옹을 나눈 봉준은, 적의 없는 포근한 감정을 체험했다.
"꼴이 그게 뭐냐? 돈이 없느냐? 집이 없느냐? 귀한 집 자손이 창피한 것도 모르고 품위를 잃고 다니니, 내가 다 부끄럽다. 근데 이 아이는 대체 누구냐?"
"부모의 학대를 견디다 못해 일찍부터 복잡한 사회를 배우게 된 미래의 어른입니다."
"간추려서 높여 말하는 화법에 누구든 고개를 끄덕여 주겠구나."
"얼음을 녹이는 환경은 따뜻한 기후가 아니겠습니까. 애도 누군가의 사랑을 받는다면, 사회를 밝게 이끌 수 있는 인물이 되지 않겠습니까."
커튼을 양편으로 활짝 걷어둔 넓은 거실에는 오후 녘 햇살이 한가득 비쳐들어 밝았다. 그 햇살은 잎새 하나 없이 헐벗은 뒤뜰의 모과나무 몇 가지 그림자를 마룻바닥에 정겹게 그려놓았다. 이모와 어머니가 오십 대 시절 야외에서 사이좋게 찍은 스냅사진 액자가 서랍장 위에 얹어져 있다. 봉준은 좌측의 어머니를 내면 깊이 바라보며 영혼의 안식을 빌었다.
사단서랍장 위에는 각종 사회단체의 깃발, 공로패, 감사패, 체육대회 우승컵 등이 진열되어 있었다. 삼선 국회의원을 역임하고, 현재는 국가인권위원장으로 근무하는 이모부의 이십여 년의 발자취였다. 봉준은 거실 내부를 부지런히 둘러보는 승연의 솔잎대강이 머리를 한 번 더 쓸어내리면서 웃음을 교환했다.
"꿈을 품어라. 학교운동회 때 달리기 선수로 뛰어 본적 있겠지? 그래, 꿈이란 정해진 목표를 향해 힘차게 달리는 거란다."
"아저씨가 저를 책임져 주신다면 커 나가면서 꿈을 찾을게요."
"네 앞날은 하나님만이 알고 계신다. 그러니 먼저 그분을 아는 교육을 받도록 해라."
"아저씨 말씀대로 이제부터 교회를 다닐게요."
꾸준한 걷기운동으로 체중균형을 적절하게 가꾼 이모부가 인기척을 내면서 모습을 드러냈다. 이모부는 회갑을 넘긴 연령임에도 잔병치레 없이 건강이 여전하다. 훤칠한 신장에 질감 좋은 실내복을 입고 있는 깔끔한 인상도 돋보였다. 봉준 따라 소년도 소파에서 엉거주춤 일어나 인사를 올렸다. 이모부는 조카와 악수를 한 뒤, 일인 소파 상석에 등을 붙였다. 얼핏, 봉준의 뇌리에 까맣게 잊고 지냈던 과거사 한편이 스쳤다. 어머니장례식 때의 일이었다. 이모부가 봉준을 병원주차장으로 불러내어 한참 뜸을 들이다 어머니의 놀라운 비밀을 털어냈었다.
　"네 어머니는 열여덟 살이던 해에 동네불량배에게 난행을 당한 여자이다. 그 씻을 수 없는 치욕의 상처 때문에 네 어머니는 집 기둥에다 빨랫줄을 묶고는 목을 걸어 자살을 시도했었단다. 그렇지만 다행히 네 이모가 제때에 발견하여 미수에 그쳤지.
　내가 집안 전체가 슬픔에 젖어 있는 하필 이 시기에 숨겨진 네 어머니의 몸서리쳐지는 뼈골의 아픔을 굳이 네게 들춰놓는 까닭은, 너도 알고 있으면 장차 각성이 되리라는 내 나름의 판단이 섰기 때문이다. 우리 속에서 영영 떠난 어머니를 나쁜 여자로 보지 마라. 살아가노라면 누구든 예기치 못한 불행이나 수모를 겪을 수 있지 않겠느냐. 그러니 대인답게 포용하여 어머니를 고통이 없다는 하늘나라로 보내도록 하자."
　이모가 찬 우유 두 컵과 몇 조각으로 썬 제과점 빵을 사기접시로 담아 와서 생질과 소년 앞에 내려놓았다. 이모부 손에는 김이 피는 뜨거운 하얀 사기잔 생강차가 별도로 들려졌다. 이모는 아무 것도 들지 않고, 남편 좌편에 앉은 외 조카를 자애심을 그득 담은 눈초리로 바라보고만 있었다.
　"사회생활은 완전히 접은 게냐? 네가 좋다면 나라 바로 잡는 일에는 문제가 아닐 텐데." 이모부는 고아나 다를 바 없는 봉준이 자기 뜻대로 해주었으면 한다는 바람을 안고, 처조카의 의중을 건드렸다. 얼마든지 출세 길을 열어줄 수 있다는 암시였다.
　"제가 뿌린 씨앗은 저만이 거둘 수 있다는 철칙주장 들으시는 감성에 따라서 오만으로 비칠 수 있겠으나, 제 길은 이미 돌이킬 수 없게 되었습니다. 부디, 너그럽게 헤아려 주시기 바랍니다."
　"암, 이해하고말고. 한 식솔일지라도 내가 조카의 인생을 대신 살아 줄 수는 없지 않은가. 무엇을 하든 정직하게 땀을 흘리면 보람이 크지. 여보, 우리 조카가 대견하지 않소? 우리의 도움을 마다하고 스스로 삶을 개척하겠다니, 집안의 높은 긍지가 아닐 수 없구려."
 조용한 미소로 지켜보고 있던 이모가 남편의 말을 받아 한마디 거들었다.
 "하늘나라에 계시는 네 엄마가 대단히 기뻐하시겠다. 봉준의 높은 기상이 저토록 옹골차니 말이야. 봉준아, 하고자 하는 일을 반드시 성공으로 끌어올려야 한다. 기대에 못 미치면 난 너를 일가로 절대 받아들이지 않을 작정이다. 알아들었니?"
 "네, 두 분이 보내주신 후의에 부응하도록 저와 싸우며 목표한 경지에 오르는 일에 인내의 각오를 다지겠습니다."
 분위기는 화기애애했다. 다만, 피붙이 식구가 아닌 소년만이 말상대 없는 하품을 할 뿐이었다.
 "너 잠깐 나 좀 보자."
 봉준은 이모를 따라 부부침실로 들어갔다. 자개장롱과 벽걸이 TV 등이 그의 시선에 스쳤다. 침대 가장자리에 걸터앉은 이모는 외조카에게 맞은편 의자를 가리켰다.
 "엄마 보고 싶지 않니? 난, 동생이 정말 보고 싶어서 개 사진을 들여다볼 적마다 눈시울이 뜨거워진단다."
 "어젯밤 꿈에 뵈었습니다."
 "그러냐? 내 꿈자리에도 나타나 주면 얼마나 좋을까. 생김새가 어떠하든? 몹시 궁금하구나."
 "현실이 아닌 꿈에서 망연히 본 모습이 분명했겠어요. 그렇지만 흰옷의 반사 때문인지 안색이 창백하더라고요."
 "기도하면 하나님이 동생을 보게 하실까?"
 "응답의 하나님이신 데, 간청을 외면하시겠어요."
 "에이, 나도 영안이 확 열렸으면…그나저나 저 아이는 왜 데려온 거냐?"
 "이모님께 양육을 부탁하려고요.."
 "뭐? 지금 뭐라고 그랬니? 귀가 어두워 잘 알아듣지를 못했으니 한 번 더 말해 줄래."
 "부모로부터 버림받은 저 아이의 후견인이 돼 달라는 부탁의 말씀을 올린 겁니다."
 "왜 그 일을 나한테 청하냐. 보육원에 맡기면 되지 않느냐?"
 "그 생각을 안 해 본 것은 아니나, 아이의 건전한 장래를 위해서는 아무래도 가정교육이 인격형성에 가장 중요하기 때문입니다. 이모님은 제가 저 아이만 할 때, 일 년 넘게 어머니를 대신하여 가정교육을 하지 않았습니까. 항상 바른길을 가라시던 이모님의 훈계가 아직도 제 가슴에 남아 인생의 사표가 되고 있습니다."
 "뜻은 좋다마는 나도 이젠 늙은이라 몸 움직임이 둔해졌고, 머리회전도 예전 같지 않아 기억력이 쇠퇴해진 처지이니 자신이 없구나. 미안하다."
 "그렇게 힘이 드신다며 억지를 부리지는 않겠습니다. 대신 한 가지 제안을 올리겠습니다. 저 아이가 이 집에서 살 수 있도록 허락만 내려주세요. 아이에게 소요되는 모든 비용은 제가 전부 부담하겠습니다. 저 아이만을 돌보는 유모비용일지라도 마찬가지입니다."
 "우리의 핏줄에서 아무런 조건 없이 피가 전혀 섞이지 않은 남의 자식을 잘 길러 보겠다는 네가 있어 하늘이 기뻐할 노릇이로구나." 빈정거림이 약간 뒤섞여 있는 노후 어린 말투였다.
 "어렵지만 이모님께서 전인교육을 통하여 국가와 사회에 꼭 필요한 인물이 되도록 가정에서 지도해주신다면 더 바랄 게 없습니다."
 "알았다. 내 이모부와 상의해서 결정을 내리마. 아이를 데려갔다 다시 오겠니?"
 "언제든 다시 올 수는 있겠으나, 아이가 이모님과 하루라도 더 빨리 친해졌으면 하는 바람으로 여기에 맡길까 하는데요."
 "작심한 계산이었구나. 하긴, 우리를 믿기에 그리했으니 충분히 이해하마."
 수면부족 현상이 어느 정도 해소되자, 아침 일찍이 눈이 떠졌다. 봉준은 전례를 들어 앞으로 목욕을 자주 못 할 것임을 예상하고, 온수를 가득 채운 욕조 안으로 벌거숭이 몸을 담갔다. 기분이 상쾌해지는 새 희망의 기쁨이 솟구쳤다. 바깥의 동장군 기세는 여전히 맵다. 그렇지만 그의 마음은 봄날의 향기를 맡고 있다.
 노크소리에 이어 누군가가 부르는 음성이 문밖에서 들려왔다. 봉준은 목욕을 서둘러 마치고 맨몸을 가렸다. 문을 열자 복장이 두툼하고 검은색 양피가죽장갑 손에 휴대용무전기를 각기 쥔 두 명의 경찰관이 거의 동시에 양해를 구한다는 거수경례를 붙였다.

"무슨 일이십니까?" 봉준이 의아심이 가득한 눈빛으로 물었다.
"실례합니다. 투숙 손님이시죠?" 두 사람 중 나이가 들어 보이는 경관의 목소리는 지극히 사무적이라 어딘가 달갑지 않게 미끼했다. 그 뒤편으로는 무궁화봉우리 2개를 어깨에 단-앳돼 보이는 젊은 순경이 선배와 간발 새의 거리를 두고서, 봉준의 일거수일투족을 유심히 관찰하고 있다. 신경이 양분으로 갈렸다.
"그렇습니다마는 무슨 용무이십니까?"
"바쁘지 않으시다면 저희 쪽에서 공무에 따른 협조를 부탁해도 되겠습니까?"
"공무협조라면 당연히 협조해야죠. 그러나 사태의 심각성이 읽히는데 맞습니까?"
"우리의 긴박한 분위기를 파악하셨다니 지각이 대단하십니다. 시간은 괜찮으신 거죠?"
"예, 그 전에 시장기부터 해결하고 싶네요."
"아직 조반 전이신가요? 지금이 열시 반인 데, 아침 겸 점심이 되겠네요. 오래 걸립니까?" 경관은 소맷부리를 걷어 올리고 손목시계를 들여다보면서 물었다.
"그야 정확히 모르죠."
"알겠습니다. 허기는 침도 마르게 하니 배 힘을 채우는 게 우선이지요."
두 경찰관의 두 번째 거수경례가 끝나기도 전에 뒷손으로 문을 닫은 봉준은, 영문을 모르겠다는 표정을 지으면서 고개를 저었다.
일찍부터 영업을 하는 식당 찾기는 쉽지 않았다. 이리저리 발품을 팔아 겨우 찾은 식당은, 식탁이 세 개뿐인 작은 가게였다. 한 식탁에서는 마주 앉은 태도가 왠지 설면한 느낌을 주는 중년 남녀가 식사하고 있었다. 한눈에 지난밤을 한 방에서 보낸 불륜 관계임을 알아봤다. 봉준은 식탁 아래에서 빼낸 등받이의자에 앉으면서 순댓국 밥을 주문했다.
"새우젓을 넣어서 간을 맞춰 먹어요." 비만한 체중 탓에 받치기 움직임이 사뭇 느린 오리걸음 할머니가 김이 모락모락 피는 뚝배기그릇을 손님 앞에다 내려놓으면서 건네 한마디다. 그 말이 정겹게 가슴으로 밀려들었다. 뒤따라 깍두기, 청양고추, 양파, 된장 등이 반찬 종류로 올라왔다. 고추의 매운 기운에 이마에 땀이 맺했다. 손님은 소맷부리 양쪽이 닳아서 해진 외투를 벗어 옆 의자 등받이에 걸었다.

그동안 여관입구에 출입을 통제하는 노란 띠가 가로 쳐졌다. 그 바깥에는 냄새 잘 맞는 취재기자 서너 명과, 눈빛이 예사롭지 않은 사복 차림의 형사와, 식사 전에 초인사를 나눴던 정복차림의 경찰관 두 명과, 동네주민 예닐곱 명이 몰려 있어 제법 시끄러웠다. 봉준은 사회질서에 반하는 어떠한 큰 사건이 발생했음을 즉각 감지해냈다. 그렇지만 모르는 척, 노란 선 한가운데를 당겨 올린 그 아래로 몸을 낮춰 금지선 안으로 왼발부터 들였다.

그때 누군가가 그의 행동을 제지하고 나섰다. 순간, 신체경직을 세운 그는 고개를 돌려 까무룩 한 삼각형 얼굴 턱이 길쭉한 사복형사에게 왜 그러느냐고 심기 불편을 실은 눈빛으로 물었다.

"아, 식사 맛있게 드셨습니까?"

무궁화 계급장을 어깨에 단 지역치안담당 파출소소장이 나섰다. 앞전에 안면을 터놓은 소장의 느닷없는 반김에 일동의 시선이 일제히 봉준에게로 쏠렸다. 그들 중에 몸매가 호리호리한 형사는 봉준의 왼편얼굴을 뚫어지게 쏘아보고 있었다. 그 집요한 탐색눈빛은 서릿발처럼 차가웠다. 수상쩍은 빈틈을 찾는 직업적 의심이 번뜩거렸다. 봉준의 남루한 차림새를 머리끝에서 발끝까지 한 번 더 쭉 훑어본 형사는, 마른 가랑이를 벌려 노란 선을 넘어 들어간 여관 안에서 사라졌다.

"잠깐 얘기 좀 할 수 있겠습니까! 정말 잠시면 됩니다. 자, 안으로 들어가시지요." 파출소소장의 친절에는 부풀린 과장이 있었다. 그는 외줄을 적당히 낮추어서 봉준으로 하여금 그 위를 넘도록 도왔다. 봉준은 크게 벌린 가랑이로 선을 넘었다. 소장은 여관 투숙객의 뒤를 바싹 따라붙었다. 이 자유에 동네주민 서너 명과 기자단 일행도 경쟁적으로 진입을 시도하고 나섰다.

"여러분들은 이 선을 넘어설 이유가 하등 없으니, 이만 돌아가주십시오."

"우린 국민이 알 권리를 보도하는 신문기자단입니다."

"압니다. 사건조사가 종료된 후에 사건을 맡은 경찰서에서 발표가 있을 예정이니, 그때나 정확한 보도를 해주셨으면 감사하겠습니다."

"취재방해가 아닙니까?" 두터운 갈색점퍼의 지퍼를 잘 채운 키다리 기자였다.
"현장보존 차원도 있고, 또한 수사진 구성이 아직 짜이지 않아서 그러니 양해해주시고 오늘은 그냥 돌아가십시오."
공간이 이 제곱미터에 불과한 좁은 안내실 내부는 난장판이었다. 현장검증을 나온 수사관 두 명이 흰색 장갑 손에 핀셋과 투명비닐봉지를 나눠들고 구석구석을 살피는 중이었고, 언제 들어왔는지 또 다른 낯선 한 명의 형사는 화장실과 창고 내부를 형식적으로 들여다본 후, 몸을 돌려 눈매가 매서운 형사에게 물증이나 단서를 아직 찾지 못했다는 신호로 양 볼이 파인 대신에 광대뼈(협골伙骨)를 확연하게 드러낸 얼굴을 두세 번 저었다. 안내실 바로 앞 방문은 활짝 열려 있었다. 손님용 침대가 창가 쪽 한 구석에 놓여 있었다. 눈매 사나운 형사와 파출소소장은 봉준을 그 방으로 정중히 안내하고 의자를 권했다.
"이백칠 호실에 투숙하고 계시죠? 사흘 치 숙박비는 현금으로 이미 완납하셨더군요." 사건수사에만 오로지 목적을 둔 형사의 말투는 침착하게 신중했다. 그러면서 혐의점을 찾겠다는 의중을 높였다. 그 방법은 상대방의 보이지 않는 이면을 날 세워 들여다보는 눈빛이었다. 봉준은 모든 움직임을 침묵으로 주시하는 그 예리한 눈빛에 심기 거북을 느꼈다. "이곳에서 살인사건이 발생했습니다. 알고 계십니까?"
"그렇습니까? 알 턱이 없지요. 방 안에서만 지내는 사람이 뭘 들을 수 있겠으며, 뭘 볼 수 있겠습니까."
"혹시 간밤에…그러니까 새벽 두세 시경에 이상한 소리를 듣지 못했습니까? 잘 아시는 대로 이 업소는 방음이 안 돼 있어 가장 가까운 옆방은 말할 것도 없고, 아래층에서 나는 소리도 마음만 먹으면 얼마든지 들을 수 있습니다."
"그 답변은 아는 바가 없어 묵비권으로 넘기겠습니다. 다만, 제가 투숙해 있는 동안 소름 끼치는 살인사건이 발생했다니 송구하기 짝이 없습니다. 누차 강조지만, 저는 그 시간에 깊은 잠에 빠져 있었습니다. 수사에 도움이 되지 못해 죄송합니다." 봉준은 인류의 공동책임을 느끼며, 죄책감에 젖어있는 공허한 상태에서 머리를 조아리며 마른 침을 삼켰다.

"직업이 뭡니까? 직장은 다니십니까?"
 수사에 필요한 신원파악인가? 의문의 실마리를 풀려는 형사의 연이어 묻는 어조는 차가운 고압을 숨김없이 머금고 있었다. 봉준은 좀처럼 눈길을 떼지 않는 형사에게 상당히 불편하다는 표면을 전했다.
 "이름 없는 무직자입니다."
 "궁금하네요. 경제적인 수입이 없을 것 같은 데…"
 "전 산에서 영성훈련을 받고 있는 사람입니다. 돈이 없어도 행복한 삶이 무엇인가를 배우는 비사회인이라는 뜻입니다."
 "저희가 알고 싶은 것은 그게 아니라, 여관비와 식사비용을 어떻게 마련하셨느냐 이겁니다."
 "돌아가신 부모님의 유산을 은행에 맡겨두었습니다."
 두 형사와 경관의 눈빛이 갑자기 새삼 다르게 덧칠되었다. 돈 걱정 없이 편안한 삶을 누리는 인물이 선선하다는 내심의 동요였다. 세 사람은 서로를 멋쩍게 둘러보고 나서, 외모 세는 볼품없이 남루하나 자유로운 부자로 살아가는 봉준 쪽으로 경외의 시선을 모았다.
 "산에는 언제쯤 올라가실 예정이십니까?"
 "추위가 풀리면 곧바로 올라갈 겁니다."
 "됐습니다. 그렇지만 이미 들으신 바대로 여기는 살인사건이 발생한 현장이라, 영업폐쇄가 불가피해졌습니다. 원하신다면 저희가 깨끗하고 편리한 숙박업소를 소개해 드리겠습니다."
 "저로 인한 수고는 사양하겠습니다. 아무쪼록 이른 시일 내에 사건을 해결하셔서 국민의 불안을 씻어 주셨으면 합니다."
 봉준은 협조에 감사를 표한 경찰의 배웅을 받으며 여관에서 나왔다. 아까보다 구경꾼 수가 배나 늘었다. 그들은 저마다 허연 입김을 내뿜으며 살인범은 누굴까? 여관주인에게 무슨 천벌을 받을 죄가 있어 개죽음당한 걸까? 이러한 어런더런 말들로 고인의 넋을 기렸다. 그들 중 몇몇은 남루한 차림의 봉준을 의심의 눈초리로 노려봤다. 봉준은 아랑곳하지 않고 그들의 시야로부터 멀리 벗어나왔다. 그는 자신이 머물렀던 살인현장의 끔찍한 인상을 애서 지우려 전혀 다른 생각을 키워냈다.
 이 사회의 원동력은 물질이다. 그렇지만 그 사회를 푸른 평화로 조성하는 그룹은 '돈은 삶의 과정에서 밑거름일 뿐이다.' 라고 주장하는 선량한 사람들이다. 덧붙여 물욕이 강한 자는 절대로 만족을 모른다. 영적세계를 물질로만 채우려 한다면, 그 영은 말라죽고 만다. 물질사회에 편승하여 자나 깨나 이문의 셈만 따지는 영혼은 그 무게에 결국 짓눌리고 말 것이다.

정신세계의 정상에 서려면 물질의 지배를 막아야 한다. 빈곤에는 당연히 밑절미 고생이 따르기 마련이나, 동시에 절제 심을 기르게 하는 저력의 바탕을 깔고 있다. 그렇지만 예금한 돈을 언제든지 찾아서 쓸 수 있다는 긍정은, 성도의 천국행 고난을 반감시킨다는 점을 잊지 말고 가슴에 새겨 두자.

기독교 입장에서 모순되게도 고통은 신의 은총이라는 애써 믿음이 있다. 신께서 예정하신 목적에 맞춰-보다 높은 영적성장을 위해서는 참고 견디는 인고는 불가피하며-그 경지에 마침내 이르면 신이 반드시 보답해줄 것이라는 희생의 믿음이 그것이다. 덧붙여 그 믿음을 잃게 된다면 기도의 맥은 절로 끊길 수밖에 없다는 점이다. 그러면 늘 틈새를 노린 사악한 악의 군주는, 즉시 그의 영혼을 요구하는 시동을 건다.

대로변에서 조금 벗어나 있는 오층 건물 전체 업종은 시설이 깨끗한 모텔이다. 앞서 이용했던 여관에 비해 숙박비가 십 퍼센트 정도 비싼 편이었다. 그는 이보다 가격이 낮은 여관을 더 찾아볼까 궁리하다, 괜한 발품이 시간낭비로 이어질 수 있다는 판단을 내리자마자, 이틀 치 숙박료를 선불로 치렀다. 정리정돈이 잘된 방이라 기분이 흡족했다.

날씨 좋은 낮 시간대에 침대에서 마냥 뒹구는 빈둥거림은 지루함을 넘어 민망감에 좀이 쑤셨다. 산중에서라면 짜인 시간대별로 예배, 기도, 독서, 명상문 쓰기 순으로 얼마든지 고립감을 잊을 수 있었다. 그렇지만 그러한 답습이 준비가 안 됐다는 이유보다, 그렇게 하지 않으려는 비중이 높기에 무료감은 당연했다.

어느 사이에 손아귀에 리모컨이 들려졌다. 리모컨을 누르자 어지럽게 마구 흔들리는 푸른빛이 떴다. 그 전조 화면이 거치자, 곧바로 벌거벗은 두 남녀가 침상에서 정사를 벌이는 장면이 화면 전체를 장식했다. 앞전에 묵었던 손님이 시청했던 방송은 성인전문 채널이었다. 봉준은 낯이 후끈 달아올랐다. 그는 난생처음 보는 외

설장면에 질겁하며 화면을 얼른 껐다. 역겨워진 속이 니글니글 끓었다.

그는 더럽혀진 기분을 씻을 셈으로 외투를 걸치고 방문을 열었다. 논다니 하는 여자들이 바를 것 같은 루주 색깔의 역겨운 조명이 복도를 비추고 있었다. 일 미터 전방에서 이십 전후의 새파란 젊은 남녀가 문을 따고 막 방으로 들어갔다. 통유리 현관문을 바깥으로 밀어젖히자, 이번엔 팔짱을 다정히 낀 중년의 남녀가 새치기로 먼저 안으로 들어온다. 옆으로 비켜난 봉준의 입장에서는 손님을 맞는 꼴이 된 셈이었다. 두 사람이 남긴 냄새는 값비싼 향수와 샴푸 향이었다. 그렇지만 애인 간의 이탈이다 전제는, 고지랑물 냄새로 맡아졌다.

"윤리도덕이 무너지고만 사회로군." 그는 이렇게 중얼거리면서 거리로 나왔다.

각종 차량이 내뿜는 매연이 오히려 향긋했다. 재벌기업의 민자 참여로 지어진 새 역사에, 고속철도 개통과 함께 모든 기능을 넘긴 옛 서울역사는 젊은 예술인들로 활력이 넘쳐흘렀다. 세련된 자재들로 문화공간을 밝게 꾸며 일반인들에게 문호를 개방한 옛 역사 안은, 젊은이들을 위한 축제공간으로 탈바꿈되어 있었다. 차세대 유망주들이 각자 두세 점씩의 작품을 출품하여 전시회를 열고 있었다. 그들이 출품한 미술품들은 기성세대들의 고답적인 분위기를 넘어서는 파격적인 활기였다. 동물을 신비로운 존재로 표현한 회화가 그 경우이다. 그래서 신선한 젊음의 향기가 더욱 짙었다. 줄지어 밀려드는 관람객들에게 작품설명을 해주는 화가들의 표정은 저마다 행복감으로 빛났다. 수준 높은 감상가나 전문적인 캐릭터가 아닌데도, 신인 화가들에게 용기를 심어주려고 작품을 구매하는 광경은 실로 감격하다.

봉준은 환경보호를 주제로 담은 한 점의 그림 앞에 멈춰 섰다. 길게 기른 머리를 고무줄로 질끈 동여맨 젊은 화가가 봉준에게 다기와 작품설명을 늘이놓기 시작했다. 개펄이 사라진 뭍 위로 수많은 물고기가 떼죽음 당한 현장을 고발하는 그림이었다.

"이 그림이 말하고자 하는 의도는 무엇입니까?" 봉준은 액자 속의 그림에서 눈을 떼지 않고 낮은 톤으로 질문했다.

"환경파괴자들에 대한 경종입니다." 젊은 화가는 자신의 주관적 철학을 당당하게 피력했다.
 "환경파괴 주범이 인간이라는 뜻입니까?"
 "이산화탄소의 영향으로 지구온난화가 더해 간다는 것도 큰 문제이나, 경제적인 논리를 앞세워 개펄을 마구잡이로 파괴하여 무수한 생명체를 죽음으로 내쫓는 인간들의 횡포를 고발하고 싶었습니다. 개펄은 경제가치가 아주 높습니다. 오염된 물을 정화시킬 뿐만 아니라, 영양소의 보고인 어패류를 끊임없이 제공하면서 어민들로 하여금 생계보장을 유지케도 합니다. 결론적으로 자연을 파괴하는 최고의 천적인 인간들에게 양심을 회복해 달라고 호소하는 것이 제 그림의 주제라고 보면 되겠습니다. 그러지 않으면 언젠가는 자연이나, 인간이나, 모두 공멸하고 말 테니까요."
 "자연환경을 살려 지구온난화를 막자는 젊은이의 외로운 싸움이 인간의 물질만능 사상을 고치게 할 수 있다면 얼마나 보람 있는 일이겠습니까. 동참하는 뜻에서 이 작품을 구매하겠소!"
 청년예술가는 봉준의 후의에 경외를 표했다. 그렇지만 이 반대로 봉준의 고민은 이때부터 부풀어 올랐다. 안정감을 안은 시선으로 그림의 의미를 좀 더 깊이 감상할 수 없다는 점에서 심기불편이 시작된 것이다. 해결책이 전혀 없는 게 아니다. 전세로 빌려준 경기도 일산 집이나, 성북동 이모, 아니면 그림만 보면 사족을 못 쓰고 달려들어 서라도 기어이 뺏고야 마는 대학시절 여자 친구였던 이선행 등에게 보관을 의뢰할 수는 있다. 그렇지만 긴 시간을 소요하며 발품을 판다는 것은 아무래도 내키지 않는다. 봉준은 그림처리 문제를 결정 내리지 못한 채로 서울역광장을 가로 질렀다.
 "저, 이호선 전철을 타려 하는 디 역을 가르차 주갔소?"
 부피는 큼직하나 가볍게 느껴지는 보따리를 반백머리에 이고, 지나가는 행인을 붙든 사람은, 지방 어느 시골에서 막 도착한 육십 대 충청도 노파였다. 연초록색 스웨터 위에다 모자 달린 털외투 단추를 모두 풀어 젖힌 노파는 굽 낮은 검은색 구두를 신고 있었다.
 봉준은 산 사람이다. 도심 외곽 변두리는 한정적으로 그런대로 다니기는 하나, 높은 건물들이 하늘을 찌르는 사대문 안 마천루 시내구경은 거의 일 년 반 만이라 어리둥절할 수밖에 없다. 좌우의 거리를 머릿속 기억으로 더듬는 눈빛이 둔감하게 어두워진 까닭도 이 때문이다.
 그는 또렷하지는 않으나 안내를 맡기로 작심을 내렸다. 지하도에서 지상보도로 나와 숭례문을 거쳐 시청방향으로 가는데, 진즉부터 잘못된 길이라며 투덜댔던 할머니가 더는 따라갈 수 없다면서 몸을 홱 돌려 인파 속으로 들어가 버렸다. 이호선 시청역사 입구를 불과 삼 미터 가량 남겨두고서 말이다. 아마도 나쁜 사람에게 납치당한다는 의심을 품었던 것 같다. 그는 어이가 없었으나 친절을 마다한 할머니를 붙들 지는 않았다.
 대로변 식당에서 저녁끼니를 해결하고, 밤 여덟 시 반 무렵에 모텔로 돌아왔다. 약간의 피로감만이 느껴질 뿐, 체력에는 아무런 이상이 없었다. 양치질 후 손발을 씻고 곧바로 길게 누운 침대에서 휴식의 눈을 감았다.
 그때 노크 소리가 들렸다. 선잠에서 돌연 깨인 봉준은, 출입문 벽 우측 스위치를 올려 현관을 밝혔다. 손잡이를 위아래로 거칠게 흔들어대는 아우성이 귀에 영 거슬렸다. 누군지 전혀 감이 잡히지 않는 문밖 사람은, 성질이 무척 급한 자로만 짐작될 뿐이다. 봉준은 잠금장치를 해제한 문을 안으로 당겨 열었다.
 머릿결이 길고 눈썹 화장이 짙은-작은 얼굴이 갸름한 스물 두셋쯤의 젊은 여성이었다. 그녀는 능갈 맞는 눈초리로 멀뚱히 바라보는 투숙객의 가슴팍을 왼손바닥으로 밀어붙이고, 현관에서 굽 높은 검은색 구두를 벗고, 꽃무늬가 새겨진 분홍빛장판 바닥 위로 올라섰다. 그녀는 우두커니 선체에서 자신이 이동하는 행적만을 쫓는 남자 앞을 지나, 이불이 흩어져있는 침대 가장자리에 걸터앉았다. 첫 대면의 인사예절 따위는 아예 무시하고, 제 집인 양 자연스럽게 행동하는 처세로 미뤄 내부구조를 썩 잘 아는 것 같다. 계집의 교태 어린 검은 눈매가 벽면에 기대둔 그림액자에서 멈췄다.
 "어머, 그림이네. 아저씨 화가야? 사실이라면 주제 넘는 행색 아냐. 아니면 어디서 훔쳤거나 주었겠지. 아무려면 어때. 돈만 된다면야 대마초라도 상관없지."
 혼자 떠든다. 가는 허리춤까지 덮은 회색 외투 안으로 붉은 반소매 원피스를 입은 계집의 껌 씹는 입매는 방정맞도록 천하기 짝이 없다. 그 젊은 한철의 용색 입술에서 "주인아줌마가 가보라고 해서…" 라는 말이 흘러나왔다. 그녀는 망설이지 않고 원피스를 무릎 위까지 걷어 올린 후, 살구 색 스타킹을 아래로 내리기 시작하였다.
　여자의 맨다리 살피를 본 순간, 봉준의 입에서 열감이 확 내뿜어졌다. 한동안 고이도록 머금었던 침을 꿀꺽 삼킨 안색은 뜨겁게 달아오른 한편, 어찌할 바를 모르게 된 사지는 쩔쩔매었다. 가슴은 두근두근 뛰었고, 혀는 굳고 지각도 꽉 막혀 도무지 말문이 열리질 않았다. 이렇게 황망하도록 난감을 겪기는 난생처음이라 대처방법 찾기도 아련했다. 취할 수 있는 방어책은 고개를 돌려 논다니 계집을 외면하는 것뿐이다. 등 뒤에서 계집의 깔깔거리는 웃음이 터졌다. 아마, 기회를 타지 못하는 순진한 바보라고 놀리는 것이리라.
　"아저씨, 이리 와 앉아! 내가 즐겁게 해 드릴게." 직업적 유혹이 농후하다.
　"저, 아가씨! 난 죄 짓고 싶지 않아요. 그러니 제발 나가줘요."
　"죄? 아저씨 목사야? 아님, 땡중이라도 돼. 아니라고? 그럼, 왜 하필 죄 얘기를 꺼내 가슴을 옥죄이게 하는 거래? 이런데 들어와서 자리 펴고 잔다는 것 자체가 여자의 그리움 때문이 아니겠어."
　"말이 지나치군요. 난 단지 쉬러 왔을 뿐이오. 그러니 편히 쉴 수 있도록 제발 나가줘요."
　"아저씨 고자야? 아니면 동정을 지키는 산신령이라도 돼? 돈 줘! 그럼, 소원대로 성가시게 굴지 않고 깨끗이 꺼져줄게."
　"무슨 상거래를 했다고 돈을 달라는 거요. 그리고 나보다 나이가 어려 보이는 데, 왜 반말을 하는 거요."
　"에잇, 재수 없어. 개시부터 말이 통하지 않는 숙맥이라니 오늘 싹수 보나마나 노란 군."
　족대기가 통하지 않자 여자는 다리를 겹쳤다. 그리고는 신경질을 부리면서 습관적 버릇인지, 검지지문 살갗을 앞니로 마구 물어뜯는다. 양발 엄지발톱이 빨강 색이다.
　곤경에 처한 어깨를 잔뜩 움츠린 투숙객은 계집의 얼굴에서 시선을 떼지 않고 있다. 양 눈썹을 내리깐 낯빛은 창백했다. 풀기 힘든 그 어떤 고민거리에 찬 안색이었다. 그는 당장 필요한 얼마의 돈을 마련하기가 여의치 않자 불안에 떠는 것이 분명하다는 판단을 내렸다. 안됐다는 궁휼심이 뇌리에 스쳤다. 침대 머리맡에서 집어든 지갑을 열어 보니 만 원짜리 두 장뿐이다.
"아가씨, 정말 미안하오. 이게 가진 돈 전부이니 이것만이라도 받아 줬으면 고맙겠소."
계집은 옅은 미소를 흘리면서 투숙인에게서 뺏다시피 한 지폐에 침을 탁탁 뱉고, 가슴골에 쑤셔 넣었다.
"고마워해야 할 사람은 바로 저네요."

2
-강도신고-

 윤정민 여사는 일제강점기에 독립 운동가였던 강호성의 외손녀이다. 서예가의 아내를 뒀던 부친은, 60-70년대를 거쳐 대학에서 경제학을 가르치다 기업체 사장으로 영전되었다. 윤봉호는 슬하에 두 딸만을 두었는데, 윤정민이 맏딸이고, 지지난 해에 오랜 지병으로 예순여섯의 생애를 마치고, 먼저 하늘나라로 떠난 세 살 터울의 동생이 윤정애이다.
 윤정애는 죽기 삼년 전에 독실한 기독교신앙인이며 판사였던 남편 정길호와 먼저 사별을 하였다. 남편의 사인은 심근경색이었다. 윤정민의 동생 윤정애의 아들이 바로 정봉준이다. 부모의 성품을 이어받아 인간미가 따뜻하고 영민하여 집안의 자랑스러운 인물이었다. 그래서 윤 여사는 외 조카가 폭력이 심한 술망나니 친부로부터 탈출한 사내아이를 데리고 왔을 때도, 두고두고 귀찮아질 것을 감수하고 받아들였던 것이다. 이 결정으로 윤 여사는 아이에 대해 이해가 고지식하게 부족한 남편과 두 차례나 실랑이를 벌여야했다.
 윤 여사는 외 조카가 데려온 아이 때문에 남편과 입씨름을 벌일 때마다, 출가한 둘째 딸을 키울 때, 속을 태우며 어금니를 욱 물었던 기억이 되살아나 은근히 후회를 품기도 했었다. 그러나 윤 여사는 과거에 살지 말자. 저 아이는 남자애라 여자애와는 다르지 않겠느냐. 그러니 우리 자식으로 호적에 올려 학자로 키우자고 남편을 설득하여 포용력이 넓은 남편의 허락을 기어코 받아냈다. 그렇지만 아이 문제 말고도 이 집안엔 더 큰 고통이 있었다. 그것은 남편이 정치권으로부터 질책성 비난을 한 몸으로 받고 있는 것이었다.

윤 여사의 남편 변재용은 열렬한 인권주의자이다. 그는 '사람의 기본행복은 억압에서 해방되었을 때 가능해진다. 그러므로 각 분야에서 회사를 함께 키우는 종사원들의 어려운 생활을 아랑곳하지 않고, 고의로 부도를 내어 임금을 착취하는 기업인은 이 땅에서 영구히 퇴출되어야 마땅하며, 불법체류라는 약점을 악용하여 외국인 근로자를 학대하면서, 그들로부터 원한을 터트리게 하는 악덕 업주 역시도 국가체면을 갉아먹는 일등 불량 급에 해당하므로, 응징 대상이다.' 라고 주장하는 사람이다.

대한민국은 반만년의 유구한 역사를 자랑하는 나라이다. 그렇지만 조선말에 들어와서, 위정자들의 무능으로 일본의 침략을 받아 삼십육 년간 그들의 신민臣民이 되는 수모를 혹독하게 겪었던 전례가 있다. 이에 앞서 일본인들은 대한제국의 국모 명성황후를 벌거벗긴 온갖 농락을 넘어, 활활 타오르는 불길에 내던졌다.

그 배후를 좀 더 구체적으로 살펴보면 이렇다. 일천팔백구십오년 시월 팔일, 동이 트는 시각. 일명 '여우사냥' 작전에 나선 일본인 군인과 낭인 몇몇은, 경복궁 조선왕비 침전에 뛰어들었다. 그리고는 러시아세력을 끌어들여 일본을 물리치고자 했던 대원군의 며느리 명성황후를 시해했다. 여기저기 떠돌아다니는 무사를 일컫는 낭인의 신원은, 학자들의 연구 끝에 일본군 후비 보병 십팔 대대 소속 미야모토 다케타로 소위임이 밝혀졌다. 그는 이후, 대만 헌병대 일원으로 항일투쟁 자들과의 교전 중 사망하나, 천황폐하를 위해 목숨을 바친 영령들과는 달리 야스쿠니신사 합사에서 제외됐다.

일본은 이외에도 태평양 침략에 나선 자국 군인들을 위로한다면서, 국적 불명의 여성들을 그들 속으로 집단 밀어 넣고, 그녀들의 꽃다운 신체를 꺾고 찢는 인권말살의 악행을 무차별적으로 저질렀다. 그 여성들의 사무친 탄원을 하늘이 들었는지, 미군을 앞세워 히로시마에 원자폭탄을 투하케 하였다. 이런 엄청난 피폭의 압박에 일본은 마지못한 항복을 세계만방에 선언하기에 이르렀다. 그렇지만 일본의 우리 민족을 얕보는 행태는 오늘날까지도 멈추지 않고 있다. 독도가 자국의 영토라는 끈질긴 야욕심이 그것이다. 또한, 그 당시 미군의 압력에 의해 삭제됐던 보통국가, 즉 전쟁할 수 있는 국가탄생을 서둘러야 한다는 이야기도 저변에서 심심치 않게 들려오고 있다.

또 다른 이웃국가인 중국은 어떠한가? 우리나라 국민 대다수 이름 성씨가 그 나라 뿌리에서 비롯되었다는 중국은, 수천 년 동안 우리 민족을 짓눌러 왔으며, 지금도 동북아공정 등으로 고구려를 자기들의 속국인 양 역사왜곡을 밥 먹듯이 하면서, 자국에서 멀리 떨어진 우리 땅 이어도에도 눈독을 들이고 있질 않은가.

그 대국을 향해 국가인권위원장인 윤 여사의 남편은, 굶주림에 지쳐 목숨을 걸고 탈북을 강행한 북한 동포들을, 사람취급을 못 받는 지옥 같은 북한으로 강제송환하지 말고 보호해 달라고 요구했으며, 정부와 정치권에서 탈북자의 안전을 위한 종합대책을 세워달라고 주문했다. 그러자 행정부와 정치권 일부에서 그 문제를 건드려서 득 될게 뭐냐면서 비난을 쏟아내자, 윤 여사의 남편은 정신적 고통에 시달리고 있다.

사월 초순의 날씨는 변덕하기 그지없다. 섭씨 십도 이상으로 쑥 상승했다, 어느 날 갑자기 영하 삼-사도까지 뚝 가라앉으면서, 때 아닌 새하얀 눈으로 대지를 뒤덮곤 하였다.

사순절 마지막 주간을 경건하게 맞으면서 부활절주일을 준비 중인 윤정민 여사는, 꼭꼭 닫아둔 거실 유리 창가 편으로 늘어놓은 화초들에 분무기물을 뿌려주고 있었다. 카펫이 깔린 거실은, 통유리 창문을 뚫고 비추는 햇살로 봄기운이 완연하다.

봄 햇살에 졸음이 절로 오는 오후 세 시이다. 백승연이 현관문을 열고 들어서는 기척이 들려왔다. 이어, 아이의 싱그러운 목소리가 집안 전체로 울려 퍼졌다.

"학교 다녀왔습니다."

"오냐! 애썼다."

윤 여사는 도수 높은 안경 너머로 읽고 있던 무릎 위 성경을 탁자에 올려놓고, 책가방을 두려고 제방으로 가는 중학생 아이의 뒷모습을 흐뭇한 표정으로 바라보았다. 가리는 것 없이 아무 음식이나 잘 먹는 승연은 신장이 부쩍 자라 있었다. 처음엔 새로운 식구들과 낯가림을 하는지, 한 상 식사를 함께하기조차 미적거렸었는데, 지금은 환경에 동화되어 끙끙 앓듯이 숨겨두려고만 했던 과거의 소심을 벗고, 제법 할 말도 하면서 개구쟁이 짓도 곧잘 보이는 단계까지 발전했다. 그렇지만 한 식구가 된지 고작 사오 개월 남짓인 데다, 소년과의 세대 차가 워낙 멀어 서먹한 분위기가 다 가신 건 결코 아니었다.
 "미영 엄마! 미영 엄마! 어디 있어? 응, 난 또 어디 갔나 했네. 아까 사온 닭튀김요리를 내오고, 삶으라는 달걀은 다 됐어요?"
 "네, 거기 탁자에다 차릴까요?" 출퇴근하는 가정부가 윤 여사에게 공손한 어조로 물었다.
 "응, 그래 줘요. 아들 녀석이 먹는 모습을 가까이서 보고 싶네. 승연아, 다 씻었으면 간식 먹으러 오너라. 우유는?"
 "내 정신 좀 봐!"
 가정부는 거실과 면한 주방으로 빠른 동작으로 돌아가서, 냉장고 안 흰 우유를 유리잔에 채워 쟁반에 받쳐 가져왔다.
 영양상태가 좋아 살이 보기 좋게 찐 아이의 몸에서는 비누냄새가 풍겼다. 샤워를 마치고 새물내기 옷으로 갈아입은 아이는, 한 아름의 빨랫감을 들고 가정부 앞에 섰다.
 "아줌마, 일감이요." 아이는 평정에 찬 목소리로 두 팔을 쑥 내밀었다.
 사랑으로 길러지는 아이는 이토록 여유해지는 걸까? 아이의 천진한 장난기에 윤 여사는 행복감을 이길 수 없었다. 승연은 자신의 행동에 귀엽다는 미소를 조용히 짓고 있는 늙은 양모와, 빨랫감을 안은 가정부를 번갈아 돌아보면서 빈약한 엉덩이를 긴 소파에 걸쳤다.
 "또 뼈 잘못될 자세로 앉는구나. 바른 자세로 앉는 습관이 중요하다고 그렇게 타일렀는데도 여전히 고치지 못하고 있다니, 아직 철이 덜 들어서 야단났구나."
 "알고도 고치기 힘든 게 습관이 아니겠어요."
 "똑똑한 말을 하는구나. 이 담에 커서 잘못을 고치겠다는 건 뼈가 단단히 굳은 뒤여서 어렵 단다. 일찍부터 바로 잡아야 어른이 되면 품위 있는 체형이 된다는 걸 명심하여라."
 윤 여사는 바른 자세로 소파에 등을 붙인 아이의 얼굴을 몰래 훔쳐본다. 간식거리를 믹는 아이의 징래 인물이 어띠힐까 나름 그려보려는 속셈을 깔고 있다. 그 건조한 눈빛에는 염탐 기운도 아련하게 서려 있다. 대체, 하늘의 계시가 없다. 아무리 머리를 짜내도 영감이 떠오르지 않자, 윤 여사는 고개를 좌우로 저으며 시기상조라는 결론을 서둘러 내렸다.

청소년기 아이들은 항상 뼈 분해와 새로운 뼈가 만들어지는 과정을 반복한다. 하루가 다르게 신장이 빠르게 성장하는 이유가 이 때문이라고 의학계에서는 말하고 있다. 윤 여사는 승연에게 자신이 정립한 뜻을 일절 강요하지 않고, 아이가 이루고자 하는 꿈을 적극적으로 도울 뿐인 현명한 조력자가 되자고 다짐했다. 지금은 비록 제 앞가림을 제대로 하지 못 하는 유약한 아이이나, 이 아이가 다음 세대의 어른이 되었을 때, 부모에게 '훌륭한 조력자가 되어주셔서 고맙습니다.' 라는 감사의 말을 듣고 싶었다.

승연을 돌보면서 중도에 깨달은 바이지만, 윤 여사는 두 딸을 키우면서 자식들의 의사를 무시하고, 어른의 잣대로만 이대로 하라, 저렇게 하라 강요한 것을 후회하는 자신을 발견할 수 있었다. 자식들의 말을 귀동냥으로 흘려듣고, 부모의 권위로만 내 말을 들으라고 억압했던 시절의 악연이, 아직도 모녀간의 갈등이 씻기지 않고 남아있음을 상기했다. 그러므로 그녀는 승연의 교육은 반드시 아이의 눈높이에 맞추어야 한다는 다짐을 재차 굳게 다졌다.

성품이 천성적으로 착하고 남에 대한 배려심이 높은 한편으로 책임감도 강한 큰딸은, 대학에서 불문과를 전공하여 오늘날 우리나라와 프랑스를 수시로 오가며 민간외교에 앞장서고 있는 데 반해, 어렸을 때부터 남달리 외모에 치중했던 둘째 딸은, 모든 게 제 멋대로라 다루기가 복창했었다.

작은딸이 고등학교 삼학년 때 일이다. 엄마 입장에서는 성격이 차분해질 수도 있는 원예과를 선택하라고 조언을 해줬는데도, 둘째 딸은 엄마의 말을 아니 꼽게 듣지 않고, 아나운서가 되겠다면서 삼류대학 방송학과에 지원서를 넣고 말았다. 그 결과 오늘날의 둘째 딸은, 장래전망이 불투명한 화장품용기를 만드는 소규모업체 직공노릇을 하고 있다. 전공분야의 취직이 쉽지 않아 눈을 낮추어 지원에 성공했다고 스스로 자평하나, 부모로서는 자존심이 이만저만 상한 게 아니었다.

승연이 닭다리 살을 뜯어먹다 손가락에 묻은 식용기름을 상의에다 문질러 닦았다. 이뿐 아니라 우유를 마시며 적신 입 주위를 옷소매로 쓱 닦는 것이었다. 영락없는 가정교육의 부재였다. 외 조카 정봉준도 이맘때 이와 똑같은 행동을 보인 적이 있었다. 아이의 정서안정을 위해서는 되도록 품에 자주 안아주어야 하나, 어떠한 교육을 받았느냐에 따라서 인격형성이 달라지는 만큼, 아이의 가르침은 엄격해야 한다는 게 윤 여사의 가정 교육관이었다. 윤 여사는 탁자 위에 놓인 휴지 한 장을 뜯어 아이 손에 쥐어줬다.
"사귄 친구 중에 누가 제일 네 맘에 드니?"
"홍귀성이라는 친구요. 도배공아들인데, 야구를 잘해요."
"그뿐이냐? 음악이나 미술 등 예능에 소질을 가진 친구는 없니?"
"알고 지내는 친구는 아직 없고요, 어머니가 소설가라는 박복순에게 관심을 두기 시작했어요."
"그 아이의 태도는 어떠하냐? 공부 잘하는 모범생이냐?"
"할머니, 왜 그런 걸 꼬치꼬치 알고 싶어 하세요?"
"친구는 하나의 영혼이라고 하지 않니. 어떠한 친구와 만나 어울리느냐에 따라서, 그 사람으로부터 영향을 받게 되거든. 말투까지도…"
"저도 사람을 볼 줄 아는 눈이 있으니까, 할머니께 염려를 끼치지 않을 거예요."
"그렇다면 다행이구나. 나쁜 영향은 두고두고 후회를 낳게 하는 거란다. 어딜 가려고 급히 일어나는 거니? 할머니엄마와 얘기하는 것이 싫은 게냐?"
"아니에요. 그게 아니라 바깥에 나가서 놀고 싶어서 그래요."
"오냐 알았다. 일찍 들어오려무나."
승연은 현관 구석에서 농구공을 찾아들고 집을 나섰다. 소년의 낯빛에 해방감이 고무적으로 떴다. 나무들의 우죽향기가 싱글해서가 아니라, 말끝마다 단서를 다는 양어머니의 지겨운 말을 이젠 듣지 않아도 되었다는 희열이었다.
어스름이 깔린 놀이터에는 아무도 없다. 소년은 그네를 타다 미끄럼틀로 옮겼다. 그때 보안등 불빛을 등에 업은 두 사람의 검은 그림자가 땅바닥에 드리어졌다. 두 개의 담뱃불이 위아래로 오르락내리락 움직였다. 두 사람은 세 개의 그네 중 두 개를 차지하고 각자 앉았다.
"십 분 후에 행동을 개시한다. 겁먹지 마! 이번 기회에 한 몫을 챙기고 완전히 손 털 거니까 그리 알고 있어. 우리 손으로 차 한 대를 뽑아 전국을 돌며 채소를 파는 재미, 벌써부터 귀가 솔깃해지지 않니? 세상은 그런 거다." 호흡을 가라앉힌 목소리의 주인공은, 이십 대 후반으로 짐작되는 청년이었다.

"네 말처럼 잘 된다면야 영창 갈 일이 안 생기겠으나, 만에 하나 귀가 밝은 개라도 짖어댄다면 우리는 끝장이야. 그러니 긴장이 안 되겠니? 너를 따라나선 게 후회된다." 더듬거리는 말투에서 겁먹은 기운을 절절 새어내는 초보자의 음정은 심하게 떨렸다.

"자식, 배짱이 다 죽었구나. 가만히 앉아서 잔머리를 굴리면 돈이 생기냐? 밥이 차려지느냐? 그따위 쓸데없는 걱정일랑은 붙들어 매고, 어서 얼굴이나 가려라. 시간 됐다."

두 눈만을 남겨 두고 검은색 복면을 뒤집어 쓴 두 청년은, 배꼽노리를 매만지면서 공원을 빠져나와 습관적으로 주위를 두리번거렸다. 숨소리마저도 깊이 죽인 소년은, 미끄럼을 타고 내려와서 일정한 새의 간격을 두고 두 청년의 뒤를 쫓았다. 심장이 두근두근 방망이 쳤다. 두 청년이 십 미터 전방에서 멈춰 섰다.

"망 잘 보아라." 이 말을 동료에게 남긴 주범은, 보안등 불빛 아래에서 어둠 속으로 자취를 감추었다.

그는 제키만큼 높은 벽돌담장 위로 훌쩍 뛰어올라, 건물 벽에 붙은 가스배관 턱에 왼발을 딛고 아래로 사뿐히 뛰어내렸다. 오층 건물 중, 일층 한방 유리 창문에서만 텔레비전의 파란 불빛이 새어나올 뿐이었다. 그는 현관문이 잠겨 있지 않은 것을 확인했다.

어둠 속으로 몸을 꼭꼭 숨긴 바깥 청년은, 저린 발을 동동 굴리면서 귀를 모아 세웠다. 그때, 이 미터 거리 왼편에서 인기척이 들려왔다. 청년은 장발 전체를 쭈뼛 세우면서 사지를 부들부들 떨었다. 손으로 입을 틀어막고 숨결마저도 꾹 삼켰으나, 극도의 긴장감으로 하마터면 소리를 지를 뻔하였다. 산책 나온 중년부부는, 숨어서 지켜보고 있는 청년을 눈치 채지 못하고 그냥 지나쳤다. 안도의 한숨이 길게 내쉬어졌다.

"누구세요? 도둑이야!"

젊은 여자의 외침은 중도에서 끊겼다. 침입자가 여자의 입을 난폭한 완력으로 틀어막은 것이었다. 침입자는 여자의 흰 목을 왼팔로 휘어 감고는, 다른 손에든 예리한 단도를 눈앞에 들이대었다.

"지랄 그만 떨고 돈이나 내놓지 그래."

"없어요." 새파랗게 질린 여자는 바들바들 떨면서, 파란빛을 반사해내는 칼날의 움직임에 오감을 곤추 세웠다.
 "없다? 그럼, 지갑은 어디 있지? 어서 대답해."
 "화장대 서랍에요." 강도는 여자를 반 끌어안은 채로 화장대로 끌고 갔다. 천장에 매달린 전등이 켜졌다.
 "어느 서랍인지 직접 꺼내."
 "칼 치워 주세요. 볼 수가 없잖아요."
 "내가 찾지."
 강도는 칼끝으로 여자를 계속 위협하면서, 두 번째 서랍에서 장지갑을 찾아냈다. 한 손만으로는 지갑 속을 뒤지기가 수월치 않자, 칼을 든 손을 일시 내렸다. 이때 여자가 잽싸게 몸을 일으키며 피신의 도망을 쳤다. 그렇지만 여자는 두 걸음 만에 머리채가 잡혔다. 강도의 격분이 사납게 거칠어졌다. 강도는 강제로 자리에 앉힌 여자의 머리채를 사정없이 쥐어박았다. 그러면서 점퍼 안주머니에다 지갑을 쑤셔 넣었다.
 "죽음 맛을 봐야 고분해지려나."
 "살려 주세요. 이불장에 돈 있어요."
 "쉽게 나오는군. 어서 일어나서 안내해!"
 강도는 험하게 윽박지르며 여자를 앞세웠다. 머리채는 잡혀있고, 등은 칼날 끝에 대여 있어서 저항할수록 상해만 입는다는 불안감에 사로잡혀 있는 여자는 순순히 응했다. 건너 방 문턱을 넘었다. 이어 이불장의 두 문도 양편으로 활짝 열렸다. 곧 수중에 들어올 돈만을 계산하고 있는 강도는 여자의 머리채를 풀었다. 여자는 차곡차곡 개어서 얹은 이불 속에서 돈다발을 꺼냈다. 동공을 크게 밝힌 강도는 뭉치 돈을 잽싸게 낚아챘다. 여자는 미뤘던 노트북을 시간 봐서 내일쯤 사려고, 오늘 낮에 들른 거래은행에서 인출한 일만 원 권 지폐 백매 전부를 강탈당하고 말았다. 여자의 머리채를 다시금 억세게 움켜잡은 강도는, 이번에는 신용카드의 비밀번호를 대라며 윽박질렀다. 여자는 엉터리 번호를 알려줬다. 강도는 종이에 직으라고 협박했다.
 "이 방에는 펜이 없어요. 안방으로 돌아가야 해요."
 "머리 굴리는 거지?"
 "아녜요. 정말이에요."
 "앞장 서!"

여자는 강도의 어조에서 살벌한 기운이 다소 빠진 것을 감지했다. 복면의 눈동자가 줄기차게 주시하고 있기는 하나, 비교적 자유로운 몸짓으로 화장대 앞에 앉아 메모를 적은 쪽지를 강도에게 넘겼다. 여자가 무릎을 펴고 일어나려 하자, 강도가 머리채 잡았던 그 손으로 여자의 왼쪽 어깨를 꾹 눌렀다. 강도가 고개를 숙여 쪽지를 들여다본다. 이때 줄곧 틈새의 찬스만을 노렸던 여자는 방을 뛰쳐나가 현관으로 내달렸다. 그러나 이번 역시도 한발 늦었다. 강도는 몽땅 뽑고 말 듯이, 위로 세게 당긴 머리채를 마구 흔들었다, 두 방 사이의 거실 벽면에다 머리통을 몇 차례 쥐어박기도 하였다. 정신을 차릴 수가 없었다.

어느 집 앞 향나무 위로 오른 가지 틈새로 바깥쪽 강도의 동태를 지켜보고 있던 승연은, 고양이처럼 나무에서 살금살금 내려와 뒷걸음질을 쳤다. 강도의 시야에서 완전히 벗어났다고 판단내린 승연은, 내달리면서 바지주머니 속을 뒤졌다. 백 원짜리 동전 한 닢이 손아귀에 잡혔다. 소년은 웬 돈인지 따질 겨를 없이 숨을 헐떡이면서 대로변까지 나왔다. 휴대전화기 보급 확대로 희소해진 공중전화기를 식품가게 귀퉁이에서 어렵사리 발견했다.

신고 이십 여분 만에 경광등을 반짝이며 순찰차량이 나타났다. 마음이 조급해진 소년은, 미리 그 길목으로 뛰어들어 높이 쳐든 두 팔을 좌우로 흔들었다. 차가 멈췄다. 소년은 두 순경에게 자신이 강도 신고자임을 알리고 차량에 재빨리 올랐다.

"경찰 아저씨, 강도들이 미리 알아차리고 도망갈 까봐 그러는데요, 경광등을 끄면 어떻겠어요."

"좋은 생각이다." 운전대를 잡은 젊은 순경의 대답은 짧았다.

순찰차를 밀찌감치 세워놓고, 두 순경은 흉악한 범죄자들로부터 보호를 받아야 할 소년 뒤를 바싹 쫓았다. 소년은 보안등 끝 빛발이 흐리게 미쳐있는 한 지점에서 걸음을 멈추고, 어두운 담장 모퉁이를 손끝으로 가리켰다. 방탄장비를 갖춰 입은 두 경관은, 소년더러 물러나 있으라고 속삭였다. 그리고는 저희끼리 무언의 손짓으로 작전을 짜고, 각자 허리춤에서 가스총을 빼 들었다. 한 사람은 담장에 바싹 붙어서 접근을 시도하였고, 현장 경험이 부족한 젊은 순경은 일단 벚나무 뒤로 몸을 숨겼다.

망을 보던 청년은 경찰의 난데없는 급습에 까무러쳤다. 혼백을 잃은 청년은, 별 저항 없이 두 손을 순순히 내밀어 수갑(은팔찌)을 받았다. 젊은 순경은 어깨를 축 늘어트린 청년을 뒷좌석에 태우고, 수갑 한쪽을 앞좌석 머리 받침 손잡이 공간과 연결했다. 소년이 십 보 뒤편에서 이 전 과정을 쭉 지켜봤다.
　"집에 가라. 위험하다." 순경은 소년의 안위를 걱정했다.
　"아저씨, 한 사람 더 있잖아요. 제가 여기를 지키고 있을 테니, 어서 범인을 잡으러 가세요."
　"감시를 봐줄 누군가의 도움이 필요하긴 하나 너무 위험하단다." 순경은 말끝을 흐렸다.
　"괜찮아요. 저도 제 몸 하나쯤은 지켜낼 수 있으니까요." 소년은 모험심을 살리고 싶었다. 그리고 쉽게 목격할 수 없는 경찰아저씨들의 활약상이 몹시 궁금했다.
　"절대 가까이 다가서지 말고 멀찌감치 떨어져서 감시해야 한다. 무슨 일이 생기면 즉시 우리에게 알리는 거 잊어선 안 된다."
　젊은 순경은 자신의 무지를 깨달았다. 경찰의 지령수칙에는 시민의 안전을 우선순위에 두고 있다. 만일, 소년에게 변이 생긴다면 이 수칙의 위배로 징계가 내려질 수 있다. 그렇지만 현 상황에서는 이런저런 유·불리를 따질 여건이 아니다. 선배와 한시바삐 강도를 잡아야만 한다. 그는 안심할 수 없다는 고뇌를 드러낸 안색으로 위험이 따를 임무를 소년에게 내렸다. 이런 식으로 휘말려도 되는지 걱정을 그득 안고-소년을 믿어보기로 마지못해 결정했다.
　선배는 아직 벽돌담장 바깥에서 집안 내 동정을 살피고 있었다. 뒤편에 선 후배를 돌아본 선배는, 담장을 넘어가서 대문을 따라고 지시했다. 철제대문이 조심스럽게 열렸다. 자세를 한껏 낮춘 후배는 그대로 현관문 앞까지 접근하여 그 벽면에 바싹 붙었다. 선배도 곧 맞은 편 벽면에 붙어 서서 안의 기척에 귀를 기우렸다.
　거실바닥에 꿇어 앉혀진 여자는, 강도로부터 온갖 희롱을 겪고 있었다. 머리를 추가로 몇 대 더 맞았고, 가슴이 만져지는 성추행도 당했다. 강도의 무시하는 비웃음이 뜬 입술에 담배가 물렸다. 강도는 담배연기를 체내 깊이 들이켰다. 그 얼굴에 야릇한 미소가 새롭게 번들거렸다. 강도는 한 모금의 담배연기를 여자의 면상에다 훅 내뿜었다. 담배연기를 피하려 밭은기침을 몇 차례 터트리며 숙여진 가녀린 턱은, 강도가 받친 검지에 의해 다시금 쳐들렸다.

눈물범벅의 여자얼굴을 뚫어지게 응시하는 강도의 눈빛에 성욕이 이글거렸다. 강도는 여자의 얼굴에 가까이 붙인 코를 벌름거리며 여자의 체온을 맡았다. 그 무렵 등 뒤에서 "꼼짝 마라!"라는 외침이 쩌렁쩌렁 울려 퍼졌다. 순간 정신 줄을 놓치고만 강도는, 자신도 모르게 입에 문 담배를 바닥에 떨어트렸다.
　공범자 청년은 앞좌석 등받이에 댄 이마를 좀체 들지를 않고 있다. 그러다 별안간 머리를 마구 들이박는 거친 행동을 저질렀다. 그 지랄 떠는 행패로, 콧구멍에 대롱대롱 맺혀있던 눈물과 콧물이 뒤섞인 물질이 줄줄 떨어지면서 시트바닥을 적셨다. 청년은 한 묶음으로 매인 손목수갑의 좌석을 뽑고야 말겠다는 용을 썼다. 그렇지만 그럴수록 손목수갑은 더욱 옥죄어질 뿐이다.
　길어지는 시간에 기다림이 지루해진 소년은, 하품을 하다 바깥으로 새어 나오는 차량 내 신음을 얼핏 들었다. 새순을 갓 틔운 느티나무 아래를 벗어나왔다. 보안등 불빛을 뒤편에서 받고 있는 순찰차 안은 조용했다. 소년은 그 점이 굉장히 불안했다. 상해를 입을 수 있다는 무서움보다 아이다운 호기심을 떨칠 수 없었던 소년은, 뒤꿈치 뗀 살금살금 걸음으로 차량에 붙어 서서 안을 살짝 들여다보았다. 한쪽 무릎을 세운 엉성한 몸가짐으로 반쯤 누운 불편한 자세로 천장을 바라보고 있는 청년이 어둠침침에 둘러싸인 차창 너머로 보였다. 그런데 어찌 된 영문인지, 왼편으로 약간 돌려져있는 청년의 얼굴에 붉은 액체물질이 떠있다. 배경은 불투명하나 비치는 형체는 물감으로 보였다. 소년은 좀 더 자세히 관찰하려고 차량 반대편으로 이동했다. 청년의 안색은 거무스름했다. 물감의 정체는 분명 붉은 피였다.
　깜짝 놀란 소년은 차창에서 물러났다. 소년은 상황판단이 미숙한 자신으로서는 대처 방도를 찾을 길 없자, 경찰아저씨를 떠올렸다. 소년의 숨결이 가빠졌다. 이십 오보가량 달렸을 때, 두 손이 뒤편으로 결박된 강도의 양팔을 잡고, 철제대문 집을 막 나서는 경찰아저씨들이 눈에 띄었다. 마주 걷던 소년의 시선이 강도의 눈길과 정면으로 부딪쳤다. 순간, 소년은 움찔한 공포심에 살을 떨었다. 인상착의를 잊지 않고 꼭 기억해두었다 훗날에 보복하고 말겠다는 독기 눈매로 이해했기 때문이다. 소년은 나이든 경찰관 곁에 바싹 붙어 섰다.

"웬일이니?"
"차에 있는 아저씨가 피를 흘리고 있어요."
"뭐? 이놈이 자살을 시도해? 골치 아픈 일이 생겼군. 이봐, 빨리 움직여!"
한발 앞서 도착한 젊은 순경이 서둘러 뒷문을 열자마자 인상부터 찌푸렸다. 낯선 피비린내를 맡았기 때문이었다.
"어때?" 선배가 뒤편에서 물었다.
"혀를 깨 물었는데, 생명에는 지장이 없는 것 같습니다."
"이놈을 태우고 빨리 병원부터 가자고."
"시트 피를 닦고요."
"젠장, 바빠 죽겠는데…웬만큼 닦았으면 어서 출발하자고."
후배순경이 웅크린 자세로 누여진 공범의 신체를 일으키는 사이에, 바깥에서는 선배순경이 도주 우려가 높은 주범의 수갑안전 점검을 최종 마쳤다. 두 범인은 뒷좌석에 함께 묶였다. 그 오른편으로 선배경찰이 붙어 앉았다.
"학생, 참 장해! 연락이 갈 테니까 그때 볼까?"
"네, 수고하세요."
승연은 아무에게도 발각되지 않고 제 방으로 무사히 돌아왔다. 전등을 끄고 침상에 벌렁 누웠다. 공원에서의 활약상이 영상필름으로 되돌려져 잠을 통 이룰 수가 없었다. 자신의 용감한 신고로 두 강도를 체포할 수 있었고, 미처 보지는 못하였으나, 동네누나의 목숨을 구하는 데 결정적 도움이 되었다는 엄청난 흥분에 들떠 있었다. 도무지 믿기지가 않았다. 모든 게 꿈만 같았다. 그렇게 이리저리 뒹굴 거리다, 일기를 쓰지 않았다는 사실을 깨달았다.

이천++년 +월+일+요일. 일기, 흐렸다 오후부터 차차 갬.
중학교 생활은 대체로 단조로운 편이다. 그럼에도 위안이 되는 점은, 한 동네에 살면서 한 반이기도 한 홍귀성과 단짝 친구로 지내게 되었다는 깃이다. 귀성은 허풍쟁이다. 좋게 말하면 사담들의 귀를 즐겁게 해주는 이야기꾼이다. 그다운 활달한 성격이, 외로움을 많이 타는 나에게는 정말 안성맞춤의 벗이 아닐 수 없다.
몇 개월 공부를 하면서 나는 특히, 국어와 영어에 자신감이 붙었다. 앞으로 얼마든지 진로가 바뀔 수 있겠지만, 세계 각국의 언어를 연구하는 것이 장래의 꿈이 될 것 같다. 그 때문인지 학교도 서실이나 학습지를 사러 서점을 찾으면, 으레 언어의 집합체인 문학책부터 고르는 습관이 붙었다. 오늘도 점심시간 때 홍귀성과 잠깐 들렀던 학교도서실에서, 내 나이 수준에는 이해가 어렵다는 토스트에프스키의 장편소설 '죄와 벌' 을 빌려 집으로 가져왔다.

나는 신앙인으로서 무한한 사랑에 열을 올리시는 양어머니에 대하여 무거운 거부감을 안고 있다. 너무나도 과잉된 애정이라, 받아들이는 나로서는 큰 부담이 아닐 수 없다. 그래서 양어머니께 적당한 관심을 보여 달라고 호소하고 싶다. 오후에 양어머니 말씀을 끝까지 듣지 않고, 공을 들고 바깥에 나가버린 이유도 여기에 있다. 그렇지만 그 덕분에 미약하나마, 사회를 밝히는 빛의 역할을 할 수 있었다. 그러면서 이제야 깨우친 건은, 늙으신 양어머니께서 사 주신 농구공을 어디서 잃어버렸다는 사실이었다. 아무리 생각을 되짚어 추적해보아도 잃어버린 장소를 도통 모르겠다.

윤정민 여사는 골방기도를 하고 있다. 이 제곱미터 크기의 방에 장식물이라고는 높은 벽 못에 걸려있는 구리십자가상과, 장판바닥에 놓인 앉은뱅이책상 하나가 전부이다. 그 위에 시편부분을 펼쳐둔 성경책이 얹어져있다.

"사모님, 파출소에서 손님 세 분이 오셨습니다." 문을 노크하며 가정부가 주위를 깨웠다.

윤 여사는 방바닥을 짚은 손의 힘을 이용하여 좀 뚱뚱한 편인 몸을 일으켜 세웠다. 거실로 나오자 제복차림의 경찰관 세 명이 소파에서 거의 동시에 일어나면서 허리를 깊숙이 숙였다. 한 사람은 파출소소장이고, 두 부하 중 한 명은 젊은 여자 순경이다.

"어서 오세요!" 윤 여사는 손님들에게 자리를 권하고, 자신은 맞은편 소파에 등을 붙였다. "미영 엄마, 여기 차 좀 내 오지 그래요." 윤 여사의 시선이 손님들에게로 돌려졌다.

"사전 예고 없이 불쑥 찾아뵈서 죄송합니다." 파출소소장의 인사말이 뒤를 이었다.

"저의 집에 무슨 용무가 생긴 겁니까?"

가정부가 쟁반에다 넉 잔의 차를 들고 왔다. 커피 석 잔과 잣 몇 알이 뜬 생강차였다.

"손자는 어디 갔습니까?"
"손자라니요? 아, 승연이요? 잘못 아셨습니다. 그 아이는 손자가 아니라, 저의 양아들입니다. 제가 할머니 나이이다 보니까 그렇게 보신 모양입니다."
"그렇습니까? 몰라 뵈서 죄송합니다."
"한데, 그 아이가 무슨 잘못이라도 저질렀습니까? 학생의 몸이라, 지금은 학교에서 공부를 하고 있는 데요." 윤 여사의 안색이 큰일 난 것처럼 심각하게 굳어졌다.
"그게 아닙니다. 아드님이 칭찬받을 일을 하였기에, 경찰을 대표해서 감사를 전하러 왔습니다."
"그게 뭡니까? 좋은 일이든, 나쁜 소식이든 우선 내막을 들어나 봅시다. 개가 뭘 어떻게 했다는 겁니까?"
"사모님께서 영문 몰라 하시는 걱정의 표면으로 미뤄 아무것도 모르시는 것 같은 데, 어제 아드님이 말씀드리지 않았습니까?"
"공놀이하러 집을 나갔던 건 아는 데, 들어오는 건 못 봤어요."
"보통 아이들 같으면 자랑삼아 떠들어댔을 텐데, 이집 학생은 사려가 깊은 것 같습니다."
"말수가 적은 내성적 아이라, 어떤 때는 옆에 있는 데도 곧잘 잊곤 하지요."
"그럼, 제가 대신 보고를 올리겠습니다. 어젯밤에 아드님이 두 명의 강도를 체포하는 데 결정적 도움을 주었습니다. 잘 아시는 대로 경찰의 본래 임무는 주민의 안녕을 지키는 게 아닙니까! 그렇지만 우리가 밤낮으로 순찰을 돈다 해도, 손길이 미치지 못하는 구석은 있기 마련입니다. 이 점을 보완하고자 주민신고 센터도 운영하고 있습니다. 이번에 사모님의 아드님께서 강도를 만난 이웃 주민을 구한 것은 물론이고, 경찰의 체면도 함께 세워주었습니다. 아드님이 용기 있게 신고도 하고, 현장까지 안내해 준 덕분에 어렵지 않게 흉악범을 검거할 수 있었습니다. 자랑스러운 아드님을 두신 사모님께 다시 한 번 머리 숙여 감사의 말씀을 드립니다."
"새삼 놀라네요. 얌전해 보이기만 한 아이에게 그런 강인한 정신력이 숨겨져 있었다는 게요."
수업종료를 알리는 종소리가 교내 전체로 울려 퍼졌다. 백승연은 생물교과서와 노트, 연필 등을 얼른 챙겨 넣고 지퍼를 채운 가방을 한쪽 어깨에 걸쳤다. 복도는 지루한 공부에서 해방을 맞은 아이들의 쿵쿵 쾅쾅 뛰는 소란으로 뿌연 먼지가 풀풀 일었다. 홍귀성이 재빨리 따라 붙으면서 팔을 얹어 어깨동무를 했다.
"야구부 연습이 있는 데, 나를 응원해 주지 않을래?"
"나로 인해서 사기만 오른다면야 기꺼이 어디든 동행을 해 주지."
"멋지다. 네 말솜씨가!"
야구부원들의 기초연습은 대운동장에서 있었다. 유니폼을 입은 미래의 선수들은 코치선생님의 훈령을 받들어 제자리 뛰기, 빨리 달리기, 공 던지기 연습 등을 반복적으로 하였다. 공을 맞추는 방망이를 휘두를 때마다 탕탕 울리는 타 구음은 경쾌하기까지 했다.
"승연아, 너 여기 있었구나. 앉아도 되겠니?" 정확히 반으로 갈린 가르마 뒷머리 끝을 새 꼬리처럼 두 가닥으로 나누어 묶은 박복순이었다.
"허락을 내리고 말고가 뭐 있니. 아무나 앉을 수 있는 자리인데…" 소년은 까닭 없는 설렘에 무슨 말을 했는지를 금세 까맣게 잊고 말았다. "왜 앉지 않고 가만히 서 있기만 하는 거니?"
"생각이 바뀌어서 그러는 데, 우리 장소를 옮겨 보지 않을래?"
"그럴 순 없어. 귀성이 기다려야 하거든."
"연습이 언제 끝날 것 같니?"
소프라노에 가까운 복순의 음성은 맑았다. 검게 깊은 생글생글한 두 눈에, 보조개가 뜬 양 볼의 복순은 승연과 한 뼘 남짓 떨어진 콘크리트 계단바닥에다 빨간색 손수건을 깔고 앉으면서, 겹 주름치마에 가려진-검은색 스타킹을 신은 두 다리를 얌전히 모아 붙였다.
승연은 향기가 고운 그녀가 옆에 앉자 달뜬 기분에 젖어들었다. 처음 본 순간부터 마음에 쏙 들어, 보고 싶다는 그리움밖에 모르게 된 유일한 여자 친구이다. 누군가에게 빼앗기지나 않을까 침이 마르도록 초조해했던-남자 아무나와 얘기하는 것을 목격이라도 하면, 못 견디겠다는 질투심에 피가 거꾸로 도는 현상을 겪게 했던 그 여자아이가 나를 찾아 이곳까지 와서 곁에 앉아 있다니…승연은 손나팔을 불어 이 자랑스러운 명예를 친구들에게 '복순은 나의 여자 친구이다.' 라고 외치고 싶었다.

"그렇지 않아도 너하고 얘기하고 싶었어. 도서관에서 책 읽는 모습이 아주 좋아 보였거든."

승연은 복순의 말을 미처 알아듣지를 못했다. 단지, 꾀꼬리처럼 예쁜 목소리에 홀린 기분일 뿐이었다.

"내 말 듣고 있는 거니?" 소녀가 어리둥절해하며 넋이 나간 소년의 염장을 쿡 질렀다.

"으응! 지금 뭐라고 그랬니?"

"피, 연극하는 거니? 요 맹추야, 정신을 차리라고 그랬다."

"아아, 이거 놔줘. 코 떨어지겠어."

"아픈 줄을 느끼니 다행이구나."

할 말이 많을 것 같은 데도, 두 남녀학생은 꿀 먹은 벙어리로 시간을 흘린다. 기온을 낮추는 찬바람에 끝물에 이른 흰 벚꽃송이들이 우수수 떨어진다. 새순이 제법 오른 식물들도 부들 떨고 있는 가운데, 참새 서너 마리가 흩날리는 벚꽃송이를 낚아채려 낮은 상공에서 아귀다툼을 벌이고 있다. 홍귀성이 관중석으로 뛰어올라왔다.

"박복순, 네가 여긴 웬일이냐?"

"승연이 네게서 빼앗아가려고 왔다. 어쩔래!"

"얘가 너 친구냐? 내 친구지."

"얘, 아니 승연의 동성친구는 너겠지만, 이성 친구는 바로 나야. 알아들었니! 요 맹추야. 그러니까 오늘 하루만 나에게 승연일 양보하는 게 어떻겠니? 다음에 만나면 떡볶이 사 줄게."

"진짜지? 약속 안 지키면 이 주먹으로 혼내 줄 거다."

"에그, 솜방망이 주먹! 알았다고…약속 꼭 지킬 테니 걱정 붙들어 매더라고."

복순의 면박은 귀엽게 얄궂었다. 그렇지만 똑같이 입술을 안으로 감아올린 두 남학생은, 그 신묘하고도 능갈맞은 애교를 미워할 수 없었다. 교문을 나오면서 귀성만이 홀로 떨어져나갔다.

3
-고민-

 소란스러운 인기척에 이어, 조잡하며 허술하기 짝이 없는 천막을 마구 흔들어대는 큰 소음이 들렸다. 천막 자락을 걷어 올린 바깥으로 내민 얼굴을 하늘을 향해보니, 장발에 두 귀가 완전히 뒤덮인 사람이 서 있다. 거부감 없이 잘젊은 인상을 지닌 삼십 중반의 남자였다. 왼쪽 가슴에 국립공원 관리공단이란 노란 실밥글자가 새겨진 회색제복 상의를 입은 그는 끈을 단단히 동여맨 등산화를 신고 있었으며, 등에는 부피 납작한 가벼운 멜빵 배낭을 짊어지고 있었다.
 정봉준은 천막에서 네 발로 기어 나와 품질이 조악한 고무슬리퍼를 신고, 자신의 일 미터 칠십 센티미터의 신장과 엇비슷한 공단직원 앞에 섰다. 직원의 눈빛은 생기가 약했다. 잦은 술 탓에 벌써 총기를 잃고 나이든 노인처럼 눅눅하며 흐렸다. 그 영향으로 안색은 불콰하다. 특이한 점은 굵은 장딴지가 튼튼한 왼쪽 다리를 습관적으로 떠는 버릇이었다. 이 병적인 행동 때문에 공단직원이 아닌, 어딘가 예의 없이 좀 모자라는 평범한 일반사람으로 각인되었다.
 "여기서 뭐 하십니까?"
 공단직원은 분명 끌어올린 신분의 위세를 앙양으로 부리려는 것이 확실했다. 완장 두른 권위의 기세로 눌러보겠다는 직업적 의기가 다분했다. 그렇지만 위압을 떠는 심사는 대체로 들어있지 않다. 그마저도 어쩌면 감정이 익숙지 않아-적응이 머뭇거려지는 도도록한 궁색에 맞춘 상대성으로, 직원의 당연한 의무를 고압적이라 여긴 착각일 수 있다.
 "정신수련을 하고 있습니다."

"여기는 국립공원이고 그와 관련된 법률이 국가적으로 제정되어 있다는 거 잘 아시죠?"

"네, 압니다."

"취사는 물론이고 빨래까지 한다는 신고가 저희에게 접수되었습니다. 사실입니까?"

그제야 직원의 출현을 이해하게 되었다. 봉준은 자신의 불법생활을 부인할 수 없게 되었다는 직면을 스스로 인정했다. 이렇게 받아들이자 담력이 우러났다. 양심을 속이는 졸렬한 행태를 보여서는 안 된다는 자진 경고도 동시에 힘을 부추겼다. 그는 한 발 더 나가 예측이 불가능한 문책에 사정이 불리해질지라도 위기를 벗어나려는 얄팍한 수작을 부리기보다, 차라리 벌의 매를 맞는 편이 낫다는 도의적 결론을 내렸다.

"모두 사실입니다."

공단직원은 어깨에서 푼 배낭에서 종이와 펜을 꺼내 들었다. 그는 배낭을 받침대로 삼으려다 여의치 않자 곧 단념을 내렸다. 이를 눈치 챈 봉준은 천막 안에서 얼른 꺼낸 책을 받침대로 빌려줬다. 공단직원은 신분증을 요구했다. 봉준은 수사권이 없는 일개 공단직원에게 무언의 반감을 품었다. 그렇지만 변명이 쓸데없는 불법체류라는 약점이 걸려 구겨진 나쁜 인상을 곧 지워버렸다. 그는 산중에서는 별 소용이 없기에 소지하지 않았다고 공손하게 대답했다.

사실이었다. 그는 신분증 없이 산중생활을 해 왔다. 신분을 속이기 위한 고육책이 아니라, 진정 필요하지 않았기에 경기도 일산 소유 집 서랍에 깊숙이 넣어두었다. 사각 모양의 턱을 쳐든 공단직원의 안색에 수상쩍다는 반응이 이내 떴다.

"무슨 범죄를 저질렀기에 숨어 지내는 겁니까?"

"전 생나무 가지 하나도 함부로 꺾어 본 적이 없는 심약한 사람입니다."

"성함과 집 주소를 불러 주세요."

"그건 또 왜요?"

"환경오염 문제가 발생됐다 싶으면 연락을 드려야 하니까요. 그리고 불편하시겠지만, 저와 함께 내려가 주셔야겠습니다. 조사가 불가피해졌으니까요. 준비하세요."

배낭에서 사진기를 꺼내든 공단직원은 천막의 전면, 측면, 후면을 차례로 찍어 필름에 담았다. 그 사이에 봉준은 볼품없는-궁벽하기 짝이 없는 평상복으로 갈아입고 채비를 마쳤다.
"산 아래에 차가 대기하고 있으니까 산에서만 걸으면 됩니다." 수목이 우거진 가파른 비탈길을 앞장서서 오르는 공단직원의 보통 어조는 인간미 있게 다정하면서 친절했다.
국립공원 관리직원들이 사무실로 쓰는 한 동의 목재건물은 등산로 초 입지 우측에 있었다. 그 앞마당은 산을 오르고 내려오는 수많은 등산객으로 매우 혼잡하며 시끄러웠다.
"누구야?" 낯선 일행과 동반한 직원이 사무실 세 목재계단 중 첫 계단을 막 밟자, 때마침 사무실을 나오는 동료직원이 밝은 낯빛으로 물었다.
"불법체류자!"
직원은 봉준을 사무실 안쪽으로 안내한 후, 철제의자를 마련해 주고 곧 자리를 비웠다. 책상머리에 이마를 가까이 대고 열심히 펜을 돌려가며 백지를 채워나가는 곱슬머리의 남자직원, 부둥한 손등의 양손으로 컴퓨터자판을 빠른 솜씨로 두들기며 오늘의 일지를 작성하는 긴 머릿결의 여직원, 중년부부와 사무용 책상을 가운데 두고 가벼운 잡담을 나누는 중년간부, 자판기에서 뺀 커피를 한가하게 마시며 열린 직사각형 창문 너머로 얽히고설킨 수많은 등산객들의 움직임을 두루 살펴보는 나이 지긋한 키 작은 남성 등이 전부인 사무실 내 전체 시멘트바닥은, 마른 흙가루로 온통 뒤덮여 있었다. 그만큼 흙을 단 등산화발로 드나드는 사람들 수가 많다는 증거이다.
백지 한 장을 들고 나타난 직원의 손에는 손수 탄 종이컵커피 두 잔도 함께 들려 있었다. 직원은 그 중 하나를 봉준에게 건넸다. 그리고는 봉준과 마주한 책상 너머 의자를 당겨 앉으면서 다시금 주민등록번호, 집주소 등을 물었다. 봉준은 기억에 담아둔 대로 순순히 또박또박 대답했다. 조사시간은 십 분도 채 걸리지 않았다. 그만큼 봉준이 아무런 이의의 달지 않고 적극적으로 협조했다는 뜻이다.
"내일까지 자진철거를 하세요. 저희가 모레쯤 확인을 하러 갈 터인데, 그때까지 그대로 계신다면 서로 얼굴 붉히는 불상사가 생길 수 있습니다. 내일까지입니다. 잊지 마세요."
 공단직원이 많이 봐줬다는 느낌은 뇌리에서 오랫동안 지워지지 않았다. 그렇지만 내일까지의 말미는 아무래도 너무 빠듯하지 않나 싶다. 그렇다고 직권명령을 거역해서는 안 될 일임을 잘 알고 있다. 만일 갈 때가 없다면서 이대로 버틴다면 직원의 업무 성격상 강제철거를 당할 수도 있다. 이 점에서만은 심기가 편치 않는 불만이 서렸다.
 두 시간 전에 직원과 동반하산을 했던-차량으로 빙 돌아 편하게 온 여기서는 거리가 한참 멀어 시간이 많이 걸릴 저편 동네를 등지고, 그편과 정 반대 편인 구기동 지역 편에 속한 산을 타기로 하고, 그 방향에 맞춰 발길을 잡았다. 한 줄기 거대산맥으로 이어져 곧바로 등반할 수 있는 이점을 내다본 결론이었다. 산중생활 초기에 일대 지리를 익힐 겸, 한두 번 둘러본 적이 있는 이곳이 등산객들로 유독 붐비는 이유는, 여름 한철에만 수량이 풍부한 계곡줄기를 품고 있기 때문이다. 오후 세 시 무렵인데도 산을 오르는 등산객들로 꽤 붐볐다. 하산하는 등산객들의 수도 이에 못지않게 많다.
 봉준은 땀을 내지 않으려고 아주 느린 걸음으로 좌우의 푸른 숲을 벗 삼아 바윗길을 밟아 오른다. 잠정 잡아둔 삼년 기간 중, 일 년을 갓 넘긴 십 삼 개월 째 살고 있는 산 사람인 데도 불구하고, 늘 대하는 산천은 언제 보아도 상긋한 기분을 안겨준다. 좀 낯선 환경을 둘러보는 동기도 곁들인 새로운 감정에 젖게도 한다. 새삼스러운 감흥은 아니나, 맑은 공기는 뇌를 깨우고 새소리는 청아하다. 마른 낙엽을 밟는 소리에 돌아보니, 청솔모가 아름 굵은 잣나무 둘레를 동작 빠르게 맴돌고 있다.
 계곡 한편에 사람들의 자취가 전혀 닿지 않은 원시림 풀밭이 있다. 그 면적이 자그마치 십 제곱미터나 된다. 그 안에 흰 냉이 꽃을 비롯하여 달개비꽃 등이 소담하게 피어있다. 봉준은 저 상태로 사람들에 밟히지 않고 언제까지나 보존되기를 속으로 기원했다.
 나무그늘이 드리워진 계곡마다 피서객들로 북적거렸다. 산이 몸살을 앓을 수 있을 정도의 대 소란이었다. 은박돗자리 위에 삼삼오오 둘러앉아 준비해 온 도시락이나 김밥을 사이좋게 나눠 먹는 몇몇 일가를 비롯하여, 또 다른 장소에서는 남자대학생 다섯, 여자

대학생 세 명이 알맞게 쪼갠 수박을 머금고 사회의 주요 화두인 경제문제 토론을 벌이고 있었다.
　일가족 네 명이 수령 깊은 아름드리 소나무그늘에서 편안한 휴식을 취하고 있다. 삼십 대 중반은 됐음 직한 젊은 부부가, 유치생 두 남매를 돌보며 무더위를 식히고 있었다. 피부가 여리게 하얀 아들이 부모 곁을 벗어나 미숙한 아장아장 걸음으로 물가로 다가가고 있다. 그 뒤를 안경을 착용한 아버지가 바싹 쫓다 작은 몸집을 번쩍 들어 안고 보폭을 서두른다. 주황색 반바지 차림의 맨발을 물에 담근 아빠 무릎에 걸터앉아 가까이 접근한 물가에서 범위 좁은 물장난을 치는 고사리 손이 귀엽다.
　한편, 세 살배기 딸을 재운 엄마는 비로소 안도의 한숨을 내쉬며 읽다 만 책을 펼쳐 들었다. 그 모습은 자연의 일부처럼 평온하다. 한참 책을 읽던 젊은 엄마는 눈길을 쳐들면서 높은 바위 위에서 자신을 내려다보는 낯선 눈빛을 감지했다. 그 봉분 위에는 장발에 행색이 남루한 웬 남자가 서 있다. 상거 간격이 오 미터 남짓으로 조금 먼 편이나, 창백한 안색에 지성미가 돋보인다는 점은 한눈에 알아볼 수 있었다. 그 남자가 미소를 머금었다. 젊은 엄마는 생각을 더듬는다. 그러나 아무리 기억의 밑바닥까지 내려가 되짚어도, 한 번도 본 적이 없는 미지의 남자일 뿐이다. 그때 남자가 바위를 내려가면서 자취를 감추었다.
　젊은 엄마의 독서 삼매경을 물끄러미 지켜보면서 자신의 기구한 처량함을 잠시 잊고 있었던 봉준은, 넋의 의식이 깨어나면서부터 무거운 고민에 잠겨들었다. 시간 낭비일 수도 있는 이따위 헛되게 불필요한 고생을 감수하면서까지 불법생활을 하는 것이 과연 하나님의 섭리일까…? 아니면 개인의 진정한 마음의 안식을 얻기 위함인가…? 두 생각의 뒤죽박죽 회의감에 안색이 찌뿌둥하게 흐려졌다. 아마도 시간을 걸고 자신과의 대화로든, 주님과의 대화를 통해 해답을 찾아야 할 것 같다.
　'오늘 겪어본 굴욕의 사례를 들어 고난의 쓴 잔을 더 이상 마시고 싶지 않다는 게 인간의 솔직한 심정이다. 첫째, 복안 없는 무의미한 생고생으로 낙을 잃었기 때문이다. 영적세계에 들어가 인간을 초월해 보겠다는 꿈을 접고 산중을 떠나버리는 게 상책일 수 있다. 사방의 평안함이 안겨주는 한적한 우울보다, 왁자지껄 부대

끼며 살아가는 인간들 속으로 돌아가고 싶다. 다시 말해 일반적으로 성결이 흠 없이 고도하여-육체를 입어 제약이 많은 인간으로써는 살균의 괴벽일 수밖에 없는-그러므로 심리적 접근부터 감히 쉽지 않는-신의 영존에 다다라보겠다는 망연한 높은 환상보다, 땅의 소산물을 함께 나눠먹는 인간이 되고 싶다. 많은 이용에는 그만큼 편리성과 실용성이 부합되어 있기 때문이지 않는가. 나는 인간을 이해하는 식견이 좁다. 나는 사회성이 한참 부족하다. 그 인생에 뛰어들어 그들의 다양한 행동에 대해 배워야 한다.
 그래야겠지. 미래가 불투명한 진저리 무위에서 깨어나려면-속하여 있는 이 땅의 현실감이 점차 희미해져가는 비생산적인 고립에서 한시바삐 벗어나는 게 상책이다. 인간사회에서 내가 할 일은 얼마든지 널려 있을 터…그럼에도 미래 보장과는 무관하다 할 수 있는 무기력한 생활을 이어보겠다는 미련을 안고 있으니 가소하기 짝이 없다.'
 느린 걸음일지라도 여름의 한더위는 피할 수 없다. 땀이 온몸을 적시자 영혼이 홀가분해졌다. 이상한 체질이다. 땀을 쏟아냈으면 당연히 지쳐야 정상인 데, 되레 심신이 강건해지니 말이다. 사람들의 왕래가 시끄러운 큰길을 벗어나 샛길로 빠져든 그는, 아름이 굵으면서 가지가 무성한 상수리나무 그늘에서 쉴 겸 걸음을 멈추었다. 눈길은 이내 풍뎅이사체를 둘러싼 개미떼들에게로 쏠렸다. 그 한 쪽에서는 사체에서 떼어낸 뒷다리 하나를 차지하려는 댓 마리 간에 당기고 밀어내는 몸싸움이 벌어지고 있었다. 결국에는 처음부터 물고 늘어진 개미가 동료들을 물리치고, 기어이 땅속 집으로 옮겨갔다.
 수종 다양한 혼합림이 각자의 위치에서 뿌리를 내린 비탈의 지표를 온통 뒤덮은-작년 가을 그 마른낙엽을 뒤척이며 정적을 깨우는 요란한 기척이 들려왔다. 눈길은 자연 그리로 휩쓸렸다. 그 출처는 도마뱀 입에 물린 사마귀의 아직 살아있는 몸부림이었다.
 '자신과의 싸움에서는 인내기 승리한다.'
 "느닷없이 이게 무슨 뚱딴지 소리란 말인가?"
 봉준은 내면에서 들려온 수반반사(자신이 스스로 만들어낸 소리를 억제하지 못하는 사람이 특정행동을 취할 때, 뇌의 운동영역은 운동명령을 보낸다는 일종에 환청현상)의 이 말의 의미를 해석하려 신경을 끌어 모았다. 그러면서 곧바로 산중 생활에서 벗어나서는 안 된다는 뜻으로 받아들였다. 달갑지 않게 기분이 영 썼다. 나의 의지와 상관없이 믿음의 대상일 뿐인-실체 없는 대상에 의해 나의 인생이 조정된다는 것은 비극이 아닐 수 없다는 무언의 반발심이 부쩍 키워졌다.
 "나의 자아를 버리지 못한 이기심이라고…? 물론 그럴 수 있다. 따지고 보면 목숨을 부지하기 위하여 먹을거리를 찾는 것도 이기심에 속하는 문제이다. 한데, 가장 기본적인 육신의 식욕 해소조차도 이기심이라 몰아붙인다면, 진정 가혹한 형벌이 아닐 수 없다. 모든 피조물은 생명유지 수단으로써 식량이 필요하다. 이는 인류의 공통목적의 현실이다. 생명체마다 끝없이 양육강식의 싸움을 벌이고 있는 까닭도 이 때문이지 않는가?"
 봉준은 이어 '자신을 낮추는 겸손은 세상을 이기는 지름길이다. 세속을 끊으라는 말은 겸손에 길들이라는 뜻이다.' 라는 지극히 신앙적인 명안을 새롭게 들었다.
 죄질을 안은 인간의 교만을 꺾으라는 뜻으로 해석이 가능한, 하늘의 느닷없는 계시설교를 한 귀로 흘려버릴 수 없게 된 봉준은 심경변화를 겪는다. 이전에 격발하게 날뛰었던 화학적 반응에서, 아직 조금 남은 신맛을 속으로 삭이며 염결성하게 숙연해졌다. 변명이 쓸데없는-지극히 정당한 말이기에 혀를 깊이 감춘 입이 청렴하게 굳게 닫혔다. 그러나 아직도 신맛이 완전히 씻긴 것이 아니므로, 씁쓸함에 잠긴 전신이 일시에 마비되는 현상을 체형으로 목도한다. 세속과 짝하려는 애착의 시험을 물리치는 기도에 더욱 힘써야겠다는 생각이 뭉클 우러났다. 예수 그리스도에 보다 헌신하겠다는 외경심 다짐이 크게 북돋아졌다. 그렇지만 이 한편으로는 수시로 접하는-신앙의 적수인 방해꾼의 조작인지 썩 달갑지 않다는 속병도 치밀었다.
 그는 고개를 쳐들고 쪽빛 하늘을 멍하니 올려다본다. 잠자리부터 매일의 식사 문제와 몸을 가리는 의복까지 여의치 않게 불편한 열악함을 무릅쓰고, 단조로운 산중생활을 계속해서 이어나가야 한다는-속임수 같은 슬픔에 두 줄기 눈물이 주르륵 흘러내렸다.
 거리가 멀어 작게 들렸던 사람의 발자취 소리가 점차 좁혀오고 있다. 인기척은 등 뒤편에서 멈추었다.

"내려가는 길이 이 방향인가? 저 방향인가? 이보시오! 방향감각을 잃어서 그러는 데, 구기동 쪽으로 내려가려면 어느 쪽으로 가야 합니까?" 길을 묻는 자는 허둥지둥 급진하게 날뛰었다.

봉준은 불확실하나 목소리 주인공이 왠지 낯설지 않다는 느낌을 설핏 감지했다. 그는 머리를 돌려 겉옷은 벗어들고 속옷 바람인 사람을 그윽이 올려다본다. 순간, 두 사람 모두 놀라움을 감추지 못한 눈을 크게 뜨고 서로를 유심히 뜯어본다.

"어, 봉준 순장님이 아닙니까?"

"어, 경호형제! 이게 얼마 만인가? 많이 변했군."

봉준은 걸터앉았던 상수리 나뭇가지등치에서 일어나 상대방에게 손을 내밀었다. 두 사람은 함박웃음을 교환하면서 서로를 얼싸안고 등을 쓰다듬었다.

"세상 참 좁네요. 이런 곳에서 옛 지인을 만나게 되다니 꿈만 같네요."

"우리가 인사도 없이 헤어진 지 십 년 만이군."

"제 기억에는 십이 년으로 남아있는 걸요."

"그런가? 아직도 그 교회에 다니고 있나?"

"아닙니다. 기경미 자매 아시죠? 그 자매와 결혼한 후 이사 평계를 대고 떠난 지 벌써 칠 년이 됐네요."

"맞아! 기타 잘 치는 송경호와 피아노반주자 기경미의 연애 담이 그 당시 입에서 입으로 자주 넘나들었지. 뒤늦은 얘기지만, 교회에서는 두 사람이 혼전교제를 했다는 이유로 출교 조처가 내려졌던 걸로 알고 있는 데, 그때까지 머물러 있었다니 정식통보는 받지 못했는가?"

"어느 날 당회장목사님이 저를 불러 앉히시곤 당회의 결정을 알려 주셨습니다. 저는 그 자리에서 젊음의 무분별했던 점을 용서해 달라고 말씀드렸지요. 그리고 경미자매와 결혼약속이 잡혔으니, 그때까지 침묵을 지키는 성도가 되겠다면서, 그 눈치거리 위기를 힘들고 어렵게 간신히 넘길 수 있었습니다."

"참는 인내가 대단했군. 그래, 지금 생활은 행복한가?"

"그게 좀…" 일주일째 면도를 안 한 수염이 덥수룩하게 자라있는 송경호는 말끝을 채 맺지 못하고, 바람에 휘날려 마구 흐트러진 장발 뒤통수를 괜히 긁적거렸다.

"대답하기가 곤란하다면 관둬."
 "실은 경찰의 지명수배자 명단에 올라 있습니다. 그래서 집에도 못 들어가고, 몇 개월째 도피생활을 하는 처지입니다."
 "죄목은?"
 "촛불시위 주동자입니다."
 "쇠고기 수입중단 건 시위 말이지? 신앙인으로서 하지 말았어야 할 일을 저질렀으니 쫓기는 건 당연하지. 하루하루가 불안하지? 그럴 거라 믿어."
 "신앙인이라면 더욱더 사회참여를 해야 하지 않을까요. 보고도 모른 척 방관하는 침묵이 죄를 부추긴다 하지 않습니까."
 "그 말은 신앙이 견실해졌을 경우의 얘기이지 뿌린 씨앗마다 말라 죽기만 한다면, 먼저 자신의 기초생활부터 궁핍해지는 게 아닐까? 살짝 덧칠했을 뿐인 구변의 신앙은 하나님을 욕되게 하는 것이니 쫓기는 건 당연하다고 봐. 보혈의 깃발을 들고 생명구원 확장을 위한다면 얼마든지 축복을 빌어주겠으나, 예수 이름을 도용하여, 진위 여부를 충분히 해부하지 않고, 거짓 이념을 앞세워 선전모략, 즉 군중에 떠받들린 악의로 반대의 반대만으로 무작정 정권타도를 외친다면 되레 그분이 세우신 나라를 무너뜨리는 게 아닐까. 새겨듣게. 우물지기도 하나님이 세우신다는 사실을…덧붙여 말을 마구 쏟아내는 사람들은 그 개체의 심신미약을 감추려 선동에 열을 올린다는 점도 상기해 줬으면 해."
 한때 잠깐 비쳤던 희망의 빛을 순식간에 싹 지운 경호의 안색에 불만어린 검붉은 반응이 돌연 떴다. 잠시의 침묵 끝에 고개를 쳐들었을 때도, 그 찌푸린 경색은 풀리지 않았다. 그의 거무스레한 입술이 벌어졌다.
 "순장님, 순장님의 이모부님께서는 여전히 국회의원이십니까?"
 "삼선의원을 끝으로 여의도 생활을 마감하고 현재는 국가인권위원회 위원장이시지."
 송경호의 표정이 밝아졌다. 그는 땀이 어느 정도 마른 속옷을 대충 만져본 뒤, 그 위에다 때 국이 흐르는 더러운 파란 반소매 티셔츠를 덧입었다.
 "부탁이 있는데요."
 "응, 말해 봐!"

"위원장님께서 힘을 써 주신다면 경찰의 지명수배 건 해제될 수 있을까요?"

"될 말을 해야 부탁을 청해보지, 당치도 않는 청탁은 안 돼."

"그럼, 무작정의 도피생활을 끝낼 방법이 없을까요? 경찰의 눈을 피해 도망 다니는 게 너무나 외롭고, 가족들이 보고 싶어 견딜 수가 없어서요." 목청이 근골 없이 침울하다.

"자수해. 아니면 성역이라 경찰투입이 쉽지 않은 종교시설로 들어가서 그들의 보호를 받든가. 우선 시간을 벌어두고 앞날 계획을 세워보라는 뜻이야. 왜 그리 시간을 헛되이 써. 세월을 아끼라는 성경구절 몰라. 권력이 거미줄처럼 깔아놓은 법망은 절대 피할 수 없어. 정신-육신 모두 지치는 피폐만 쌓일 뿐이야. 그리고 그리스도인의 명예는 목숨을 던져서라도 꼭 지켜줬으면 해. 우리가 한 그룹에서 공부할 때 내가 한 말 기억하고 있나 모르겠군. '비겁한 자는 강자의 위협 앞에선 아주 작아지고, 힘없고 제 앞가림을 못하는 어린이들 앞에서는 위대한 장군행세를 한다.'"

"이만 가 볼게요. 오늘의 만남 언젠가 아내에게 전할게요." 눈길을 내리깐 체념 기운에는 어느 정도 실망감이 실려 있다.

"잠깐 기다려. 이대로 헤어지면 내 마음이 편치 못 하니 식사라도 함께하자고."

봉준은 이년 남짓 성경공부를 지도했던 인연의 형제를 차마 그냥 보낼 수가 없어서 한 번 더 산을 내려갔다 오리라는 결심을 굳혔다. 그는 자신의 산중생활을 끝까지 비밀에 붙이기로 하고, 두세 시간 후 재차 오르게 될 산길을 앞장서서 내려가기 시작했다.

송경호는 불안정한 심리를 내내 감추지를 못하였다. 마주 올라오는 드문드문 등산객들을 대할 적마다 고개를 푹 숙이거나, 손바닥으로 얼굴을 가리거나, 뒤편에서 쿵쿵 울리는 소리에도 온몸을 떠는 공포심을 드러냈다. 마음이 얼마나 여린지를 보여주는 단적인 사례였다.

"불안을 떨쳐버려야 사물을 제대로 볼 수 있어. 자수해. 그리고 남자답게 법의 심판을 받도록 해. 우리는 누구인가? 구원자 그리스도인이 아닌가. 신앙의 양심을 깨끗하게 사수해야 하지 않겠어? 자수하면 생활비는 내가 책임을 지지." 식당테이블을 가운데 두고 앉자마자 봉준은 돕겠다는 소신부터 밝혔다. 우선 미래가 창창한 형제의 안정을 도모하고 싶었다.
"그 말 믿어도 되겠습니까?"
"허, 이 사람, 나 돈 많아. 그러니 통장번호 남겨두기나 해."
여름밤은 짧다. 여섯-일곱 시간에 불과하다. 지금이 열시 반이니 서너 시간 뒤에 새벽이 찾아든다는 계산이 나온다. 비를 뿌리려는지 하늘도 짙게 흐려있다. 빨리 서둘러야 한다. 이에 떠밀린 봉준은 지체하지 않고, 짐 보따리를 하나 둘씩 싸들고, 고갯마루를 넘나들기 시작했다.
이곳과 삼백 미터 훨씬 넘는 거리이나, 높은 능선 하나를 넘고 구불구불 아래로 쭉 내려가야 하는 새로운 터로 지정된 장소는, 키 큰 소나무 몇 그루가 둘러싸여 있으면서, 그 솔잎 향이 상큼하게 도는 국수나무 밀집 지대였다. 바로 아래는 비가 내릴 시에만 물이 흐르는-크기가 불규칙하게 제각기 다른 작은 돌멩이들이 바닥전체를 채운 얕은 계곡이고, 거리가 한층 가까워진 샘터 방향 통로 쪽을 제외하고는, 삼면이 높은 바위 봉우리로 둘러싸여 있어 사람의 접근이 용의하지 않다는 장점을 품은 천연 지대이다.
왕래 세 차례 만에 체력이 기진맥진 지쳤다. 한계에 다다랐다. 그는 땀에 흠뻑 젖은 몸을 아무 데나 주저앉히고 대자로 널브러졌다. 등에 짓눌린 풀 무리 감촉이 부드럽다. 졸음이 눈꺼풀을 가물가물 끌어내린다. 수면상태에 들지 않으려 장딴지를 연신 꼬집는다. 새 날갯짓 소리가 아련하다. 그 기척에 거의 강제에 가까운 눈이 반쯤 뜨였다. 그렇지만 좀 더 쉬자는 나태는 일어나려는 의지를 짓누른다. 그대로 누운 채로 이파리가 무성한-컴컴하여 아무것도 볼 수 없는 상수나무 속 한 곳을 뚫어지게 들여다본다. 눈여김이 오래이자 비로소 가만히-조금씩 움직거리는 생명체를 발견할 수 있었다. 뭘까? 궁금증은 눈 껌벅 수마저 줄여 놓았다. 한참 만에 야행성동물인 수리부엉이임을 알게 된다. 조류는 아까부터 사람의 동정을 쏘아보고 있었던 것 같다. 사람과 조류 간 시선을 교환하고 있는 데, 그 사이로 반짝반짝 불빛이 가로지른다. 한 무리 너덧 마리 개똥벌레(반딧불이) 몸체에서 발광되는 빛이다. 그 깜박깜박 불빛 간격은 한 치의 오차도 없이 일정하다.
근육에 이상이 생겼다. 몸이 말을 듣지 않았다. 특히, 장딴지 통증이 심했다. 그렇지만 이 이상 지체해서는 안 된다며 어금니를 악 문다. 시험 삼아 내디딘 첫발의 무게가 천근만근 무겁다. 발 떼기가 쉽지 않다. 고된 피로를 무릅쓰고 내디딘 몇 걸음 만에 그 하중을 겨우겨우 극복할 수 있었다. 행동은 전보다 사뭇 둔해졌다.

네 번째 왕래로 이젠 충분하도록 낯이 익은 능선 길에 다시금 발을 디뎠다. 그 끝 너머가 낭떠러진 절벽이고, 그 일대를 영원한 벗으로서 굽어보는 사물은 물개 모양과 흡사 닮은 화강암이다. 그 깊은 골짝을 타고 속도 빠른 거센 바람이 치밀어 올랐다. 휘감은 신체를 뒤로 떠밀리게 하는 세찬 바람은 습기를 머금고 있었다. 정면 바람에 순간 숨이 탁 막히기는 하였으나, 고맙게도 비지땀을 흘리는 더위는 일말 식혀줬다.

그 지점에서 우측으로 꺾어 들면, 좌측 동편으로 다 자라 더는 성장하지 못하는-줄기 대 신장이 고만고만한 진달래, 철쭉, 국수나무들이 비탈을 덮고 있는-경사가 가파른 길로 접어들게 된다. 바위가루 알갱이가 무수히 깔려 있는 미끄러운 자드락길이다. 그 일대에서 봉준은 언젠가 백사 한 마리를 본적이 있다.

비봉 아래에 터를 잡은 사찰에서 신 새벽예불을 알리는 종소리가 온 산으로 은은하게 울려 퍼지기 시작했다. 시간이 촉박해졌다. 그는 이번엔 튼튼하게 잘 만든 만큼 무게도 만만치 않은 앉은뱅이 목재책상을 어깨에 짊어졌다.

어슴새벽이 물러가고 있다. 부지런히 움직였는데도 불구하고, 이전의 천막장소에 다시 도착하는 데, 무려 한 시간 십여 분이 걸렸다. 그는 당장 가져갈 수 없는 서너 가지 짐들은 우거진 숲 속에다 대충 숨겨놓고, 이에 앞서 미리 거둬 돌돌 말아 끈으로 묶어둔 낡은 천막은 왼손, 찬 바닥 냉기를 막아주는 보온 역할의 스티로폼 두 장은 겨드랑에 겹쳐 끼고 안 팔로 눌렀다. 철물점에서 샀을 때는 한 장이었으나, 산 지리 특성상 나뭇가지들에 무시로 걸릴 수 있다는 점을 참작하여 반으로 잘라 운반했던 그 두 조각이다.

4
-위원장의 죽음-

　팔일오 광복절 아침이 마침내 밝았다. 건국일이기도 한 이날의 경축행사는, 사전 공지대로 세종로 일대에서 개최될 예정이다. 오늘의 몇 시간 행사를 위해 세운 임시무대 작업은 한 달 남짓 걸렸다.
　임기 오년의 반환점을 눈앞에 둔 대통령은 국가인권위원장인 변재용에게도 초청장을 발송했다. 그렇지만 그는 심기가 불편해질 게 뻔해 보이는 그 자리의 불참의사를, 정책을 조율하며 내부적으로 권력다툼이 살벌한 대통령비서실에 사전에 알렸다. 공석사유는 심신안정을 위한 개인적 휴식이었다.
　변재용의 검은색 세단 트렁크에는 낚시도구와 가정부의 성심이 담긴 소소한 요깃거리와 오미자차로 채운 금속 재질 보온물통도 함께 실려 있었다. 개인비서 겸 운전기사인 차영철은 가벼운 차림새로 운전석에 앉아 시동을 걸었다. 소리 없이 자동으로 여닫히는 묵직한 철 대문 한 옆으로 물러서서 잘 다녀오라고 손을 흔들어 보이는 사람은, 아내와 어느 새 몸가짐이 의젓해진 양아들 백승연이었다.
　변재용은 몰랐던 초기에 승연을 탐탁지 않게 여겼었다. 재래시장바닥에서 잔뼈가 굵었을 앙바틈한 친부의 막돼먹은 핏줄을 그대로 이어받아 천하기 그지없을 것이라는 일반적인 기만으로 눈여겨보지를 않았었다. 그렇지만 한집 생활을 하면서, 고위층 인사들이 입 안의 혀를 오물오물 놀리는 이면의 선입견으로-스쳐 지나도 나쁜 냄새가 배었다며 벌름벌름 떠는 코를 틀어막고 인상부터 찌푸리는-취약계층에 대한 저렴한 편견이 차츰 풀리기 시작했다. 무엇보다 보기와 달리-교도서 아니면 거지로 살아갈 환경 배후와 딴판하게 성질이 온순하고, 또 입양된 자신의 처지를 깨닫고, 대단히 순종적인 이 아이에게 차츰 정을 붙여가고 있는 중이다.
 세상에는 버러지만도 못한 배은망덕이 판을 치고 있다. 낳아서 길러 준 부모의 은공을 몰라보는 자녀들이 얼마나 많은가. 변재용은 한 젊은이의 유망을 내다보고 든든한 후원자가 되어 양복 깃에 국회의원 배지를 달게 해준 일이 있었다. 그런데 그 젊은이가 입법 활동 이년 만에 정치선배의 등에 비수를 꽂았다. 그 발단은 윗선에서 천명을 내린 당의 정책을 저 홀로 반대한 패륜에서 비롯되었다.
 그는 세종시법은 행정중심도심인 서울과는 거리가 멀고, 또한 국민의 혈세가 천문학적으로 낭비되는 일이니 국화통과 반대라는 주장을 펼쳤다. 이는 의원총회에서 총의를 모은 당 정책에 반하는 돌발행동이었다. 물론, 나도 홀로 설 수 있다는 개인적 소신은 중요하다. 그러나 제가 모셨던 선배를 안중에 두고 반기를 들었다면 문제는 달라진다.
 패기가 등등한 젊은 의원의 그때부터 비롯된 암중모색의 공작수작은 어디서 주위들은 뇌물성 폭로였다. 정치입문에 뜻을 둔 한 금융그룹 회장으로부터 거액의 현찰과 고급 손목시계를 받아 챙겼다는 전류 찬 내용이었다. 사회파장의 소용돌이는 굉장했다. 시류를 타고 제명 또는 국회탄핵소추까지도 갈 수도 있다는 별의별 흉흉한 소문이 광범위하게 돌고 돌았다. 검찰 측에서는 그 시기에 이 사안에 대해 약 이 개월 간 조사를 진행했고, 그 결과를 발표했다. 요약하면 증거가 존재하지 않는다는 무혐의 결정이었다. 주변에서 무고죄로 고소하라는 의견이 많았으나, 그는 그 젊은 의원을 용서했다. 그 후 그의 입에서 나온 말이, 머리 검은 짐승은 거두지 마라이었다.
 '입매를 갓 뗀 저 아이가 훌륭한 정치학자가 되어줬으면 얼마나 좋을까? 내 품에서 완전히 벗어나버린 봉준은 아까운 인재야. 이 땅에서 찾아보기 힘든 성실함과 지식을 고루 갖춘 인물이지. 그렇지만 처조카는 세속출세에는 전혀 관심이 없으니 도리가 없게 되고 말았어. 걔에 대해 이상한 점은, 부모로부터 물려받은 유산의 자산가이면서도 늘 들피에 절은 사람처럼 행세한다는 사실이야. 정작, 본인은 소박하기 이를 데 없는 헌옷가지와 달창난 신발을 신고 다니는 그 똑똑한 머리에서 툭툭 튀어 오르는 놀라운 지혜를 빌리고 싶어도 연락할 길이 막막하니, 나 원 참!'
　변재용은 혼자 낮게 이렇게 중얼거리면서 차창 밖을 무심히 내다봤다. 활짝 핀 무궁화 연분홍 꽃잎 너머로 막바지 여물에든 풍성한 들녘이 삽시에 스쳤고, 가지가 늘어지도록 주렁주렁 매달린 농가 마당의 감나무, 가시 품은 탱자나무에 둘러싸인 사면 울타리라 슬레이트 지붕 끝만이 겨우 보이는 한가한 농장, 서너 명의 남녀노인들이 수령 깊은 느티나무 평상에 둘러앉아 늦더위를 잊고 있는 평화가 차량 속도에 맞춰 휙휙 지나쳤다. 그러는 사이에 어느덧 햇살을 은빛으로 반사해 내는 잔잔한 수면이 시야에 들어왔다.
　운전석에서 재빨리 내린 차영철이 민첩한 동작으로 낚시도구를 챙겨들고, 간이의자를 오른손에든 변재용의 뒤를 따랐다. 물고기들이 입봉으로 잔잔한 수면을 흔들어 놓곤 하였다.
　"차 기사도 자리를 잡고 고기를 낚지 그래." 변재용은 낚싯줄을 저수지 안 멀리로 던져놓고 낚시의자에 앉으면서 다음 분부를 기다리는 기사에게 거리를 두라는 암시를 띄웠다. 어린 승연이라며 모를까, 시중을 들면서 생계를 지키는 자와는 아무래도 위계적 질서가 편치 않다. 말을 놓고 지내는 동질적 친구가 될 수 없다는 경색이다.
　시간이 어느 정도 지났는데도 입질 낌새 좀처럼 없다. 지루함과 폭염으로 그의 뇌는 폭발할 것만 같았다. 게다가 졸음까지 밀려들어 심신을 괴롭혔다. 그는 기분전환을 위해 자리에서 일어나 한참동안 맨손체조를 하고 나서, 다시금 드넓은 수평이 잔잔한 저수지 편으로 시선을 던졌다. 물살이 요동을 치면서 낚싯대가 크게 휘청거렸다. 변재용은 서둘러 부여잡은 낚싯대를 저킹(낚싯대를 일정방향으로 들어 올리는 동작)을 하면서 원투용 릴 안으로 줄을 당겨 감기를 시작했다. 랜팅(미끼를 문 물고기를 물위로 올리는 것)에 아가미가 걸린 비늘 몸을 마구 흔들면서 물속에서 끌려 나오는 물고기는 제법 큰(런커) 놈이라 힘이 상당하다.
　바로 그때 간이의자 위에 얹어둔 휴대전화기 벨이 요란하게 울렸다. 그는 낚싯대를 당기면서 머리는 반대로 돌렸다. 신경이 분산된 탓에 낚싯줄이 느슨해졌다. 탈출해보려는 물고기의 저항은 더욱 거세졌다. 상황이 바뀌어 이젠 물고기가 사람을 끌어가는 추세로 몰렸다. 지금까지 육체의 힘을 크게 써 본적이 없는 신체적 유약은, 지랄망정의 몸부림으로 당기는 물고기 힘을 감당할 수가 없었다. 그는 양발이 개펄에 처음 잠기는 순간 낚싯대를 놓았다. 아니, 대응 미숙으로 내던져버렸다.

시커먼 질퍽질퍽 진흙수렁에 잠긴 그의 두 발은 어느 덧 무릎께까지 차올랐다. 빼낼 수가 없었다. 꼼짝 없이 갇힌 그 속에서 간신히 전신을 돌려 저수지편을 등졌다. 진흙의 이동경로에서 우선 피하고 보자는 심사였다. 좌측 일 미터 전방까지만 어떻게든 닿는다면 구사회생 할 수 있다. 그러나 몇 차례 시도로 이미 힘을 쓸 수 없을 정도로 지칠 대로 지쳐 중심을 잃고만 신체는 위태하기 짝이 없다. 금방이라도 쓰러지고 말 듯이-좌우로 심하게 기웃기웃 흔들거렸다. 아를 악 문 온 존재 힘을 쓰는 필사의 정 반대로, 하체는 개펄 속으로 연속 빨려 들뿐이었다. 동원된 온갖 수단도 소용없이 운신만이 바싹 죄어질 뿐이었다. 붙들 수 있는 물체는 아무것도 없이 층층이 쌓인 개흙더미 천지이다. 정신력도 체력도 한계에 이르렀다. 수렁이 허리춤까지 깊어졌다. 더더욱 옴짝달싹도 할 수 없게 되었다. 숨이 막혀왔다. 그때 지대 낮은 저수지 방향으로-느린 서서한 속도의 기조를 쉼 없이 유지하고 있는-꾸역꾸역 흐름을 여전히 잇고 있는 새로운 펄이 전신을 휘감았다. 그 속으로 속수무책으로 엎어지면서 파묻힌 사람은 뒹굴뒹굴 휩쓸렸다.

차영철은 인권위원장과 멀찌감치 떨어져서 낚시꾼과 이야기를 나누며 무료를 달래고 있었다. 그러면서 위원장이 있는 장소로 이따금씩 눈길을 돌려 그의 존재를 확인해 보곤 하였다.

"저게 뭘까요?" 반 대머리를 청색 창 모자로 가린-검은 수염을 덥수룩하게 기른 낚시꾼이 저수지 한가운데 둥둥 떠 있는 물체를 손가락 끝으로 가리키며 말했다.

"글쎄요? 누군가가 옷을 빠트린 게 아닐까요?"

"좀 이상하지 않아요? 그냥 옷이라면 가벼움이 정상인 데, 그렇지 않고 무게가 느껴지니 말이에요."

사람의 영혼에는 직관력이 있다. 그 느낌이 불길하다면 사람은 긴장을 높인다. 차영철의 눈길이 위원장 편으로 재빨리 돌려졌다. 아무도 없다.

"모시는 분이 안 보이네요." 걱정을 그득 안은 차영철의 음색이 갑자기 불안하게 갈라졌다.

"어디서 발을 치고 용변을 보고 있지 않을까요?" 낚시꾼은 일상적 반응을 히죽거림으로 밝혔다.

"노형, 같이 가 봅시다. 아무래도 노형의 도움이 필요할 것 같네요."

"술 한 잔 사시겠소? 그럼 따라 가리다."

"수고를 했다면 그때 한 잔 걸칩시다."

차영철의 달음박질에 가속이 붙었다. 위원장이 앉았던 접이의자 주변에는 보온물통과 휴대전화기가 덩그러니 놓아져있을 뿐, 정작 그 주인의 모습은 어디에서든 찾아 볼 수가 없었다. 낚싯대는 물 한복판에서 제멋대로 둥둥 떠다니며 있었고, 낯익은 중절모자는 물살에 이리저리 흔들리며 사람의 손길에서 저 멀리 벗어나 있었다.

"수심이 얼마나 됩니까?" 차영철은 긴박을 깰 묘안이 당장 떠오르지 않자 발만을 동동 굴렀다.

"가장자리의 얕은 곳은 이삼십 센티미터에 불과하지만, 한가운데는 일 미터 삼십이 넘는 곳도 있습니다."

"난 수영을 할 줄 모르는데, 노형은 어떻소?"

"좀 즐기는 편이지만, 그보다 경찰에 신고를 해 두는 게 좋을 성 싶네요.

정원에서는 두 명의 조경사가 소음이 심한 기계로 잔디 깎는 일을 마친 후, 향나무-회화나무 가지를 기계톱으로 잘라내고 있다. 윤정민 여사는 목련그늘 아래 놓인 등받이의자에 앉아있는 채로, 기계톱에 잘려 떨어진 잔가지들이 눈에 띄면 굵은 허리를 굽혀 주운 나뭇가지를 더미에다 던져놓곤 하였다.

"이봐요, 강 사장! 삐죽 튀어나온 저 줄기 보기 싫으니 잘라버리는 게 어때?" 윤 여사가 전지가위로 앵두나무 잔가지를 치고 있는 조경 사장에게 가리킨 것은, 이파리 빛깔이 아래서부터 누렇게 변색되어 가는 등나무와 한 뿌리를 둔 지엽枝葉 가지였다.

"보기 싫으시다…음, 제가 보기에는 괜찮아 보이는데요." 강 사장이 이의를 달았다.

"어째서? 본 나무의 품위를 떨어트리는 화라지 역할밖에 더 해!"

"본 나무의 가지 수는 아직도 왕성하지 못하여 꽃송이 수가 부족하지 않습니까? 그러니 이 곁가지를 보완하는 차원에서 살리도록 합시다."
"그럴까? 그럼 강 사장 말대로 살려두겠으니, 마른가지들이나 거둬내도록 해요."
"그거야 어려운 일이 아닙죠."
승연이 모습을 드러냈다. 제 방에서 공부를 하다 바람을 쐬러 나온 손자 같은 양아들을 노파는 오랜만에 본다는 듯 반가운 미소를 지었다. 소년은 수심 얕은 연못을 둘러싼 한 돌 위에 부자연하게 앉아서 그 속을 조용한 시선으로 들여다보고 있다. 점박이 개구리 한 마리가 인기척을 알아차리고, 두 뒷다리 사이에서 한 줄기 물을 내뿜고 연못 속으로 풍덩 뛰어들었다. 이에 놀란 지느러미 금붕어들이 뿔뿔이 흩어지는 바람에, 바닥에 깔린 낙엽 따위의 부유물이 무수히 떠올랐다.
"더워서 나온 거니?" 양아들 곁에 선 할머니 양모가 사랑을 담은 목소리로 다정하게 물었다.
"아니요. 하나도 안 더워요. 공부만 계속할 수는 없잖아요."
"맞는 말이다. 쉴 때 쉬어야 분별력이 되살아나지. 방학도 끝나가는데 좋은 경험 많이 했니?"
"나름대로 의미 있는 시간을 보냈다고 생각하고 있는 걸요."
"다행이구나. 엊그제, 교회 갔다 온 주일날 오후에 박물관 구경 누구랑 했다고 그랬지?"
"복순이 식구들 과요. 제 입장료도 개네 아버지가 내 주셨다는 것도 함께 말씀드렸잖아요."
"그랬니? 기억력이 쇠퇴하여 들은 말을 또 듣게 된 셈이로구나. 이젠 그만 안으로 들어가서 수박을 먹어 볼까?"
가정부가 유기농으로 재배되어 가격이 제법 비싼 수박과, 수입산 멜론-바나나와 차가운 토마토주스를 거실 탁자 위에다 올려놓고 물러났다.
"많이 먹어라."
할머니는 과일접시를 손자 같은 양아들 앞으로 밀어주고는 바나나 송이 껍질을 벗겨 제 입으로 가져갔다. 소년은 여느 아이들처럼 식탐이 없다. 단백질 위주의 삼 끼니 외에 칼슘이 주성분인 유제품도 간식으로 꾸준히 챙겨 먹으니, 자제력이 길러진 것이다. 승연의 하루 다른 빠른 성장에 윤 여사는 지나간 시절은 다시 돌아오지 않는다는 허무함을 곱씹었다. 윤 여사가 양친으로부터 버림을 받아 누구보다 외로움을 많이 타는 불쌍한 승연에게 기대하는 바람은 인간다운 바른 성장이다. 이에 따른 가정교육의 이상적 보약은 진심 어린 사랑이다. 이미 승연도 사춘기로 접어들어 가끔 반항기를 드러내곤 한다.

한번은 이런 경우가 있었다. 가정부가 몸이 아파 출근을 하지 못하게 된 날이었다. 윤 여사는 냉장고에 쇠고기가 떨어진 것을 확인하고는, 양아들에게 얼마의 돈을 쥐어주고 단골정육점에 심부름을 보냈다. 그런데 돌아올 시간이 훨씬 지났는데도 아이는 좀체 돌아올 줄을 몰랐다. 기다리다 맥이 빠진 윤 여사는 별 수 없이 정육점에 전화를 걸어, 살코기등심을 배달시켜 남편의 저녁식사 초대 손님 세 분을 대접해야만 했었다.

아이는 손님들이 다 돌아간 이후인 아홉시 무렵에 돌연 나타났다. 윤 여사는 당연히 아이에게 야단을 쳤다. 남편도 미간을 찌푸리며 몇 마디 주의를 줬다. 그런데도 아이는 아무런 미안감도 없이 되레 싱글벙글 웃을 뿐이었다. 윤 여사는 부글부글 끓는 울화를 겨우 목구멍으로 밀어 넣고 아이를 다그쳤다. 아이의 설명은 이러했다.

'거지꼴로 동네를 배회하는 여자아이를 차마 외면할 수 없어서 인근 식당에서 음식을 사 먹였다. 그러면서 여자아이로부터 이런저런 사연을 듣게 되었는데, 첫 번째로 가슴이 시렸던 말은, 열 살 된 남동생이 혼자 남아 있는 집에 가고 싶어도 차비가 없어 못 가고 있다는 것이었다.

불과 구십 개월 전까지 욕지거리, 비웃음, 모욕, 매질 등의 가혹한 학대에 시달렸던 자신의 모습과 흡사 닮은 여자아이에게 동정의 눈물을 흘리지 않을 수가 없었다. 택시에 태워 여자아이의 집으로 향했다. 부모가 이혼하며 각자도생으로 갈라지면서 자녀의 양육권마저도 포기해 버린 무책임으로 누구의 보호도 받을 수 없게 된 두 남매의 집은, 곧 무너져 내릴 것 같은 낡은 무허가 건물이었다. 힘닿는 대로 돕고 싶었다. 먼저 양어머니께서 쇠고기 값으로 주신 돈을 몽땅 털어 쌀과 반찬을 사라고 건넸으며, 음식비, 택

시비에서 남은 얼마의 용돈도 여자아이 손에 쥐어줬다. 수중에 돈 한 푼 없어 천생 먼 길을 걸어야만 했다. 그럼에도 만족한 기쁨을 누렸다. 하나님의 사랑으로 평생 잊지 못할 양부모 슬하에서 유복한 생활을 누리고 있다는 감사가 샘물처럼 넘쳐흘렀기 때문이다.
"얘, 승연아! 엄마가 어깨가 좋지 않아서 그러니 주물러 줄래."
윤 여사는 한없이 귀애해진 양아들과 한층 가까워지고 싶다는 애정을 숨김없이 드러냈다. 피부접촉을 통해 더 친밀해지고 싶다는 소박한 의사였다.
소년은 수박의 붉은 물에 끈적끈적해진 손을 욕실에서 씻고 돌아와서, 고령으로 피부탄력을 잃은 양어머니의 어깨를 주물렀다. 솜씨는 서툴렀으나, 그래도 자식으로부터 안마를 받는 기분은 흡족했다.
"시원하세요?" 소년이 등 뒤에서 속삭거렸다.
"응, 어쩜 엄마 기분을 그렇게 잘 맞춰 주느냐."
가정부가 유선전화기를 들고서 눈을 감고 있는 윤 여사 앞에 섰다.
"사모님, 전화요."
"어디서 온 건데?"
"차영철 비서에게서요."
윤 여사는 전화수화기를 젊은 날에 비에 청력이 퍽 약해진 귀에 붙였다.
"그래, 우리 영감 고기 많이 잡았나요?"
"사모님, 빨리 병원으로 오셔야겠습니다. 지금 구급차로 병원에 가고 있는 중입니다." 차영철 비서의 부정확한 발음은 쫓기는 사람처럼 아주 다급했다. 직감이 영 좋지 않았다.
"무슨 일인데요? 난데없이 병원이라니…우리영감이 변을 당했나요?"
"말씀드리기가 곤혹합니다. 죄송합니다. 아무튼 빨리 병원으로 오셔야겠습니다."
윤 여사의 얼굴은 순식간에 얼룩덜룩한 수심으로 한가득 뒤덮였다. 머리는 천둥을 맞은 듯이 깨질 듯 아팠고, 몸은 금방이라도 쓰러질 듯이 휘청거렸다. 그녀는 백발을 감싸 쥐고 소파에 누웠다.
"사모님, 왜 그러세요?" 가정부는 주인의 몸에 감히 손을 못

대고 울상을 지었다. 윤 여사가 정신수습을 채 마치지 못한 비틀 몸을 겨우 일으켰다.
 "미영엄마! 집에 가지 말고 내가 올 때까지 기다리고 있어줘. 승연이 너도 꼼짝 말고 집을 지키고 있어야 한다. 알겠지."
 "네. 조심해서 다녀오세요." 충실한 가정부처럼 승연도 대강은 눈치를 채고 있었다.
 "오냐."
 가정부와 승연은 윤 여사를 대문까지 배웅하고 함께 기다렸다. 가정부가 다급하게 호출한 택시가 마침내 도착했다. 나이 차가 어른, 아이인 두 사람은 갑자기 거동이 불안정해진 윤 여사를 좌우에서 부축하여 택시에 태웠다.
 상급종합병원에 도착했다. 차비서가 택시에서 내리는 윤 여사를 맞았다. 어디에서든 약품냄새를 맡을 수밖에 없는 상급종합병원 응급실에는 흰 천이 덮인 이동침대 하나가 놓여 있었다. 흰 가운을 입은 두 명의 의사와 간호사 한 명이 그 주위를 둘러싸고 있었다. 나이가 지긋한 반백의사가 두 손으로 나눠잡은 천 윗부분을 조심스럽게 목 아래 연골부위까지 걷어 내렸다. 물수건에 닦였는지 반듯이 누인 시신은 비교적 깨끗했다. 숱이 적은 머리카락도 잘 빗질되어 있었다. 윤 여사는 북받치는 감정을 누를 수가 없었다.
 "아이고 영감! 날벼락을 맞았구려." 윤정민 여사는 시신의 얼굴을 온몸으로 안으며 참았던 울음을 왈칵 터트렸다. 미망인 뒤에서 지켜보던 네 사람은 석상처럼 서있으면서 눈시울을 훔쳤다. 의사가 다가가 미망인의 손을 살며시 잡았다.
 "진정하세요, 사모님."
 "나랏일을 마무리 짓지 못하고 떠나시다니 야속하구려, 여보!"
 의사는 잠자코 기다렸다 다시금 말문을 열었다. "저희가 빈소를 마련해 드리도록 하겠습니다."
 "차비서, 어디 있어요?" 눈물범벅이 된 얼굴 채로 윤 여사가 차 비서를 찾았다.
 "예, 저 여기 있습니다." 차영철이 실 감기 식으로 어깨를 숙이며 앞으로 나섰다.
 "위원장님의 부고를 우리 애들부터 모든 인사들에게 알리세요."

빈 공간 없이 촘촘하게 꽂힌 흰 국화송이 한복판에 고인의 영정 사진이 모셔졌다. 전등이 밝은 넓고 청결한 빈소에는 대통령을 비롯한 오부 요인, 여야정당대표, 정무장관 몇몇, 법조계 인사, 경제계 대표, 사회단체장 및 각국의 전 현직 대사, 일반인들이 보낸 조화가 속속 도착하였다. 늦게 배달된 조화는 발 디딜 틈조차 없는 복도공간에서 자연 밀려났다. 유족들과 장례위원들이 직급별로 차등을 두고 사회적으로 직급이 낮은 조화는 보이지 않는 뒤쪽으로 빼낸 조치였다.
예상대로 몇몇 조문객들로부터 이름 올린 리본화분이 보이지 않는다는 읍소 성 항의가 빗발쳤다. 안내 및 관리책임을 맡은 고인의 두 사위와 인권위원회 직원 몇몇과 그밖에 인물 등이 포함된 장례준비위원들은 머리를 맞대 숙의 후, 한 쪽 귀로 듣고 한 쪽 귀로 흘러버릴 수밖에 없지 않겠느냐는 쪽으로 의견을 모았다.
장례위원들은 덕망이 높은 친인척 몇몇을 더 참여시켜 또 한 가지 문제를 집중 논의했다. 고인이 이 땅에 남겨둔 피붙이 자손은 두 딸 뿐이라, 누구를 상주로 내세워야 사회적 예절과 법도에 맞느냐는 사안이었다.
"우리나라는 아직도 유교사상이 적잖이 남아 있어 상주는 당연히 아들이 맡아야 합니다. 전통에 따라 월경하는 여자는 상주 노릇을 하면 안 됩니다." 감정이 즐거울 수 없는 기분 상태를 미욱한 우울증세로 표출해낸 인물은 고인의 팔촌동생이었다. 땅을 중계로 사고 파는 부동산업자이다. 선함과는 거리 먼 두 눈썹이 유독 짙게 검다.
"현대사회는 생물학적 아들 없이 딸만 있는 집안도 많고, 유산도 남녀가 평등하게 나누도록 법적제도가 마련되어 있습니다. 따라서 이미 출가한 딸들이라 할지라도 상주자격이 될 수 있습니다." 자유주의적 말투가 막힘없이 제법 법속하다. 국회사무처 일을 보는, 고인과는 동향 후배이다. 대의민주주의의 기능은 열띤 토론에 시 비롯된다는 주장을 지니고 있는 신수 훤한 인물이다.
양측 간에 의견은 팽팽했다. 이런 가운데 가만히 듣고만 있던 좌중의 한 사람이 손을 들어 발언권을 신청했다. 고인의 친동생이며, 이십여 년 전에 세운 전자업종으로 이백여 명을 먹여 살리는 변재호였다. 일동은 조용한 동의로 그에게 시간을 할애했다.

"형님 호족에는 두 딸 외에 손자 같은 양아들의 이름이 등재되어 있습니다. 우리 집안의 뿌리 깊은 혈족은 아니나, 아들임에는 틀림없는 사실입니다. 그러므로 아직은 여자 상주에 대한 부정적 태도가 강한 풍습에 맞추어서, 남자인 입양아들에게 상주 권한을 부여해야 합니다."

중지가 모아졌다. 변재호는 형수인 윤정민 여사에게 합의 된 내력을 보고했다. 미망인은 어린 승연에게만은 양부의 죽음을 각인시키고 싶지 않았다. 애초부터 두 사위가 상주노릇을 하여도 무방할 것이라는 망연한 생각을 품고 있었다. 그래서 승연에게 집을 지키고 있으라는 당부를 남겼던 것이다. 윤 여사는 차영철을 불러 아이를 데리고 오라고 보냈다.

날이 저물었다. 조문행렬이 줄을 이었다. 졸지에 상주로써 검은 상복을 입은 승연을 비롯한 두 딸과 사위들은, 장례절차를 대행하는 상조회사 직원들의 안내를 받으며 조문객들을 맞았다.

자정 무렵 조문객들의 수가 현격히 줄어들었을 때, 모두는 늘어진 파김치가 되어 있었다. 다섯 명의 외손녀들은 두 엄마가 한 구석에 마련해 준 자리에 함께 나란히 누워 잠이 들었고, 몇몇 어른들도 빈소를 빠져나가 각자의 차량 등에서 불편한 잠을 청하기도 하였다.

"엄마, 봉준인 왜 안 왔어? 연락을 안 한 거야?" 큰딸 변세진이 등은 벽에 기대두고, 두 다리를 쭉 뻗은 자세로 기운 없이 쉬고 있는 어머니 곁에 앉아 탄력 잃은 왼팔을 가볍게 주무르면서 물었다. 슬하에 중학생 두 딸을 둔 큰딸은, 옛날처럼 수수한 모습을 간직하고 있었다. 귀걸이나 목걸이 없이 약지에 낀 결혼반지만이 유일한 몸치장이었다. 허영심이 없는 검소한 생활을 마흔 두 살이 되도록 까지 변치 않고 지켜오고 있는 것이었다.

세진은 언어가 잘 통하는 프랑스음악에 푹 빠진 클래식 열혈 팬이다. 특히, 오늘날에도 인기가 식지 않고 각 나라에서 공연발표가 활발한 드뷔시의 '목신의 오후에의 전주곡'에 심취되어 있다. 그 덕분에 지긋지긋한 두통에서 벗어날 수 있었다는 체험담을 밝힌 적도 있다. 일주일에 한 번씩 지상파방송에 출연하여 클래식을 이야기 식으로 풀어 시청자들의 이해를 돕는 일에도 매우 만족하고 있다.

"행방불명이니 어디에다 연락을 하니. 승연을 내게 맡기러 온 날 이후부터 보고 싶어도 볼 수 없는 얼굴이 되어 버렸는걸. 나보다 네 아버지가 더 서운해 하실 거다. 남자들은 보통 사랑고백에 인색하지 않니. 그렇지만 네 아버지는 봉준을 끔찍하게 그리워하시면서, 후계자로 키우지 못한 것을 늘 아쉬워하곤 했어."
  어린 상주는 빈소 한 구석에서 쭈그린 자세로 자다 흔드는 기척에 눈을 부스스 떴다. 음식냄새와 향냄새가 뒤섞인 실내공기는 성미가 여린 승연의 비위를 역하게 건드렸다. 소년을 깨운 사람은 고인의 둘째딸 변세빈이었다. 가냘프게 긴 손톱마다 붉은 매니큐어가 칠해져있고, 왼 손목에는 고가의 시계를 찼는데, 금테 줄이 불빛에 반사되어 눈이 부셨다. 중학생인 승연을 처음 본 둘째딸은, 승연에게 곱지 않는 눈질로 쏘아보며 조문객을 맞으라는 말을 냈다. 그 말투에는 굴러 들어온 돌멩이가 행세를 떤다는 불순한 시기심이 실려 있었다.
  얼떨떨해진 어린 상주는 전혀 낯선 둘째 양 누나의 인상착의를 미처 확인도 못하고 잠에서 완전히 깨어났다. 세빈은 정신 차리라는 뜻으로 한 번 더 나이 어린 양동생의 몸을 흔든 등 뒤에서 작은 체구를 안아 일으켰다. 승연은 고인의 두 딸과 양어머니와 몇몇이 함께 지켜보고 있는 자리에서 매무새를 대충 고쳐 잡고 조문자세를 갖췄다.
  사회적 신분이 높은 정치계 인사 두 부부의 예의 갖춘 문상을 끝으로 빈소는 한산해졌다. 소년은 갈증을 해소하려 냉장고 문을 열어 캔 사이다 하나를 꺼내들었다. 그리고는 상주자리로 되돌아와 앉으면서 등을 벽에 기댔다. 하품이 일었다.
  "졸리니?" 큰딸 세진이 아들 벌 동생이 눈을 비비는 미욱한 행동을 바라보며 걱정된다는 그늘안색을 옅게 지어냈다. 그녀의 오른편에는 허리춤에 한 손을 댄 동생 세빈이 서 있었다. "뭘 좀 먹지 않을래?"
  "너무나 피곤해서 아무것도 먹고 싶지가 않습니다." 며칠 님지 않은 방학숙제에 시달린 연장선상에서, 전혀 생소한 늦은 시간까지 꼬박 상주 노릇을 해야만 하는 입장의 부담감이 무겁게 실린 소년의 목청은 기죽은 듯 작았다.
  "그런 상태로 닷새를 견딜 수 있겠니?" 둘째딸이 끼어들었다.

그녀의 음성은 온기 없이 차가웠다.
"억지로라도 버텨볼게요." 사이다 맛이 배인 상주의 목소리는 젖어 있었다.
"아무래도 안 되겠다. 잠을 자 두어야 기운이 살아날 테니까 어디서 눈을 좀 붙이자."
"여기서 쉴게요."
"그럴래?" 세진은 방석 세 개를 가져와서 그 두 개는 장판바닥에 나란히 깐 다음, 한 개는 반으로 접어 베개를 만들었다. "불편하겠지만 자, 누어 쉬어라!"
승연은 큰누나의 정성어린 보살핌에 감명을 받았다. 엄마 같은 따뜻한 마음에 눈시울까지 붉어졌다. 소년은 의존성이 높아진 감정이 혹 들키기라도 할까 봐, 얼굴 방향을 벽면으로 두었다. 상복 위로 겉옷가지가 덮어졌다. 그 손길에서 다정한 온기를 느낄 수 있었다. 승연은 옷 향기를 자장가로 삼으며 꿈나라로 들어갔다.
두 자매만이 뜬 눈으로 빈소를 지키게 되었다. 두 자매는 건어물과 견과류가 함께 담긴 일회용 은박접시를 가운데 두고 입 안의 심심을 달랬다. 그러면서 각자가 낳고 부양하는 아이들의 성향에 대하여 얘기를 나누었다. 남루한 차림의 남성이 현관에 불쑥 들어서면서 식장 내를 두리번거린다. 성향으로나 얼굴 생김이 전혀 다른 두 자매의 눈길이 동시에 등장인물에게로 모아졌다.
"어머, 너 봉준이 아니니?"
세진은 반가움이 넘치는 목소리로 달려 나가, 달창난 신발을 막 벗으려는 사촌동생의 손목을 꼭 쥐었다. 사촌형제 간의 모처럼 상봉을 바라보며 마지못해 자리에서 일어난 세빈의 눈빛은 생뚱맞았다. 멀건 눈빛은 보기 싫은 사람을 대하게 되었을 때, 용신이 애매하게 불편해지는 본체만체 기색이었다. 그러한 속내를 그녀는 입꼬리를 비쭉이는 것으로 자신의 내면을 대변했다.
"누구의 연락을 받고 오게 된 거니?"
"영적으로 알게 됐어요." 정봉준의 군더더기 없는 대답은 짧았다.
눈길을 설면하게 살짝 맞추었을 뿐인 봉준과 세빈은 사이가 틀어졌던 먼 과거로 재빨리 돌아가 있었다. 봉준은 이종사촌인 둘째누나 세빈과 장난을 치다 이모부가 아끼는 고려청자를 깨트린 문제를 놓고 대판 싸움을 벌였던 기억을 되새겼고, 세빈은 엄마로부터 앙탈부리로 기어이 받아낸 구두 값을 친구들에게 선심성으로 다 써 버린 그 충당 책으로, 봉준에게 돈을 빌려 달라고 끈질기게 조르다 수포로 돌아온 이후부터 꼭꼭 품고 있는 얄미운 비난을 떠올렸다. 그녀는 그때의 망신살이 분함을 오늘날까지 풀지 않고 가슴에 맺혀두고 있었다.
 퉁명을 담은 눈질을 흘기는 세빈과 달리, 봉준은 적극적으로 손을 내밀었다. 세빈은 두 살 차 동생을 못마땅하다는 시선으로 노려봤다.
 "질시의 눈빛이 여전히 살아 있다니, 그때의 앙금 여적 못 버린 거야?" 봉준의 말투는 조용하게 낮았으나 힘이 실려 있었다.
 "애들 봐! 첫 인사부터 가시를 꽂네." 세진이 기쁨 반 책망 반으로 두 동생을 동시에 나무랬다.
 "쟤 좀 봐! 결혼 안 한 어린애가 세 아이 엄마더러 앙금 운운하다니, 나 내 아이들 질투로 가르치는 사람 아냐. 건전한 엄마와 주부가 되려고 얼마나 희생하는지, 우리와 연을 끊다시피 한-남남 사이로 지내는 네가 알 턱이 없잖아?" 세빈은 쉽게 흥분하는 다혈질 성미자다. 흥분할 때마다 낯빛은 갈색으로 덧씌워진다. 한 남자의 아내이며 세 아이의 엄마가 되어서도 그 기질은 그대로 남아있어, 곧바로 메스꺼운 신경질 반응으로 응대를 보인 까닭도 이 때문이었다.
 이러한 분위기를 면전에서 목도했는데도, 봉준은 아랑곳하지 않고 사람 좋은 인상을 유지하고 있었다. 그 낯빛은 한데 기후를 고스란히 맞으며 살기에 거무스름하게 까칠했다. 살이 푹 빠진 야윈 얼굴은 목숨 부지 차원에서 한 끼 식사만을 지키고 있기 때문이다.
 윤 여사는 선잠에서 생질의 음성을 들었다. 그녀는 봉준이 꼭 오리라는 것을 알고 있었던 듯 덤덤했다.
 "엄마, 어떻게 된 일이야? 엄마는 봉준이 오는 걸 사전에 알고 있있던 거야?" 둘째딸이 물있다.
 "그래, 영혼 없는 요 맹추야."
 세빈은 친정엄마의 말을 무시로 이해한 반응을 욱 문 아랫입술을 비쭉 내미는 것으로 나타냈다.
 "꼴이 말이 아니로구나. 그 모습으로는 상주노릇을 할 수 없으니, 사우나에서 목욕부터 하고 오너라. 이발도 하고. 그만한 돈은 있지?"
 봉준은 이모의 말을 따르기 전에, 웃음기 머금은 얼굴로 입을 벌리며 곤히 자고 있는 승연을 가만히 내려다보았다. 그러면서 소년의 코끝을 간질이는 장난을 쳤다. 그 손길을 느꼈는지 소년이 옆 자세를 정 반대로 바꾸었다. 세진의 겉옷이 미끄러지면서 방바닥으로 흘러내렸다. 그는 상체를 굽혀 소년의 오른쪽 다리를 살며시 들어 뺀 옷을 다시금 그 몸 위에 살그머니 덮어줬다.
 "엄마는 봉준과 비선의 연락망이라도 있는 거야? 엄마의 태연한 모습에서 그 점을 읽어 냈어."
 "무슨 비선 연락망이 있다는 거니. 나도 너희들처럼 재와는 연락이 두절돼 있어. 봉준이가 나타났으니 너희들 아버지가 기뻐하시는 모습이 눈에 선하구나. 이젠 편히 쉴 수 있게 되었다는 말씀도 귓전으로 들리는 듯도 하고…아무튼 재는 우리의 신령한 복덩이라니까."
 두 딸은 어머니의 횡설수설에 놀라움을 감출 수가 없었다. 특히, 둘째딸은 치매초기증상이 아니냐는 의문을 품었다.
 "엄마, 내 손가락이 몇 개로 보여?" 둘째딸이 검지, 장지손가락을 펴 세우며 엄마를 시험했다.
 "날 시험하지 말거라. 내 정신은 지극히 정상이란다."
 큰딸 세진은 봉준에 대한 엄마의 편애와 교감에 대해 나름대로 분석해 보려는 지략을 짰다. 그녀의 첫 번째 분석은 근래에 들어 한층 더 경건해진 어머니에게 신비한 영적교류가 시작되고 있다는 점을 꼽았다. 아버지 영전에서 기도하는 듯이 줄곧 눈을 감고 있는 연장선상에서 봉준이 온다는 것을 예감하고 있었을 뿐만 아니라, 봉준 역시도 누구로부터 이모부의 별세 소식을 들은 것도 아닌데도 불구하고, 이곳까지 온 것은 필시 하늘천사의 인도를 받았기 때문이라는 의중의 판단을 잠적 내렸다.
 좋으면서도 어딘가 떫기도 한 기분을 안은 그녀는 내면에 잠복해 있는 영성을 은연중에 일깨웠다. 그러면서 성경에서는 영靈은 영과만 통하고, 그 세계에 들어간 자만이 영생을 얘기할 수 있다. 또한, 영은 하나님의 세미한 음성을 들을 수 있다는 설득으로 예배드리는 성도들에게 감흥을 심어준다. 가장 큰 소망-사후에 들어

갈 천국보좌의 믿음을 잃지 말라는 절규의 가르침이겠으나, 그 차원 높다는 영성교류를 엄마와 봉준은 나누고 있다는 것이 대략의 정리였다. 현실적으로 일어나지 않았는데도 그 일이 곧 닥칠 거라는 투시예언…? 갑자기 소름이 돋도록 무서워졌다.
"엄마는 신앙의 자유를 얻었겠네." 큰딸이 속삭였다.
"이젠 내게 감당키 어려운 고통이 닥친다 할지라도 기도로 능히 물리칠 수 있을 것 같구나. 이번 장례를 마친 후, 난 복지재단을 세워 그늘진 이들의 할머니가 되련다."
오 일쨴 날 새벽이 밝았다. 고인의 자녀 및 친인척들은 세면을 마친 후, 제멋대로 뒤틀어진 옷매무새를 고치느라 분주히 움직였다. 봉준은 상주자리에 꼿꼿이 앉아서 하나님의 힘인 기나긴 침묵에 잠겨 있었다. 누구 하나 흔들어 깨우거나 말을 걸어 방해를 놓지 않았다. 다만, 봉준을 마음의 부모로 섬기는 한편으로 삼촌 호칭을 간혹 어렵게 꺼내는 백승연만이 그 곁에 꼭 붙어 앉아 숨소리를 낼 뿐이다. 승연이 꾸벅꾸벅 조는 눈을 떴을 때, 은퇴를 한 해 앞둔 백발목사 뒤를 따라 오십여 명의 교인들이 삽시에 빈소를 가득 메웠다.
"피조인생은 하나님처럼 영원하지 못합니다. 정해진 시간 안에서 살다, 명이 짧은 누구는 일찍이, 누구는 천수를 누리다 주어진 일기를 마감합니다. 그러므로 하나님 형상에 가장 가까운 성도는 그 분을 믿지 않는 불신자들의 머리로써 모범적 인생을 살아야지, 꼬리생활로 구원 밖 사람들의 멸시대상이 되어서는 절대 아니 됩니다.
성품이 훌륭했던 고인은 평생 동안 원칙과 사명을 수행했던 지도층 인사로써 수많은 사람들의 귀감이 되었습니다. 갑작스럽게 하늘의 부름을 받았기에 미처 정리를 해 두지 못한 업무가 쌓였겠으나, 후임자가 그 유지를 잘 받들어 나간다면 국민의 인권신장은 물론, 국가기강이 바로 서리라는 점 믿어 의심치 않습니다. 국가의 **견진**한 밑진은 부패척결도 중하나, 그보다는 개개인의 사생활 보호를 넘어 차별 없는 사회가 되어야 진정한 선진국임을 세계만방에 내세울 수 있는 겁니다.
노임착취로 근로자의 생활을 불안케 하는 부당행위, 외국인근로자 학대 등등은 나라의 위신을 추락시키는 중대한 인권침해가 아닐 수 없는 것이니, 이러한 사례들은 나라가 앞장서서 근절하여야 자랑스러운 선진의 대한민국으로 우뚝 설 수 있게 되는 겁니다.
　사람은 자연의 일부에 지나지 않습니다. 그러므로 만물을 다스리는 지배권을 하나님으로부터 부여 받은 인간은 마땅히 동식물계는 물론이고, 모든 생물의 생존근원인 물을 깨끗하게 관리해야 합니다. 고인의 사회철학은 이에서 비롯되었다 해도 과언이 아닐 정도로 자연을 사랑하셨습니다. 고인의 집과 사무실에 선선한 향기를 내쉬는 넓은 녹색공간이 있다는 사실이 이를 충분히 방증하고 있습니다.
　고인께서는 우리 곁을 영영 떠나셨습니다. 우리가 그분의 얼굴을 볼 수 있는 길은 액자에 담긴 저 영정사진 뿐입니다. 그렇지만 우리 곁을 떠난 것은 수명을 다 이룬 육신이지, 그 영혼은 언제나 공기로 맴돌며 우리를 돌보고 계십니다. 또한, 그리스도를 믿는 성도라면 부활의 기적을 보는 것이니, 장차 저 하늘나라에서 기쁨의 해후를 맞게 될 것입니다.
　감사함으로 그 문에 들어가는 자 흰 예복을 입고 만복을 누리리. 뜨고 지는 해와 달빛과 사시사철 기후 차가 극심한 이 땅과 비교할 수 없는 광명의 황금빛 성에서 영원한 안식을 누리리. 믿음으로 하늘나라에 입성한 성도여, 그리스도와 더불어 길이길이 평강을 누리소서."
　발인예배 인도를 마친 말쑥한 정장차림의 백발목사는 유족들을 개별적으로 위로하고, 이어 그들의 안내를 받았다. 운구행렬이 시작되었다.

5
-도피-

 송경호는 어둠속을 더듬더듬 나가면서 주위를 유심히 살피는 긴장감을 잠시도 늦추지 않았다. 우측으로 해발이 낮은-속을 들여다 볼 수 없는 시커먼 임야를 낀 한길로 접어들었다. 한 줄기 바람이 스치면서 나뭇잎을 건드리는 시근시근 소리가 천둥처럼 가슴을 후려쳤다. 섬뜩 놀란 경호는 순간 몸을 낮추며 숨까지 잔뜩 사렸다. 움직이는 사물의 그림자는 아무것도 없었다. 그는 겁결에 떨린 심장을 가라앉히고 조심조심 걸음을 재촉했다.
 재개발을 앞둔 단독주택 위주의 밀집지역은 몇 곳에서 보안등이 가물거리고 있었으나, 그 후면은 비교적 어두워 발각될 염려는 그만큼 낮았다. 현재로서 그에게 가장 무서운 대상은, 알든 모르든 무시로 마주치는 직립보행의 사람들이다. 혹, 누군가가 지명수배자인 자신의 얼굴을 알아보고 사법당국에 신고라도 하는 날이면, 운신의 자유는 그 즉시로 끝나버리고 만다는 사실을 잘 이해하고 있었기 때문이었다.
 보안등 불빛 아래로 사람의 검은 그림자가 나타났다. 일분 정도의 시차를 두고, 또 한 사람이 뒤따라 나타나서 이쪽으로 방향을 잡고 다가오고 있었다. 경호는 아연실색하며 숨을 곳을 두루 찾다, 전방 이 미터 거리에서 아름드리 은행나무를 발견했다. 그는 가재걸음으로 그곳으로 살금살금 이동해 갔다. 행인들은 다행히 나무 뒤에서 동정을 엿보는 수상한 자를 알아차리지 못 하고 그대로 지나쳤다.
 목표를 둔 집은 마을 중간 고샅-골목 막다른 지점에 있다. 이층 연와 집 앞은 보안등이 설치되어 있어 유독 밝다. 그는 큰 골목에서 다시 한 번 주위를 확인하고 미행자가 없음에 적이 안심했다.

파란 페인트칠이 입혀진 철대문은 굳게 잠겨있었다. 거주자들 수가 날로 줄어드는 추세인 만큼, 빈집들이 늘어나는 동네라 문단속은 당연한 일이었다. 그는 그 앞에 멈춰 서서 발뒤축을 최대한 높이 쳐들고서 안의 동정에 귀를 기울였다. 계집아이의 울음소리가 터져 나왔고, 이어 어린아이를 달래는 젊은 엄마의 음성이 새어 나왔다. 조급해진 경호는 안절부절 떨면서 의식을 한층 키웠다. 계집아이의 울음소리가 그쳤다. 그는 지체 않고 벨을 눌렀다.
"누구세요?"
반갑기 그지없는 아내의 목소리가 귓전으로 흘러들었다.
"경미, 나야!" 기쁨에 달아오른 그의 목청은 높았다. 창문마다 꼭꼭 닫혀있는 안에서 서둘러 달려 나오는 인기척을 들은 청력은 안도의 한숨을 깊게 내쉬었다.
녹색 새시현관문을 열어둔 채로 맨발 뒤축을 때리는 고무슬리퍼 소리를 내며 한달음에 달려온 발길이 문 너머에서 멈춰 섰다. 전례 없이 유달리 감동이 높아진 감정은, 대문을 박차고 싶을 정도로 오래 걸린다는 조급의 답답증을 불러일으켰다. 마침내 대문이 활짝 열렸다. 보안등 불빛 후면 그늘이 옅게 서려있는 얼굴이 나타났다. 반갑기 그지없는 속성을 동시에 그대로 드러낸 두 사람은, 무엇을 가리고 자시는 주의 없이 서로를 부둥켜안자마자 미친 듯이 입술에 입술을 포갰다. 혀에 혀가 감겼고, 침에 침이 뒤섞였다. 체구가 작은 경미는 떼쓰는 듯이 성급해진 몸을 내맡기며, 두 손으로 오랜 만에 안아보는 남편의 허리를 휘어 감고 두 눈을 감아 버렸고, 경호는 굶주린 야성의 기질로 아내의 눈, 코, 목덜미를 마음껏 탐닉했다. 이 행복의 절정에 경미는 넋을 잃었고, 경호는 쌓인 한을 풀기라도 하는 듯이 여체를 바싹 끌어안고는 옥죄었다.
"그만 해. 방에 모기 들어가."
엷은 차림새라 뒤편 정원으로부터의 찬 공기에 한기를 느낀 경미가 남편의 가슴팍을 밀어내며 손등으로 젖은 입술을 훔쳤다.
"응, 그래!" 경호는 아쉬움을 감출 수가 없었다. 그제야 뒷손으로 대문을 닫은 그는, 어깨를 얼싸안은 아내 볼에 입을 맞추었다.
"보고 싶었어, 너무 보고 싶었어. 일찍이 오지 못해서 정말 미안해!"
"어떻게 올 수 있었던 거야?" 경미는 벅찬 감격에 목이 메어 말을 제대로 낼 수 없었다. 기쁘면서도 아련하도록 슬프고, 불안하면서도 아늑한 평안이 가슴을 울렁울렁 뛰게 했다. "들어가, 들어가서 얘기해."
 "응, 그래! 애들은 잘 있지?"
 "응."
 경호는 아내의 허리를 감은 채로 현관 안으로 들어섰다. 누추한 집 살림은 민망하기 짝이 없었다. 면적 좁은 거실과 면한 부엌 편 벽지는 너덜너덜 벗겨진 데다, 다용도실로 쓰이는 공간의 천장은 곰팡이 핀 썩은 합판이 덜렁덜렁 반쯤 뜯겨 그 속에 감춰졌던 삭막한 회색콘크리트 수평기둥이 훤히 들여다보였다. 그렇지만 폐쇄되어 음침한 그 구석과는 사뭇 달리 식기류나 가전제품 등 일상적으로 쓰이는 용품들은 짜임새 있게 갖추어져 있었으며, 각각 다섯 살, 두 살인 아들-딸의 피부도 깨끗했다. 그리고 두 아이들의 장난감 종류도 제법 다양하게 많았다. 이 모든 알뜰한 살림 장만은 피아노과외를 다니는 아내의 노력 때문이라고 경호는 내심 환호를 내질렀다.
 옹기 항아리의 통기성通氣性 같은 기분에 젖어 있던 경호는 아내 앞에서 머리를 떳떳이 들지 못하고 쩔쩔매는 기색을 내비쳤다. 기약 없는 도피로 가장의 책임을 등한시하고 있다는 데서 오는 죄책감에 풀이 죽었다. 그는 면목이 서질 않자, 아내의 눈길을 애써 외면했다. 그는 가라앉은 기를 끌어올리는 심사로 아들을 안아 무릎에 앉혔다.
 "많이 컸구나. 아빠 보고 싶지 않았니?"
 "아저씨가 우리 아빠라구? 거짓말, 우리 아빠는 외국으로 돈벌러 가셨다던데!"
 "승호야, 이분이 외국에서 돌아오신 아빠이셔." 경미는 아들을 달랬고, 경호는 아들의 머리를 쓰다듬었다.
 "언제 비행기 타고 우리나라에 온 건데? 선물은? 안 사왔구나. 빈손인 걸 보니까, 이 아저씨 우리 아빠 아냐. 엄미, 집 없는 이 지씨가 하루 밤 자러 온 거지. 그치?"
 경호는 아들의 주저 없는 철부지 말에 가시방석에 앉아 있는 기분을 떨칠 수가 없었다. 경미는 경미대로 속이 부글부글 끓었다.
 "승호 참 똑똑하구나. 무슨 선물을 사 줄까? 아빠가 다음에 올

때는 꼭 사 올 테니까 어서 말해 줄래? 사내대장부끼리의 약속은 어떻게 하는 거라고 그랬지? 아빠가 전날에 가르쳐줬잖아!" 경호는 속으로 흘리는 뜨거운 눈물을 겨우 삼켜 내리면서 부성애를 태웠다.

"몰라, 잊어 버렸어!" 아들은 밤송이머리를 세차게 흔들며 투정을 부렸다.

"말버릇이 없구나. 종아리 맞을래? 아빠한테 잘못했다고 빌지 않으면 회초리로 맴매 할 거다." 애간장이 탄 엄마가 야단을 쳤다.

"잉, 엄마도 미워!" 아들의 양 볼이 뿌루퉁 부풀어 올랐다. 그 일그러진 얼굴로 엄마를 빤히 노려보는 눈빛에 투정부림이 가득했다.

"허허, 여보 참아요. 승호야, 아빠가 야단치지 말라 말렸으니까 앞으론 엄마가 하지 말라는 나쁜 짓은 절대 해서는 안 된다."

경호는 겉으로는 아들을 달랬으나, 속으로는 자신을 향해 모진 매질을 가하고 있었다. 날리는 채찍은 뼛속을 때렸고, 그 참기 힘든 쓰라림은 서글픈 외로움을 넘어 가슴이 갑갑하게 미어졌다. 정처 없는 한데거리에서 혼자 처절하게 겪는 찢긴 상처를 위로받고 싶어진 그는 아내 품으로 와락 안겼다. 어깨를 들먹이는 소리 없는 눈물을 흘리며, 아내의 심장 뛰는 소리를 엿 들었다. 아내가 등짝을 토닥거리며 어루만져주자, 경호는 심장이 따뜻해지는 큰 위안을 받았다. 삭막하게 말라비틀어져 있던 심신이 일시에 살집이 피어올랐다.

"그만 일어나 봐."

아내의 차분한 말에도 남편은 꿈쩍 않고 아내의 품으로 더욱 파고들었다. 그리었던 연한 살피냄새, 포근한 보금자리의 포만감을 깨우는 아내가 갑자기 얄밉게 서운해졌다.

"어서, 할 말이 많단 말이야!"

경호는 마지못해 몸을 일으켰다. 아내를 마주 본 남편의 눈물에 젖은 안색에 잔잔한 웃음기가 번졌다.

"고생 많지? 혼자서 살림을 꾸리느라 힘들다는 거 다 알고 있어."

"고생은 감수할 수 있어. 문제는 언제나 안정을 찾을 수 있냐는 거야!"

"미안해. 확답을 못해줘서. 내 결단에 따라서 그 시기가 잡히기는 하겠지만 확실치 않아."
 "무슨 말이 그래? 여태 아무런 대책을 세워놓지 않았다는 뜻으로 들리네."
 "시국이 살벌해. 순수한 이성을 갖춘 자는 보이지 않고, 정치권 바닥에는 돈과 권력에만 눈이 먼 작자들이 판을 치고 있어. 그러니 나라가 잘 될 리가 없지. 확 뒤엎어 버리고 싶어."
 "관둬. 멀쩡한 사람을 진흙탕에 끌어들여 가정을 파탄으로 몰아넣은 정치얘기 따위 제발 그만 둬. 난 평안하게 살고 싶어. 너무 힘들어. 부탁인 데, 경찰이나 검찰에서 전화가 안 오도록 도와 줘. 그게 나의 소원이야."
 "국민의 권리를 빼앗고, 모략과 권모술수가 판치는 정치권은 혼나야 돼"
 "무슨 수로 혼내고 싶은 건데? 당신은 인맥도 돈도 없는 일개 시민일 뿐이야."
 "보잘것없는 한 마리 개미에게도 제 역할이 있기 마련이지."
 "환상에서 깨어나. 기적은 없어. 현실을 직시하는 것이 기적을 낳는 거라고 생각해!"
 경호는 말문이 막혔다. 화제를 바꿀 필요가 친접하게 우러났다.
 "얼마 전에 정몽준 순장님을 만났어."
 경미는 어두운 안색을 싹 지운 표면 위로 환한 미소를 퍼트렸다.
 "언제? 어디서? 지난 세월을 소급하여 계산해 본다면, 지금쯤은 목사님이 되셨을 텐데, 목회하고 있는지는 알아 봤어?"
 "푸른 초원이 펼쳐진 산에서 봤는데, 인상이 참 깨끗하시고 편안해 보였어."
 "이해할 수 없네? 목회는 안 하시고 산에서 사시나? 그건 그렇고 순장님과 무슨 얘기를 나눴어?"
 "지명수배 해제 건 얘기를 꺼냈더니, 법망을 피할 수 없으니 자수하라는 거야."
 "나도 자수를 바라. 제발 더 이상 가슴 졸이며 살지 말게 해 줘. 내 불안감 덜어줄 수 있지?"
 "그쪽으로 무게 중심이 기울고 있어. 순장님과 약속 했거든."
 "무슨 약속?"

"형량을 다 마칠 때까지 우리의 생활비 일체를 책임지겠다는 제안이었어."
"자기 생각은 어때?"
"이리저리 눈치를 굴리며 떠돌아다녀야 하는 도피생활에 신물이 났어. 제대로 쉴 수도 없는 떠돌이 신세에, 엉망진창 뒤틀린 배 창자도 편히 잠들지 못 하는 무모한 고생을 끝내야겠어."
"대환영이야. 그러나 순장님이 제안하셨다는 대목은 반대야. 받아들일 수 없어."
"왜? 자기를 생각해서 자수를 굳힌 건데!"
"하나님이 우리를 도우 실거야."
"대단한 열정이시네.
"자기 눈은 깨끗하지 못해. 세속먼지가 뿌옇게 가라앉아 있는 것이 환하게 보여. 더 이상 도망 다니지 말고, 구치소에 들어가 죗값을 치러. 뒷바라지는 내가 어떻게든 책임질 테니까." 경미의 어감은 야무지게 단호했다.
경호는 유약해 보이는 아내에게서 저런 당돌한 앙세다 면이 숨겨져 있었다는 이면이 그저 놀라울 뿐이었다.
"난 반정부주의자의 입장에서 타도 대상인 현 정부에는 굴복하고 싶지 않아. 그럼에도 자수의사를 밝힌 것은, 죄책을 떨칠 수 없게 하는 당신을 내 나름대로 돕고 싶어서 자존심을 접은 거야."
"오해 마! 산지기도 하나님이 세우셔. 인정해야 할 것은 인정해 줘야 나라 질서가 잡히는 게 아니겠어?"
"듣고 보니 정치 발언이네?"
"상관없어. 우리 가족을 지키는 길이라면, 요주의자를 내쫓아서라도 지켜내야지."
"허, 무섭다."
"그만해. 싸우고 싶지 않으니까."
경미가 주위를 둘러본다. 장난감을 가지고 놀던 다섯 살 아들은 카펫 위에 엎드린 채로 잠이 들었고, 아직, 간혹 젖을 찾는-친아빠를 두 번째로 대한 세 살의 딸은, 엄마무릎을 베고 새근새근 세상을 잊고 있었다. 경미는 방으로 들어가 아이들의 잠자리를 살펴본 뒤, 거실로 다시 나와 딸아이부터 안았다. 아들은 아빠가 안고 침대에 눕혔다.

"배고프지 않아? 빵이라도 줘?"
"있어?" 목청에 부활한 경쾌감이 실려 있다.
경호는 턱을 괴고 자신을 돌아본다. 엉뚱하게도 제일 먼저 권문선의 얼굴이 떠올랐다. 그녀는 시청 앞에서 백여 일간 이어진 광우병 촛불집회 때, 높은 무대에 올라 인기절정의 열변으로 대중들을 사로잡았던 여걸이었다. 그녀에게는 빨갱이라는 별명이 붙어 있었다. 주한미군 철수를 외치면서 맥아더장군 동상철거에 앞장섰던 인물이라, 경찰들조차도 그녀를 빨갱이라 불렀다.
삼십 대 미혼인 그녀가 종로구 소재 한 사찰에서 몰래 빠져나온 뒤, 자신의 집에서 구속됐다는 소식을 일간신문을 통해 알게 되었을 때, 경호는 심장이탈을 체험했었다. 다음 구속대상이 자신일 거라는 예감이 번득 일자, 경찰경계에 좀 더 신중을 기하자는 마음을 다졌었다. 그는 촛불집회가 마무리된 이후부터 줄곧 숨어서 지냈다. 신변보호 차원에서, 처음에는 학교동창들의 집을 전전하다, 그 후에는 산과 들을 헤매며 경찰의 추적을 따돌렸다. 끼니는 아파트 신축공사 현장에서 육체노동을 팔아 근근이 해결했다.
건설현장은 범법자들의 좋은 은신처였다. 그렇지만 오래가지는 않았다. 한때 성경공부를 지도했던 정몽준 순장님의 권고를 받아들여, 촛불집회 때 안면을 익혀둔 동료들의 은신처인 도심 한복판, 조계종 중심부 사찰로 몸을 숨겼기 때문이었다. 온종일 맡는 낯선 향내가 신경에 거슬리기는 하였으나, 불자들의 출입이 밤낮으로 끊이질 않는 대형사찰은, 공권력 경찰들이 함부로 들어올 수 없는 성역이라 숨어 지내기에는 안성맞춤이었다.
사찰 측 배려로 그곳에서 일행 권문선 등과 함께 일주일가량 천막생활을 했다. 송경호는 권문선에 앞서, 어느 일요일 낮에 예불을 마치고 돌아가는 불자들 틈에 끼어 사찰을 빠져나왔다. 그러고는 며칠 간 정처 없이 떠돌던 중, 어느 집 대문에 꽂혀있는 조간신문을 빼 읽다 권문선의 체포소식을 알게 되었다. 그 후 그는 망설이고 망설이다, 아내와 두 자녀를 마지막으로 보리라는 결심 하에 불쑥 제 집을 찾아든 것이다.
송경호는 정치인이 되는 게 꿈이었다. 양복 깃에 의원배지를 달고, 웅장한 국회의사당에서 국무총리나 장관들에게 대정부 질문공세를 펼치면서, 이미 발표한 정책의 잘못을 빌미 삼아 호통을 치며 국민들의 복리증진을 위한 법을 만들고 싶어 했다.
 송경호는 그 꿈의 첫 단계로 안면을 널리 알려 언제든지 공천을 받을 준비를 해 두어야만 한다는 결론을 터득했다. 정규 당원교육을 이수한 집권여당 당원증을 소지한 그는, 여의도를 맴 돌면서 틈만 나면 힘이 센 당대표, 원내대표, 사무총장 등 지도층인사들에게 눈도장을 찍어두었다.
 총선을 몇 개월 앞둔 어느 날, 경호는 당으로부터 지역경선을 준비하라는 연락을 받았다. 다섯 명의 경쟁자 중에는 지역 연고가 깊으면서, 대학교수를 거쳐 청와대 정무수석을 지낸 유성한이 가장 앞서가는 인물이었다. 이에 반해 내세울 만한 경력은 변변치 않으나, 환경단체 회원으로 지역발전에 앞장서 왔다고 자부하는 경호는, 길고 짧은 것은 대봐야 한다면서 도전장을 내밀었다. 그렇지만 그는 경선 당일 크나큰 정신적 충격을 받았다. 다섯 명의 후보들과 표 대결을 겨룬 결과 삼등을 하는 뼈아픈 몽둥이세례의 패배를 안겨 받았다. 과반수 미달로 일등과 이등과의 이차 결선과정을 일개 당원으로 지켜보는 신세로 전락하고 말았다.
 지역주민들은 뜨거운 성원을 보내겠다고 굳은 약속을 했었다. 그렇지만 지역당원들은 결정적인 날에 싸늘한 배신적 면모를 드러냈다. 게다가 당에서 사전에 후보자를 내정해 놓고, 경쟁력이 떨어진다 싶은 군소후보들을 이목의 모양새를 갖추기 위한 들러리로 이용했다는 소문이 돌았다. 억울하다는 극도의 흥분은 급기야 분수가 가장 밑바닥까지 추락하는 꼴불견에 이르게 되었다. 아래턱이 떨리면서 눈물이 핑 돌았다. 이렇게 남자가 보이지 말아야 할 눈물을 흘리게 한 위선자들의 꼿꼿한 기브스 행태를 도저히 용납할 수가 없었다. 승복하려는 마음도 짓밟혔다. 당장 여의도당사를 찾아가 기물을 내던지는 무지막지한 행패를 부렸다. 이후부터 그는 철저한 반反 여당 성향으로 돌아섰다.
 그는 녹색환경연합에 정식으로 가입했다. 비영리단체인 녹색환경연합은, 정부와 기업체 몇 곳으로부터 재정을 지원받아 일 년에 두 차례 한강 속 쓰레기를 수거하는 것과, 생태계보존 활동에 힘쓰고 있었다. 그렇지만 그 이면은, 정부정책을 조목조목 반대에 반대의 목소리만을 내는 친북親北 성향의 급진파 이적단체였다.
 우리나라 정치사는 기독교와 깊은 관련이 있다. 초대대통령 이승만은 기독교장로였고, 군정종식 이후 문민시대를 연 상도동대통령과, 기업가출신인 현대통령도 장로직분을 가지고 있다.
　1948년 5월 31일은 대한민국 국회가 처음으로 열린 날이다. 국회의원 일동은 국민의례를 마친 후, 기독교신자인 임시의장 이승만의 제의를 사전에 받은 이윤영의원의 대표기도가 이어졌다. 국회속기록이 전하는 그 당시 기도내용 전문은 다음과 같다.

　'이 우주와 만물을 창조하시고 인간의 역사를 섭리하시는 하나님이시여, 이 민족의 고통과 호소를 들으시사 정의의 칼을 빼서 일제의 폭력을 굽히시사 세계만방의 양심을 움직이시고 또한 우리 민족의 염원을 들으시므로 이 기쁜 역사적 환희의 날을 이 시간에 우리에게 오게 하심에 대한 감사와 우리 조선의 독립과 함께 남북통일을 주시옵고, 또한 우리 민생의 복락과 아울러 세계평화를 허락하여 주시옵소서. 주 예수그리스도 이름을 받들어 기도하나이다. 아멘.'

　기독교는 이후부터 일천구백팔십 년대까지 부흥의 급성장을 맞게 되어, 빈 텃밭 위에다 낡은 천막을 세워 십자가를 꽂아 걸기만 하여도 가난을 벗고 자는-영적은혜를 갈구하는 성도들이 우르르 몰려드는 대역사의 한 획을 장식할 수 있었다. 그 결과 오늘날 수십 만 명이 한꺼번에 예배를 드리는 단일교회를 세계 최초로 탄생시킬 수 있었다. 유례를 찾아볼 수 없는 기적의 축복이 이 땅 대한민국에 임해진 것이었다.
　이러한 시기에 송경호는 신실한 성도인 어머니의 전도를 받고, 중학교에 입학하자마자 교회출석을 시작했다. 신앙에 차츰 눈이 뜨이자, 그는 '진리가 너희를 자유롭게 하리다.' 라는 성경구절을 가장 좋아하게 되었다. 이유는, 구원의 믿음보다 출세에 응용하면 어떨까 하는 생각을 품었기 때문이었다.
　그는 정치입문에 실패한 후, 일원이 된 녹색환경운동에서 이 진리를 부각시키려 남다른 손품-발품을 팔았다. 그는 소속 단체의 이익과 안전한 재정유입을 위해서는 강온 양면이 적절하게 조화되어야 한다는 철학을 갖고, 필요한 싸움을 마다하지 않는 한편으로 끊임없이 자신이 쉽게 이해할 수 있는 진리의 자유를 모색했다.

그러면서 그는 정의의 자유는 행정부, 입법부, 사법부 등의 권력부서들이 국민의 권리 보장에 우선순위를 둬야 한다는 결말을 얻게 되었다. 즉, 국민의사와 상관없이 저희들끼리만 나라를 위한 일이라며 책상머리 정책을 내놓는 행태는, 국민을 깔보는 무지한 독재이므로, 세력의 투쟁으로 적극 막아야 국민의 자유가 쟁취된다는 해답을 얻었던 것이다.

　남녀노소 누구나 행동들이 거칠하면서-부도덕하면서-비정상적인 면을 아무렇지 않게 곧잘 드러내는 술자리가 잦은 그들은, 보수주의 단체들의 행사 방해를 일삼는 무서운 단체이기도 하였으나, 어떤 경우에서는 기력에 날개를 달아주는 커다란 격려도 되었다. 사대 강 반대운동을 펼치는 현장에서 협력시위로 사기를 높여준 불교-천주교계 인사들이 그 대표적 사례였다.

　경호는 그 활동 기에 뜀걸음(구보)과 군기훈련(얼차려)로 남아다운 체력을 단련시킨 군대에서도 아예 눈을 감았던 술과 담배를 배웠다. 무료하다 싶을 때면 으레 떠올리며 입에 물게 되는 담배는, 때로는 시름을 달래주는 정신적 약이기도 하였다. 그 담배 생각에 조금 열어젖힌 창문바깥을 내다보며 하늘을 올려다보니, 중천에 상현달이 떠있다. 손을 댄 상의주머니에서 담배를 막 꺼내려는 데, 아내가 부른다. 거실바닥에 놓인 쟁반 안에 담긴 것은 식빵과 우유가 아니라, 치즈와 비타민 두 알과 세 개의 멜론이었다. 얼마만인가? 정성이 담긴 음식물 받아보는 게! 경호는 목이 메어 눈동자가 정지되었다.

　"뭘 해?" 경미가 남편의 무릎을 가볍게 건드렸다.
　"응, 그래. 잘 먹을게." 경호는 빈 쟁반을 밀어냈다. 쟁반을 치우고 돌아온 경미가 남편을 내려다보며 허리춤에다 손을 붙였다.
　"씻어!"
　"목욕을 하고 싶은데?"
　"더운 물 없어."
　"찬물로 하지 뭐."
　"잠간 기다려. 물 데울게."
　여름 끝이라 야기夜氣가 으스스 차다. 이슬에 젖은 정원은 어둠에 묻혀 있고, 블로크담장 쪽으로 바싹 붙어 있는 무 실수 모과나무는 잎이 무성하여 속을 들여다 볼 수가 없었다. 경호는 습관적으로 귀를 세워 대문 밖의 동정을 살폈다. 멀지 않는 동네어귀에서 허공을 향해 괜히 짖어대는 개소리가 서글프게 들려올 뿐이었다.
 담배연기가 허공에서 도넛의 모양을 그렸다 흐지부지 사라졌다. 난데없이 울려 퍼진 괴성에 경호는 깜짝 놀라며 사지를 움츠렸다. 담장 밖 천주교수도원 텃밭에서 넘어온 날카로운 비명은, 저희끼리의 싸움에서 밀린 한편의 고양이가 꼬리를 내리는 괴성이었다.
 오래된 집이라 욕실은 없다. 굳이 목욕을 하겠다면 수도꼭지 하나만을 단 세면장을 이용해야만 한다. 평수도 매우 좁아, 마당 쪽 문을 열지 않으면 갑갑하기 그지없는 공간이었다. 아내 경미는 중앙 배수구에 맞춰 약간 경사진 시멘트바닥에다 커다란 고무다라를 준비해 놓고, 가스레인지 불로 데운 양동이 물을 쏟았다. 수온에 맞추어 찬물을 조금 섞었다. 그녀가 이토록 수고를 아끼지 않는 까닭은, 오랜 도피생활로 심신이 겹겹으로 지쳤을 남편을 마음으로부터 위로하자는 사랑의 발로 때문이었다. 이 밤이 지나면 남편 송경호는 영어圄圄의 몸이 될 것이다.
 "등 좀 밀어 줘!"
 혼자 손잡이바가지로 물을 끼얹던 경호가 거실을 향해 목청을 질렀다. 거실 형광등불빛을 등지고 문지방을 밟고 선 경미의 그림자가 남자의 벌거숭이 몸을 가렸다. 경미는 부끄러움을 감추고 맨발로 내려섰다. 그러고는 남편의 등 뒤에 서서 허리 굽혀 뜬 바가지 물을 천천히 끼얹었다. 남편의 몸은 앙상하게 말라있었다. 쉬기둥에 부딪혀 다친 상처와, 아카시아나무가시에 길게 긁힌 자국도 선명하게 새겨져있었다. 경미의 두 눈에 눈물이 고였다. 눈을 끔벅이자, 두 줄기 눈물이 비누칠로 미끄러운 남편의 등 위로 떨어졌다.
 "고생 많이 했네?"
 "좋은 경험을 했다고 봐야지."
 "자수힐 꺼지?"
 "그 길이 우리의 행복일 텐데, 그러나 마음 한구석에서는 미련이 붙들고 있어."
 "악마의 유혹은 떨쳐 버려!"

6
-일가족과의 외식-

　일기 맑은 높은 창공에 뜬 솔개 두 마리가 느린 속도로 원을 그리며 뱅뱅 돌고 있다. 머리를 좌우로 돌려가며 지상을 살피면서 제자리를 맴도는 것 같지만, 실은 서쪽 방향으로 서서히 이동해 가는 것임을 알 수 있다. 그 너머로 뭉게구름이 한가롭게 떠 흘러 가고 있다. 뭉게구름이 자취 없이 사라진 뒤로 솔개 한 쌍도 산봉우리 너머로 모습을 감췄다.
　경사도로 변에는 일찍 핀 코스모스가 여린 몸을 흔들고 있다. 그 아래 때늦게 핀 샛노란 민들레꽃도 해맑다. 점심식사를 마치고 산책을 나온 노랑머리 서양여자가 아들인 듯싶은 세 살쯤 된 사내아이의 손을 잡고, 차량이 드문 경사도로를 가로지른다. 파란 눈망울에는 두 날개를 펴고 공중을 나는 한 마리 새 그림자가 잠깐 스쳐 지났다.
　서양여자는 인사성이 밝았다. 한가한 경사차도를 따라 오르다, 단풍나무 그늘아래에서 더위를 식히는 초면의 한국남성에게 미소를 지어 보였다. 행인은 점차 멀어지는 사내아이에게 작별의 손을 흔들었다. 그러나 정작 그 인사를 받은 사람은 서양여자였다. 두 모자는 콘크리트계단을 내려가 참새공원으로 들어섰다. 초입에는 무성한 가지를 축 늘어뜨린 수양버들 한 그루가 서 있고, 공원 안 뒤쪽 일 미터 높이 축대 위 둔덕에는 개나리군락 지대이다.
　늦더위 기승이 맹렬하다. 목이 말랐다. 그렇지만 참는 도리밖에 없다. 언덕 최상위 꼭대기 주택들 뒤편은 관리인 없는 국립공원의 또 다른 진입로이다. 드나드는 이용객이 적어 수목이 우거져있다. 까마득히 먼 도로변 일대가 한 눈에 내려다보이는 산자락 주택은, 임기를 마친 독일외교관 내외가 본국으로 돌아가면서 비운 새하얀 이층집이다. 그 뒤를 이어 원 집주인 식구들이 들어와 살고 있다. 이 집은 지하구조도 갖추고 있다. 새벽-저녁에 정기모임을 갖는 가족예배 실이다.
   열린 철 대문 안으로 낯선 외부인이 발을 들였는데도, 목줄에 매인 누런 털빛 개는, 젖은 검은색 코로 사람의 다리 부위의 냄새만을 벌름 맡을 뿐 얌전하다. 문이란 문을 모두 활짝 열어둔 거실에는 삼대가 모여 있었다. 군대에서 사격훈련 중 동료병사가 쏜 총기오발로 왼쪽다리에 부상을 입고 의병제대한 오십 후반의 검붉은 순박한 노인과, 그의 외아들 부부와 그들의 어린 두 아들이 점심 후 휴식을 취하고 있었다. 빠진 식구는 대구의 모교 고등학교 교사로 근무하면서 한 달에 둘째 넷째 주말에만 올라오는, 그 외에 여름-겨울방학 때면 내내 머무는 장애인의 아내였다. 그녀가 이 집의 경제권을 쥐고 있다.
   식구들의 모임 장소인 거실은 정리정돈이 아주 잘 되어 있어 먼지 한 터럭도 보이지 않았다. 동향 창문 밖에는 파라솔이 세워진 잔디밭이고, 그 안에는 열매가 주렁주렁 달린 감나무와 대추나무가 오후 초 햇살을 반사하며 있었고, 성장이 더딘 무화과나무 한 그루와, 사시사철 잎이 푸른 주목, 그리고 장미, 봉선화 등등의 식물들이 성인의 허리께 정도로 높은 붉은 벽돌담장 가까이로 일정한 간격을 두고 자라고 있었다.
   이집의 등기상 주인은 고등학교선생인 아내이다. 그렇지만 현재 집에서 백 오십 미터 아래, 낡은 한 동의 슬레이트집은 남편의 이름 앞으로 소액의 재산세 고지서가 우송된다. 그 집에서 혼자 지내는 남편은 불편한 다리를 이끌고, 하루 세 차례씩 가파른 언덕 도로를 오르내리며 끼니를 해결한다.
   정봉준이 이 집 식구들과 연을 맺은 시점은, 지난해 십일월 무렵이었다. 아직 일 년이 채 안 된 시간이다. 내용이 똑같은 공동번역 성경을 날마다 들여다보면서 신앙을 고취하는-같은 편찬찬송을 부트면서 그 안에서 소개되고 있는 하나님을 예배하는 동질감이 서로를 받아들여 쉽게 교제가 이루어진 것이었다. 이 집과의 관계가 심성으로 깊어진 때는 지난 이월이었다.
   영하 이십 도가 오르내리는 매서운 한파를 도저히 이겨낼 수 없었던 봉준은, 부랴부랴 산을 탈출하여 면적 작은 어린이놀이터를 앞마당으로 이용하는 슬레이트집에서 일주일 신세를 진 적이 있었다. 그 당시에는 신학대학원생 신분인 아들과 며느리는 타 지역에서 생활을 하고 있었기에 식솔에서 빠져 있었고, 늦은 나이에 본 초등학생 두 딸이 부모의 보호를 받고 있었다. 두 딸의 부모는 이 방인에게 너그러운 친절을 베풀었다. 아침저녁 하루 두 차례씩 아궁이 장작불로 구들을 데우는 단칸방에서 함께 지내도 좋다는 허락을 무언으로 기꺼이 받아들였고, 저희들과 한 식탁에서 똑같은 식사를 하게 하였음은 물론이고, 밤에도 한 이불을 덮게 했었다. 그러고도 사생활에 방해된다는 불평 한마디 내비치지 않았다.

두 딸 중 언니인 오학년 아이의 이름은 서현주였다. 현주는 신체는 큰 반면에 몸체는 호리하고 성격은 쾌활하면서도 예민했는데, 그 아이가 누구보다도 정봉준과 가장 가까운 사이가 되었다. 한참 먼 차도 변 식품가게에 갈 일이라도 생기면, 으레 손가락마디 전체가 긴 손을 내밀어 동행을 요청했었다. 봉준은 거리감 없이 소녀를 사랑하였고, 소녀 쪽에서 걸어오는 응석을 받아들이면서, 밤에는 한 몸처럼 꼭 붙어서 자기도 했었다.

그 소녀를 보려고 일부러 시간을 낸 건데, 긴 머릿결이 풍성한 그 딸이 보이지 않자, 봉준은 쓸쓸한 허전감을 떨칠 수가 없었다. 그렇지만 그렇다고 대놓고 어디 갔냐고 물을 수도 없었다.

봉준은 등줄기 땀을 흘리면서 빈 긴 소파에 앉았다. 엄마 젖을 갓 뗀 둘째아이를 등에 업고 서성거리고 있는 며느리가 선풍기를 손님 쪽으로 고정 맞췄다. 독립하려는 의지가 좀 약해 보이는 신대원생 남편은, 손님의 맞은편 일인용 소파에서 검은 눈동자를 이리저리 굴리며 묵묵히 앉아 있었고, 그의 세 살짜리 큰아들은 손님의 얼굴을 알아보고 티 없이 맑은 웃음을 보였으며, 마룻바닥 늙은 아버지는 식곤증 졸음을 참아가며 피아노의자에 등을 붙이고 있었다.

"여보, 음료수를 내 와요." 젊은 남편이 아내에게 말했다.

아내는 등에 업힌 아이를 바닥에 내려놓고 마른 몸매를 돌렸다. 혼자 떨어진 배냇머리 아기가 엉금엉금 기어서 곧바로 소파에 오른다. 그러고는 망설임 없이 낯선 손님의 품에 덥석 안겨들었다. 아기의 기특하고도 천진난만한 붙임성에 손님은 물론이고 아버지-할아버지 모두가 놀랍다는 표정을 지어냈다. 냉장고 안 주스로 유리잔 네 개를 만들어 장미꽃무늬 새겨진 플라스틱쟁반에 받쳐 가져온 아내 역시도 동공을 휘둥그레 키우며 친접한 안색을 그려냈다.
"낯가리는 아이인데 웬일이래." 젊은 엄마는 신기하다는 반응을 환하게 나타냈다.
아기는 어른들의 시선을 의식했는지 쑥스러운 행동을 귀엽게 보였다. 자신의 작은 새끼발가락을 만지작거리면서 그 표정을 순식간에 말끔히 지우는 기교도 여간내기가 아니었다. 아기가 봉준의 손 안으로 앙증맞은 손을 집어넣었다. 봉준은 아기의 부드럽고 연한 손등을 어루만졌다. 그는 한발 더 나가 아기로 하여금 장난을 치도록 내맡겼다. 아기는 제 손을 오므려 어른의 손가락을 압박했다. 그 힘이 제법 알심하다. 그는 아기에게 즐거움을 더 안겨주려 세운 장지를 이리저리 돌렸다 빼내는 시늉으로 유도했다. 아기가 신나게 깔깔 웃는다. 그 모습이 참으로 해사하게 맑다.
"신학공부 어렵지 않아요?" 대화를 터보려는 심사와 더불어, 예비목사의 신앙관이 어떠한지를 궁금해 마지않던 차에 봉준이 말문을 열었다.
"칠 년째 하는 공부라 실감은 다소 떨어졌지만, 내일의 사명을 기대하면서 꾹 참고 있습니다." 예비목사의 음색은 차분하나 기상은 약했다. 그는 한눈을 팔지 않고 줄곧 지켜보는 손님의 시선에 부담이 되는지, 눈길을 아래로 내리깔았다. 그러면서 때때로 다른 할 일이 없나 비쎄는 태도를 슬금슬금 흘리며 주위를 두리번거렸다. 딱히 잡히는 일이 없는지, 예비목사는 마룻바닥에서 배밀이 동생에게 전차장난감을 가지고 노는 방법을 서툴게 설명해 주는 큰아들을 물끄러미 내려다보고 있다.
"기독교의 근본교리는 예수를 중매 삼아 천국에 입성하는 거지요?" 봉준은 신앙관이 아직 덜 잡혀 서먹하게 대화를 회피하는 예비목사의 태도에 아랑곳 않고 단도직입적으로 물었다.
"네, 맞습니다. 그 밑씀에 제 생긱을 침인한다면 과거, 현재, 미래를 보내는 과정에서 구원의 믿음에 반하는 불신을 품으면 결코 천국백성이 될 수 없다는 결백에 찬 주장입니다." 배운 문맥을 그대로 인용한 교과서식 대답이 영 시원치 않다.
"믿음이 단호하군요." 봉준은 주관적 뼈대 없음에 실소를 금할 수 없었으나, 그렇다고 대놓고 훈수는 낼 수 없어 칭찬부터 내보였다. "그렇지만 고생을 심하게 겪는 성도에게는 하나님께서 돕지 않는다는 원망이 쉽게 터져 나오지 않습니까?"

"저부터라도 고난을 감내하겠다는 믿음의 인내가 정립되어 있지 않다면, 생명의 평안인 영의 생각은 허울 성 구호에 지나지 않을 겁니다. 하나님께 복종의 종이 되겠다며 신학을 배우는 것은 그 준비가 아니겠습니까."

"학문이 깊은 사람은 현장체험보다 머리에 의존하는 경향이 높지요. 과연, 이론만을 앞세우는 사람을 하나님께서 필요로 하실까요?"

"쓰임의 종류는 다양합니다. 어떤 이는 가르침, 어떤 이는 섬김을 말하지만…길게 나가면 식상하실 테니까 이해하시고 여기서 이만 말을 줄이겠습니다."

예비목사의 아버지는 꾸벅꾸벅 조는 자태에서 눈을 뜨면서 기지개를 한껏 켰다. 그리고는 일으켜 세운 마른 몸매의 절름발이로 거실마루를 가로질러 현관 앞까지 다다랐다.

"가시게요?" 며느리가 시부배웅 차 따라 나섰다. 이때 봉준이 노인을 붙들었다.

"가지 마세요. 오늘이 제 생일인데, 여러분 모두를 식사에 초대하기로 했으니까 다섯 시까지만 기다려 주세요."

손님의 갑작스런 앞가림 선언에 이 집 어른은 제일 먼저 며느리 눈치를 살폈다. 기득권 없는 명색만의 어른일 뿐이라는 것을 상징적으로 보여준 사례였다.

"아버님, 좋으시겠어요." 며느리의 밝은 음색에는 좀 어색한 칭찬이 어려 있었다. 손님의 말을 이해 못하고 장난감놀이에만 매달려 있는 두 어린 형제를 제외하고, 장애인 아들까지도 안색이 활짝 펴졌다. 노인은 마룻바닥에서 피아노의자 위로 옮겨 앉았고, 그의 외아들은 감사의 미소를 오랫동안 머금었다.

"오랜만이네요. 식사대접을 받아보는 게요." 예비목사의 열린 마음의 응대에는 형식적인 힘이 실려 있었다.

"그렇습니까? 이제야 마음이 통하는 듯해 안심이네요. 하나님의 섭리는 참으로 신묘해요. 굳은 분위기를 깨트리시려고 음식애기를 꺼내게 하시니 말이에요." 봉준은 저녁준비를 하지 않아도 되었다는 기쁨을 온몸으로 표출하고 있는 젊은 부인 편으로 시선을 돌렸다. "물 한 컵 부탁할까요."
"나도 줘요." 예비목사가 뒤따라 청했다. 두 사람은 단숨에 목을 축였다. 컵이 내려지기 무섭게 젊은 엄마가 빈 컵을 거두어 갔다.
"종교의 역할은 마음을 다스려 죄악을 지우게 하는 것이고, 좋은 생각은 악의 없는 마음에서 이어지는 거지요. 이 신앙의 안목으로 볼 때, 이웃들로부터 성품 좋다는 칭찬을 듣는다는 건 진정 하나님의 축복이 아닐 수 없어요. 그렇다면 좋은 성품의 사표는 어떤 모양일까요? 일반적으로 겸손이 미덕이요 성공의 지름길이라 하나, 똑똑한 겸손은 손익계산을 깔고 있어 순수하지 못하죠. 아무 것도 모른다는 바보가 이 땅에 많이 분포되어 있어야 해요. 국가의 흥망성쇠는 똑똑한 머리를 굴리는 자들의 영향을 크게 받기 마련이지요. 이에 반해, 바보는 제 앞가림에 바빠서 거창한 계책을 꾸밀 여유가 없거든요.
종교의 타락은 물욕, 명예욕, 정욕에서만 비롯되는 게 아니에요. 그릇된 사고와 잘못된 지식인 줄을 깨닫지 못하고, 무지한 고집을 피우며 자신의 편향대로 왜곡된 학문을 우겨서 가르치는 행위 등이 내부 타락을 불러들이는 중요한 요소이지요. 그러므로 겸손은 모든 욕망을 비우는 자신에 대한 부인이에요. 한 발 더 나가서 겸손은 하나님의 말씀을 들으려 하늘보좌에 귀를 걸어두고, 그 순종의 길로 나서는 거지요. 그 길은 나 아닌 타인의 조정을 받는 것이라 갈등의 요인이 되곤 하지요. 일종에 육과 영의 싸움이지요. 그렇지만 자신의 미시적 생각에만 치우치지 않는다면야, 믿음으로 나아가는 그 길이 곧 생명의 길임을 비로소 깨닫게 되지요.
대체로 뭘 안다는 사람들 측에서 극단적 행동을 보이지요. 그 저돌적 행동이 잘못된 생활구조를 바꿔보겠다는 공의의 부르짖음이며 공익차원이라 하겠으나, 기존체재를 전복하고 말리라는 파괴직 익의는 후유증이 너무 심각해요.
사람은 누구나 제 이익을 추구해요. 어찌 보면 그것이 인생의 재미를 만끽하게 하는 보람일 수 있겠지요. 그렇지만 그 이익의 추구가 개인이나 단체의 욕망을 부추기는 수단이 되므로, 이를 견제하는 절제가 절대적으로 필요하지요. 실상, 우리는 절제심이 부족하여 골치 아픈 문제를 많이 양산해 내었지요. 다시 말하면 누누이 들은 하나님의 말씀을 고의로 역행하는 불순한 태도에 익숙해져 가고 있다는 거지요.
　문제 중에 문제는 스스로 신앙을 위배하는 줄 뻔히 알면서도, 두 눈을 꼭 감고 부정한 음식을 먹는 것이 아닐까요? 다원화 사회의 무서운 현실입니다. 그럴 듯한 합리를 내세워 저지른 비리를 정당성으로 변질시키는 뿌리 깊은 불신사회를 행정부, 사법부, 입법부 등 국가권력 핵심부서들에 무작정 전가해야 하겠습니까? 아니죠. 종교는 그 나라의 뿌리입니다. 건강치 못한 나무에서는 상품가치로 내놓을 과실을 거둘 수 없는 거지요.
　훌륭한 인품을 갖춘 개신교목사, 초월의 경지에 올라 지조가 드높은 불교스님, 좌우로 치우치지 않는 현명한 천주교신부, 이 밖에 군소종교 성직자의 신뢰받는 자질은 자신을 부인하는 고독한 수도과정을 거친 후에야 얻을 수 있는 명예이지요. 특히, 연약한 양들을 인도하리라는 목적을 두고 그 치리를 준비하는 신학생들은, 영적 무장을 더욱 공고히 다져야 그 생명의 보장이 길어진다는 점을 명심해야 해요.
　목사의 강단설교는 성도의 무능을 일깨우는 영적교시이지, 결코 예수의 기적자체는 아니거든요. 모든 분야에 그 방면의 전문가가 체계를 세우고 이끌어 나가듯이, 목사 역시도 이 땅의 소산물을 먹어야 목숨을 부지할 수 있는 육체를 입은 지도자에 불과한 거예요. 자신이 누구인지를 알고 싶을 거예요. 자신을 허허 광야에 내던져 놓고 실험을 해 보면, 여러 성향의 자신을 발견할 수 있을 거예요. 사람은 혼자일 때 자신을 깊이 들여다 볼 수 있지요. 안일한 삶에서는 고작 성경인용을 통해 위로받으나, 영적체험은 실존의 하나님에 대하여 자신감을 불어넣어 주지요."
　난데없이 독침을 가진 왕벌 한 마리가 침입했다. 왕벌은 날갯짓 소리를 멈추지 않고, 천장 벽을 이리저리 옮겨 다니며 가까이 붙었다 떨어지는 행위를 반복하면서 사람들 머리 위로 맴을 돌았다. 소름끼치게 무서워진 젊은 부인은 이리저리 몸을 피하다 두 아들을 가슴으로 안았고, 남편은 아이들의 그림책 한 권을 얼른 집어들어서 대담하게 왕벌 뒤를 따라 다니며 바깥으로 내쫓기에 여념이 없었으며, 부채를 쥔 노인은 우두커니 선 채로 흐린 눈빛을 위

아래로 굴릴 뿐이었다. 신상 위협을 느낀 왕벌은 요리조리 빠져나가는 민첩성을 보였다. 새로운 공기가 끊임없이 밀려들어오는 창문 바깥으로 달아나 버렸다.

　소동은 끝났다. 식구들은 한숨 돌리며 제 자리를 찾았다. 그때 고추잠자리 한 마리가 시야에 잡혔다.

　"아빠, 잠자리 잡아 줘. 얼른!" 큰아들이 눈은 잠자리에 둔 채로 아버지의 팔을 잡아당기며 떼를 썼다.

　"아빠가 목마를 태워줄 테니까 네가 잡거라."

　"떨어지지 않게 잘 잡아야 해."

　체중이 가벼운 아들이 양 무릎을 굽힌 자세로 아버지 어깨에 올라타면서 짧은 다리를 늘어트렸다. 아들의 양 손목을 굳게 붙잡은 아버지는 잠자리 위치를 제대로 볼 수가 없었고, 그 존재를 알리는 역할은 아내가 맡았다. 아내가 목마 탄 아들에 가려 분별을 잃고 이리저리 헤매는 남편에게 설치지 말라며 주의를 주었다. 어지러웠던 분위기가 잠잠해지자 고추잠자리는 벽 못에 살며시 내려앉아 머리를 요리조리 갸웃거렸다.

　"저기!" 아내가 손가락으로 위치를 가리켰다. 예비목사는 숨소리까지 바싹 죽인 발을 조심스레 떼었다. 두 팔을 번쩍 들어 올린 아들의 얼굴에 희망의 빛이 피어올랐다. 그렇지만 눈치 빠른 고추잠자리는 아이의 손길이 미치기 전에 재빨리 몸을 날려 달아나버렸다. "에이!" 아내가 아쉽다는 한숨을 내쉬었다.

　상추, 열무, 배추 따위의 텃밭이 귀퉁이에 조성되어 있는 언덕머리 주차장은, 모양새와 크기가 제각각인 잔 돌멩이들이 널려 있어서 표면이 고르지 못하였다. 그곳에 예비목사의 회색경차는 다른 승용차 두 대와 함께 주차되어 있었다. 어른 넷에 아이 둘이 한꺼번에 타기에는 비좁은 공간이나, 엄마와 할아버지가 뒷좌석에 타면서 한 아이씩 안았기에 문제는 간단하게 해결됐다.

　야외석도 마련되어 있는 갈비전문식당은 손님이 많아 주차안내직원이 따로 배치되어 있었다. 제복차림의 여직원은 예약손님들을 이층으로 안내했다. 일행이 차례로 둘러앉은 원탁은 통 유리창 쪽이었다. 거기서 아래를 내려다보면 식당에서 조성한 사차선 도로변 소공원이 한 눈에 들어오고, 한길 주차장에서 일 미터 남짓한 아치형 모양의 화강암다리를 건너면, 분수대 물줄기가 푸른 잔디를 적시는 광경도 볼 수 있었다.
 예비목사의 식구들이 먼저 갈비를 주문하자, 봉준은 마지막으로 된장찌개백반을 시켰다. 그러자 일가족은 서로를 돌아보며 미안한 기색을 비쳤다.
 "왜요? 왜 울상을 짓는 겁니까?" 봉준은 아연하게 가라앉는 분위기를 즐거움으로 바꿔보려 농담을 꺼냈다.
 "오늘의 주인공님이신데, 된장찌개라니요?" 예비목사가 진중한 표정으로 봉준의 진의를 타진했다.
 "육식 끊은 지 오래됐어요. 나의 식성 때문에 불편을 끼쳤다면 죄송합니다."
 "음식이 성격에 영향을 끼친다고 믿으세요?"
 "글쎄요? 채식주의자는 육식주의자에 비해 폭력성이 약하다고 그러지 않나요. 체험담이지만 채식을 하니까 몸도 마음도 가볍다는 느낌을 종종 받아요."

7
-여류시인-

  가을철 가뭄이 심각하다. 몇 개월 전부터 산 전체의 계곡을 바싹 말린 것은 물론이고, 동네주민들이 시도 때도 없이 운동 겸 올라와서 목을 축이거나 식수로 떠가는-동전 크기 피브이시 구멍에서 흘러나오는 물줄기조차도 아주 가늘게 줄여놓았다. 봉준은 그 물줄기 끝에 맞추어서 이십 리터 용량의 흰 플라스틱 통을 갖다 댔다.
  음력 열이틀의 달이 맑은 하늘에 둥실 떠 있다. 바람도 잔잔한 산중의 고적은 소곤소곤 속삭이는 풀벌레 소리를 듣게 하고, 좀 먼 거리인 어둠 속 어느 진원지로부터 울어대는 암꿩의 처량한 울부짖음도 생생하게 가슴에 와 닿는다.
  돌연, 위로부터 내려오는 검은 물체를 목격하게 되었다. 31명 무장공비(김신조 일당)이 청와대침략 시도를 일망타진 한 후, 5.16주체 군사정부에서 강제 철거한 옛 절터표면이 굳게 다져진 공터를 가로지르고 있다. 긴 네 다리가 빨리 달리기에 적합하게 발달되어 있고, 바싹 세운 두 귀를 자유자재로 움직일 수 있는 호리한 몸통의 머리, 흙냄새를 맡는지 앞 두 다리 사이로 낮추어져 있다. 나뭇가지 이파리 사이사이로 비치는 달빛조각의 은빛을 빌려 추측을 내린다면, 초식동물인 노루 같다.
  서울 한복판에 솟아있는 북한산은, 주야를 잊은 무수한 사람들의 왕래로 야생동물들이 살아가기에는 환경이 적합하지 않다. 그럼에도 멧돼지 같은 큰 동물이 출현했다는 소식을 간혹 듣고 있다. 이곳의 험준한 지리를 구석구석 충분히 익혔을 노루가 생명의 위협이 더 높은-지형이 낮은 이곳까지 내려온 이유는 알 도리가 없다. 노루는 일정한 걸음으로-식수로는 부적합하다는 판정이 내려진 공터 아래 축대 밑 웅덩이 방향으로 내려가고 있다. 그러다 공터로 들어서는 초입의 경사길목을 빠져나가면서, 좌편 축대가 일부 무너져 내린 모퉁이를 돌면서 사라졌다.
 봉준은 허밍으로 부르던 노래를 목청껏 부르기 시작했다. 장르구분 없이 떠오르는 대로 즐겨 불렀던 성가, 귀에 익은 가곡, 학창시절 학우들로부터 배운 건전가요 몇 곡을 마음껏 외쳐 불렀다. 속이 다 시원했다. 그러는 사이에 물통이 다 채워졌다.
 자정 무렵, 봉준은 임의로 지정한 바위 위에 올라앉아서 눈을 감았다. 주변의 적막한 고요가 몸과 마음을 평정으로 이끌고 있다. 신선한 공기를 호흡하는 육신은, 자의식마저 잃고 황홀경에 빠져들었다. 물질세계는 온데간데없이 사라지고 빛이 환한 심령 안에서 영안이 떠졌다. 땅과 먼 허공에 붕 떠 있는 육체는, 그림자도 없는 무 형체의 강한 힘에 이끌려 어딘지로 향해가고 있다.
 황금빛 성문 앞에 도착했다. 눈부신 흰 세마포를 입은 문지기가 반겨 맞았다. 그 성문 안으로 발을 들이자, 영원히 죽지 않는 녹색 비둘기 한 쌍이 나타나 앞길을 인도했다. 우편, 마르지 않는 시냇물 가에서 자라는 나뭇가지들마다 과실이 풍성하게 달려있다. 암비둘기가 물어다 손에 쥐어주고, 깨물어 먹게 한 과실은 지상에서 한 번도 맛보지 못한 특별한 별미였다.
 두 번째 성문은 물체 감지기로 열렸다. 그 안에는 보석으로 지은 예배당건물이 있었다. 구속을 입은 수많은 성도들의 찬송과 기도소리가 절로 경건한 은혜에 잠기게 했다. '흉포한 악인일지라도 사랑에 오래 젖어있으면 의인이 될 수 있다.' 라는 문구가 입문 광채석판에 새겨져있는 예배당 내 전면은, 멀리서도 은혜를 끼치는 전류가 감지됐다. 아무나 접근할 수 없는 황금보좌의 빛 때문이다.
 그 높은 보좌에 정중한 자세로 앉아 계시면서, 성도들을 굽어보는 눈빛이 있었다. 인류를 죄악에서 구원하시려 홀로 죽음의 십자가를 짊어지신 예수그리스도이시다. 방문객도 부활을 입은 여러 성도들과 함께 그 앞에 무릎을 꿇고 곧 내려질 축복을 기다린다. 이윽고, 못 자국의 상흔이 남아 있는 성스러운 손길이 머리에 얹어졌다. 뜨거운 눈물이 흘러내렸다.
 "내 아들아, 너는 은총의 선택을 입은 존귀한 나의 아들이니

총명과 지혜로써 천국비밀을 지상에 공포하고, 이를 듣는 성도들의 믿음의 씨앗이 가시밭에 떨어지지 않도록 돌보고 키워야 한다. 나를 알지도 알려고도 하지 않는 구원 밖-숨을 쉬기에 살아있는 듯이 보이나, 실상은 멸망의 길을 걷는 불쌍한 사람들처럼 술에 취해 거리에서 떠들지 말고, 오직 성결의 연단을 받아 경건의 힘을 쌓아라. 내 너를 축복하노라."
  신앙을 고양하는 기독교 관련 책을 본 뒤의 눈은 침침하게 흐렸다. 봉준은 천막을 나와 길 없는 가파른 암벽을 네 발로 기어오르기 시작했다. 암벽을 정복하고 소규모 혼합림 숲에 이르렀다. 그 사이를 통과해야만 너머 세계를 볼 수 있다. 산초나무가시가 옷자락을 붙들었다. 그 장애물을 벗기고 혼합림 숲을 벗어나자, 어마어마한 바위가 앞을 가렸다. 다른 길은 없다. 또 한 번 네 발로 바위벽에 바싹 달라붙어 기었다. 정점에 다다랐다. 전면이 탁 트인 하계가 한 눈에 내려다보였다. 그는 시선을 고정한 채로 몸집이 왜소한 작은 바위에 등짝을 기댔다. 그 허리 턱 절벽틈새 사이에는 사시사철 기후를 고스란히 맞는 영향으로 성장이 더딘, 아마도 다 자란 보드기인 듯싶은-작달 하지만 강인성이 돋보이는 굵은 소나무 한 그루가 간신히 매달려있었다. 뒤편 상수리 나뭇가지를 넘나들며 먹이를 찾는 청아한 새소리가 귀를 즐겁게 깨웠다.
  도심상공에는 안개 같은 뿌연 연무가 껴 있어 가시거리가 짧다. 마파람을 맞고 있는 데, 우편에서 사람의 상체가 불쑥 솟구쳐 오른다. 여자등산객이다. 그녀가 네 발로 엉금엉금 기다시피하면서 암벽 턱 위에 닿자, 그 머리맡에서 작은 눈매를 갸웃거리며 지켜보고 있던 줄무늬다람쥐가 재빨리 반대편 바위벽을 타고 도망쳤다.
  "휴, 힘들다. 안녕하세요!" 여자등산객은 숨이 찬 목소리로 인사부터 건넸다.
  봉준은 뜻밖의 인사에 흐뭇한 기분에 젖어들었다. 여자등산객은 파란색 바탕에 붉은색이 어우러진 등산복주머니에서 작은 용량의 물병을 꺼내 뚜껑을 들러 연 후, 고개를 위로 젖히고 목을 축였다. 한껏 드러난 목덜미는 흰 우유처럼 희고 고왔다.
  "물 드실래요?" 성향이 솔직한 탓인가? 거리낌이 없다.
  봉준은 목은 마르지는 않았으나 일단 받아두었다. 잔주름 하나 없는 여자의 매끄러운 얼굴피부는 생기가 팔팔했다. 맨 입술의 성질은 부드럽고, 줄이 가는 불가사리 은색목걸이를 건 목줄은 짧았으며, 우뚝 솟은 콧날은 매우 귀여웠다. 작은 별모양의 분홍빛 귀걸이로 발랄한 개성을 드러낸 귀는 작은 편이고, 단발파마는 꾸불꾸불 말려있다.

"산을 자주 타시나요?" 기분이 유쾌해진 남자가 물었다.

"일주일에 두 번 정도? 네, 그래요. 정기적이지는 않으나, 대체로 화요일, 금요일에 이 산을 올라와요. 근데, 어디서 본 얼굴 같네요." 여자는 낯가림 없이 남자를 좀 더 자세히 살피려 상체를 앞으로 기울였다. 두 얼굴 간격이 서로의 숨결이 닿을 정도로 가까워졌다.

"그래요? 전 초면이라 낯설기만 한데요." 남자도 눈을 피하지 않고 맞대면했다.

"스쳐 지나면서 얼핏 본 얼굴은 분명 아니고…? 정말 어디서 본 것 같은데, 얼른 떠오르질 않네." 혼잣말이다.

"기억을 살려 봐요. 그럼 힌트가 될 테니까요."

"저, 혹…아, 아니야. 거긴 아니야. 내가 왜 이러지? 기억력이 나빠진 건가? 아, 맞다. 여름캠프!"

"여름캠프? 재작년인가 시인해변학교에 참가한 적은 있으나, 여름캠프를 즐긴 기억은 없는 데요."

"맞아요. 그때 우리 같은 조였지요?"

"그러고 보니 낯선 얼굴이 아니군요. 조장을 맡았지요?"

"네, 그래요. 그쪽에서 시에 대해 이해하고 싶다 하기에, 김종훈 선생님을 특별히 모시고 밤샘토론을 벌였잖아요. 이렇게 만나다니 정말 반가워요."

"신정혜 시인으로 소개를 받았던 걸로 기억하는 데 맞습니까?"

"기억력이 비상하시네요."

"일주일에 두 번씩 이 산을 오르내리신다면 집이 그다지 멀지 않겠네요?"

"이 산을 내려서자마자 동네인 걸요."

"돈 많은 부자시네요."

"도심에서 미술경매장을 경영하는 남편이 부자이지 실은 전 가난해요."

"남편이 잘나가면 아내도 잘나가는 거 아닌가요?"

"일방적으로 입방아에 오르는 말들에는 군살이 많이 붙어요. 본질을 거품으로 부풀린다는 뜻이에요."
"부자생활이 행복하지 못하다는 속병으로 들리네요. 맞습니까?"
"부자생활은 돈에는 구애를 받지 않으나, 위선이 많은 생활이라 양심적인 고통이 크답니다."
"겉으로는 화려하나 내면은 가난한지도 모르죠."
"심각해요. 해결방법이 쉽사리 떠오르지 않으니 집이 지옥 같아요. 그래서 산을 타기 시작한 거예요."
"마음의 병에 단단히 걸리셨네요. 웬만한 일에는 눈을 감고 귀를 닫는 덤덤함을 길러보도록 하세요."
"환경변화가 일지 않으면 질식해 죽고 말 거예요."
"시인의 자유가 그리운 게로군요."
"시인의 심성을 잘 읽으시네요. 맞아요. 짜증과 권태에서 벗어날 수 있는 길은, 신선한 자연의 공기를 흠뻑 마시는 게 최선이라 생각해요."
"제가 깨우친 바로는 사랑이 식으면 만사가 귀찮아지고, 무기력에 빠지게 되면서 황금 같은 시간을 넋 없이 흘려보낸다는 겁니다."
"심리학자세요? 아니면 정신분석학 분야에서 일을 보시나요?"
"인간과 신의 관계에 대해 연구하는 똘기 수도사입니다."
"어디서 그 일을 하고 계시는데요?"
"이 산 전체가 저의 영역이면서 스승입니다."
"설마, 사람이 살 수 없는 이 산중에서 살고 계시는 건 아니겠죠?"
"삼 년 작정을 하고 이 산중에다 천막을 쳐 두었습니다."
"여기서 머 나요? 천막구경을 하고 싶네요."
"사람들에게는 절대 비밀입니다. 잊은 듯 아득해야 객관적 연구가 활발해지니까요."
"서에세만은 예외를 적용해 보시 그대요."
"유혹입니까?"
"안요! 오히려 제 편에서 유혹을 당하고 있다는 느낌인 걸요. 대화를 편하게 하시니까, 저도 편안해져 시간을 같이 하고 싶네요."
'괜찮다 하면서 어둠의 걱정을 품는 건 누구의 마음이던가? 어

느 편의 무게가 내게 만족을 안겨 줄까? 저울질하는 손익계산, 사람의 마음은 이토록 이중적이로구나.'
"무슨 생각을 그렇게 진지하게 하세요?"
"원칙을 깨느냐 마느냐의 고민을 잠깐 했습니다."
"나도 능력 있는 여자네. 호호호. 한 남자를 고민에 빠지게 하니 말이에요. 물병 이리 줘요. 내려가면서 버릴 테니까요."
봉준은 여류시인에게 빈 페트병을 돌려줬다. 그 순간 서로의 손끝이 살짝 닿았다. 봉준의 숙기얼굴이 금세 붉게 달구어졌다. 상대방의 그 표정을 놓치지 않고 주관적으로 읽어낸 시인은, 눈을 흘기며 엷은 미소를 띠었다.
"인상이 구수하게 참 좋아요. 그리고 마음이 왠지 평안해져요."
"갑시다." 봉준이 바위벽에서 등을 떼면서 힘차게 말했다.
"내 소원 들어주기로 결정을 내리신 거예요?" 여류시인은 제 앞을 지나는 남자 쪽으로 머리를 돌리면서 물었다.
"그렇습니다."
봉준은 정점 지역을 돌아 능선 길을 밟아나가다, 어느 지점에서 좌측방향으로 꺾었다. 걷기 불편하게 잔 돌멩이들이 무수히 깔려 표면이 거친 너덜겅 내리막길이었다. 게다가 지난 여름태풍에 뿌리등걸로 스러진 상수리나무 한 그루가 길을 가로 막고 있기도 하였다. 그 짧은 구간을 벗어나자, 한 시간 전에 여류시인이 탔던 암벽이 나타났다. 여류시인은 그 암벽을 슬쩍 올려다 본 후, 남자 뒤를 바싹 따라잡았다.
"저기예요?" 걸음을 멈추고 앞 편의 남자가 바라보고 있는 시선을 쫓다, 전방 이십 미터 울창한 숲에 가려져 윗부분만이 겨우 보이는 천막을 먼저 발견한 여류시인이 물었다.
"네." 남자가 시선을 돌리자 여자도 같은 방향으로 고개를 맞추었다. 마주한 두 눈길에는 너무 빠르게 서로를 그리워하는 연심의 불꽃이 튕겼다.
"알았어요. 거처를 알았으니까 다음에 올게요."
신정혜시인은 화요일 오전 열시 경에 봉분바위 아래에 도착했다. 그러면서 "여보세요, 여보세요."를 세 차례 크게 불렀다.
은둔자는 여느 때처럼 명상 중이었다. 그때 여자음성이 경건의 시간을 깨트렸다. 그는 여자가 다시 찾아오리라고는 전혀 생각을 않고 있었다. 처음 접해보는 손님맞이라 다소 어리둥절했다. 얼굴에 전에 없었던 심각한 상기가 떴다. 영성훈련 중에는 성욕거리 대상인 여자는 절대 금물이다. 이 신조를 깰 수 없다는 갈등이 부풀어 올랐다. 그 사이를 비집고, 내 집을 찾아온 손님은 내쫓아서는 안 된다는 설득이 내면에서 일었다. 이 말이 결정의 동기를 만들어냈다. 그는 운동화를 꺾어 신은 발로 천막을 벗어났다. 사람이 살고 있다는 발자취를 최대한 남기지 않으려고, 이끼에 덮인 바위에 바위를 밟고 다니는 건 계곡은 발목 정도로 낮으면서 폭은 좁지 않은 편이었다. 그 중 한 곳에서 여자가 등산화발로 기다리고 있었다. 여류시인은 며칠 전 복장 그대로였다.
 "밑반찬거리와 우유랑 간식이에요. 세상에 태어나고부터 물질의 어려움을 겪어보지 못하였기에, 남 돕는 방법을 잘 몰라 덮어놓고 가져오긴 했는데, 적적한 외로운 생활에 위안이 됐으면 해요."
여류시인은 봉분바위 위에 올려둔 검은색 배낭을 눈빛으로 가리키며 다소곳이 말했다.
 "폐를 끼치게 됐네요. 한데, 안색이 썩 좋지 않아 보이네요."
 "그렇게 보여요? 속내를 드러내지 않으려고 했는데, 마음의 어지럼이 표면화된 모양이에요."
 "무슨 일이 있었습니까?"
 "내편에서 남편과 자식들에게 신경질을 부렸어요. 성격이 점점 비이성적으로 치달아 내가 싫어져요."
 "마음을 다스리지를 못하시는 군요. 요가에 대해 압니까?"
 "왜요?"
 "말미를 정하여 종교적 기도를 해보라고 권하고 싶으나, 거부감이 심할 것 같아 일반적으로 쉽게 접할 수 있는 요가를 통해서 마음의 안정을 찾으라는 뜻입니다."
 "천천히 생각해 볼게요. 그나저나 작품을 통 쓰지 못해서 걱정이 이만저만 아니에요."
여류시인의 등산복 어깨에 중 사마귀 한 마리가 어슬렁어슬렁 기어 다니고 있다. 내버려두면 얼굴을 타고 오를 것이 분명하다. 봉준은 엄지-검지를 모아 잡은 사마귀를 바로 옆 생강나무 잎에다 올려놓았다. 여류시인은 제 의복에서 놀던 곤충에 화들짝 놀라며 다른 벌레는 없는지 뛰며, 털며 야단법석을 떨었다. 한바탕 소동이 끝났다. 이때를 기다린 봉준이 조금 전 여류시인이 한 말의 뒤를 이었다.

"불평불만이 가득 찬 마음에서는 창작이 불가능하지요. 그러니 내일부터라도 그 일에 전념하겠다는 각오로 오늘의 안정을 찾도록 하세요."

"안정? 평정? 내게는 꿈만 같은 머나먼 얘기네요! 여자는 꼭 남자에게 의존해야 심신의 위안을 얻을 수 있는 걸까요? 결혼생활을 해 보니까 환상이 깨졌다는 후회가 막심해요. 내 처지가 비참하다 할 정도로요."

"그건 내 뜻만을 지나치게 갈망하고 있는 데서 비롯된 갈등이라 여겨집니다. 가족의 행복을 위해서 얼마만큼의 희생을 하고 있는지를 가슴에 손을 얹고 냉정하게 헤아려 보세요."

"오늘 시간 어때요?" 신정혜 시인이 느닷없이 성격이 전혀 다른 화제를 띄웠다.

"공익 차원에서는 시간이 매여 있다는 게 타당한 변명이나, 개인적으로는 자유입니다."

"거참, 대답 한번 거창하네요. 공익차원? 대체 무슨 뜻이에요?"

"오늘 준비를 잘 해서 내일의 희망을 맞자는 다짐입니다."

"열악한 환경에서도 그때까지 어떻게 변할지 모를 꿈에 희망의 군불을 지피고 있다니, 실컷 울고 싶도록 꿈을 송두리째 잃은 나로서는 부러울 뿐이네요. 시간되는 거죠?"

"원하신다면 백리라도 동행을 해 드리겠습니다."

봉준은 우선 여류시인이 보내 준 성의에 감명을 받았다. 그는 낮은 바위에 걸터앉은, 피부가 뽀얀 미모의 여인에게 잠깐 기다려 달라는 말을 남기고 날듯이 천막으로 돌아왔다. 그리고는 별 생각 없이 빈민 티가 절절 흐르는 헌옷으로 얼른 갈아입고, 내용물을 다 비운 가방을 챙겨들었다. 여류시인은 그의 구차한 복장에 눈을 잠깐 흘겼을 뿐, 구두로 나무라지는 않았다.

"차를 대기해 놨어요." 앞장 선 여류시인의 말이었다.

여류시인의 차량은 배기량 이천 시시 회색벤츠였다. 그녀는 운전석 문을 열어두고, 등산화를 굽 높은 구두로 갈아 신었다. 그런 다음 등산복 상의는 벗고, 오른쪽 가슴에 나비모양의 브로치를 단 분홍빛 양장으로 갈아입은 후, 분홍색스카프를 목에 둘렀다. '아름다움은 어떤 소개장보다 낫다.'라는 말은 그리스 철학자 아리스토텔레스(BC384~BC322)가 남긴 관념적 명언이다. 이런 여성과 한 차를 타고 어딘가로 여행을 떠나는 것은 과분한 행운이 아닐 수 없다. 미인은 수많은 남성들의 시선을 빼앗는다. 미美의 힘은 그만큼 호소력이 강하다.

 차는 북악터널을 지나 정릉램프에서 순환도로로 진입해 한참을 달리다, 폭이 좁은 이면도로를 빠져나와 미사리경기장을 바라보면서 속도를 냈다. 소리 없이 흐르는 은빛 강물은 잔잔했다. 여류시인은 갓길에다 차를 세워두고 자연의 공기를 한껏 들이켰다. 두 팔을 크게 벌리고 눈을 지긋이 감은 그녀의 스카프가 바람결에 너풀너풀 날렸다. 주위를 잊고 내맡긴 자연의 향기에 도취된 그녀는, 진정 이 세상 사람이 아닌 하늘의 선녀였다. 그 품위는 여유 있는 사람이 지닌 이지적 도도함이었다. 아니, 사이가 극으로 갈린-한 지붕 아래 남편과 멀어진데서 비롯된 성적 열등감을 잊으려는 몸부림일 수도 있었다.

 이성사랑에 한껏 달아오른 봉준은 그만 넋을 잃고 말았다. 요란 떠는 심경을 다잡을 수가 없었다. 피 끓는 욕망은 인간의 본능대로 움직여 나갈 수 없다는 자제의 괴로움에 떨었다. 그는 도저히 자신을 제압할 수 없게 되자, 그녀와 십 보 떨어진 풀숲으로 들어가 말잠자리를 쫓는 딴 짓으로 혼란해진 심신을 달랬다. 그 길로 강아지풀꽃에 몸을 숨기고 있는 방아깨비를 잡았다. 그는 중앙부위가 잘록한 방아깨비(따닥개비)의 몸통을 처음 쥔 그 손을 다른 손과 합작하여 두 뒷다리를 새로 고쳐 잡고, 정말 방아 찧는 흉내를 내는 곤충의 모습을 시인에게 보여주려고 그녀에게로 다가갔다. 그녀는 여전히 강물을 바라보며 종이에 뭔가를 쓰고 있었다. 중도에 고개를 돌린 그녀는, 남자와 방아깨비를 번갈아보며 눈웃음을 지었다. 봉준은 방아깨비를 자연의 품으로 돌려보냈다.

 "가요, 어른이 덜 된 소년 씨!" 내면이 밝으니 미소 머금은 안색도 환하다. 봉준은 조수석문을 열고 그녀가 운전석에 앉기를 기다렸다. "어쩜 그렇게 귀여 우세요." 여류시인은 안전띠를 몸에 두르며 놀림이 가득 배인 음색으로 말했다. "이거 방금 쓴 건데 읽어 봐요."

 봉준이 음독으로 시 구절을 읽어 내려간다.

《초면의 남자》

　강바람이 녹슬어 열기 힘들었던/내 마음의 문을 활짝 열어젖혔다./모처럼 맞아보는 도취의 행복/자유?/그렇다./나는 누구의 방해도 없는 자유를 그리워하고 있다./꿈의 자유를 일깨워 준 결정적 대상은/내 속에 들어앉은 미혼의 남성이다.
　초면의 사람과/흠결 없는 일맥상통은 쉬운 일이 아니다./그의 영혼과 마음을 사랑하게 된 것 같다./그의 머릿속에는 놀라운 지식과 지혜와/미래세상을 향한 뜨거운 열정이/살아 숨 쉬며 있다./내 비는 마음은 그대의 무조건적 축복.

　"고맙네요. 감성이 살아났군요." 봉준은 시 종이를 돌려줬다.
　"어때요? 작품으로서 손색이 없나요?"
　"그런 대로 괜찮습니다."
　"그런 시시한 시평이 어디 있어요. 자존심 상하려고 하는 데요"
　"칭찬을 듣고 싶었던 거지요? 미안하네요. 그렇지만 퇴고를 하시면 더 좋은 시가 될 수 있다는 미련을 남겨두세요. 시인님!"
　"감정을 앞세운 졸작이니 습작을 더 하라는 말로 들리는데요."
　"시 창작에서 퇴고만큼 중요한 것이 없다고 들었습니다. 긍정적으로 생각해 주세요."
　"말씀을 잘하시니 말로써 이겨보겠다는 생각은 아예 버려야겠어요. 여기서 식사를 하고 가요."
　강변식당의 운치는 기발했다. 나이테가 선명하게 드러난 소나무로 만든 식탁이며, 주물로 만든 복판의 장작난로가 고풍하다. 주초라, 손님은 한 테이블에 단 두 사람뿐이었다.
　"어서 오세요." 황토색 개량한복을 입은 남자는 오십대 후반으로 짐작된다. 그는 식탁 양 모서리에 일자로 뻗은 손을 짚고, 상체를 숙여 두 손님에게 인사를 했다.
　"이분이 김종훈 선생님이셔요. 선생님, 이분 기억하세요? 재작년 해변학교에서 밤샘토론을 나눴던 분이셔요." 여류시인이 두 사람의 인연을 상기시켰다.
　"그렇게 소개하시니까 기억이 생생하네요. 그때 참 고생 많으셨습니다."

"뭘요."

"'시가 대체 일상생활에 무슨 도움이 되느냐?' 궁금증 건 정답 찾으셨습니까?" 시인은 여류시인 곁에 아예 눌러 앉아서 시 이야기부터 꺼냈다.

"전공분야가 아니라 생각을 통 안 해 봤습니다." 봉준의 짧은 대답에는 자신만 아는 상대방이 엇되게 느껴진 데 대한 불편감이 서려있었다.

"이분도 시에 대한 조예가 깊더라고요. 제 시에 대한 비평이 어찌나 예리하던지 몸서리치게 떨렸다니까요. 그렇게 신랄한 비평은 생전 처음 들었거든요."

손님접대를 망각한 시인은 정색하는 눈빛으로 봉준을 다시 보았다.

"독자의 입장에서 그냥 해본 말입니다."

봉준은 말꼬리를 흐렸다. 다른 쪽 식탁에서는 두 중년남자가 식후 커피를 마시면서 종교를 주제로 대화를 이어나가고 있었다.

"요즘 종교는 배가 부를 대로 불렀지. 벌써 이년 가까이 끌어온 종교적 편향문제를 계속 제기하면서 나라의 분열을 연일 주도하고 있으니, 종교 간의 갈등이 극에 달했잖아."

"한 발짝씩 양보하면 될 일을 용서, 사랑, 자비 등을 외치며 신자들을 끌어 모으는 측에서 세력을 지키겠다며 악을 쓰니 나 원 참! 양극화 현상이 두드러지니, 나라의 장래가 어찌 될지 걱정이 이만저만 큰 게 아닐세."

"문제는 청와대나 피감기관에서 종교가 같은 사람들끼리 모여 예배나 기도회를 갖는 것 자체를 종교편향이라 트집 잡는다는 거야."

"지난 얘기이나, 그 언젠가 직선제로 당선된 초대 서울시 교육감이 사무실에 앉아 있어야 할 시간에, 교회기도회에 참석했다 여론에 혼쭐이 난 적이 있었지."

"불교계에서 저도록 정부를 못 잡아믹어서 비난을 퍼붓는 이유는, 군중심리가 강하게 내재되어 있다고 봐. 왜 우리를 탄압에서 보호해 내지를 못 하느냐는 불자들의 여론에 떠밀려 스님들이 깃발을 앞세우고 거리시위를 하게 되었다는 뜻이지."

"우리나라는 종교의 자유가 보장된 국가야. 그런데 대통령이 기독교인이기에 외교부나 기타 기관에서, 불교신자라는 이유로 차별을 한다면 성질 안 부릴 사람이 어디 있겠어. 종교가 다르다고 차별을 두는 정책은 민주주의의 퇴보인 거지. 공무원들은 두말할 나위 없이 자신의 신앙을 가슴에 묻어두고, 국민들에게 봉사한다는 정신을 가져야 해."

"그만하자고. 입만 아프니까. 셈은 내가 할께!"

두 손님이 빠져나가자, 시인의 부인이자 식당주인인 오십 중반의 여인이 가장 기뻐했다. 그 여자가 임을 열었다.

"이런 장사를 하노라면 종교나 정치이야기로 싸우는 일이 왕왕 벌어져요. 남의 종교나 한 시대를 동시에 이끌어가는 상대 정당을 존중해줘야 저도 살고 나도 사는 건데, 정신머리들이 워낙에 누렁우물이라 자신의 것만 옳다고 침을 튀기니…하여간 결국에는 난장판으로 끝나는 경우가 다반사죠." 이러한 설명을 늘어놓은 여주인은 불교신자였다.

"여보, 저 양반들이 당신의 신앙 주主인 준동함령등피안蠢動含靈登被岸 부처님을 모독했으니, 쫓아가서 귀싸대기를 갈겨 주구려!" 시인이 아내에게 감정 실린 충동질을 내뱉었다. 딴에는 부부로써 서로를 썩 잘 안다는 낯익은 농담이겠으나, 지성인의 인격을 스스로 모독한 폭언이 아닐 수 없었다.

"법이 무서워 참는 거예요." 부인의 퉁명스러운 대꾸였다.

"그러다 심장발작이 일어나면 어쩌려고? 당신이 오래 살아야 내가 밥을 굶지 않잖아."

"당신은 인생을 허투루 살았다구요. 낼 모레면 환갑이 되는 양반이 예나 다름없이 마누라 치마폭이나 부여잡고 있겠다니, 철 좀 들어요. 오그랑장사치도 안 되는 시 몇 줄을 써 놓고, 나 시인입네 명함을 내미는 당신 꼴 정말 더 이상 못 봐 주겠어요!"

여류시인과 봉준은 동시에 불편한 심기를 드러냈다. 여류시인은 봉준에게 눈살 찌푸린 얼굴을 돌려 사과의 의미를 실은 고개를 끄덕거렸다. 두 사람은 암묵적 시선을 교환한 후 자리에서 일어났다. 봉준이 먼저 나왔고, 여류시인은 마지못해 에둘러 인사를 남기고 자갈마당을 밟았다. 두 손님을 배웅 나온 시인은, 엉너리 웃음을 연신 흘리며 죄송하다는 말을 반복했다.

"선생님도 참, 말씀을 골라서 하시지! 하여간 유쾌하지 못한 면을 보여드려서 죄송해요." 뒷말은 봉준에게 한 사과였다. 여류시인은 잠시의 침묵을 풀고 차 시동을 걸었다. 그녀의 표정은 불만으로 어두웠고, 그 때문인지 미간을 떠는 불안정한 기색이 역력했다. 여류시인은 차량을 청평 쪽으로 몰아 나갔다.
"돌아갑시다." 봉준은 이대로라면 기도시간을 놓칠 수 있을 것 같아 진행을 막았다.
"아니에요. 조금만 더 가면 목적지에 도착하게 돼요."
"왜 내가 거기까지 동행해야 하는 거지요?"
"사랑을 나누려고요."
"선생님의 사랑 대상은 남편과 자녀들이지 내가 아니잖아요."
"도와주세요. 사랑을 잃고 방황하는 갈대입니다."
"아무리 사랑일지라도 남녀 간에 지켜야할 선은 넘지 말아야 한다는 건 상식이 아닐까요?"
"오해 말아요. 난 그쪽과의 대화를 통해서 나를 깨닫고 싶을 뿐이에요."
"해답은 먼 곳에 있는 것이 아니라, 내 주변에 또는 내 안에 있어요. 지금까지 배운 지혜와 지식을 나누는 기회로 삼고 간청하신 것은 도와드리겠으나, 이후부터는 남편과의 대화를 꿈꾸도록 하세요. 가족의 불행은 대화단절에서 깊어지는 거니까요."
"정말, 오늘날같이 혼탁한 세상에서 찾아보기 힘든 깨끗한 마음의 소유자시네요. 그 맑은 정신에서 나오는 시 얼마나 아름다울까요."
"남편은 어떤 분이세요?"
"아집이 극에 달한 인물이에요. 그런 품성 때문에 남편은 사업에 성공할 수 있었지요. 그렇지만 그 이면으로는 독단과 독선으로 직원들을 태엽 감는 시계 속의 부속품처럼 취급하고 있으며, 집에서도 여자의 영역인 커튼의 모양과 색상까지도 간섭하는 등 식구를 자신의 부속물처럼 부려요. 그러니 대화가 없을 수밖에요. 생각해 보세요. 한 남자의 아내가 아니라, 그의 소유물로 그의 명령에 따르는 뒤웅박 신세로 살아간다는 거 상상이나 해 보셨나요. 아니, 상상할 필요도 없겠지요. 지긋지긋하고 소름이 돋아요.
저에게는 독자에게 감동을 주는 좋은 시인이 되고 싶은 꿈이 있어요. 그런데 남편은 시를 비생산적인 나부랭이라 치부할 뿐이에요. 이에 저도 남편이 조종하는 인형의 집에서 탈출을 시도한 적이 몇 번 있었어요. 그렇지만 사랑하는 두 아들의 부성애마저도 함량 미달인 그에게 맡겨둘 수 없다며, 그때마다 하루 만에 인형의 집으로 돌아가곤 했어요."
"양광을 버리는 이혼을 고려하고 있다면 재고하세요."
"매일 싸움인데, 호강이 무슨 소용 있나요. 더구나 난 무신론자에요. 이혼을 하고 말고는 내 의지에 달려 있어요."
"독신생활이 낭만적으로 보이겠지만, 외로움은 상상을 초월해요."
"시를 쓸 수 없다면야 내 인생은 무의미하겠지요. 그렇지만 시를 쓸 수 있는 환경이 만들어진다면, 그 고독을 자양분으로 삼을 작정이에요."
"진정, 가정을 지키면서 시를 쓸 수는 없는 겁니까?"
"없어요. 집은 나의 작은 교도소예요."
"그럼, 남편과 합의하여 조용한 환경에서 자신에 대해 에움해 보는 것은 어떨까요."
"무엇을 갚거나 배상함의 뜻을 지닌 우리말 에움이라! 그 대답에 앞서 역질문 하나 할게요. 그 기간이 얼마나 걸릴지 모르겠지만 같이 있어 줄래요?"
"이브가 쳐놓은 덫에 걸려드는 느낌이 드네요."
"불륜을 걱정하시나요? 그 점에 대해선 염려 말아요. 금단의 선을 넘지 않도록 스스로 조심할게요. 난 그만한 양식을 갖춘 여자예요."
"믿을 수 없는 건 사람의 세 치 혀입니다. 나 역시도 유혹에 약한 남자라, 내 자신을 믿을 수 없을 것 같습니다. 그러니 여기서 각자의 위치로 돌아가는 게 현명하리라 봅니다."
"정말 벽창호 같은 양반이시네. 제발, 내가 숨 좀 쉬며 살 수 있게 해 줘요."
"이런, 커피가 다 식었네."
봉준은 대답이 궁색해지자 딴청을 부렸다. 대화에서 일시 벗어난 그는, 언제 들어도 힘찬 감동을 주는 베토벤의 교향곡 5번 운명이 벽 스피커에서 흘러나오는 것을 비로소 들을 수 있었다. 그는 유쾌한 기분으로 음악 감상에 몰두했고, 여류시인의 안색은 내내 심각하게 굳어 있었다.
 "돌아가고 싶으세요?" 여류시인이 한숨을 무겁게 내쉬며 물었다.
 "네. 돌아가서 생각을 정리해야겠어요."
 "은둔 장소를 무인도 같은 데로 옮길 생각은 없나요?"
 "현재의 나는 육신의 안일을 추구해서는 안 됩니다. 일부러라도 고생을 해야 합니다. 창조의 능력은 고난의 빛이니까요. 그러니 너그러이 이해해 주세요."
 "매달려도 안 되겠네요. 알았어요. 가요."
 봉준은 초가을인 데도, 아직도 활개를 치는 모기들을 퇴치하려고 모기향을 피웠다. 신정혜 시인이 가져온 물품은, 쇠고기통조림, 깻잎통조림, 삼 킬로 쌀 한 봉지, 값비싼 빨간 티셔츠 한 벌, 천 밀리 용량의 흰 우유 한 통이었다. 그는 이 물건들을 앞에 두고 한동안 감상에 젖어들었다.
 '사람들은 간통이 사회윤리에 위배되는 줄을 뻔히 알면서도 한번 빠지면 쉽사리 헤어 나오지 못하는 이유는 대체 어떤 심리 때문일까? 수장收藏-음폐陰蔽의 개념어의 어근과 한 뿌리인 흑黑은, 감춘다는 의미를 지니고 있다. 이 바탕에서 본디 어두운 남의 이목을 피해 몰래 만나는 사랑은, 과연 어떤 맛이기에 도덕성 불감증이라는 단어를 낳은 걸까? 사회 전체로 두루 퍼진 성 개방 풍조는 이혼을 부채질하여 가족해체를 몰고 왔고, 소년-소녀 가장 수도 급속히 늘려 놓았다. 일의 능력을 배가시킨다는 사랑도 일종의 중독이다. 샛바람 사랑은 빠져나가는 성질을 안고 있다.
 여류시인의 소망은, 정신적으로나 육체적으로나 자유를 옥죄는 남편으로부터의 절박한 탈출이다. 그녀는 절벽에서 떨어져 죽더라도 언젠가는 공중을 나는 새가 되고 말 것이다. 그녀는 그 배후인도를 나에게 맡기려 하고 있다. 그렇다면 훗날에 혀가 닳도록 변명을 늘어놓아도 가족 해체에 대한 죄목에서 벗어날 수 없게 된다. 한 남편의 아내이면서 두 아이의 엄마라면, 이미 여성직 신선감은 많이 반감되었을 터. 그럼에도 눈을 감을수록 그녀의 모습이 더욱 선명하게 그려진다. 그 힘은 사랑의 사모에 닿아있다.
 여자와 사랑에 빠진 영혼은 곧바로 동력을 약화시켰다. 해도 그만 안 해도 그만이라는 좀팽이 근성은, 정규 기도시간을 약식으로 때우는 부실로 나타났다. 잠자리에 누워 다시금 사무치는 그리움으로 몸이 달궈졌다.
　낯익은 미모의 여성이 안개 속에서 소리 없이 걸어 나와 우윳빛 손을 내밀었다. 그 고운 손에는 가벼운 새털이 들려 있었으며, 새하얀 발에는 감촉이 부드러운 새털신발이 신겨져 있었다. 남자가 새털의 끝을 잡아당기며 여자를 품에 안았다. 여자는 수줍음에 붉어진 얼굴을 옆으로 돌리며, 남자의 입술을 피했다. 남자는 그러려니 반응만을 나타내며, 그 이상은 나가지 않았다. 대지는 온통 은빛이고, 오두막집 안에도 보름달빛이 환하다. 편대를 지은 기러기떼 한 무리가 그림자로 그 빛 앞을 지나쳤다.
　"가지 말아요." 남자가 품에서 빠져나가려는 여자의 어깨를 잡고 애원했다.
　"가야 해요. 날이 밝아오고 있잖아요."
　"하늘의 천사라도 된단 말이오! 이대로 보낼 수 없소. 이곳에서 나와 영원히 삽시다."
　"안 됩니다. 나를 부르는 미명의 저 종소리 들리지 않나요?"
　여자의 손끝이 남자의 손에서 떨어졌다. 남자는 여자의 뒤를 쫓으려 달렸으나, 도무지 따라 잡을 수 없었다. 그 사이 여자는 안개 저편으로 사라졌다.

8
-세 친구-

 '공부하는 학생은 실력을 비축해 두어야한다. 나이에 비례해서 정신력이 성장하듯, 배움 정도에 맞추어서 학생은 차츰 자신을 알아가면서 진로를 결정하는 단계를 밟게 된다. 교육은 인격체가 되게 하는 수단이다. 교육에서 가장 바람직스럽지 못한 행동은, 경제능력을 부모나 그밖에 어른에 전적으로 의존하고 있는 어린학생의 책상을 빼앗아 거리로 내모는 행태이다. 그리고 학습 환경을 제공은 하였으나, 주입식으로만 공부를 하게 하는 것도 비교육적이어서 창의력을 꺾어버릴 수 있다. 학생에게 자율은 계발의 동력이다. 그러므로 생각의 자유를 방해하지 않는 게 인재 양성이다.
 우리 민족은 끈끈한 정情으로 구성되었다. 그 정의 근원에는 뿌리 깊게 이어져내려 온 민족의 한恨 맺힌 서러움이 있다. 그 한을 우리 민족은 춤과 노래 그리고 교육으로 풀어왔다.
 여인네들의 치맛바람은 우리나라에 학벌주의의 뿌리를 내리게 했다. 또한, 제도교육만으로는 부족하다면서 과외열풍을 불러일으켰다. 정부도 교육비부담을 덜어줘야 한다면서 각 지방교육청과 함께 새로운 교육정책 모색에 몰두하고 있으나, 치맛바람이 선도하는 교육열풍은 좀처럼 식을 줄 모른다. 문제는, 내 자식 지상주의에 빠진 학부형의 과도이다.
 이로써 제도교육 실종이라는 우려가 높아진 건 사실이다. 그렇지만 외부 환경이 내부 환경에 악영향만을 끼친다는 주장은 어불성설이다. 아이들로 하여금 자나 깨나 성적만을 떠오르게 하는 이같은 열풍으로 제도교육도 많은 개선점을 찾아낼 수 있었다.
 나는 과외의존을 반으로 줄이면 어떨까 하는 정도이지, 대체로 과외열풍에 대해 긍정적 평가를 내린다. 만일, 치맛바람교육이 침체라도 된다면 개개인 간, 또는 지역과 기업 간, 국가대 국가 간의 경쟁적인 교육열정은 그 즉시 싸늘하게 식고 말 것이기 때문이다. 내조를 다지는 교육은 뭐니 뭐니 해도 미래도약의 원동력이 되어야 한다.'

이십여 년 간 교육현장을 지켜오면서 이러한 생각을 종종 떠올리며 실천적 노력을 기우려온 안성민 교사는, 점심을 마친 시간에 백승연을 불러 교무실의자에 앉혔다. 새물내 나는 교복바지의 선이 다리미질로 반듯하게 잡힌 학생의 머리는 짧았고, 둥근 얼굴 전체에는 여리고 누런 솜털에 뒤덮여있다.

안 교사가 이 제자에게 특별한 관심을 보이는 까닭은 남들처럼 사설학원에 다니지 않는 데도 불구하고, 성적이 상위권을 유지하고 있기 때문이다. 천성적으로 성품이 온순하고 남을 돕는 봉사활동에도 열심이면서, 급우들과 작은 마찰도 일으키지 않는 모범성도 주요 관심사 중 하나였다. 그럼에도 백승연이 가까이 사귀는 친구들을 살펴보면 극히 제한적이다. 서너 명에 불과하다.

그의 학습태도는 집안의 대소사로 결석하는 경우를 빼고는 출석률이 높은 편이다. 집중력이 강해 수업시간 내내 한눈을 팔지 않고 귀를 모아 세심히 듣는 진중한 태도는, 동료들이 마땅히 본받아할 참된 귀감이다. 말수가 적은 가운데, 교과서 외에 문학책을 주로 탐독하므로 또래아이들에 비해 언어구사가 어른스러워, 어떤 땐 처음 듣는 단어에 정신이 번뜩 뜨이기도 하였다. 그래서 안성민 교사는, 이 제자의 별명을 소년이되, 소년 아닌 어른이라고 붙였다.

그렇지만 환경은 아무리 숨기려 해도 어디서든 새물하기 마련이다. 승연의 웃음 뒤에는 어딘가 모르게 슬픔의 그림자가 드리워져 있다. 이유는 늙으신 양어머니와 마음의 거리가 좁혀지지 않는 데에 기원을 두고 있다. 양모는 손자뻘인 양아들에게 아낌없는 과잉의 사랑을 쏟아 붓고 있다. 그렇지만 소년은 그 애틋한 사랑을 감히 거절하지를 못 하는 심기불편을 겪는 편이어서, 곧잘 외로움에 젖은 눈물을 남몰래 흘리곤 한다.

"가까이 다가오너라. 옳지! 네 숨결이 피부에 닿으니 한결 정감이 느껴지는구나. 삼촌이라는 분 아직도 소식이 없느냐?" 안 교사는 짙고도 검은 눈썹을 끔벅이며 제자를 인격으로 대우하는 낮은 음성으로 물었다.
"일 년 안으로는 어느 누구도 삼촌을 볼 수 없습니다. 삼년 기한 중 이년 남짓의 시간이 지났을 뿐이니까요." 소년의 안색에 갑자기 그리워하는 표정이 떴다.
"많이 보고 싶겠구나. 너에게는 둘도 없이 고마운 분이니 절대 잊지 말거라. 선생님이 너를 알게 된 것도 따지고 보면 그분의 배려가 아니겠니. 그러니 그분이 실망하지 않도록 늠름한 모습으로 자라줘야 한다. 어른들은 투자가치를 굉장히 셈하기에 실적이 미미하면 지원을 철회할 수도 있단다. 뿌린 씨앗이 시기에 맞추어서 싹을 틔워내지 못한다면, 그건 수확의 기대를 저버린 배은망덕이잖니."
"어른들의 세계에 들어가려면 아직 한참 멀었지만, 삼촌이 저에게 기대하시는 바는 당장의 큰 결실보다, 먼저 사람의 도리를 갖추는 것입니다."
"훌륭한 인품을 갖추신 분이라는 걸 분명히 알게 됐구나. 그렇다면 나도 한 가지 유익한 긍지를 네 가슴에 아로새기려는 데 괜찮겠니?" 안성민 교사는 제자 쪽으로 위장병으로 누리끼리한 안색을 들이밀었다. 학생은 흠칫 놀라며 상체를 뒤로 빼 등을 등받이에 바싹 붙였다.
"선생님, 죄송한데요, 그보다 저를 부르신 이유가 무엇 때문인지 궁금합니다."
"내가 먼저 양해를 구한다는 말에 답변을 내거라."
"제 판단이 서면 그때 수용여부를 가리겠습니다."
"자신을 지키려는 의지가 투철하구나. 하여간 대견해! 너희들을 가르치는 선생님이 설마 나쁜 짓을 하라고 충동질을 하겠느냐? 잘 들어 두어라. 네 장래에 영향력이 끼쳐지는 말이 될 수 있으니까."
"큰일 났네요. 선생님, 제발 제 나이 때에 감당이 안 되는 벅찬 부담이 아니기를 빌어마지 잃겠습니다."
"사랑을 품은 가슴으로 한걸음씩 시간에 맞추어서 나가거라. 그럼, 무인도에 혼자 떨어져 있어도 결코 외롭지 않을 것이다."
"선생님도 저에 대해 큰 기대를 걸고 계시는 거죠."
"그렇단다. 유학 갈 마음의 준비는 단단히 했겠지?"

"저편에서 서류심사가 통과된 겁니까?"
"기쁘지? 두 달 뒤에 떠나게 될 테니까 정리할 건 정리하고, 작별준비도 잊지 말거라."
"고맙습니다. 선생님!"
 백승연의 오후수업은 집중력이 떨어진 탓에 산만하게 끝났다. 그렇지만 소년의 표정은 시종 싱글벙글 밝았다. 소년은 가방끈을 어깨에 메고 시끄럽게 떠드는 급우들에 섞여서 교실을 나섰다. 그때 누군가가 등 뒤에서 그의 상체를 두 팔로 와락 끌어안았다. 그 떠미는 강한 힘에 갑자기 무릎이 꺾인 승연은 그만 앞으로 넘어지고 말았다. 함께 뒤엉켜 바닥에서 뒹굴 게 된 급우는 반장인 배상현이었다. 반장은 그러면서 본의 아니게 승연의 척추를 무릎으로 차는 실수를 저질렀다. 승연은 왼 옆구리 통증부위를 움켜쥐며 안색을 찌푸렸다.
 "왜 그러니? 내가 아프게 한 거니? 그랬다면 미안!" 실없는 사과이다. 그렇지만 반장은 몸을 뒤틀며 된 신음을 새어내는 승연의 어깨를 감싸 안았다. 더 나아가 애써 일으키는 승연의 신체를 부축까지 했다. 그 도움에 승연은 유리 창문 쪽 벽면에 기댈 수 있었다.
 "왜 그래? 이 자식! 니가 때렸지?" 홍귀성이 급한 성질의 악을 쓰며 야구방망이를 다짜고짜 높이 쳐들었다. 금방이라도 후려갈기고 말겠다는 눈빛이 시뻘겋게 달아올랐다.
 배상현은 귀성의 머리 위 방망이를 올려다보면서 체신을 사렸다. 어긋 잡은 두 팔로 머리를 가린 그 얼굴은 파랗게 질렸다. 반장 주변으로 몇몇 급우들이 둘러쌌고, 저의 개지랄 알심만을 믿는 홍귀성을 눈 모아 노려보았다. 두 학생은 홍귀성의 한 팔과 야구방망이를 움켜잡고 진정하라며 실랑이를 벌였다. 그 사이에 반장은 홍귀성과 거리를 둘 수 있었다.
 "쟤 성질 개털 맞지?" 반장을 피신시킨 한 동료의 말이었다.
 "너 지금 뭐라고 지껄였어? 뭐? 개털. 내가 개털인지 오리궁뎅인지 맛 좀 볼래!" 화가 머리끝까지 치민 귀성이 방망이든 채로 앞으로 튕겨나갔다. 그러고는 연습 타구를 날리는 평고 훈련 자세를 취했다.
 "귀성아, 참아. 나 괜찮으니까 어서 연습하러 가!" 참는 인고로 이를 악문 승연이 귀성을 극구 말렸다.
"너 참 순진하다. 이게 참는다고 될 일이니? 다시는 함부로 까불지 못하도록 단단히 혼내줘야 한다고."
"우정은 고맙지만, 제발 싸움꾼은 되지 말아줘. 부탁이야."
"체, 콧물이 소금물 되겠다. 너 쇠똥벌레, 쩨쩨하게 소똥에 기어 숨지 말고 어서 썩 나와서 승연에게 대가리 박고 용서를 빌라. 그럼, 이번만은 너그럽게 봐 주겠다."
"반장이 장난을 친 거란 말이야." 배상현 쪽 누군가가 방어를 외쳤다.
"누구야? 엄기영! 네가 뭘 안다고 함부로 나서서 까불어. 눈알 깔고 가만히 있어 줘라, 잉!"
"귀성아, 언성 높이지 말고 기영이 말을 들어. 장난이었던 거야." 승연이 재차 말리자 일동은 동시에 입을 다물었다.
"젠장, 아휴! 열불 나. 주먹이 운다, 울어." 귀성은 승연 곁에 붙어 섰다. "너 다쳤잖아! 그게 장난이었다고? 체, 믿을 게 따로 있지."
복도를 가로 막은 수십 명의 아이들을 헤치고 단발계집의 얼굴이 나타났다.
"너희들 뭐하는 거니? 여기서 패싸움 벌이고 있는 거니?" 여린 목청에 제법 위엄이 실려 있다. 남학생들의 시선이 계집에게로 일제히 쏠렸다.
"또 너냐? 재수 더러 우니, 넌 제발 빠져줘라." 귀성이 재빨리 받아쳤다.
"그럴 수 없다면 어쩔 건데."
"귀성아!" 승연이 도배 집 아들을 불렀다. 소녀가 돌아봤다. 그러면서 그 곁으로 자리를 이동했다.
"네가 상현에게 맞은 거니?" 소녀가 물었다.
"그렇지 않아. 싸움이 아니었어."
"성인군자 나셨네. 넌 어째 맞고도 참을 수 있나." 귀성의 한단이었다.
"그럼, 왜 아픈 건데?" 소녀의 동정에는 슬픔감이 배어있었다.
"승연이가 아픈데 네가 왜 슬퍼하냐. 너 승연이 사랑 하냐?"
귀성의 벼락치기 장난말에 여기저기서 웃음이 터졌다. 얼굴이 빨개진 계집의 눈빛에 살기가 피었다. 그때 정강이를 걸어차는 발길질 사태가 일었다.
"아야!" 외마디 비명을 질러댄 귀성이 상체를 숙이면서 아픈 부위를 만져대었다. "너 죽고 싶어 환장했구나."
"할 말 못할 말 제발 가려서 해라." 이번엔 막말로 면박을 때렸다.
"어이구, 이걸 그냥."
"쳐봐. 때려 보라고." 계집이 머릿결 더미를 귀 뒤로 거둬 올리면서 갸름한 얼굴을 들이밀었다.
"귀성이 다 죽었네. 복순아, 이참에 쟤 부하로 삼는 게 어떻겠니." 귀성의 위협에 눌렸던 엄기영이 발로 짓밟는 흉내를 냈다. 동의한다는 몸짓의 수도 제법 되었다.
"이 자식이! 너 계속 까불댈래."
"귀성아, 나가자."
친구들의 종이호랑이 조롱을 등 뒤에서 들은 귀성은, 승연의 제안이 그렇게 반가울 수가 없었다. 그렇지만 체면을 구긴 개망신의 뒷맛은 영 달갑지 않은지, 내쉬는 숨결은 거칠었다. 승연이가 동행을 요청하지 않았는데도 계집은 일행에 끼었다. 귀성이 교사를 빠져나오면서 몸을 홱 돌렸다. 계집은 그 성난 눈빛을 본체만체 외면했다. 약이 바싹 오른 귀성은 계집의 뒤를 쫓으면서 악담을 퍼부었다.
"두고 봐라. 나 널 용서하지 않을 거다."
"나, 그 공갈협박 하나도 무섭지 않다."
"저게 정말!"
박복순, 홍귀성, 백승연이 운동장 한곳에 모여섰다. 운동장 한편에서는 야구연습이 한창이고, 한 무리가 그 가운데를 가로질러 교문으로 향해 가고 있었다.
"병원에 가 봐야 하는 게 아니니?" 울상을 지은 복순의 위로 말이다.
"걱정 마. 그 정도까지는 아니니까."
"너도 참 바보다. 맞았으면 복수의 주먹을 날려야지 계집애처럼 항상 지기만 하냐."
"홍귀성, 너 지금 뭐라고 그랬어? 말 다 했어. 계집애가 뭐냐!

그리고 여자라서 지기만 한다는 비아냥거림도 귀에 상당히 거슬린다."
"말끝마다 드잡이네. 정말 못 참아 주겠군." 귀성이 주먹 쥔 오른손을 복순의 얼굴 가까이로 바싹 들어 올리며 접을 주었다.
"때려 봐! 왜 못 때려? 이렇게 때려보란 말이야." 복순이 차마 때리지 못하고 뒤로 밀리는 귀성의 허벅지뒤편을 왼발로 냅다 걸어찼다.
"아야! 에이 이년이!"
"병신아, 그러니깐 말조심하라고."
"천하의 귀성도 복순에게는 꼼짝을 못하는구나." 승연이 모처럼 꺼낸 농담이었다.
"내가 봐주는 거지, 진짜 싸운다면야 한 주먹 감뿐이 더 되겠어."
"너 계속 그렇게 나쁜 말만 골라 할래?"
"그만 하자. 귀성아, 코치선생님이 부르신다. 이따 보자!"
귀성이 운동장을 힘차게 달리는 뒷모습을 복순과 승연은 오랫동안 지켜보았다. 그리고는 몸을 돌려 오른 관중석 계단 중간까지 올라왔다. 승연이 잎이 바래져가는 등나무 아래로 먼저 자리를 잡고 앉았다. 복순도 그 곁에서 두 다리를 얌전하게 모았다. 복순은 왠지 기분이 좋아지는 미소를 지었다. 새겨진 양 볼 보조개가 귀엽게 예뻤다. 승연은 어찌할 수 없이 끌리는 눈으로 이성 친구를 돌아봤다. 곁눈질로 승연의 동정을 살폈던 복순도 고개를 돌려 화답의 눈웃음을 띄웠다. 교감하는 둘의 눈빛은 정감하게 살뜰했다.
"아빠한테 나도 유학 보내달라고 조를까? 그럼 너를 언제든 볼 수 있잖아." 복순은 어디든 동행하겠다는 의지를 내비쳤다.
"공부를 위해서 잠시 헤어지는 건데 뭘 그러니."
"잠시라고? 십년도 넘을 시간이 잠시라고?"
"우리에게는 꿈을 펼칠 시간이 많잖아."
"아이 놀라. 내 소원은 네가 외국에 나가시 않고 나와 영원한 한 짝이 돼 달라는 거야."
"난 이번 기회를 놓치고 싶지 않아. 모든 학비를 대주겠다는 후원자가 있을 때, 공부를 충분히 해 두어야 하거든."
"너를 쫓아가고 말거야. 너와 일정이 일치하지 않아 출국이 늦더라도, 절차가 마무리되는 대로 너와 함께하고 말거야."
 "부모님들께 뭐라고 설득을 할 건데?"
 "지금 당장은 그렇지만 생각이 정리되면 졸라대려고."
 "복순아, 네가 세운 목표에 맞는 공부를 해야 후회가 없을 거다. 못난 나 때문에 너의 미래가 엉망진창으로 뒤틀려지는 거 정말 난 원치 않아."
 "너 내가 싫은 거니?"
 "아니야. 우리의 우정은 언제까지나 변치 않을 거야. 다만, 갈 길이 서로 다르다는 취지로 말한 거야. 그러니 오해는 말아 줘."
 "칠칠치 못하게 실속이 없어서 정 떨어지는 홍귀성이 저기 오네." 시선을 멀리 던진 복순의 낯빛이 흐려졌다.
 "웬일이지? 친선경기를 앞두고 있다더니, 연습시간이 왜 저리 짧지?"
 "글쎄!"
 탈의실에서 옷을 갈아입은 홍귀성은, 세 명의 동료들과 잠시 어울렸다 따로 떨어져서 관중석을 향해 달려왔다. 귀성은 갈아입은 신발, 옷가지 등을 담은 큰 가방을 한쪽 어깨에 걸쳐 메고 있었다. 귀성은 관중석 아래에서 두 친구에게 내려오라는 손 신호를 보냈다.
 "돈 누가 낼 거냐?" 가운데 낀 귀성이 배꼽노리에 손을 얹으며 고개를 좌우로 돌렸다.
 "각자 부담이다." 우측의 승연이 딱 잘라 말했다.
 "야아, 나 돈 없단 말이야!"
 "체, 우리가 너 밥 먹여주는 부모인 줄 아냐." 복순의 노골적 핀잔이었다.
 "너하고 말 안 해. 승연아, 사 줄 거지?"
 "나중에 갚는다는 조건하에서."
 "얘는 미덥지가 않으니 그 방법을 써야해. 언제 갚겠냐는 차용증서를 받아둬야 한다니까."
 "복순이 네가 대신 받아두었다 십년 후에 이자를 붙여서 청구하면 어떻겠니. 그때쯤이면 애도 프로선수가 되어 묵직한 연봉을 받을 테니까."
 "그렇게 하면 되겠네?"

자장면 곱빼기를 왕성한 식욕으로 단숨에 먹어치운 귀성은, 복순의 그릇을 넘봤다.
 "양이 많은 것 같은 데, 그거 다 먹을 수 있니?"
 앞으로 흘러내린 머리카락을 귀 뒤로 쓸어 넘긴 복순은 음식물 그릇에다 제침을 탁탁 뱉었다. 넘보지 말라는 방어였다.
 "군만두 하나 더 시켜 먹자." 승연이 선수를 쳤다. 귀성의 동석을 못마땅하게 여기는 낌새눈치를 연신 흘리는 복순의 심기불편을 고려한 행위였다.
 "좋지. 저기요, 아주머니! 여기 군만두 하나 추가요." 귀성이 재빨리 서둘렀다.
 복순은 제 몫을 다 먹지 못하고 남겼다. 복순은 옆 좌석의 승연을 곁눈질 거렸다. 승연이 깨끗이 비운 그릇 위에다 나무젓가락을 얹은 뒤, 주전자 물을 컵에 따라 마셨다.
 승연은 바지주머니에서 꺼낸 열쇠를, 묵직한 철 대문 구멍에 맞춰 찔러 넣었다. 그러고는 인기척을 죽여 쇠문을 안으로 살며시 밀었다. 참새 떼들이 정원 잔디밭에서 재잘거릴 뿐 집안은 조용했다. 현관문 손잡이를 잡는 순간 소년은 극도로 예민해졌다. 신발을 벗어 신발장 안에다 넣고 거실로 올라서자, 가정부가 불쑥 나타났다.
 "사모님, 승연 도련님이에요."
 윤정민 여사는 가정부의 도움을 받아가며, 두 달 전 광복절휴일에 낚시 갔던 저수지에서 생을 마친 남편의 유품을 정리하고 있었다. 정치인의 큰살림이라 이삼 일을 잡았지만, 시간이 모자라 다음 다음날까지 정리를 해야만 할 것 같다. 구호단체에 보낼 의류품은 의류품대로, 신발은 신발대로 그리고 기타 물품들도 하나하나 점검하여 싼 짐 보따리들이 여기저기 쌓여 있어 집안은 비좁았다.
 윤 여사는 책상서랍을 뒤지다 한 뭉치의 영수증을 발견했다. 인권위원장 전 의정활동시절에 일반시민들로부터 받은 후원금 내역이 기재된 영수증부터, 신용카드로 결재한 부의금과 축의금 등 소소히 지출한 현금영수증 따위였다. 윤 여사는 일일이 구분하여 갚아야 할 빚이 없는지를 살펴보는 데 신경을 모았다. 그렇지만 지치도록 무리한 탓에 어깨가 결렸다. 특히, 뼛속에 구멍이 생긴 골다공증의 관절통증에 신경이 쓰여 그대로 미뤄두고 쉬고 있던 참

일 때, 승연이 돌아왔다는 전갈을 받은 것이다.

　승연은 서글프게도 양어머니를 뵈어야만 하였다. 긴소매 원피스 차림새인 양모는, 안방침실에 걸터앉아 손자 같은 양아들을 기다리고 있었다. 소년은 할머니에게 학교 다녀왔다는 인사를 하면서 안방으로 들어섰다. 소년은 내키지 않는다는 내색을 숨기고, 주름 투성이 할머니를 마주했다. 심장이 찬바람에 쏘이는 듯이 서늘했다.

　"식구 중 얘기상대는 너 하나뿐이라 할머니 심심해 죽겠다."
　"하나님과 대화 나누시면 되잖아요."
　"내 느낌만으로 하는 대화라 별 재미가 없단다. 평안을 내리시는 은혜에 대한 감사로 하루하루를 넘기기는 하나, 이젠 기력이 쇠해져서 그나마도 벅찰 지경이란다."
　"세월의 무게가 할머니를 짓누르는 거네요."
　"어쩨 나이를 훌쩍 먹어버린 철학자 얘기처럼 들리는구나. 그래, 세월을 이겨내지 못하는 게 사람이라 몸도 마음도 무거워 나들이도 쉽지 않단다. 그나마 네가 곁에 있어 줘서 한결 위안이 크단다."
　"무료감을 달랠 소일거리를 찾지 그러세요."
　"짐 정리가 끝나고 구상해 둔 사업을 시작하면 서예를 다시 해 볼 작정이다. 지금은 기억력 감퇴를 막기 위해 성경 옮겨 쓰기를 하고 있걸랑."
　"할머니 대단하시네요. 언제 서예를 배우셨어요?"
　"젊은 시절에는 입선도 하여 전시회도 몇 차례 열었던 걸. 지금도 서예협회회원으로 이름이 남아있지."
　"여태 몰랐는데, 할머니 정말 멋지시네요."
　"녀석 칭찬도 다 할 줄 아는구나. 할머니가 이때까지 살아오면서 힘이 되어준 저력이 무엇인지 넌 모르지? 그건 말이다. 하나님을 믿는 신앙과 서예였단다."
　"가야금도 있던데요. 국악도 즐기셨어요?"
　"한때였지. 그렇지만 너무 오래되어 까맣게 잊고 말았어."
　"잠복은 사라진 것이 아니라, 수면 아래 가라앉혀둔 것이라고 하잖아요. 언제 가야금소리를 들려주실 수 있겠어요?"
　"서예작품은 이따 라도 보여줄 수 있어도 가야금은 안 되겠구나."

"에이, 실망!"

"녀석 봐라. 놀릴 줄도 아네. 아무튼 너의 열린 가슴을 보니 덩달아 기쁘다."

소년은 양모의 숨겨진 재능과 소탈한 성품에 양모를 다시 보게 되었다. 대면하거나 혼자서 생각할 적마다 지레 움츠렸던 심성 무게도 어느 정도 홀가분해졌다.

"어머니, 어깨 주물러 드릴까요?"

"아니다, 피곤해서 이만 쉴 테니까 그만 가 보아라." 윤 여사는 실내화를 벗고 침대에 오르면서 승연을 불렀다. "승연아, 이거 받아라. 아버지만년필 인데, 공부하는 네가 쓰도록 해라. 한 번도 쓰지 않은 새 거란다."

포장종이에 싸인 작은 상자를 열어보니 값비싼 파카만년필이 들어있다. 승연은 교복상의 윗주머니에다 만년필을 꽂고 왼쪽 가슴을 툭툭 두들겼다.

9
-모녀-

　변재용의 큰딸 변세진은 흰 양말 위에다 실내화를 신고, 오전 햇살이 가득 비치는 거실소파에 잠시 앉아 두리두리 살핀다. 그녀는 아버지가 하늘나라로 가신 후, 친정 집 살림이 현저하게 줄였음을 한 눈에 알아보았다. 거실의 큰 가구들은 본래 자리를 여전히 지키고 있었으나, 그 안에 진열되어 있던 식기류와 눈을 감고도 훤히 기억되는 낯익은 옛 물품들은 사라지고 보이지 않았다. 그래서 거실이 한결 넓어 보였다. 드문드문 남아 있는 아버지의 유품은, 골프채집과 당신의 인생종말에 빌미를 제공한 낚시용품 따위 등이었다.
　남편과 사별한 후의 슬픔의 고통을 어느 정도 극복한 단계에 이른 윤 여사는 외출준비를 마치고 안방에서 딸을 기다리고 있었다. 세진은 방안으로 들어가 거울 앞에서 머리손질을 끝낸 엄마 뒤편에 섰다. 윤정민 여사는 가벼운 회색외투 위에다 따스한 스카프를 목에 둘렀다.
　"엄마, 장갑 챙겼어?" 세진이 물었다.
　"소파탁자에 둔 것 같은데, 찾아보아라."
　노파의 쉬이 부르트며 생기 잃은 손을 감싸줄 가죽털장갑은 과연 탁자 위에 놓여 있었다. 세진은 엄마의 기억이 아직도 건강하다는 사실에 적이 안심했다.
　"사모님 모시고 어디 가시게요?" 습관적으로 섬기는 자세로 두 손을 모아 쥐는 가정부가 웃는 낯으로 다가왔다.
　"네, 이사할 집을 보려고요."
　"가시면서 이거 드세요."

가정부가 건네 것은 밥을 하면서 함께 찐 물고구마였다. 간식거리는 사기그릇에 담겨 비닐봉지에 넣어져 있었다.
  "어머, 잘 먹을 게요."
  "미영엄마, 우리 갔다 올 테니까 택배 오면 받아 둬. 아마 굴비일거야."
  윤정민 여사는 가을의 맑은 공기가 밀려드는 현관 쪽으로 향했다. 먼저 나와 현관 바깥에서 대기하고 있던 딸이 엄마가 굽 낮은 구두를 느릿느릿 신는 모습을 지켜보고 있다.
  거리로 나오자 제일 먼저 두 모녀를 반겨 맞은 풍경은 노란 잎을 우수수 떨어트리는 은행나무였다. 그 낙엽 비에 행인들의 입에서는 탄성이 내질러졌다. 한 쌍의 연인은 그 세례를 받으면서 서로를 얼싸안고 제 자리를 돌며 춤을 추었다. 다른 한 곁에서는 남루한 차림의 아낙 서너 명이 고약한 냄새를 풍기는 은행열매를 장갑 손으로 줍고 있었다. 그곳에서 불과 일 미터 간격 떨어진 거리에서는, 배에 기름 끼지 않았을 중년남자가 자전거를 세워놓고 장대로 은행열매를 털고 있었다.
  노란 조끼를 착용한 미화원의 손길이 더없이 바빠졌다. 한 줄기 바람이 미화원이 대비로 애써 쓸어 모은 낙엽더미를 휘저으며 흩어놓았다. 일손을 멈춘 미화원은 도로경계선을 따라 도망치듯 어지럽게 휘날리는 낙엽을 멀건 눈으로 바라만 보고 있다. 그때 다니는 학교교복을 입은 여중생이 나타나 찢기고 터진 손을 꼭 잡았다.
  "아빠!"
  "응? 으응. 내 딸, 학교 끝났어?" 딸을 돌아본 미화원의 얼굴은 거칠고 메말랐다. 그렇지만 딸이 애교를 부리자 위안을 얻은 웃음에는 행복이 깃들어 있었다.
  주름치마를 입은 소녀의 검은색 스타킹을 신은 양 다리는 짧다. 소녀는 무릎자세로 앉아 낙엽 세 잎만을 주웠다. 그리고 하나하나씩 교과서 사이에나 소중히 껴두고 덮은 교과서를 책가방에 넣었다. 소녀의 눈빛에도 햇살이 밝았다.
  "자, 용돈이다." 낡은 지갑에서 꺼낸 천원 지폐 두 장을 내밀며 이렇게 말한 미화원의 말투는 어눌하나 부성애가 부드럽다.
  "아빠, 일마치고 빨리 들어와야 해!" 지폐를 작은 손아귀에 꼭 움켜쥔 소녀의 음색에는 '아빠 사랑해!' 라는 말로 가득 배었다.
"오냐, 알았다." 손 인사를 남기고 딸아이가 돌아선다. 딸아이의 멀어지는 뒷모습을 아버지는 감격해하는 따뜻한 시선으로 바라보았다.
중도에 가게에 들러 음료 및 간식거리를 산 세진이 차를 최종적으로 세운 곳은, 서울을 한참 벗어난 한적한 들판이었다. 머지않은 곳에 입장료를 받는 수목공원이 있고, 조금 떨어진 우측으로는 호수와 멀리 떨어진 곳에 개인 소유의 포도밭과 사슴농장이 있다. 그 뒤편으로는 야트막한 야산이 있는 데, 단풍에 점차 물들어가는 나무들이 병풍처럼 둘러 싸여 있고, 높은 상공에 떠 있는 흰 구름 그림자가 그 숲정이 일부를 덮고 있었다. 이러한 경관 때문에 주위로는 수십 채의 별장이 들어앉아 있었다. 경제적으로 성공한 사람들이 하나둘씩 모여 형성한 초원지대였다.
윤정민 여사가 집터로 잡은 곳은 야산 바로 아래였다. 앞으로 아스콘포장도로가 깔릴 것이라는 부동산업자의 말을 믿고 매매계약을 맺어둔 부지였다. 집터의 장점은 가구 수가 스무 채도 채 안 되는 동네를 한 눈에 내려다 볼 수 있다는 것과, 경사가 그다지 높지 않아 접근성이 비교적 용이하다는 점이었다.
윤 여사는 이와는 별도로 저지대에 천오백여 제곱미터 가량의 땅도 함께 매입해 두었다. 여생을 편안히 마치고 싶어 하는 노인들을 위한 실버타운을 짓고, 그 운영을 큰딸 내외나 외 조카 봉준에게 맡길 구상으로 마련한 부지였다. 모녀는 메마른 먼지가 뿌옇게 이는 언덕바지 흙길을 천천히 걸어가고 있다. 길섶에는 삼강서리를 맞은 후부터 윤기를 잃어가는 온갖 잡초들이 무정하게 널브러져 있다. 윤 여사는 비슬비슬 퇴색되어 가는 들풀들을 바라보면서, 그것들이 자신의 처지와 똑같다는 생각을 문득 떠올렸다. 퇴행성관절로 걸음걸이가 힘겨운 그녀를 딸이 부축했다.
예의상 안전모를 벗은 현장소장이 모녀를 맞았다. 그의 지시를 받으며 신축건물의 윤곽을 잡아가는 일꾼은 총 여덟 명이었다. 윤 여사가 딸에게 차량열쇠를 소장에게 주라고 일렀다. 소장은 그 열쇠를 부른 젊은 인부에게 곧바로 내주며 심부름을 보냈다. 빠른 걸음으로 현장을 빠져나간 젊은 인부는 이십분 만에 음료수와 간식이 담긴 두 개의 비닐봉지를 양 손에 들고서 돌아왔다. 그 바람에 인부들에겐 때 아닌 휴식시간이 내려졌다.
 윤 여사는 소장의 안내를 받으며 작업과정에 대한 설명을 들었다. 겨울추위에 대비 하여 난방을 어떻게 할지, 부엌의 조명과 벽지에 관한 것 등 앞으로의 현황을 세세히 보고 받았다. 소장은 얼굴과 목덜미 외에도, 두 팔목이 햇볕에 검게 그을려 있었다. 그는 온통 잔돌맹이 차지인 미래 마당 한복판에서 잔디밭 면적이 어느 정도인지 모녀에게 설명하였다. 이어 모녀보다 오 보 앞서 도착한 한 터에서는 팔각형 기와지붕의 정자가 들어설 예정지라고 말하며 설계도 내용을 덧붙였다.
 윤 여사는 설계도에는 이의를 달지 않았고, 화려한 실내 인테리어를 원치 않는다는 점만을 강조했다. 그녀는 또한 가격이 저렴하면서도 실용성이 높은 원자재를 쓰라 당부하며, 더불어 치안부재 지역이니 보안장비에 세심한 주의를 부탁한다는 말을 남겼다. 소장은 충분히 참작하겠다는 답변으로 건축주를 안심시켰다.

10
-구치소-

생활구치소는 지은 죄의 형량을 기다리는 미결수들의 수용소이다. 구치소에서 주관하는 정례예배를 마치고, 자신의 단체 방으로 돌아가는 송경호의 가슴은 믿음의 은혜로 충만하게 젖어있었다. 고등학교 시절 교회여름수련회 때 뜨거운 영적체험을 한 이후, 참된 삶이 어떠해야 하는지를 새삼 깨달은 중요한 시간이었다.

일주일에 한 번씩 구치소 내 예배를 인도하는 남성영 목사의 설교제목은 '세월을 아끼라' 였다. 그 내용 중 그의 생존의 의미를 새롭게 일깨워 준 말은, 현재 주어진 환경을 임의로 탈출하거나, 자신의 잔꾀에 편승해 보려는 생각을 버리고, 다시 맞을 수 없는 오늘을 내일의 준비를 위한 밑거름으로 삼으라는 대목이었다.

남 목사의 설교는 사실 특색 없이 평범했다. 그럼에도 만조의 감동으로 와 닿았다. 그 까닭은 사방이 높은 철조망 담장에 꽉 막혀있고, 각 망루에서 검은 눈썹을 내리깐 눈빛으로 불철주야 지켜보는 경비원들의 총구를 항상 의식해야 하는-이처럼 개인의 신체 자유를 제한하는-갑갑하게 숨 막히는 좁은 공간 속에서도 한 가닥의 소망이라도 걸어보겠다는 바람이 살아 숨 쉬며 있었기 때문이었다. 구치소생활이 이번이 처음인 경호로서는 기도와 찬양이 유일한 위안거리가 된 셈이었다.

제도화된 법에 의해 개인자유가 박탈된 전중이 생활은 우울증과 의기소침에 쉽사리 빠져들게 한다. 인간의 체질적 유약이 아닐 수 없다. 심리적이든 현실적이든 힘들고 어려울 때, 동질의 체온자로 살아가는 실존적 누군가에 의존하고 싶은 데, 그 환경이 여의치 않다는 데서 부풀어 오르는 감정기복이다.

경호의 잠자리는 가람막이 쳐진 화장실 옆이다. 그는 머리맡에 개어 놓은 군용담요를 두 겹으로 길게 펴 깐 다음 그 위에 두 다리를 겹치고 앉았다. 동일한 푸른 색 수의를 입은 육 명의 죄수들이 둘러앉아서 잡담을 나누고 있었다. 그는 눈길을 돌린 동료들에게 친근한 미소를 보내고는 이내 자신 속으로 관심을 돌렸다. 십여 분간 이어진 고요한 묵상에서 눈을 뜨고 성경을 펼친다.
 '여호와께서 요셉과 함께하시고 그에게 인자를 더 하사 전옥에게 은혜를 받게 하시매 간수장이 옥중 죄수를 다 요셉의 손에 맡기므로, 그 제반 사무를 요셉이 처리하고 간수장은 그의 손에 맡긴 것을 무엇이든지 살펴보지 아니하였으니, 이는 여호와께서 요셉과 함께 하심이라. 여호와께서 그를 범사에 형통하게 하셨더라.'
 대체 하나님과 일상생활을 함께 하는 사람들에게 고루한 인정을 받으려면 어떠한 자세의 마음을 갖춰야 하는 걸까? 경험에 의하면 어울려 놀아주면 친밀도가 높아지고, 체력의 거친 힘을 앞세운 폭력은 그 편에 선자들로부터 잘한다는 박수갈채를 받으며, 사랑과 무관하게 쓴 돈의 위력은 오래가지 못하고 쉬 잊힌다는 것이었다.
 억울한 간통의 누명을 쓰고 옥중에 갇혔으나, 하나님으로부터 형통의 축복을 받은 요셉이 한없이 부럽다. 그 위치에 만일 서 있다면 옥중생활이 마냥 즐거워질 텐데…아님, 바울과 실라처럼 감사 넘치는 찬양을 부를 수 있을 터인데…나로선 이 모든 게 이룰 수 없는 머나먼 꿈일 수밖에…성경의 인물들처럼 사는 비결은 첫째도 둘째도 셋째도 하나님의 사랑을 입어야 하는 데, 나로서는 그 은총과는 까마득히 머니, 신앙정립이 제대로 안 되고 있는 형편이다.
 정말, 하나님은 믿음의 제물을 바쳐야 비로소 긍정의 칭찬을 내리시는 전능자이신가? 그래서 성도들은 응답의 축복 권을 쥐고 계시는 하나님의 기분을 맞춰드려야 한다면서 금식과 예배로 전신을 바치는 걸까? 물론, 믿음의 시험일 수 있다. 한 예를 들자면 오늘날까지 믿음의 조상이라고 불리는 아브라함이 독사 이삭을 희생의 제물로 바치겠다는 결단을 내리고 실행한 믿음의 결과로, 그 명령자 하나님에게 신앙인의 이미지를 확실히 각인시켜 놓았다는 것이다. 이는 사실상 순종-불순종 여부를 가린 하나님의 중대 시험이었다. 만일, 아브라함이 육신의 자식을 먼저 생각하고 전자를 선택했더라면, 그의 존재는 성경에 소개되지 않았을 거라고 가정해 본다.
　초청자와 선택자의 대우는 확연히 다르다. 절대 대등할 수 없다. 그리고 공헌도에 따라서 작은 상 큰 상이 수여된다는 것도 인류사회에 관습적으로 상존해 있다. 이로 볼 때 평등사상이 무색해진다는 것을 깨닫게 된다. 차별이 없다는 무조건적인 사랑의 힘은 무력화되는 게 아니냐는 복잡한 의문이 제기될 수 있다. 과연 그럴까?
　부단한 노력으로 자드락길을 오른 자와, 게으른 자의 졸가리 가난은 결코 동질의 삶이 될 수 없다. 구원의 의지와 믿음은 소유하였으나, 어둠의 세계를 밝히는 등불이 없다면, 그 믿음의 가치는 퇴색해질 수밖에 없다. 그렇지만 그 구원의 믿음에 더하여 많은 사람을 빛 가운데로 불러들인 성도는, 주인에게 큰 유익을 안겨드린 성공자로서 상석에 앉게 되는 것은 너무나 당연하다. 또한, 이는 개인의 영광의 축복이다.
　믿음에는 실존 인물이 아닌 가상적 대상자와도 동행한다는 안개 속 환상이 스며있다. 피조의 인생들은 편안할 때만 고마운 하나님이라 인정하고, 모진 고통 속에서는 원망하고 불평하며 짜증을 낸다. 그리고 하나님은 어디 계시는가? 라는 회의를 품은 한을 좀처럼 풀지를 않는다. 여기서 기복신앙의 문제가 부각된다.
　신앙의 적은 현재 병상에 누워있는 상황과 끼니조차 잇기 어려운 가난이 아니라, 환경과 처지를 비관하면서 하나님을 등 뒤로 내치는 것이다. 기독교목사들의 크나큰 형벌은 축복을 지나치게 강조하여 성도들로 하여금 성경에 맞추어진 하나님을 믿는 희생보다, 지상의 물질을 더 흠모하며 좇게 하였다는 점이다. 또한, 많이 심은 자는 많이 거두고 적게 심은 자는 적게 거둔다는 자연의 이치를 예로 들면서 헌금을 강요했다. 이 촉기의 우상에 사로잡힌 교인들은 자신을 비우는 낮은 자세로 기도를 드리기보다, 돈을 벌어야 한다는 핏대를 세우며 사회적 부를 키웠다. 그 결과 오늘날 사회로부터 지탄받는 신앙부패가 도처에서 나타나고 있다. 교회 밖 사람들에 결코 뒤지지 않는 계산된 물욕사기, 그의 산물인 메마른 강박함으로 이웃을 헐뜯으며 그 형제를 사지로 내몬 숱한 사례들이 그렇다.

경호는 이러한 생각들을 이어가면서 개인사에 새겨진 자신의 잘못들을 거듭 반성했다. 그는 촛불집회를 주도하면서 전 국민의 압도적 선택으로 당선된 대통령을 몰아내고, 지난 십 년간 햇볕정책을 추진해온 좌파정권의 재집권을 지지하는 혁혁한 공을 세우고자 했다. 그런 다음 자신의 숙원인 정치에 입문하고자 했다. 경호는 이때 좇았던 무지몽매한 야심의 혈기를 회개했다. 그가 촛불집회의 열기가 완전히 가라앉은 뒤, 법망을 피하려 몇 개월간 이어졌던 허허 벌판의 고달픈 도피생활을 접고, 구치소를 택한 이유도 그 죗값을 치르기 위해서였다. 그가 크든 작든 사회에 어지럽게 남겨놓은 발자취에 대하여 후회와 낙심어린 한숨을 내쉬게 된 까닭은, 하나님이 세우신 질서와 체계를 인간의 얄팍한 야망으로 파괴하려 했었다는 망상적 가책 때문이었다.

　사람은 안정 속에서 성장을 하여야 인간다운 면모를 갖추게 된다. 폭언과 폭력이 난무하는 위협 속에서는 결코 안정된 마음가짐을 소유할 수 없다. 이런 환경에 오랫동안 머물러있는 사람은 답습하여 무엇이든 용서할 수 없다는 악의적 성격으로 발돋움하게 된다. 이러한 관계에서 앙숙이라도 자리 잡게 되며 언제라도 죽이고 말겠다는 적개심으로 서로의 가슴에다 총을 겨누게 된다.

　이와 관련된 한 가지 사례가 있다. 서울 강서구에서 벌어졌던 실제 사건이다. 철거가 예정된 건물은 오층 건물 다섯 동이었다. 면도를 며칠째 하지 않은 텁수룩한 검은 수염에, 봉두난발의 인상들이 하나 같이 험상 궂은 철거반원들은 한마드릴, 쇠망치, 배척(빠루) 등의 연장을 나누어 들고 작업현장에 들어섰다. 차량장비까지 동원된 철거작업의 소음은 구청에 민원이 제기될 정도로 아주 소란스러웠다.

　그렇지만 그 해체작업은 열시 무렵에 중단위기로 몰리게 되었다. 거주시한이 지났는데도 유일하게 이삿짐을 꾸리지 않고 버티고 있던 한 가정주부가, 사람이 살고 있는 건물은 때려 부술 수 없다면서 앞을 가로 막는 방해사도 등장했기 때문이있다. 그 여자의 딱한 사정은 충분히 이해하나, 공기를 맞춘 일정을 미뤄서는 안 된다는 압박감에도 불구하고, 철거업자는 설득조차 하지 않고, 뒷짐을 짓고 천연덕스럽게 방관을 하고 있었다. 이런 사태를 예견하고 이미 법적수단을 동원해 두었던 것이다. 그런데 웬일인지 기다리고 있는 법원 측 직원들의 도착이 늦어지고 있었다. 교통정체로 약속시간을 제때 맞추지 못하게 됐다는 변명을 앞세우며 모습을 드러낸 법원 측 직원 세 명이 마침내 입회하게 되었다.
 그때 한 남자가 어디선가에서 갑자기 뛰쳐나와 철거업자에게 달려들어 흉기를 휘둘렀다. 한편에서는 남자의 아내가 저마다 연장을 들고 선 철거반원들을 향해 차라리 발목을 자르라면서 고래고래 악을 쓰며 합세했다. 남자는 기어이 철거업자에 상해를 입히고 말았다. 그리고는 흉기로 사용됐던 부엌칼을 아무데나 내던지고 부리나케 도망을 쳐버렸다. 등이 싸늘해진 아내가 목 놓아 엉엉 울면서 남편 뒤를 쫓았으나, 그는 뒤돌아볼 겨를 없이 쏜살같이 좌측 골목으로 혼자 사라져버렸다.
 철거업자는 손등과 팔목을 다쳤다. 피가 흐르는 손을 성한 오른손으로 감싸 쥔 업자는 병원에 가라는 주위 말을 무시하고, 인부들에게 어서 일을 하라는 지시만을 내렸다. 신고를 받고 출동한 두 명의 파출소순경은 붉은 피가 채 마르지 않은 흉기부터 접수했다. 그리고는 여러 사람들로부터 묻고 들은 사건경위를 수첩에 적었다. 이러한 모든 과정을 눈앞에서 지켜봤던 법원의 세 직원은 업무방해 및 상해죄로 법정구속이 불가피해진 남자 집안의 모든 짐을 지정보관소로 옮기도록 하라는 직권명령을 내렸다. 이사차량이 대기하고 있는 가운데, 인부들은 삼동 오층의 살림도구를 마구잡이로 쓸어 담아 집밖으로 빼내었다.
 범죄자 집안으로 전락한 이 부부의 처지에서 본다면, 세상은 온통 이중성 살기가 판을 치는-흉흉한 삶의 혼돈일 것이다.
 식사시간이 돌아왔다. 누구에게나 친절로 대하여야한다는 성질로 한결 능준해진 경호는 바닥에서 팔십 센티미터 높이인 배식구를 통해 바쁘게 밀려들어오는 밥그릇, 국그릇을 하나하나씩 받아 뒤편 동료에게 즐겁게 넘겼다. 일처리가 느려 그릇들을 밀리게 하는 동료는 공금횡령죄로 들어온 전직 은행간부였다.
 음식은 허연 김을 피워내며 그 냄새를 좁은 방안 가득히 채웠다. 모두들 맛있게 먹는 데, 유독 전직 은행간부만이 눈에 거슬렸다. 그는 익숙하지 않은 환경의 식사에 비위가 상하는지, 위장병환자처럼 잔뜩 찌푸린 인상을 짓고-느린 속도로 숟가락을 꾸역꾸역 들었다 내리기를 반복하였다. 수용생활 열흘 차인데도 아직도 적응을 못하고 있는 터였다. 매번 좀팽이 모양새라 그의 체중은 그동안 삼 킬로그램이나 감량됐고, 그 영향으로 맥이 없어 보여 다른 사람으로 하여금 안타까움을 자아내게 했다.
"거 지독하게 민감한 성격이 병이로구먼. 이봐요! 그러다 설사똥 싸다 뒈지겠수다. 젠장, 사람이 무딘 면이 있어야지."
어스름이 깔리는 초저녁 무렵에 자가용으로 차도를 무단횡단 하는 노파를 치여 죽인 죄목으로 최종재판을 기다리고 있는 자영업자가 버럭 시비를 걸고 나섰다. 그는 졸지에 밥맛을 잃었다는 드잡이라도 할 듯이 날뛰었다. 영락없는 냄비 근성 자이었다.
험악한 분위기에 전직 은행간부는 쩍 벌린 입을 다물 줄 모르고 사색이 되었다. 그는 숟가락을 내려놓고, 엉덩이걸음으로 뒤로 물러나 벽면에 등을 붙이며 겁먹은 안색을 짙게 그려냈다. 세운 두 무릎에 얹어진 가늘고 고운 두 손은 부들부들 떨렸고, 가뜩이나 성질이 나비물처럼 초점이 넓게 퍼진 흰 자위는 쉴 새 없이 좌우를 두리번거렸다. 이에 반해 네 명은 대수롭지 않다는 듯 식사에 열중이다.
"배부르오? 그렇게 적게 먹고도 살 수 있다면 돈 버는 건 시간문제일 텐데, 그럼 배고픈 이 몸이 대신 먹어 주리다." 미성년자 고용단속에 세 차례나 걸려 경찰조사를 받는 과정에서 윤락행위까지 알선한 혐의가 드러나 노래방영업이 폐쇄되고-징역 이 년의 선고가 예상되는 금성태가 비웃음을 흘리면서, 몇 술 뜨지 않은 김치찌개 그릇과 밥그릇을 제 앞에다 슬쩍 옮겨놓았다. 그의 인상 특이는 눈이 작은 뱁새이다.
"아직 교정이 덜된 어이, 뱁새양반! 남의 양분을 또 빨아먹겠다는 욕심을 부리는 게유? 혼나기 전에 주인에게 사과하고 어서 제자리에 갖다놓지 그래." 이방에서 좌장 역할을 하는 빡빡머리 채성운이 검은 눈알을 부라리며 사금파리 같은 성깔을 드러냈다. 그는 뒷골목 깡패노릇으로 나날을 보내던 중 우연히 만난 한 현인의 가드침을 듣게 되었다. 먼저 사람이 되라는 흰인의 가드침에 요리기술을 배워 한 대중음식점에서 주방장으로 근무를 하던 중, 마약의 환각을 즐기는 옛 동료 두 명과 어울리다 영어圄圄의 몸이 된 그는 올해 마흔 일곱이었다.
"안 먹겠다는 밥을 대신 먹는 게 무슨 잘못이라고 그럽니까?

참 성깔 한번 별나시네." 뱁새는 물색없이 출랑 하게 따지고 들었다. 그 이면에는 상대를 업시름 여기는 오만불손이 깔려 있었다.
 "이 자식이 누구 앞에서 말대꾸야?" 채성운의 짧은 목에 붉은 핏발 몇 줄이 솟아올랐다. 일동은 저마다 가슴을 졸였다. 누구는 입안에 음식물을 머금은 채로 좌중을 둘러보았고, 어떤 이는 서둘러 그릇을 비우고는 여차하면 피할 자리를 미리 눈여김 해 두었다. 교통사고로 인명사고를 낸 수인은 뱁새에게 계정대지 말고 무조건 말을 들으라는 신호를 눈짓-손짓으로 무한정 보냈다. 그렇지만 눈치가 없는 건지, 아님 깡다구로 뻗대는 건지, 금성태는 그의 만류를 거들떠도 안 보았다.
 채성운이 내던진 밥숟가락은 뱁새의 면상을 맞추고, 음식그릇들이 널린 밥상에 요란하게 떨어졌다. 금성태가 양손으로 얼굴을 감싸 쥐었다. 자리에서 일어난 채성운의 무쇠주먹이 그의 오른쪽 옆구리를 강타했다. 금성태의 된 비명이 가늘게 새어 나왔다.
 "사회 해충인 놈. 넌 해골머리 정신이 바싹 차려지도록 맞아야 해. 네 놈의 밥통은 소 밥통이라도 되냐? 과식하면 체한다는 말 듣지 못했냐? 그렇게 욕심이 많으니까 세상물정 모르는 미성년자를 이용해 제 욕심을 채워먹은 게지. 너 따위 째마리 놈은 몸뚱어리가 썩도록 철창에 갇혀 지내야 해. 알아 들었나! 거머리 해충 놈아." 하며 손바닥으로 머리를 한 대 더 쥐어박았다.
 식사시간은 난장판으로 끝났다. 채성운은 금성태에게 설거지 명령을 내렸다. 뱁새는 무참히 짓밟힌 자존심을 겨우 참아내는 이를 악물고 빈 그릇을 챙겨 수도꼭지 아래로 죄다 옮겼다. 오늘의 설거지 당번인 송경호가 소매를 걷어붙이고 나섰다. 그러자 눈을 부른 뜬 채성운이 그의 왼편 어깨를 꾹 누르며 물러나라는 뜻인 턱짓을 보냈다.
 송경호는 각종 죄인들로 뒤섞여 있는 특수 환경에 물이 드는 것을 경계해 왔다. 저마다 자라온 환경이 다르고, 그 환경에서 개성들이 굳어진 개별의 사람들과 피할 구석 없는 공동의 한방 생활을 한다는 것은, 곧 언제든 봉변을 당할 수 있다는 것을 의미한다. 한배 형제, 또는 부부 간에도 쉽사리 벌어지는 마찰의 소요는 그 자체로 뒤숭숭해서가 아니라, 그것을 빌미로 자신의 성미 상 맞싸울 가능성이 높기 때문이었다.

수용자들은 되도록 기죽은 모습을 보이려 하질 않는다. 약해 보이면 누구와 한 방을 쓰게 되는가에 따라서 짓밟히는 고통에 시달릴 수 있기 때문이다. 자신을 내세우면서 상대방이 걸어오는 시비를 받아들여 눈을 부라리는 게 범죄자들의 특징이다. 그러면 그 상대와의 싸움은 불가피해진다. 그래서 경호는 이런 환경에 굴복하지 않으려면 신앙무장은 필수라는 주장을 갖게 되었다.
  왼뺨에 이어 오른뺨을 때리는 형제를 용서로 끌어안을 수 있는 자는, 하나님의 신임이 든든한 믿음 자만이 할 수 있는 사랑이다. 그러면 모두와 원만하게 지낼 수 있는 것이다. 그렇지만 예수로 뛰는 심장을 갖고 있지도 못하면서, 지혜와 지식은 물론이고, 하나님을 앙모하는 믿음의 성찰도 한참 부족한-몸속에서 흐르는 피 색깔부터 천한 세속주의인 자신의 성질로서는 그리스도의 전도는 불가능하다.
  억지로 모양새를 가꾸려 하는 것은 과시이지, 결코 본질의 진실은 아니다. 아름다움은 자연에서 오는 것이요, 꽃은 제 철에 자태를 뽐낸다.
  "사백십구 호 면회!"
  경호가 고개인사를 꾸벅하며 감방을 나서자, 쇠창살문을 열고 한편에서 대기하고 있던 제복차림의 담당간수가 그의 팔목을 잡고 안내에 나섰다. 예상대로 아들딸을 동반한 아내였다. 국화꽃 무늬가 새겨진 원피스 위에다 스웨터를 껴입고 빨간 코트를 걸친 신장 작은 기경미는 투명한 통 유리벽의 긴 대리석 위에 얹었던 두 손을 유리벽에 대면서 아내로서의 반가움을 나타냈다.
  경호는 아내의 편 손 모양에 맞추어 자신의 손을 갖다 댔다. 경미가 유일한 소통창구인 대화구멍을 통해 내의 두 벌과 양말 세 켤레와 신앙서적 몇 권을 가져왔다고 낮은 목소리로 들려줬다. 이어, 며칠 분의 사식비와 영치금을 넣어두겠다는 말도 덧붙였다.
  경호는 갑자기 바깥공기를 쐬고 싶다는 충동에 휩싸인다. 그렇지만 곧 흰실의 벽이 꽤나 두껍다는 것을 실감해야만 했다. 이 앞에서 목이 막힌 그는 긴 한숨을 내쉬는 것으로 기분을 달랜다. 아내가 색상 다른 목도리를 각각 두른 두 자녀를 차례로 번쩍 안아 올리면서 얼굴을 보였다. 두 자녀 덕분에 침울함이 일시에 풀렸다.

"크리스마스가 다가오고 있어. 기쁘다 구주 오셨네, 찬송을 부르지 못해 속이 쓰리지 않아?" 아내는 장난기 어린 애교를 떨었다. 아내의 밝은 양 볼에 보조개가 피었다.

"별 걱정 다 한다. 내 걱정 대상은 혼자서 살림을 꾸려 나가느라 고생하는 당신이야."

"하나님이 내리신 연단으로 받아들여야지 어쩌겠어. 이참에 하나님 마음을 읽어낼 수 있는 신통이 열린다면 더할 나위없는 기쁨이 될 꺼라 믿어. 우린 견디기 어려운 현재를 잘 이겨내야 해."

"당신 참 강해졌다는 느낌이 들어." 자유를 잃은 경호의 목청은 양가감정으로 갈려 무겁게 쓸쓸했다.

"강해지려고 그래. 그렇지 않으면 농락의 마귀에 놀아날 수밖에 없어. 자드락 생활은 이쯤에서 끝내야 해." 삶의 모진 집착을 드러낸 경미는 싱긋 웃었다.

남편 없이 혼자 살림을 꾸려나가는 여심의 저력이 놀랍도록 빈틈없고 아귀차다. 무능한 남편의 빈자리를 홀앗이로 채우려는 책임감에 경호는 문득, 여자는 힘든 상황에 직면하면 심리적으로 힘이 부쩍 세어진다는 어느 웅변가의 말을 상기했다. 아내를 두고 봤을 때, 이 말은 거짓 없는 진실이다. 혀짤배기 경호는 마음이 든든해졌다. 좋은 아내를 만세 전부터 예정해 두셨다-비록 교회에서 문제를 일으킨 장본인이긴 하나, 알맞은 때에 소개로 이끈 하나님께 진심어린 감사기도가 가슴에 맴돌았다.

"나 사법고시 준비를 하고 있어. 법관이나 변호사가 되어서 지난 십년간 좌파정부가 키운 친북세력을 이 나라에서 몰아내는데 앞장설 거야. 이 자리에서 솔직히 밝히기는 어려우나, 우리나라의 기강은 좌파에 상당히 기울어져 있어."

"그만 해. 무서워. 겁나!"

"내일의 계획을 밝히는 까닭은 지속적인 기도를 부탁하고 싶어서야."

"정치인이 되어보겠다는 꿈의 말로가 생이별의 아픔을 남겼는데, 그런 중보기도가 내 입에서 나오리라 믿어? 제발 자리만 보장되면 나라를 일거에 바꿔보겠다는 혁명사상은 버리도록 해. 가화만사성이 되어있어야 사물을 보는 눈이 정확해지는 게 아니겠어!" 열변을 토한 경미의 입매가 차갑게 굳어졌다. 경호는 아내의 그 표정 뒤로 숨겨진 용서 않겠다는 암묵의 독기를 읽어내고, 쓰디써진 침을 꿀꺽 삼켰다.
"가 봐! 낮잠시간 빼앗기고 말았어."
"아직 면회시간이 남았잖아!"
"희망을 키우려면 나만의 시간을 많이 가져야 하지. 잘 가."

11
-전직판사와의 하룻밤-

　땅 속에 묻힌 씨앗은 썩어 죽어야 새싹을 틔우는 게 자연의 순리이다. 그렇지만 그 이치를 학문적으로 탐구해 낸 인간은 정작 그 세계와 거리 멀게 이기심으로 똘똘 뭉쳐져 있다. 이기심은 정욕, 식욕, 명예욕, 물욕 등이고, 종교적으로는 사랑으로 위장한 일반적 시기심과 사회적 지위를 이용하여 끌어 모은 돈으로 허세를 떠는 특정 가식과, 교단총회장 감투를 쓰려고, 경쟁자들을 후원세력의 배경으로 매수하는 목사들의 양보 없는 면류관 싸움이다. 현대인들이 이구동성으로 말하는 비판이 있다. 이름이 제법 알려진 인물들은 도처에 널렸는데, 희생의 각오로 인류를 사랑하는 자는 극히 적다는 실망 어린 자괴감이다.
　사람은 제 아무리 위대하다 할지라도 유한성을 입은 피조물에 불과하다. 신앙인들의 자살 급증 추세는 그들이 믿는 종교의 불명예가 아닐 수 없다. 연이어 터지는 연예인들의 자살은 충격을 넘어 그들을 우상으로 좇았던 청소년들의 정서를 혼란함으로 밀어 넣었다. 연예인 모방 자살도 유행을 타게 했다. 인터넷에 무수히 떠다니는 자신에 관한 악성 댓글에 끝내 스스로 목숨을 끊었다는 인기 절정의 톱스타 배우 역시도 인기 있는 연예인이기에 앞서 기독교인이었다. 사회에 떠도는 여론 동향에 의하면, 그 여배우는 야구선수와의 이혼의 아픔을 딛고 제 이의 전성기를 맞을 무렵에 본래의 흙으로 돌아갔다는 것이다.
　인생에서 피해야 할 세 종류의 삶은 소년등과少年登科, 장년상처壯年喪妻, 말년궁핍末年窮乏(노년기에 걸인 신세로 살 수밖에 없는 것)이다. 자살의 동기는 다양하다. 그렇지만 지금까지 쌓아온 명예가 하루아침에 무너졌다면서 스스로 목숨을 끊는 극단적 선택은 사회적 파장이 너무 과중하므로 국민에게 용서를 구하기 어렵다.
 그렇다면 기독교 입장에서 이 문제를 어떻게 다루어야 하나님 뜻에 부합되는 것일까?
 성경 모세오경에 '머리가 될지언정 꼬리는 되지 말라.' 라는 문구가 있다. 그 해석은 이러하다. 살아계시는 하나님은 전쟁의 승리자이시지, 결코 패배의 하나님이 아니시다. 그러므로 그분의 말씀을 믿고 따르는 성도라면, 무조건 정복의 승리만을 위하여 뛰어야 한다.
 당시, 이스라엘 민족은 유목생활을 하던 중이었다. 생명의 위협이 도처에 널린 그 한데의 구박덩이 생활과 다를 바 없었던-메마른 척박한 광야에서 그들은 독을 머금은 전갈 등으로부터 자신을 지켜내기 위한 신체를 단속해야 했다. 시시각각 생명의 안위를 침략하는 주변 나라들을 반드시 물리쳐야만 살아남을 수 있었기에, 그들의 입장에서는 무기무장의 신앙은 불가피했었다. 이러한 유대인의 전통은 오늘도 여전하다. 그렇지만 이스라엘 밖 신앙인들이 그 문구를 빌미삼아 적을 살상하는 무력의 전쟁에서든, 가난을 이겨내려는 경제의 전쟁에서든, 오로지 승리만을 외친다면 문제는 심각해진다.
 돈의 부패는 일만 악의 뿌리라 했다. 이 부정부패는 사모하는 우상에서 비롯된다. 우상은 예수의 거룩함을 위장한 선행의 덧칠이다. 예수의 경건은 따뜻한 이웃사랑, 보좌를 마다하신 낮은 겸손, 이해가 쉬운 보편적 가르침에 있다.
 '나의 산중 생활은 신비체험을 위함도, 영적능력을 바람도 아닌 단지 하나님을 깊이 아는 지식이 목표이다. 사람은 알아 두어야 할 것을 바로 숙지를 하여야 전도에 자신감을 얻게 되는 것이다. 쌓아두기만 하는 학문은 장식에 불과할 뿐이다. 그렇지만 아무리 그렇다 할지라도 함부로 소비할 수 없는 게 학문이다. 그러므로 배워 익힌 학문은 기록으로 남겨두었다 기회를 맞았을 때 써믹도록 하사.'
 정봉준은 주유소에서 석유를 한가득 채운 플라스틱 통을 검은색 배낭에 간신히 쑤셔 넣고 등에 짊어졌다. 면장갑을 두 겹씩 낀 양손 중 한 손에는 앞서 경동시장에서 산 부탄가스 한 줄과 굵은 양초 다섯 개를 담은 검은 비닐봉지가 들려있다. 저녁노을이 붉다.

불길한 징조는 구름 한 점 없는 맑은 하늘이 강추위를 예고하고 있다는 점이다. 실제 시간에 비해 기온 떨어지는 속도가 빠르다. 그러므로 해껏 거리에는 인적이 끊긴 지 이미 오래이다. 발길이 서둘러진다.

난데없이 서러운 눈물이 주르르 흘러내린다. 얼마든지 유복함을 누릴 수 있는 수나로운 삶을 저버리고, 풍찬노숙風餐露宿을 감당해야만 하는데서 온 억울한 하소연이었다. 그 처절한 비통의 울분은 산으로 오르는 걸음걸이를 늦추었다. 심중 무게는 한 눈을 팔도록 유도했다. 곁길로 빠지는 여관투숙이냐, 지조를 유지하는 산행이냐 갈피를 불러일으켰다. 표류는 제 자리를 맴 돌게 했다. 그때마다 등짐 석유가 출렁출렁 흔들렸다. 새삼, 그 등짐이 천덕꾸러기로 부상됐다. 그 덕분에 해답을 찾을 수 있었다. 함부로 내동댕이칠 수 없다는 판단을 내릴 수 있었다. 시장으로 외출하기 전, 가는 물줄기에 맞춰 대둔 물통의 물은 이미 한참 전부터 넘치고 있었다. 그는 남은 손으로 물통을 들고 천막에 도착했다.

별빛들이 맑게 빛나는 깊은 밤이다. 오후 한때 산발로 흩날렸던 눈발이 그친 날씨는 된바람을 불러들여 체감 온도를 급속히 떨어트렸다. 매서운 강추위는 살을 찢고 뼛속 깊이까지 얼어붙게 하였다. 귀와 코는 이미 온데간데없이 베였고, 안으로 잔뜩 감아진 양털가죽장갑 안 양 손은 전혀 펴지질 않았다. 이토록 생명을 담보로 동사凍死에 다가가는 혹독한 시련은 생애 처음 겪어본다. 희미해진 의식 속에서 목청이 속삭거렸다. "그나마 숨결이 남았을 때 몸을 녹여라."

몸을 꽁꽁 얼린 살인적 혹한은, 이뿐 아니라 방향 감각조차도 어리어리 잃게 하였다. 곧 쓰러지고 말 듯이 이리 휘청 저리 휘청 헤매는 눈에는, 지리적 환경이 어떠한지에 대해서는 전혀 인지를 할 수 없었다. 그렇게 오들오들 떠는-아무런 의식 없는 그 발길이 뜬금없이 하산 길목을 벗어나 국수나무 우거진 숲길로 꺾어 들었다. 여느 산세처럼 속살을 훤히 드러낸 첩첩하고 검은 산중일 뿐이었다. 그 좌측은 잔설이 드문드문 남아있는 메마른 계곡이다. 길을 잃고 헤매는 자는 무작정 크고 작은 돌멩이들만이 꽉 들어찬 계곡으로 들어섰다. 성에를 머금은 돌멩이들이 등산화발에 밟히면서 동면의 정적을 깼다. 그 끝 무렵 삼 미터 남짓 전방에서 한 점의 불빛이 흐리마리 얼핏 스쳤다. 어둠이 깊을수록 발견이 쉬운 어떤 짐승의 야광 눈빛 같다. 그렇지만 빛 크기로 미뤄 노려보는 짐승의 둥그런 두 눈빛은 분명 아니었다. 양 가장자리 쪽 빛은 유독 밝은 데 비해, 그 가운데 빛은 상대적으로 달무리처럼 흐리마리 한 걸로 미뤄, 아마도 벽면을 인위적으로 가린 천 조각 같은 치장물이 아닌가 싶다. 그 의문은 곧 풀렸다. 빛이 그려낸 모양새는 천막 뒤편의 윤곽이었다. 그때 과연 움직이는 사람의 머리 그림자가 일시 비쳤다 사라졌다.

계곡 중간 이미터 높이의 바위 앞에 다다랐다. 그 위 소나무 아래로 허술하기 짝이 없는 이인용 천막이 세워져 있었다. 인기척에 천막자락이 거둬지면서 네 발 자세인 사람의 상체가 불쑥 나타났다. 낯선 손님을 기꺼이 맞아들인 천막주인은 뒤로 물러나면서, 담요 위 책상을 가에로 물려 불청객이 앉을 자리를 급히 마련했다. 그다음에는 석유난로 심지를 키워 불꽃을 높였다.

불청객은 등산화 끈을 푸는 데도 시간이 한참 걸렸다. 촛불 빛을 등졌던 자세를 돌려 안으로 들어선 불청객의 안색은 새파랗게 꽁꽁 얼려 있었다. 게다가 온몸을 가린 두꺼운 옷가지에서 매서운 한기가 내뿜어져 실내 기온을 크게 떨어트렸다. 천막주인은 손님의 다리 위로 얼른 담요를 덮어줬다.

시간이 얼마나 흘렀을까. 추위가 어느 정도 가신-조붓하게 펴진 손님의 얼굴에서 콧물이 흘러내리기 시작했다. 눈빛도 부드럽게 풀려 바라보는 초점도 정상으로 돌아왔다. 천막주인은 두루마리화장지를 손님 앞으로 떠밀었다.

"고맙습니다. 생명의 은인님. 살려주신 은혜 정말 감사합니다." 입안의 혀마저 굳어 한동안 벙어리 행세를 했었던 손님의 첫마디는 감사였다. 말을 아끼는 신중한 품위에 호감이 갔다. 이순을 훌쩍 넘긴 나이에 비해 벗겨진 이마주름이 서넛 줄에 불과하고, 숱이 적어 두피가 훤히 들여다보이는 장발에 옅게 가려진 두 귀 바퀴는 보통 크기보나 짧았다. 그리고 새까맣게 짙은 두 눈썹아래에서 솟은 낮은 콧날, 꾹 다문 파란 입술은 가볍게 엷고, 약간 나온 배, 양피가죽 장갑을 벗자 드러난 깨끗하면서 크기가 제각각인 긴 열 손가락마디, 이 신체에서 자기관리를 잘해 왔다는 것을 쉽사리 읽어낼 수 있었다. 그렇지만 원리원칙을 너무 강조하는 외골수 기질에서 풍기는 보신주의 기세는, 썰렁하면서 정미情味 붙이기 어려운 사람으로 비쳐졌다.
"때 아닌 불청객으로 불편을 끼쳐드려 죄송합니다." 잠시의 뜸을 거쳐 거듭 사과 겸 인사를 내비친 음색의 발음에는 뼈대가 있으면서 여유감이 실려 있었다. 다양한 장르의 독서로 교양과 인격이 다져진 듯한 실속 깊은 야무진 음성이었다.
"한데 어찌 이 시각에 산중에 계시게 된 겁니까?" 천막주인이 물었다.
"존재가 막연한 환상을 좇다 하산시간을 놓치고 말았다는 게 일차적 변명입니다. 정말, 면목이 서질 않는 바보짓거리였습니다. 하나, 하늘의 은연한 강제 때문인지, 아니면 마법에 걸린 탓인지, 하산하던 발길이 엉뚱하게도 이리로 인도되더군요. 지금도 그 점이 통 이해가 되질 않습니다."
봉준은 순간 예정론을 떠올렸다. 만나게 될 사람은 어디서든 인사를 나누게 된다는 영적합리였다. 그렇지만 초면인 터라 그 섭리를 믿기에 앞서 신중의 그림자가 쉽사리 거둬지질 않았다. 일종의 낯선 자에 대한 경계심이었다. 난로의 뜨거운 열기에 실내 공기가 건조해졌다. 환기가 필요했다. 그렇지만 일어나 부산을 떨기에는 손님이 장애로 걸렸다.
"죄송한데요. 문을 조금만 열어 주시겠습니까! 네, 그 정도요. 아니 조금만 더요. 네, 됐습니다."
손님이 바른 자세로 앉으면서 다시금 천막주인과 얼굴을 맞대면했다. 그는 낯선 체험이 의아한지 천막 내부를 천천히 둘러봤다.
"어디로 가시던 길이었습니까?" 봉준이 대화가 시원스럽게 트이지 않는 어색한 분위기를 작심하고 깨트렸다.
"무작정 발길이 닿는 데까지 가 볼 결심이었습니다."
"무모한 행보입니다. 이 산중에 쉴 만한 건물이 있는 것도 아니잖습니까."
"압니다. 한참 에돌다 느낀 경험이지만, 이러다 동사할 수도 있다는 점을 충분히 감지했습니다. 그러던 중 우연하게 발견한 빛을 좇다 덕분에 추위를 녹이는 행운을 누리게 되었으니 얼마나 다행인지 모르겠습니다. 적어도 논 맹꽁이냐, 밭 개구리냐 따지는 논쟁은 하지 않아도 되었으니까요." 머리털이 희끗희끗 하면서 혈색 좋은 인상의 입에서 나온 말휘갑이 대단하다.
"무엇을 찾겠다는 의미로 들리는데 맞습니까?"
"간파능력이 뛰어나십니다. 예, 맞습니다. 나는 누구인가 정체성을 알아보려 자진해서 안식년을 정하고 여행길에 오르게 된 겁니다."
"지긋하신 연세와 업시름 고생을 안 해 보신 것 같은 고운 이미지로 봐서 말리고 싶습니다. 뒤에서 지켜보고 계실 식구들을 울리시는 생죽음을 자초하지 마시고, 편안한 여생을 보내심이 옳지 않겠습니까?"
"이 땅의 미련을 버린 지는 오랩니다. 이까짓 고깃덩이 육체가 뭐 그리 대숩니까. 살짝만 꼬집어도 살아 있다는 인식이 언제부터인가 소름끼치도록 징그럽게 섬뜩하더라고요. 살만큼 살았고 나름대로 사회에 업적도 남겼으니, 앞으로 얼마나 더 살게 될는지는 하나님만이 아시겠지요. 다만, 제이의 덤으로 맞자는 남은 인생은 나의 일신의 안위를 넘어 이웃들이 진정 바라는 평화는 무엇인가? 숙제를 풀려는 그 준비과정을 이젠 막 밟기 시작한 겁니다. 다시 말하면 오래 전부터 품어온 나의 원주인은 누구인가에 대한 궁금증 해소를 위한 미지여행인 셈입니다."
"그 공부에는 두 가지 방법이 제시됩니다. 사물관찰이냐 아니면 정신세계 입문이냐 입니다."
"재물효과는 지금까지 누려왔으니까 별 관심이 없고, 신비세계로 받아들여지는 영적추구에 주안점을 두고 있습니다."
"그러시다면 여기저기 밀려다니지 마시고, 한 곳에 정착하셔서 우선 마음의 가난이 무엇인지를 의미 깊게 배우도록 하시는 게 좋을 듯합니다. 그런데 무엇이 그토록 불확실하기에 불안정할 수밖에 없는 가시밭길 세계에 무릎 쓴 목숨을 거시게 된 겁니까?"
"요약해서 설명을 드린다면 나로 인하여 억울한 희생자가 두 명이 나왔기 때문입니다."
"무슨 말씀입니까? 예사도 들리지가 않습니다."
"그 얘기는 이렇습니다. 대법원장으로부터 판사임명장을 받고 첫 번째로 맡은 사건은 경범죄로 재판을 기다리던 고물상의 임시고용인이 있었습니다. 그 피고인의 죄목은 한 식품가게에서 라면 두 봉지와 빵 하나를 훔쳤다는 거였습니다. 보통 생계형 범죄의 형량은 초범자에 한해서 삼 개월입니다마는, 나는 그 당시 사회정의를 좀 먹는 것은 좀도둑 근절이 안 되고 있기 때문이라는 소견과 함께 재범률이 높다는 이유로 양형을 일 년 이 개월로 때렸습니다. 이 판결로 법원 내에서는 물론이고, 사회여론도 찬반 논쟁에 불이 붙는 기이한 현상이 한바탕 들끓었었습니다. 젊음의 지나친 패기와 의욕이 한 서민의 미래를 엉망으로 망쳐놓게 되었다는 대대적 비난공세와 맞물려, 바늘도둑은 큰 도둑의 바탕이니 엄벌로 그 싹을 자른 것은 정당하다는 두둔이 팽팽하게 맞섰었습니다. 그 후 몇 년의 세월이 흘렀습니다. 내부조율을 거친 후 내게 일임된 재판 건은 강간살인범 사건이었습니다. 이 범행은 여성단체의 주요 관심사여서 해명이 쉽지 않은 난제 건이었습니다.

검찰 측에서 올린 범죄사례 증언서류를 앞에 두고 일차 심문을 벌이게 된 범인은, 온몸에 칼이나 도끼 같은 흉기문신을 새긴 전형적인 범죄인의 표본이었습니다. 법 집행인의 말을 듣지 않고 반항심이 격렬했던 그는 예상대로 혐의를 부인했습니다. 검사의 협박조인 모진 고문에 마지못해 거짓자백을 한 것이라고 딱 잡아떼었습니다. 저는 살 가치가 없는 극악무도한 인간이라는 결론을 내리고 마지막 재판에서 사형을 언도했습니다.

사실, 그 범인은 그 외에도 금품갈취, 잡다한 폭력 등 열 가지 넘는 범죄를 저지르고도 뉘우칠 줄을 모르는 파렴치한이었습니다. 이렇게 한 사람이 열거하기 힘든 많은 범죄를 안고 있는 경우에는 경합법이 적용되어 무기징역이나 사형이 가능합니다. 그는 몇 개월 뒤 형장의 이슬로 사라졌습니다.

나는 인간의 고귀한 생명을 법의 힘을 빌려 단죄하는 것은 옳지 않다는 견해를 가진 법조인 중 한 명이었습니다. 아무리 흉악한 범죄인일지라도 그 생명의 주권은 하나님께 달려 있다는 소신으로 사형 제도를 폐지해야 한다는 운동을 한때 벌였던 적도 있었습니다. 무기징역과 달리 감형 없는 종신형제 법률을 신설 입법 통과 후 운영해 보자는 게 개인의 꿈이었던 겁니다. 그렇지만 그 법률이 오늘날까지 여전히 제도화되지 못 하고 있는 까닭은, 일천구백구십육 년 '사형은 생명의 존엄성을 부정하는 범죄에 불가결한 제재 수단이므로 당장 폐지하는 것은 타당하지 않다'라는 헌법재판소 합헌결정이 내려졌기 때문입니다. 그 뜻을 끝내 이루어내지 못하고 나는 법복을 벗었습니다."
"생명을 사랑하시므로 공무 중에 일어난 재판과정을 잊지 않으시고, 법복을 벗으신 후에도 양심의 가책을 지니고 계신다는 말씀에 깊은 감명을 받았습니다. 그렇지만 실수는 신이 아닌 이상 언제든지 낳을 수 있는 인간의 한계가 아니겠습니까?"
"이 문제는 솔직히 잘못과 상관없는 고범이었습니다. 그러니 자학을 해서라도 억울한 고통의 시간과 생명을 빼앗긴 두 영혼을 위해서 오랜 기도를 하고플 뿐입니다."
"공직에 계셨던 분답지 않게 신앙이 양심적이시니 제 마음도 흡족합니다."
손님이 손을 가리며 하품을 해 보였다. 봉준은 애기를 끝내기로 하고, 아무렇게나 밀어둔 이불정리에 손을 댔다.
"보시다시피 터수가 좁습니다. 괜찮으시다면 여기서 피로를 푸시겠습니까?"
"육체 요구는 바로 그것이었습니다. 그럼 신세를 지겠습니다."
봉준은 천막 바깥에다 내놓아도 무방한 책상 따위의 물건들을 대강 치우고 두 사람이 함께 누울 잠자리를 급히 만들었다. 손님은 벗은 외투를 돌돌 말아 베개로 삼고 주인과 함께 옷을 입은 채로 한 담요를 덮었다. 봉준은 안전을 확인하고 입 바람으로 촛불을 껐다.
"좋은 꿈꾸십시오." 손님이 말했다.
"예, 고맙습니다."
다음날 아침, 청아한 새들의 노래에 두 사람은 잠에서 동시에 깨어났다. 손님은 손님대로 주인은 주인대로 서로에 대해 예의범절을 차리고 잠자리에서 일어나 마주 앉았다. 두 사람은 커피를 마시며 살 겨운 인연을 주고받았다.
"혹시 변재용이란 분을 아십니까?" 천막주인이 물었다.
"알다마다요. 인권위원장 재직 시 불의의 사고로 돌아가시지 않았습니까?"
"그분이 저의 이모부이십니다."
"아, 그래요? 놀랍군요. 귀하신 분이 풍찬노숙을 하시다니…아무튼 베푼 은혜는 잊지 않겠습니다. 감사할 따름입니다. 반갑습니다. 이젠 나도 구애 없이 어깨의 짐을 벗는 몸과 마음의 자유를 찾아야겠어요."
 전직판사는 이틀 뒤에 다시 천막을 찾았다. 그는 평상복 차림새로 손에는 과일꾸러미를 들고 있었다. 날씨는 눈이라도 내리려는지 잔뜩 흐려있었다. 그 구름 덕분에 한낮 기온이 영상 2·3도까지 치솟아 겨울 속의 봄날을 느끼게 하였다.
 두 사람은 운신이 좁은 천막에서 나와 넓은 바위에 마주 앉았다. 전직판사는 새삼 가슴을 크게 열고 대자연의 공기를 한껏 들이켰다.
 "좋네요. 산이 이토록 삶의 희망을 불어넣어 주다니 누구에게 감사를 해야 할지 모르겠어요." 전직판사의 감회 어린 목소리는 세상의 모든 근심을 비운 것처럼 홀가분했다.
 "우리에게 관리를 맡긴 하나님께 영광을 돌리시는 게 성도의 마땅한 도리가 아니겠습니까."
 "그게 잘 안 되는 거예요. 창조론은 교회에서 목사의 설교를 들으면서 알게 되었으나, 진화론은 책을 통해 배웠기 때문에 아직도 창조론과 진화론 사이에서 혼돈의 갈등이 심합니다."
 "저울은 무게가 많이 나가는 쪽으로 기울기 마련입니다. 사람의 정신 역시도 믿음의 지배에 따라 자주 쓰이고 그 용어를 나타냅니다." 전직판사는 고개를 끄덕이며 동의한다는 뜻을 보였다. 그렇지만 진정으로 수용하는 낌새는 결코 아니었다. 내심 듣고 싶은 영적지식을 채우기에는 양이 부족하다는 눈치였다. 믿음의 세계에 완전히 젖어드는 긴 시간이 필요할 것 같다.
 "생각이 복잡한 머리로서는 믿음확립이 어렵다는 건 잘 알아요. 그러나 무리하지 않는 범위 내에서 순응을 해야지요. 오늘 시간 어때요?"
 "외출할 시간은 없습니다. 아직 저의 때를 기다리는 준비과정이 일 년 가량 남아있기에 더욱 더 영적매진에 충실해야 합니다. 죄송합니다."
 "그렇게 자신에게 엄격해요? 끊임없이 이어지는 한 방울의 낙수가 바위를 뚫는다지요? 그럼, 오늘은 이만 물러가고 다음 기회에 또 봅시다."

12
-금식-

정봉준은 하루 한 끼니 식사를 지켜온 마지막 날 저녁에 해충약을 복용한 후, 곧바로 잠자리에 들었다. 비장한 각오를 다진 아침일기는 찌뿌둥하다. 식음 전폐 오 일째로 접어들자, 기진맥진해진 체내에서 고약한 냄새가 자생으로 내뿜어지기 시작했다. 양치질을 해도 그 악취는 좀처럼 가시지 않았으며, 천막 안의 공기도 불쾌하기 짝이 없었다. 게다가 하루 종일 켜놓다시피 하는 석유난로 심지 그을음의 냄새에도 구역질이 일어, 번번이 불을 끄고 추위에 벌벌 떨어야만 했다. 한번은 가스가 찬 듯이 메스꺼운 속을 뒤집는 구토로 초죽음을 겪기도 했었다. 시름 과정은 무지근하도록 힘겨웠다. 조금의 힘이라도 비축해두려고 이동거리를 천막 앞까지로 제한하고, 그 외에는 죽은 듯이 거의 누워서 하루하루를 버티었다. 기도와 성경을 읽는 영적일 외에 육체적으로 할 수 있는 일이 아무것도 없는 시간은 마냥 길기만 하다. 그 무료함은 시간이 정지된 것 같은 초조함을 불러일으켰다.
　열흘째를 맞았다. 저체온에 기력이 쇠해진 입안의 침샘도 바싹 말라, 목을 넘길 수 있는 물질은 아무것도 없었다. 게다가 줄곧 누워 있는 처지라, 허리가 끊기는 듯한 통증이 온몸을 쑤시고 다녔다. 가장 이겨내기 힘든 육체의 시험은 진수성찬의 유혹이었다. 이때마다 상상으로 온갖 만찬을 다 맛본다. 그러면 일시적으로나마 정신적 기운이 되살아난다. 이 고비를 인내가 뒷받침된 신앙으로 겨우 극복하자, 신기하게도 어느 정도 거동이 가능해졌다. 내조의 독서량도 늘릴 수 있었으며, 주야로 두 시간씩 나누어 올리는 기도 역시도 온전히 채울 수 있었다. 그렇지만 하늘의 지식이 임한 성령의 펜을 쥐고 글을 쓸 수 있는 기력은 여전히 아니었다.

산천은 새하얀 눈에 온통 뒤덮여있다. 나뭇가지마다에도 설화雪花가 만발하고, 크고 작은 봉분바위들도 단일색상으로 덧입혀졌다. 이후 며칠 간 맑은 햇살이 이어졌다. 양지바른 비탈부터 눈이 녹아내리기 시작하면서, 지표에 쌓인 낙엽들이 속속 드러났다. 홀로 선 잡목림들도 다시금 앙상한 제 모습으로 돌아왔다.

봉준은 기도바위에 눌러앉아 까칠하게 뜬 입술딱지를 어름어름 매만지며 떼어내고 있다. 무료한 시간을 달랠 수 있는 유일한 낙이라, 제법 재미가 쏠쏠하다. 체온은 내내 차다. 특히, 손과 발이 시리다. 그는 천막 안으로 기어들어가 길게 누인 몸 위에다 두 겹의 담요를 덮었다. 돌연, 무슨 목표로 이토록 희생하며 금욕을 해야 하는가에 대한 회의가 울컥 일었다. 그렇지만 힘을 쓸 수 없도록 몹시 쇠해진 육신에 정신력도 퍽 약해진 상태라, 원인분석에 전념할 수가 없었다. 체념은 눈꺼풀을 끌어내렸다.

장기금식에서 제일 편한 자세는 잠이다. 반대로 잠을 이루지 못하면 갖가지 잡념들에 시달림을 받게 된다. 선잠에서 깨어나니 해 저문 저녁 무렵이었다. 누운 채로 생각의 흐름을 좇는다.

'사람은 생존을 위하여 영역을 침범한 적과 싸운다. 그 강한 본능은 자신을 부인하지 못하는 이기심의 발상이다. 종교차원의 진리는 천하보다 귀한 생명들을 아끼고 보듬는 것이다. 불순한 상대와 맞서 싸우면 영적손해가 크니, 좁은 마음의 근심을 품고 있긴 하나 그 감정을 넘은 선의의 순응은 승리를 성취하는 지름이다. 따지고 보면 인간의 이기심은 생명을 유지하려는 데 그 기원을 두고 있다 해도 과언이 아니다. 그러므로 인체의 뼈골과도 같은 이기심을 완전히 버리고 살아가는 사람은 아무도 없다.

이기심이 낳은 최고의 고범은, 지나치게 높은 이상에 대한 과욕이다. 그렇지만 감정의 이기가 인류발전에 공헌한 것은 부인할 수 없는 사실이고, 개인에게는 봉우리에 오른 성취감을 선물로 받았다. 그러므로 사람에게 있어서 이기심은 필요하기도 한 잠재적인 알심이다. 이기심은 사용방법만 옳다면 생명을 살리는 데, 기여할 수 있는 좋은 약재藥材가 아닐 수 없다.

자신을 낮출 줄 모르는 이기심은 패망의 선봉이다. 성질이 강박하게 교만한 자는 이웃에 해악을 많이 끼치므로 싸늘한 외면을 당한다. 이웃을 용서할 줄 모르는 행위는 무지한 업적을 남긴다. 남을 이해하려 하지 않고, 물리적 압력으로만 몰아붙이는 사람은 두고두고 욕이 따라 붙는다. 극도의 무지는 시도 때도 없이 자기 자랑을 떠벌리는 행위이다. 지각이 없는 사람은 돈이 많으면 기구한 팔자가 금방 펴진다하나, 막상 돈이 쥐어지면 탕진을 향해 내달린다. 시간을 아낄 줄 모르는 자는 자기 생명을 학대하는 죄인이다.

 축복을 받을 자는 도움이 필요한 이웃을 찾아다니며 사랑을 전파한다. 그들이 다른 사람으로부터 듣는 칭찬은, 신앙의 품위를 갖췄다는 인정의 반영이다. 남의 험담을 삼가고, 사심 없는 웃음으로 제 집을 찾는 사람을 차별 없이 반겨주는 사람은 평화의 사신이다. 가난한 사람들의 생활형편을 가장 높은 이해로 받아들이는 이웃은, 힘겨운 역경을 넘어섰거나, 현재 그 과정을 수행하고 있는 서민들이다. 가난한 이들의 징징 대는 푸념을 제일 듣기 싫어하는 부자는, 그늘 속에서 소외받는 자들을 폄하하기 때문에 거액의 기부금일지라도 온기가 느껴지질 않는다.'

 마음 판에 영적축복의 단어가 아로 새겨졌다. 잔잔한 물결로 일어난 감동의 여세는, 애오라지 사랑으로 인류를 품자는 결의로 이어졌다. 잠이 밀려들었다.

 허리가 기역자로 고부라진 왜소한 체구의 노파가, 시장수레에 소량의 폐지를 싣고 고물상으로 향해 가고 있다. 다리를 저는 노파는 무척이나 지쳐보였고, 주름투성이 작은 얼굴에는 검댕기가 뒤덮여 있었다. 그 곁을 무심코 지나치려한 신사는 돌연 걸음을 멈추었다. 가엾은 노파를 차마 외면할 수 없었다. 긍휼의 감정은 체면을 벗어던지게 하였으며, 노파의 흉하게 찢기고 튼 손을 덥석 잡고 수레를 대신 끌었다. 한데 고생으로 반쪽이 된 얼굴피부가 거친 데다, 시력도 좋지 않은 노파의 얼굴에 화색이 감돌았다. 폐지 값은 푼돈 몇 닢에 불과했다. 신사는 자신의 지갑 속에서 얼마의 지폐를 꺼내 그 몇 닢 위에 보탰다.

 봉준은 끈질긴 참을성을 요하는 과정을 탈 없이 무사히 마쳤다. 우수설기가 시난 이후 봄기운을 느끼게 했던 이월 하순의 날씨는, 다시금 한파가 몰아닥쳐 사십일 금식으로 쇠약해질 대로 쇠약해진 몸과 마음의 운신을 더욱 움츠려들게 하였다. 그는 천막 안에서 구들직장하며, 자정까지 몇 시간 남았는지 초침소리를 세는 한편으로 음식물을 준비했다. 일일이 바뀌자마자 그는 제일 먼저 감사기도를 올렸다. 그러고는 두꺼운 스티로폼을 덮은 장판바닥에다 여러 장의 신문을 깔고, 난로 철 선반에서 내린 냄비를 그 위에 놓았다. 뚜껑이 열렸다. 한 줌도 채 되지 않는 적은 양의 쌀을 맹물로 채운 묽은 미음이 한 눈을 채웠다.

한술두술 떠먹는 음식물의 첫 반응은 가볍지 않는 미열과 현기증으로 나타났다. 관자놀이를 누르며 이내 잠자리에 들었다. 기나긴 깊은 잠에서 깨어나자, 시력에도 얼이 빠져 있음을 실감했다. 사물을 보는 눈빛이 또렷하지 않았다. 퍽이나 약해진 무릎관절도 체력을 제대로 받쳐주질 못하였다.

식음 전폐 다음 주의는 보식과정이다. 체력관리를 꾸준히 한 덕분에 걸음걸이도 웬만큼 회복되어 십 미터 이내의 거리쯤은 쉽사리 오갈 수 있게 되었다. 헛발에 자칫 넘어지기라도 한다면 그만큼 새로운 용을 써야 하므로, 시야가 미리 발견한 뿌리박힌 돌쩌귀를 조심조심 피해 짧은 평지만을 골라 체력기운을 서서히 끌어올렸다.

금식 중에 단 한번만 이용했을 뿐인 샘터를 모처럼만에 찾기로 하고 천막을 나섰다. 빈 물통을 들고 왕복 이백 미터거리 도전에 나선 심정은 설렘으로 흔들렸다. 도중에 두세 차례 쉬고 도착한 샘터에서 물을 받고 돌아오는 발길은 역시 예사가 아니었다. 팔을 당기는 물의 무게는 빠른 속도로 가쁜 숨을 몰아내 쉬게 하였으며, 그때마다 아무데나 주저앉아 힘들어하는 체력을 달랬다.

손거울로 얼굴을 들여다보니 파리하도록 깡마른 낯선 남자가 반사로 비쳐졌다. 핏기 없이 건조하게 마른 두 눈은 안쪽 깊숙이 박혀 있어, 마치 오랜 병중인 환자나 다를 바 없었으며 그 얼굴 전체를 엷게 덮은 핏기 마른 피부 위로 불쑥 솟아오른 광대뼈는, 죽음을 목전에 둔 해골의 모습과 흡사 닮았다.

기대를 걸었던 금식응답은 열흘이 지났는데도 은사죽음이다. 가브리엘천사가 새를 통해 보내리라 믿었던 물과 떡을 맛보는 기적은 끝내 가시로도 나타나지 않았다. 하나님께서 예비해 두셨을 것이라는 믿음의 환영은 보이질 않았으며, 암흑의 회의만이 앞을 가렸다. 크나큰 실망은 고개를 떨어트렸다. 믿음의 열이 차갑게 식은 가운데, 하나님 흉내를 낸 교묘한 마귀장난에 놀아났다는 기분은 신체를 들먹이며 가만히 앉아있지를 못하게 만들었다.

오랜 은둔생활은 세속을 아득하게 멀게 했다. 그는 돈의 모양을 그려보다 결국 포기하고 만다. 148X68 규격은 그런대로 감은 잡았으나, 그 일만 원 권 지폐 속의 인물이 누구이며, 그 이면의 그림은 무엇인지 도무지 떠올릴 수가 없었다. 몇 종류의 지폐가 통용되며, 몇 종류의 동전이 사용되고 있는지조차도 가물가물 흐렸다. 또렷한 기억 하나는, 두 날개를 펴고 하늘을 나는 학이 새겨진 오백 원 동전뿐이었다.
　봉준은 자연과 일치된 삶이 퍽이나 감사했다. 빈자의 대표적 인물인 성 프란시스처럼, 새들과 식물들과의 일대 일 대화를 나누는 경지에까지 비록 이르지는 못하였으나, 서로를 반기며 말을 거는 교류는 친밀하게 형성되었다. 그 관계는 즐겁고 화평하였으며, 맑은 영을 유지하는데 상당한 도움이 되었다.
　오랫동안 등진 세속 근황이 궁금해졌다. 그는 목욕 후 몇 가지 생필품을 사야겠다는 구실을 만들어 외출준비를 마쳤다. 체력은 어느 정도 회복은 되었으나, 걸음걸이는 아직도 휘청휘청 여의치 않다.
　각종의 죄악들이 범람하여 한시도 사고나 사건이 끊이질 않는 세속이 가까워질수록, 봉준의 심장은 울렁울렁 가빠졌다. 맑고 깨끗해진 영의 정신에, 행여 오염물질이 끼지 않을까 지레 조심스러워졌다. 산을 다 내려와 바로 맞닿는 콘크리트차도에 첫발을 딛자, 이내 죄의 구덩이에 빠져든 것 같은 섬뜩함이 와락 덮여왔다. 하나님이 기뻐하지 않는 점성가 발람(신명기22장에 등장하는 인물)의 행보에 나섰다, 그로 인해 당나귀가 담장을 비벼대는 어떠한 시험의 경을 받게 되는 것이 아닐까? 두려움이 의기소침에 잠겨들게 하였다.
　상체는 희고 다리 부위 하체는 검은 털인 혈통 좋은 개를 데리고 산책을 나온 사람이 목격되었다. 봉준은 내심 놀라면서 저도 모르게 한발 뒤로 물러났다. 사납게 생긴 멧돼지사냥개 시베리아산 라이카가 무서워서가 아니라, 실도 오랜만에 보는 사람의 형모가 이상한 괴물처럼 시야에 들어왔기 때문이었다. 동시에 상대방도 놀라는 기색을 얼핏 띠었다.
　라이카의 목줄을 길게 잡고 있는 개 주인이 정작 놀란 것은, 가벼운 풍속에도 쉬 날릴 것 같은 앙상한 들피자의 기묘한 몰골 때문이었다. 덩덕새머리 꼴에 굶주린 영양실조로 누렇게 뜬 안색, 그 복판 깊이 박혀 있는 두 동공, 그 주위 골격을 그대로 드러낸 병색 짙은 해골에 말문이 막혀버린 것이었다.
　기력이 푹 처진 봉준은 태연을 꾸몄다. 그렇지만 안중 의식은 어찌할 수 없이 시선을 피하고 만다. 마른 신장이 훤칠한 사나이는 이상하다는 눈치를 연신 흘리며, 빨리 가자며 끌어당기는 개를 쫓아 입산에 올랐다.
　"사람이 사람을 경계하다니, 낯선 자라도 구원의 형제로 받아들이지 못한다면 분명 장애로 작용할 수 있겠구나!"
　봉준은 혼잣말로 이렇게 중얼거리며, 즐비하게 이어진 고급주택들과 산자락 사이의 언덕배기 경사도로를 내려가기 시작했다. 금식기간 동안 한 모금의 물도 마시지 않았다. 이후 바싹 마른 입안과 위를 적시는 차원에서 소량의 물을 마시다, 물 사정이 한결 나아진 어제부터 그 배로 늘렸다. 그렇지만 오늘은 조식인 쌀죽을 먹기 전에 마신 한 모금 물이 전부이다. 그래서인지 조갈증이 심하다.
　차량들이 쌩쌩 달리는 사차선도로 주변은 활기가 넘쳤다. 그는 먼저 은행에 들러 자동인출기에서 얼마의 돈을 인출했다.
　"어머! 여기 웬일이세요?"
　봉준은 목소리 방향으로 흐트러진 장발을 돌렸다. 노란 바바리코트에 질감 좋은 회색스카프를 목에 두른 여인이 한발두발 다가오고 있다. 피부가 뽀얗게 고운 조용한 미소가 퍽이나 아름답다. 신정혜 시인이었다. 문학모임을 마치고 귀가 전에 빵을 사려고 제과점문을 여는 순간에, 몰라보도록 변한 봉준을 놀라운 눈썰미로 용케 알아 본 것이었다.
　봉준은 멀뚱한 자세를 유지하고 있다. 미간이 경미하게 흔들렸다. 부풀어 오른 부담감을 이를 악물고 억제하는 기색이었다. 그렇지만 왜 경계를 높여야 하는지-그 이유를 모르겠다는 순진한 낯빛이다. 지금은 영적시험을 중대하게 경계해야 하는 침묵기간 중이다. 특히, 그 대상인 사람과의 접촉에 깊은 거리를 둬야한다. 그러나 여린 마음은 강세하지 못하다. 접근을 허용하듯 잠복이 깨졌다. 그 유순성은 무언의 아는 체를 넘어, 제법 친근미까지 내비쳤다.
　"어디 편찮으셨어요? 안색이 형편없이 망가졌네요. 감당하기 힘든 일을 치르기라도 하셨나요?"
 새하얀 치열이 가지런한 여류시인은, 자신의 세련된 차림새와 전혀 상반인 남루복장의 남성에게 연이어 물었다. 그 목청에는 걱정 반, 반가움 반이 뒤섞여 있었다.
 "제가 나중에 연락을 드리겠습니다."
 "바쁘세요?"
 "여러 가지로 준비할 게 많아졌네요."
 봉준의 수분 마른 성대는 잠겨있으면서 가늘게 작았다. 그는 그 이상의 말은 힘들어 등을 돌렸다. 영하권 바깥 날씨에서, 섭씨 삼십도 넘는 습도를 머금은 실내 환경으로 들어서자, 이내 가슴이 갑갑하게 미어지는 호흡곤란 증세가 일었다. 그 영향은 세상이 어질어질 도는 현기증으로 이어졌다. 후끈 더워진 이마와 겨드랑이에 식은땀이 배었다. 기력이 유체이탈로 빠져나갔다. 신체가 불안정하게 휘청휘청 흔들렸다. 더는 버틸 수 없었다. 여력을 잃었다. 그는 주변을 살필 겨를 없이, 목욕손님들의 왕래가 잦은 뜨거운 맨 바닥에 무작정 몸체를 누이고 눈을 감았다. 이내, 인사불성의 잠에 잠겼다. 그 잠시잠깐의 숙면에서 깨어나면서 온몸에 땀이 흥건함을 알게 된다. 어느 정도 의식을 차린 그는 두꺼운 겉옷부터 벗고, 마른 수건으로 얼굴 땀을 훔쳤다.
 하나하나 탈의하는 옷가지마다 묵은 더께 냄새가 지독했다. 눈살이 찌푸려졌다. 그는 다시 입을 겉옷가지 상하복만 남겨두고, 속내의부터 양말까지는 빨래 감으로 구분하고 비닐봉지에 담아 갈아입을 옷가지를 꺼낸 배낭 속에다 미리 넣어뒀다. 수증기를 잔뜩 머금은 천장의 물방울이 연신 뚝뚝 떨어지는 탕에 진입하는 것이 장벽처럼 느껴졌다. 혹, 뜨거운 열기에 다시금 쓰러지기라도 할까 우려가 앞서진 것이었다.
 탕 내 진입을 일단 미루고 물러나온 탈의실에서 환경적응 조절을 거쳤다. 두 발을 적신 후, 타일벽면에 달린 샤워기를 열자 세찬 물줄기가 온몸에 쏟아졌다. 빌거숭이 몸뚱이에서 구정물이 빠르게 씻겨 내렸다. 그 살갗 아무데를 살짝 댔을 뿐인 데, 굵은 때가 더미로 무수히 밀렸다. 네모꼴 욕탕에 들어앉았다. 일행인 세 명의 청년들이 한꺼번에 욕탕을 빠져나가자 물결이 심하게 일렁거렸다. 봉준은 고개를 쳐들어 인체 때가 둥둥 떠다니는 물결을 턱 아래에 두었다.
 흰 가운을 입은 이발사가 통 유리문을 안으로 밀어 젖히고 예약 손님을 불렀다. 봉준은 갈비뼈 전체가 확연하게 드러난 앙상한 신체의 중앙부위를 수건으로 가리고, 이발의자에 깊숙이 눌러 앉았다.
 바깥 날씨는 햇살 한 줌 없이 흐린다. 그는 영양보충에 어떤 음식물이 좋을까 짜내면서 마트방향으로 걷는다. 그때 발걸음을 세우는 목소리가 들려왔다.
 "어쩜! 사람이 이렇게 달라 보이다니, 하마터면 놓칠 뻔 했지 뭐예요."
 여류시인이다. 여태 기다린 제과점에서 뛰쳐나와 남자의 앞을 가로막은 것이었다. 오랜 무료감에서 막 깨어 나온 목소리는 시종 해사하게 밝았다
 봉준은 동공이 풀린 먼 시선으로 물끄러미 바라만 보고 있다. 그의 심경은 반가운 한편으로 쓴맛을 씹는 난감에 빠져들었다. 긴 시간 동안 기다려 준 성의는 인간적으로는 말할 수 없이 기쁘나, 보식침묵을 지키지 못할 수도 있다는 현실 앞에서는 한없이 서글펐다.
 "시장하지 않아요? 뭐라도 드실래요?"
 그렇지 않아도 목욕 뒤라 시장기는 극에 달해있는 상태이다. 그래서 음식얘기에 귀가 솔깃하게 열린 건 사실이다. 그렇지만 마음에서 된 쌀죽을 먹기 시작한 때는 불과 어제부터이다. 탈을 부를 수 있는 과식을 해서는 안 되는 중차대한 시점이다.
 "아니요. 대접은 다음으로 미룰게요."
 달아오른 체온에 식은땀이 배이면서 이마와 등줄기를 적셨다. 봉준의 검은 눈빛이 흰자위로 뒤틀리면서 힘없이 도로바닥에 쓰러졌다. 탈진 현상이었다.
 "왜요? 어디 아프세요?" 봉준의 이마를 짚어본 여류시인의 목청은 다급했다. "어머, 심상치 않네요. 제 차에 타세요."
 여류시인은 창경궁 앞 서울대학병원으로 차를 몰았다. 그녀는 환자의 보호자로 입원수속을 마치고 진료실까지 따라 다녔다. 의사는 영양실조라는 진단을 내렸다. 한숨을 푹 잔 봉준은, 환한 천장전등에 눈이 부셔 한 팔로 양 눈을 동시에 가렸다. 여류시인은

자정이 넘었는데도 병실을 떠나지 않고 있었다.
 "돌아가세요. 저보다 소중한 식구들이 기다리잖아요."
 "빈집 같은 냉방으로 돌아가라고요! 남편과 각방 쓰는 중이니까 신경 쓰지 말아요. 시장하지요?"
 여류시인이 작은 냉장고 위에 준비로 얹어둔 굴죽그릇을, 엷은 홑이불 속에서 쭉 편 환자의 두 다리 위에다 올려놓고 덮개를 열었다. 야참인 셈이었다. 봉준은 간장을 뿌려 싱거운 맛을 줄이고, 천천히 한술 두 술 떠 입안을 달랬다. 사랑과 정성이 담긴 음식이라 맛이 꽤 좋다. 반 공기도 채 되지 않는 연하식 굴죽은 금방 밑바닥을 드러냈다. 배는 공복이나 다름없었다. 여류시인은 매몰차게 빈 그릇을 치웠다. 봉준은 야박하다는 투정을 부렸다. 일인병실은 밀어를 나누기에 안성맞춤의 장소였다. 여류시인은 환자의 이마를 짚어본 후, 입에 물린 온도계를 빼 눈금을 살폈다.
 "삼십육도 이분, 열이 더 떨어져야 하니까 그때까지 침상에서 지내야만 해요."
 "한 달 두 달일지라도 있으라면 따르도록 하겠습니다."
 "사랑에 빠진 어리광으로 들리네요. 외로운 사람은 유난히 추위에 약하대요. 그러니 우리 서로 의지하면서 온기를 나눠요."
 "행복합니다. 생명의 은인이시여!"
 장난기가 발동된 여류시인이 환자의 눈과 볼을 검지 끝으로 콕콕 질렀다. 애정이 깊다.

13
-신앙의 형제들-

　새순에 이슬이 촉촉이 젖어 있는 새벽공기는 심장을 상쾌하게 일깨웠다. 일찌감치 먹이사냥에 나선 새들의 청아한 노래에 귀가 맑게 씻겼고, 가까운 개울에서 흐르는 새그물 줄기로 가녘의 뿌리를 적시는 버들강아지는 하늬바람에 가는 몸을 흔들며 서녘하늘에 홀로 걸쳐 있는 상현 달빛을 흩어 놓았다.
　애벌레가 나비로, 도토리가 떡갈나무로 바뀌듯이 사람은 자신을 새롭게 탄생시키려면 힘에 겨운 과정을 거쳐야한다. 이 과정은 여러 사람들을 불러들여 도움을 받는 울력이 아니라, 철저하게 자신과만 맺는 것이다. 한 뿌리로 그루를 키워 가는 나무일지라도 삐딱하여 땅에 가까운 나무는 도태되는 건 시간문제이다.
　사람에게 있어서 환경은 생각의 바탕이 된다. 자신을 곰곰이 돌아보기 힘들었던 삼십오 년여의 공직생활을 회상해본다면, 나를 잃어버린 세월이었다 해도 과언이 아니다. 대체 돈이 뭐란 말인가? 돈을 벌어 가족을 부양할 의무는 나의 심신을 메마르게 했을 뿐만 아니라, 한 포기의 풀도 자랄 수 없도록 감정을 혹사시켰다. 뼛골이 바싹 시든 만큼 정신도 기신기신 사막화 되었다. 이러한 후회막심한 과거에 단비가 내려져 진정한 나의 생명의 싹을 키워내야 한다.
　그래, 꿈이 있는 병상환자가 병원 문을 나서면 밀린 일을 서둘러 찾듯이, 나도 안다미로 하지만 말고 내 안의 목소리를 듣기 위한 노력을 게을리 하지 말자.
　두 달 계약을 맺고 보름째 사용하고 있는 독방은 십삼 제곱미터 규모의 작은 숙소였다. 살림용품은 전에 누군가가 두고 간 철사옷걸이 세 개 뿐이고, 그 외에 기도원 측으로부터 제공 받은-깨끗하지 못한 한 채의 솜이불과 베개 하나가 고작이다. 이 기간 동안 전직판사 임무영은 기독교 신앙인들에 대한 성향을 들어앉은 경내에서 어느 정도 파악할 수 있었다. 예수가 나의 과거와 현재, 그리고 영혼의 미래를 책임지시는 분이시라는 신앙고백을 입에 달고 다니는 사람일수록, 타 종교를 인정하지 않는 배타심이 매우 강하고, 한 식구라는 동질의 유인책을 쓰면서도 성도 간의 묵은 앙금을 도무지 풀지 못하면서, 기도 때마다 하나님께 복을 달라고 가증하게 빈다는 것이다.
　또한, 자신의 그릇된 사고방식을 확 바꾸려는 애면글면 노력 없이 제 앞에 사과가 뚝 떨어지기를 기다리는 허황된 꿈을 꾼다. 절벽 아래로 끌려 다니는 무지문맹을 성실한 훈련으로 깨우치려 하지 않는 것은 물론이고, 옥셈을 고치려고도 하지 않으면서 성령의 은사가 임하면 별 볼일 없는 구질구질한 팔자가 단시에 펴질 것이라는 기대의 아집을 쉽사리 놓으려 하질 않는다는 것이다.
　예수를 팔아먹는 이중성 편향이 아닐 수 없다. 그래서 그는 인류의 구원자이신 예수에 대해서는 절대적 신뢰를 보내나, 자신의 존립을 굳건하게 다지는 신앙철학에는 일절의 관심을 두지 않고, 똑같은 피조물인 목사의 입만 바라보며-그에게만 잘 보이려 공중예배에 참여하는 성도들을 달가워하지 않게 되었다.
　임무영은 새벽예배에 참석하기 위해 네 시에 일어나면서 개어 놓은 이불을 창가 쪽 구석에서 끌어당겨 형광등 불빛 아래에다 고정했다. 그리고는 이불더미를 책상 삼아서 펼친 성경책을 정독으로 읽어 내려가기 시작했다. 오늘은 신약 마태복음 첫 장부터 읽을 차례였다. 그는 단숨에 예수의 산상보훈이 기록된 칠장까지 읽어 내려가면서 팔복 중 단 두 요절에 깊은 의미를 부여했다. 그 첫 번째는, '심령이 가난한 자는 복이 있나니 천국이 저희 것임이요' 그 두 번째는, '의를 위하여 핍박을 받는 자는 복이 있나니 천국이 저희 것임이라' 라는 구절이었다.
　신선한 감동의 은혜가 가슴을 적셨다. 그렇지만 문자적 이해는 쉬웠으나, 행하여야 믿음의 가치가 보편화된다는 바위벽 앞에서는 심각한 번뇌가 싹터 올랐다. 도무지 해답의 실마리가 잡히질 않는다. 무엇에 우선순위를 두어야 하는지 대체 아둔하여 깨달을 수 없었다. 핍박에 대하여서는 반드시 대상이 있어야 하는 데, 그 대상이 뚜렷하지 않으니 무조건 맹신할 수 없다는 내면의 싸움과 더

불어 회의에 빠져들고 만 것이었다. 그는 '마음의 가난부터 배우라.'고 일러준 정봉준의 얼굴을 새삼 떠올리며 추억을 새겼다. 그러면서 그는 성경을 후루룩 넘기다 '믿음은 들음에서 나며 들음은 그리스도의 말씀으로 말미암았느니라.(로마서10:17)' 구절을 접하게 되었다. 그는 비로소 환희의 기쁨을 맛보았다.
　오전 열한시 예배가 열린 성전 안은 수많은 인파들의 숨결로 뜨겁게 달아올라 있었다. 한꺼번에 일천여 명을 수용할 수 있는 호화로운 성전은 좌석 수가 모자라, 남녀봉사자들이 보조의자를 가져다 곳곳에 놓았는데도 통로까지 막힌 형편이었다. 설교자로 나선 목사는 흰 양복 윗주머니에다 붉은 카네이션을 꽂고 있었다. 안팎이 투명한 포도송이 안에 십자가상이 그려진 유리강단에 서서 외치는 그의 설교는, 일정한 간격을 둔 벽면의 여러 개 스피커를 통해 참석자 모든 귀에게 생생하게 스며들었다. 그의 설교는 성경지식을 어느 정도 갖춘 성도라면 훤히 아는 평범한 수준이었다. 그럼에도 그의 인기가 하늘을 찌르듯 높은 까닭은, 보통 사람들로서는 감히 꿈도 꾸지 못하는 아홉 가지 영적은사(지혜, 지식, 믿음, 병 고침, 능력 행함, 예언, 영분별, 각종방언, 방언통역)의 능력을 지녔기 때문이었다.
　여느 때처럼 기도를 받겠다는 사람들이 단상에 선 그의 앞으로 우르르 꿇어 엎드렸다. 개중에는 겨우 잡은 자리를 빼앗기지 않겠다며 꼼짝 않고 버티다, 나이 들고 심술궂은 한 노파가 강제로 그 사이를 비집고 들어오자 핏대를 세우며 몸태질 시비를 거는 축도 생겨나, 그 주변 사람들로부터 은혜를 방해한다는 밉쌀 뻗친 원성을 듣기도 하였다.
　병자들 틈에는 사지가 멀쩡한 사람들도 있었고, 특히 눈에 선한 인물은 국민의 정부시절 때 청와대 경제수석을 지낸 문기철과 그 정부 임기 중반 무렵에 검찰총장에서 법무부장관에 임명되었으나, 몇몇 여인들의 옷 로비사건에 휘말려 단명으로 물러난 후, 현재 변호사로 일하는 강법호 내외도 눈에 띠었다. 그들은 동성부부, 몸 파는 창녀, 기회주의자 등 다양한 계층들의 숨결을 들이키며 단 한 번뿐인 안수 차례가 돌아오기를 기다리고 있었다. 그 모습은 권력무상을 일깨워 주는 한 단면이었다. 제 아무리 잘난 인간일지라도 하나님 앞에서는 평등하다는 사실을 가르쳐 주기도 하였다.

임무영은 어이가 없었다. 그는 실없는 쓸쓸한 기분을 안고 극성맞을 정도로 기도소리가 요란한 성전을 빠져나와 식당으로 발길을 잡았다. 식당도 인파로 붐볐다. 그는 입석채로 지켜보고 있는 깔끔한 여성봉사자의 눈앞에서 투입구에 식권을 넣고, 그 곁에 비치해 둔 청결한 흰색 식판 하나를 들고, 그 우편 둥근 금속 재질 통에서 수저와 젓가락을 각각 뽑아들고 긴 줄에 섰다. 차례에 따라 주걱으로 흰쌀밥을 퍼 담고 철제집게를 이용하여 다섯 가지 반찬을 차례로 얹었다. 배식구와 가까운 앞 편 식탁은 이미 만원이었다. 눈길을 멀리 던져 찾은 빈자리는 통유리 벽 너머로 큼직한 통 바위의 한 면이 훤히 내다보이는 사인용 식탁이었다. 식판을 내려놓고 보니 국이 빠져있다. 그는 다시 배식구로 돌아가 국자로 우거지된장국을 떠서 빈 그릇에 채웠다.

"안녕하세요!"

음식물을 가득 담은 식판을 양손으로 받쳐 들고 인사말을 건넨 사람은, 성긴 곱슬머리에 양쪽 귀가 덮인 사십 대 후반의 남자였다. 신수는 훤하나 눈매가 작고, 이마의 두 줄 주름이 선명한 인물이었다. 허파에 바람이 들어찼는지 웃음이 헤픈 그는 간편한 실내복장으로 임무영의 맞은 편 자리에 앉자마자 식사기도로 머리부터 숙였다. 뒤따라 이곳에서 만나 서로 알고 지내는 사이로 발전한 세 사람이 몰려왔다. 그 중 두 사람은 무영과 합석했고, 나머지 한 사람은 바로 옆 식탁에 앉았다.

그때 "네가 목사냐! 성도착증으로 여자들의 눈물을 빼앗는 것도 모자라서 금품을 뜯어가는 네 놈이야말로 음란에 사무친 삯군 목사가 아니더냐!" 라는 고함이 쩌렁쩌렁 울려 퍼졌다. 악에 받친 독설을 마구 내지르는 여인은 생활형편이 좋아 보이는 오십대 가량의 인물이었다. 식사를 하는 모든 시선들이 난리로 시끄러운 중심지로 모였다.

단발의 여인으로부터 드잡이 질책을 당하고 있는 신사는 깨끗한 흰 와이셔츠에 붉은 색상과 어우러진 파란색 넥타이를 맨 길색앙복 차림새였다. 그 옆으로 서류가방을 두고 있는 인상은 오십대 초반으로 가식 적으로 꾸민 점잔을 빼고 있다. 신사는 침을 튕겨내며 무차별 폭언을 내뱉는 여자를 멍하니 올려다보고 있었는데, 그 표정은 황당함에 온통 물들어져 있었다.

만인들 앞에서 거룩한 체면에 욕설이 끼얹어졌다면, 웬만한 심장의 소유자라면 괴란쩍게 달아오른 얼굴이 창피하여 밥맛을 잃고 말았을 터이다. 한데 신사는 비위가 쇠판인지, 아니면 오지랖이 넓은 건지 여인이 바깥에서 보자는 말을 남기고 식당에서 사라진 뒤까지도 태연자약을 유지하고 있다. 아무렇지 않다는 듯, 식사를 깨끗이 비운 빈 식기를 반납하기 위해 배식구로 가는 발걸음도 정상이었다.
"차 한 잔 합시다." 식사를 마친 임무영이 불쑥 제안을 냈다. 안면이 익은 네 사람 모두 임무영의 뒤를 따랐다. 네 대의 자판기는 이용자가 거의 없는 공중전화 부스와 함께 새순을 막 틔우기 시작하는 등나무 아래에 있었다. 사월 초순의 햇살이 쏟아지고 있었으나, 약간의 추위가 느껴지는 건조한 날씨였다. 이 장소에서 몇 마디 덕담으로 대화가 트여 일행에 낀 한 사람 포함 모두는 커피 한 잔씩 들고 임무영의 방으로 모였다. 나중에 어깨 끼운 일행이 된 사람은 살집피부가 투실투실한 키 작은 사내였고, 신앙의 신념이 투철해 보이는 누르스름한 얼굴이 유독 큰 사내였다. 장정 육 명이 서로를 마주보며 둘러앉자 방 안은 금세 온기로 가득 넘쳤다.
"우리끼리라 하는 얘긴데, 이 자리에서만큼은 개인의 감정을 몽땅 털어버리고 서로 간 신뢰를 주고받는 신앙인의 형제가 되도록 합시다." 사회적 위치로나 나이로도 최 연장자인 임무영이 좌중을 쭉 둘러보며 동의를 구한다는 입을 열었다.
"좋은 말씀이십니다. 서로가 진정성을 보여야 상생을 할 수 있는 게 아니겠습니까?" 주황색 점퍼 안에다 어두운 색상의 남방셔츠를 입고, 그 겉으로 파란 실크목도리를 목에 두른 송경호가 입정을 떨었다. 그의 엉너리는 이참에 자기를 띄우려는 수단에 불과했기에 들떠 있다는 인상을 주었다. 매끄러운 입담에 진정성이 낮았다.
"자고로 말하기 좋아하는 자는 꼭 한마디씩 하고 넘어가야 속이 풀리는 모양일세 그려." 심장이 안 좋아 영적치유를 기대하며 삼일 금식을 마친 지 나흘째인 박정민이 단체 방을 함께 쓰고 있는 송경호의 말끝에 허드레장단을 달았다.
"아따, 예수를 믿는 분이 성결을 해치는 비방을 해서는 안 되지요." 얼굴을 붉힌 경호가 성마른 높은 언성으로 받아쳤다. 농담

아닌 다잡이로 들은 것이다.
"적절한 나무람은 나쁘게 길들여진 성격을 고치게 하는 데 양약이 된다는 뜻으로 받아들이면 순수해질 일을 왜 성질부터 부리십니까." 미국으로부터 비롯된 리먼브러더스 사태의 절정 때 자금줄이 끊기는 직격탄을 맞아 의료기 납품사업을 접고, 재기이냐 새로운 길이냐 문제로 기도 중인 우호성이 점잖은 목소리로 주의를 환기시켰다. 능준하게 풀린 분위기를 반전시키는 따끔한 일침이었다.
"익숙해져 있어야 염장 찌르는 비난도 수용이 가능한 거지, 저같이 배포가 여린 사람은 입에 쓰다 싶으면 그냥 뱉어버리고 말아요." 송경호의 말에는 환경 상 참는다는 절제함이 정도껏 실려 있었다. 이와 동시에 그 속에는 기분 나쁘다는 음울한 가시도 함께 돋아있었다.
"성공한 사람이 되기를 원하지요?" 고등학교 체육선생 시절에, 제자 어머니와 눈이 맞아 사랑행각을 벌이다 학교 측에 발각되어 졸지에 직장을 잃고만 배윤식이 송경호에게 도발적인 눈빛을 던졌다.
"성공을 마다할 사람이 세상에 어디 있겠습니까. 당연한 질문을 하시니 좀 싱겁이 그지없네요."
"남을 경시하는 버릇은 나쁜 거예요. 중심을 잡고 좀 더 신중했으면 합니다. 성공은 끈질긴 인내의 결정체이니까요." 배윤식이 덧붙인 말이다.
"자자, 그만들 하시고 이제부터는 서로에게 신앙에 도움이 되는 감사사례를 한 사람씩 돌아가면서 들려주는 게 어떻겠습니까? 은혜의 싹은 감사가 아니겠습니까?"
주장과 의견들이 어런더런 충돌기색으로 치 닫자, 임무영이 방주인 자격으로 좌중을 진정시켰다. 그들은 약속이나 하듯이 전직 판사의 명예를 존중해 주었다. 입을 다물고 자숙하는 기색을 흘렸다. 복이 긴 우호성의 경우는 눈을 똑바로 뜨고 사명을 기다릴 징도였다. 자신의 소재를 절대적 현실로 받아들인다는 믿음이 굳센 그 인상은 퍽이나 평온했다. 우호성과 눈길을 맞춘 임무영이 고개를 끄덕였다.
"어떤 이야기인지 궁금하네요. 희망의 메시지 부탁합니다." 임무영이 응원을 실은 목청으로 말했다.
"에헴! 저로 말씀드린다면 할머니 때부터 삼대 째 예수를 믿는 집안의 장손입니다." 우호성이 어깨를 쭉 펴고 성대를 가다듬었다.
"제 아버지는 스무 살 무렵부터 집배원생활을 하시다 체신부 공무원이 되신 믿음직스러운 분이십니다. 제가 저의 아버지를 넘어 인생의 선배로서 존경하는 까닭은, 박봉에 시달리면서도 항상 직장과 동료들을 사랑하시고, 또 한 가정의 가장으로서 책임을 다 하시려는 우직한 성실성 때문입니다.
저의 아버지가 선대로부터 물려받으신 것은 무드러기 가난이었습니다. 그렇지만 마음은 항상 부자로 사시는 분이십니다. 그 비결은 온전히 주일성수를 지키시는 데에 그 기원을 두고 있습니다. 어느 정도이시냐면, 흉내로라도 예수님을 닮으시려는 노력으로 남을 섬기는 모범을 보이시는 한편으로, 낙타무릎이 되도록 기도를 참 많이 하신다는 겁니다. 저의 어머니도 이에 못지않으셨으나, 원체 건강이 좋지 않으셔서 애쓰시는 마음과 달리 움직이는 신앙운동은 상대적으로 미약했습니다.
아버지의 후원 아래 대학에 진학한 저는 자진 중퇴를 해야만 했습니다. 작은 시골마을에서 자전거포를 운영하셨던 할아버지를 하늘나라로 보내시고, 홀로 남으신 할머니에게 변함없이 지극정성으로 효도를 하시는 한편, 몸이 허약하신 저의 어머니를 자상하게 보살피시는 아버지의 눈물 겨운…피땀을 쏟으시는 고생을 차마 눈 뜨고 보고만 있을 수 없어서 사회에 나가 돈을 벌기로 작정했기 때문입니다. 저의 직장생활은 아버지께서 홀로 짊어지셨던 경제적 책임의 짐을 덜어드리는데 상당한 도움이 되었으며, 제가 결혼을 한 이후에는 평안한 삶을 몇 년간 누릴 수 있었습니다.
저에게는 날이 갈수록 큰돈이 필요하게 되었습니다. 한정된 월급에 비해 지출거리가 한층 불어난 저는 그 모진 경제적 압박에서 헤어나기 위해 평소 구상해 둔대로 신청한 은행대출금이 통장에 입금된 것을 확인하고는, 곧바로 직장에 사표를 제출했습니다. 직장에서 축적한 기술운영을 총동원하여 차린 의료기 납품사업은 처음에는 고전을 면할 수 없었습니다. 저는 오그랑장사는 절대 안 된다는 절박함에 거래처를 뚫으려 미친 듯이 건몸으로 뛰어다녔습니다. 오늘 세운 계획이 별 소득 없이 공수로 끝날지라도 내일의 인연을 남기자는 각오 아래, 정말 쌍코피가 흐르도록 동분서주 뛰었습니다. 그 결과 처음으로 동네의원과 의료기 납품계약을 체결할 수 있었습니다. 넘쳐흐르는 큰 감격을 안고, 저는 제일 먼저 교회강단에 엎드려 눈물을 하염없이 쏟는 기도를 올렸습니다.
　마침내 규모 큰 상급병원 몇 곳도 저희 의료기를 주문하기에 이르렀습니다. 저는 외국산 제품을 수입하여 거래처마다 사람을 남기는 착실한 이미지를 심어나갔습니다. 그렇지만 한창 재미를 보고 있던 중에, 미국에서 비롯되어 전 세계로 퍼진 금융공황의 여파로 막대한 손실을 입은 데다, 은행대출마저도 꽉 막혀 결국에는 만기 금을 갚지 못하는 불운에 직면하게 되었습니다. 사업장 문을 닫을 수밖에 없었습니다.
　의기소침으로 분노를 조절하지 못 하는 정신분열증에다, 통제불능의 좌절에 빠져들게 되었습니다. 그러던 중 아내의 권면을 듣고 이곳 성산에 들어온 뒤부터 무한한 감사에 젖어 들게 된 까닭은, 사업을 위해 정신없이 뛴 그 사이에 저도 모르게 있는 듯 없는 듯 미지근해진 신앙이 뜨겁게 회복되고 있다는 진심에 눈을 뜨기 시작했기 때문입니다."
　"잘 들었습니다. 그 아픈 시련을 딛고 내일에 대한 다짐에 건방진 주석을 달 위치는 아니나, 아무튼 주님의 가호가 임했으면 하는 바람이 큽니다. 다음은 어느 분께서 우리의 가슴을 은혜의 단비로 촉촉이 적셔 주시겠습니까?"
　임무영은 한 사람 한 사람씩 눈을 맞추었다. 서로 미루는 기색만 흘릴 뿐 선뜻 나서는 사람이 없었다. 그는 이곳에서 형식적인 인사만을 몇 번 나누었을 뿐인 송경호를 지명했다. 두 가닥의 목줄이 선명하게 드러나 있는 경호는 마다하지 않았다. 검은 눈꺼풀을 내리감았다 치켜 올리며 한껏 늘린 입술의 미소를 일동들에 돌렸다.
　"입이 근질근질했을 텐데, 거짓말도 괜찮으니 입을 열어 보이구려!" 박성빈이 열씻 허물없는 사이처럼 가볍게 떠들있지만, 이빈의 빈정거림은 송곳에 찔린 것처럼 섬뜩했다. 속이 얹히듯 기분이 언짢아진 송경호는 붉으락푸르락 달아오른 조야의 눈빛으로 상대방을 뚫어지게 노려보았다.
　"아따, 듣기가 참말로 거북하네요. 잉! 우리가 안 지 얼마나 됐다고 사람을 그렇게 넘어뜨리려 안달을 부리십니까? 댁이나 시험이 될 거친 말을 삼가시고 정직하게 사세요. 그러면 긍휼이 높으신 주님께서 망가진 심장을 고쳐주실 게 아닙니까."
 일동은 경호의 반격에 감정이 실린 화풀이임을 알아차렸다. 말리지 않으면 서로 멱살을 잡는 불상사가 일어날 수도 있는 분위기였다.
 "두 분은 좁은 소갈머리로 은혜를 망각하고 계시는군요. 장소 구분 없이 거듭나지 못한 옛 습성을 드러내시다니, 기도가 무슨 소용이며 금식의 근신이 헛될 뿐입니다. 모래에다 붓는 물이 고입니까? 심지가 곧으면 하나님께서는 그 발걸음을 보물창고로 인도하신다는 사실을 왜 망각하십니까. 고민을 크게 하세요. 함께 자라는 가라지를 뽑아 벼가 잘 자라도록 자신에게 좀 더 주의를 기울이세요." 배윤식이 망설임 없이 두 사람을 싸잡아 몰아붙였다. 그 통박하는 어조에 믿음은 바라는 것들의 실상이다 드레가 엿보였다.
 "왜들 소란을 피우십니까? 애써 받은 은혜의 그릇을 뒤엎지 맙시다. 좋은 생각을 떠올리시고, 마음에 휴식이 임하도록 평정을 끌어들이도록 합시다. 형제의 허물을 덮어줄 줄 모르는 성도는 하나님의 용서를 바라선 안 된다는 신앙지침, 여러분 모두 아시지요? 그러니 두 분은 화해를 하도록 하세요." 화해를 권하는 임무영의 눈빛은 신중하게 엄중했다. 좌우로 치우치지 않은 그의 중재에 박정민과 송경호는 마침내 맞잡은 손을 흔들었다.
 "저의 농담이 지나쳤음을 주님의 이름을 걸고 고백합니다. 송경호 형제님, 미안합니다."
 격려의 갈채가 터졌다. 그렇지만 경호의 속내에는 여전히 앙금이 남아있어 표상이 그다지 밝지 못하였다. 무영은 재판관의 헤아리는 냉정한 눈매로 경호의 이러한 속심을 읽어냈다.
 "어떻게…송경호 형제님, 다음 시간으로 양보하시겠습니까?"
 "아무래도 그래야 할 거 같습니다."
 "감정이 진정될 때까지 기다릴게요. 배윤식 선생님, 보아하니 감사사연이 있을 법한데 부탁드릴까요?"
 "좋습니다. 제가 하겠습니다." 곱슬머리에 얼굴 평면이 넓고 어깨가 떡 벌어진 배윤식의 씩씩한 목청은 시원했다.
 "여기 마이크요." 시종 달관대인처럼 침묵만을 지켰던 채문식이 둘둘 말은 백지 한 장을 배윤식 형제 앞으로 내밀었다. 일동의 몇 얼굴에서 웃음이 번졌다. 싱긋 웃어 보인 배윤식 형제는 나팔 종이를 한편으로 슬쩍 치웠다.
"말주변이 원체 없어 놔서 간단하게 끝내도록 하겠습니다. 아주 무식한 동네깡패가 있었습니다. 그 깡패가 예수를 영접한 그리스도인이 되었습니다. 그는 나름대로 과거의 나쁜 행실들을 회개하면서 참된 신앙인이 되겠다는 결의를 하루에 몇 차례씩 다지곤 했습니다. 그러다 주위 사람들의 권면을 받아들여, 임대교회를 주중 교실로 사용하는 무인가 무료신학교에 입학하여 신학공부를 시작하기에 이르렀습니다. 원체 글을 모르는 깜장 눈의 학생이라 교수의 가르침이 귀로 들어올 리가 만무했겠지요. 후계양성의 사명이 불타 주일에는 설교목사, 주중에는 이십여 명의 학생들을 가르치는 교수의 입장에서 오죽 답답했겠습니까. 몇 번을 풀어줘도 도무지 깨우치지를 못하는 데다, 돌아서면 금세 잊곤 하니 진도가 나갈 수 없었겠지요. 그럼에도 모든 사람들의 눈에 확 띈 대변화는 누누이 죄인임을 고백하며 허리를 깊이 숙여 보이는 겸양이었습니다.
무더운 여름날이었습니다. 학교방학을 맞아 혼자서 등산에 나섰습니다. 국립공원이라 매표소를 찾았습니다. 그때 누군가가 제 앞을 불쑥 가로막고 서서 표 한 장을 더 끊어달라고 조르는 거였습니다. 저는 속으로 '사지 멀쩡한 사람이 염치도 좋군. 자존심도 버려야 할 때 버려야 칭찬이 따르는 법인데.' 라는 경멸을 씹으면서도 기어이 두 장의 표를 끊어 그 한 장을 간청 자에게 건넸습니다. 그는 고맙다는 인사를 머리 숙여 거듭하였는데, 그 행실이 시답지 않게 어찌나 저속한지 절로 비웃음이 새어나오더라고요. 죄송합니다.
우리는 산행 목적은 달랐으나 일행이 되어 함께 산을 오르기 시작했습니다. 그는 산상기도에 나섰던 겁니다. 그는 무인가신학교 학생이었습니다. 그 소개를 들은 순간 저는 제 눈을 의심하게 되었습니다. 나이가 많은 반백의 인물인 데다 언어구사가 무지하도록 빈 깡통이면서, 행동거지도 꼴사납게 척박하여 목사 후보감이 절대 아니라는 선입견을 떠올렸던 겁니다. 그렇지만 같이 보내는 시간이 길어지자, 그는 저의 경박했던 편견을 깨트리고 말았습니다. 그의 진면목은 누구보다도 하나님에 대한 사랑에 치신하고, 그 분께 몸과 마음을 다 바쳐 헌신하리라는 은혜보답의 각오를 읽어 낸 겁니다.
  이런저런 대화를 하던 중에 저의 입에서 이런 말이 내뱉어졌습니다. '가끔씩 운동 삼아 산을 오르내리는 것은 체력단련은 물론이고 정신건강에도 매우 좋다. 그렇지만 한 주일 또 한 주일 반복하는 것은 시간을 낭비하는 것으로써 심각한 문제가 될 수 있다. 세월을 아끼라는 성경구절도 있고 하니, 가급적 도서관에서 책과 씨름하는 게 미래를 대비하는 일이다. 왜냐하면 전문지식을 습득하는 교육은 인성을 키우기 위함이고, 그 바탕에서 외쳐 올리는 기도는 심신수련의 지름이기 때문이다. 뭘 알아야 면장이라도 할 수 있는 거지…부하직원을 다스릴 수 있는 능력을 갖추지 못하였다면 윗선으로부터의 천거는 어렵다.' 라는 잡설을 늘어놓았습니다. 제가 내실을 다져두는 게 유익하다는 취지로 한 말에, 책만 펼치면 이상하게 졸음부터 밀려든다는…나이든 신학생의 안색이 갑자기 험상궂게 일그러졌습니다. 저의 반말 조에 불편해진 심기를 드러낸 것입니다.
  그는 저처럼 육중한 신체를 제 쪽으로 별안간 홱 돌리면서 다짜고짜 저의 목을 포악하게 움켜쥐고 숨통을 조였습니다. 몸싸움의 기본기술을 능히 갖춘 그는, 단 한 번의 공격으로 상대방의 급소를 정확히 찔러 꼼짝할 수 없도록 압박했습니다. 눈의 흰자위가 확 뒤집혀진 그는 저의 몸을 앞으로 당겼다 뒤로 밀어젖힌 바위벽면에다 등짝을 마구 비벼대기도 하였습니다. 난폭한 자의 힘은 실로 악마의 괴력이라 도저히 물리칠 재간이 없었습니다. 그 무지막지한 완력에 저의 숨결은 점차 가늘어졌습니다.
  그때 마침, 지나치던 한 등산객이 달려들어 우리 사이를 간신히 떼어 놓았습니다. 비로소 드잡이가 풀렸습니다. 숨통이 트이자 제일 먼저 기도에 걸렸던 기침이 몇 차례 터졌습니다. 남은 잔기침을 하면서 피멍이 시뻘겋게 돋은 목덜미를 어루만졌습니다. 그 사이에 괜찮으냐고 위로하던 등산객과 폭력의 주범인 신학생은 온데간데없이 사라져 버렸습니다.
  혼자 남은 저는 복수의 이를 부득부득 갈았습니다. 너무나 분하고 억울해서 전쟁의 횃불을 높이 쳐들었습니다. 그가 다닌다는 무인가신학교를 찾아서라도 대매를 짓고 싶었습니다. 그렇지만 원수 놈을 당장 박살낼 수 없다는 현실의 벽을 깨닫고 나서는, 원통을 넘은 오열을 터트리고 말았습니다. 그 덕분에 활활 타는 불길에 대갈통 터지는 것 같았던 화를 어느 정도 진정시킬 수 있었습니다. 그렇지만 갈기갈기 찢긴 베갯머리 자존심의 계정은 여전했습니다. 이전보다는 강도가 한결 약해지기는 하였으나, 욕설이 내뱉어지는 몸태질과 정신착란증에 시달리게 되었습니다. 그러다 상대 없는 혼자만의 싸움도 지쳤고, 점차 맥이 풀리면서 비로소 진정할 수 있었습니다.

마구 뒤엉킨 감정조절은 여전히 쉽지 않았습니다. 왜 그리 어찌나 서러운 지, 가슴으로부터 솟구치는 눈물은 그칠 줄 몰랐습니다. 다른 사람도 아닌…운동을 지도하는 체육선생이 맞대매도 한번 못해보고 일방적으로 당하기만 하였다는 자탄과 창피함에 머리를 들 수가 없었던 겁니다. 저는 갈피를 못 잡다 산행을 계속 하기로 최종 결정을 내렸습니다.

정상에 다다랐습니다. 어디선가에서 귀에 익은 찬송가 소리가 여리게 들려왔습니다. 순간, 저는 하나님의 말씀으로 위로를 받고 싶다는 생각에 따라 그 소리를 좇았습니다. 수령이 백년쯤 되었음직한 허리 굽은 소나무그늘 아래의 너럭바위에 둘러앉아 소풍예배를 드리는 성도의 수는, 인도자를 포함하여 모두 일곱이었습니다. 저는 그들에게 양해를 구하고 빗더서기 일원이 되었습니다. 화장품 냄새를 엷게 피워내는 단발의 여자 분이 저에게 성경합본을 맡겼습니다.

등산복 차림인 중년목사의 설교를 듣는 둥 마는 둥 하면서 저는 그 성경을 아무 데나 펼쳤습니다. 단번에 눈에 들어온 구절은 마태복음 십팔 장 삽 십 오절이었습니다. 그 내용은 '너희가 각각 중심으로 형제를 용서하지 아니하면 내 천부께서도 너희에게 이와 같이 하시리라.' 라는 말씀이었습니다.

세 영혼에 평화가 밀터들있습니다. 이를 부득부득 길있던 복수의 일념은 저의 몸 밖으로 빠져나갔고, 그 자리에서는 은혜의 감사가 넘쳐흘렀습니다. 저는 옆자리 여자성도의 팔을 슬며시 건드려 헌금봉투가 있는지를 귓속말로 물었습니다. 여자성도는 단짝으로 보이는 좌측 편 일행에게 이 말을 역시 속삭임으로 전하고는,

그 편에서 건네받은 흰 봉투를 제게 넘겼습니다. 이상으로 저의 간증을 마치겠습니다."

"복수의 일념을 너그러운 용서로 단번에 바꾸게 한 대단한 기적의 체험은 선생님의 지식의 영혼이었습니까? 아니면 예수의 영이 그렇게 하도록 지시를 내린 겁니까?" 임무영이 감동에 젖은 서민적 음성으로 대뜸 물었다.

"예수의 영이 돌이킬 수 없는 죄의 구덩이에 빠져 들려했던 저의 성향을 재빨리 간파하시고, 그 당시 제 마음을 주장하셨다고 여전히 믿어 의심치 않고 있습니다."

"마음 판에 깊이 새겨졌을 영원한 기념비이니, 신앙의 목표가 분명하시겠네요. 은혜로운 말씀 한 번 더 감사를 드리겠습니다. 송경호 형제님! 이젠 마음 정리 다 마쳤지요?"

송경호가 입맛을 쩝쩝 다시면서 좌중을 쭉 둘러봤다. 앞서 두 사람의 간증을 들은 터라 인상이 능준하게 풀려있었다.

"오늘의 시점에 서서 지나온 날을 돌이켜 보지만, 참으로 보좌의 주님께 용서 구할 회개거리가 굉장히 많다는 것을 깨닫게 됩니다. 옳고 그름을 가리는 전문적 지식 없이 무작정 어디선가에서 들은 얕은 해방신학에 물들어…그 예수를 빙자하여 사회 부조리를 파헤쳐 보겠다며 엉터리 혁명가 행세를 하면서 과격시위에 앞장섰었던 비뚤어진 사상이 제일로 가슴 아팠으니까요.

만일 저를 따르는 세력이 있었다면, 아마도 지금쯤은 이 자리보다 입법을 논하는 삼백 명의 국회의원들과 더불어 양복 깃에 의원배지를 달고, 으리으리한 국회의사당의 폭신한 등받이의자에 편안히 눌러앉아서 국정을 토의하고 있었을 겁니다. 그렇지만 저에게는 그러한 영광이 결코 주어지지 않았으며, 그 후에도 기회를 연속 놓치는 불운이 따라다녔습니다.

광우병 소 수입반대 촛불시위 주동자 지명수배 명단에 올랐다는 사실을 안 뒤부터 시작된 도피생활은, 따뜻한 밥 한 그릇을 안심하고 먹을 수 없었습니다. 한숨의 밤잠도 불안할 뿐이었습니다. 처와 젖먹이 자식이 그리운 건 너무나도 당연한 인지상정이었습니다.

저의 성격은 날이 갈수록 불신의 늪에 빠져들면서 망가졌습니다. 반정부주의자가 되어 어떻게 하면 현 정부를 무너뜨려, 그 뒤로 재등장할 친북성향의 좌파정권 등에 업혀서 말석에라도 앉아보나

하는 시러베 같은 꿈이 저의 유일한 희망이 되어버린 겁니다. 당치도 않는 가소로운 어린애 심보였었습니다. 깜냥이 좁았던 들피진 곁꾼이었습니다.

저는 몸과 마음을 비틀어 말리는…끝이 보이지 않는 도피생활에 신물이 나서 우선 살고 봐야겠다면서, 그 정착을 모색하러 세상을 끝없이 헤매고 다녔습니다. 그렇지만 그 환경에 접근하기가 여의치 않아 실효는 거둘 수 없었습니다. 그러던 어느 날 저는 북한산에 올라 대남문 성벽에 걸터앉아서 서울도심을 우두망찰 내려다보게 되었습니다. 그 자리에서 제 형편과 처지를 돌아보니 심정이 착잡하다 못해 서글프기 짝이 없었습니다. 망연한 상실감은 수렁의 허우적거림을 낳았으며, 오라는 데도 없고 갈 데도 없다는 허전한 외로움은 산을 내려가는 행동을 주저하게 했습니다. 그렇지만 산중에는 묵을 만한 어떤 시설물도 없었기에 그 감정은 곧 철회되고 말았습니다.

저는 붉은 빛을 띠며 서녘으로 저물어 가는 둥근 태양을 마주보면서 하산 길을 밟았습니다. 경찰의 체포 망이 도처에 깔렸을 도심으로 가는 길은 항상 그랬듯 겁부터 났습니다. 그래서 시간을 끄는 늦장을 더욱 부렸습니다. 인물식별이 쉽지 않는 밤 때에 맞추어서 도착하자는 계산이었습니다. 그러다 길을 잃고 낯선 산허리 길을 돌고 돌게 되었습니다.

어느 지점에서 나뭇가지에 걸터앉아 쉬고 있는 사람을 만나게 되었습니다. 길을 묻는 제 목소리를 듣고 얼굴을 돌린 사람은, 놀랍게도 그토록 찾고 찾은 정봉준 순장님이셨습니다. 어찌나 반가움이 높았던지, 제 편에서 먼저 순장님의 신체를 와락 끌어안았습니다. 지금은 목회시무를 하고 계시리라 짐작되는 정봉준 순장님은, 이년 남짓 저희 청년들에게 성경을 가르쳤던 좋으신 분이셨습니다.

제게 저녁식사를 대접하신 그분은 저의 처지와 사연을 다 들으신 후, 불안한 삶을 끝내라면서 자수를 권하셨습니다. 조긴은 교도소에서 지내는 동안 제 가족의 생활비 일체를 책임지시겠다는 군은 약속이었습니다. 그렇지만 자수 직전에 몰래 만나본 아내는 우리가 힘쓸 수 있는 데까지 해 보자는 예상 밖의 제안을 내놨습니다. 남편인 저는 아내의 말을 충실히 받아들이고 따랐습니다. 저는 일체의 잡념을 버리고 떳떳하게 자수를 했습니다. 그리고는 법이 내린 이년의 형량을 무사히 다 채우고, 보름 전에 홀가분한 기분으로 출소를 하였습니다. 그래서 믿음의 형제인 여러분들을 그리스도 안에서 이렇게 뵙게 된 겁니다."

송경호의 입에서 정봉준 이름이 불려 지자 안색이 밝아진 사람은 임무영이었다. 그렇지만 송경호의 시간을 도중에 이르집는다면 예의가 아님을 잘 알기에 끝까지 참고 기다렸다.

"이런데서 그분의 얘기를 듣게 되다니 감개가 무량합니다. 나도 정봉준이란 분을 북한산에서 처음 만나 인연을 맺었습니다. 송경호 형제님, 그분에 관한 얘기는 이 시간 이후에 나누도록 합시다. 채문식 장로님은 어떠한 감사로 하나님을 섬기시는지 우리에게 들려주시겠습니까!"

채문식 장로는 말수가 적고 성격은 순 하디 순하게 차분한 위로, 악의 없는 수수한 인상을 소유하고 있었다. 또한, 뿌리 깊은 신앙심이 떠받혀주는 인자함이 구수하게 떠있기도 하다.

"심장을 깨울만한 특별한 체험도 못해 본 사람이 여러분들의 신앙을 일깨워 준다는 건 아무리 생각해도 역부족입니다마는, 오십 평생의 경험담을 제한적으로나마 들려드릴까 합니다.

저는 소아과의사입니다. 엄마 손에 이끌려 주사바늘이 무섭다면서 병원 문턱을 넘어서질 않으려고 그렇게 울며불며 야단 떠는 개구쟁이 아이들의 배와 가슴에 청진기를 댄 후, 조제약을 먹도록 권장하는 의사입니다. 제가 의술로써 세상의 빛과 소금이 되자고 마음먹은 데에는, 혈액질환을 앓다 죽은 동생의 영향이 컸습니다.

저의 부모님은 교회생활은 성실하게 잘 하셨으나, 변변한 직업이 없었던 탓에 평생 동안 궁핍을 면치 못하셨습니다. 열두 살 둘째아들의 치료비조차도 댈 수 없어 가슴을 치며 애통해 하시던 부모님의 모습이 지금도 생생하게 살아 있으나 어쩝니까. 가난이 죄인 걸요. 먼저 하늘나라로 간 둘째아들을 가슴에 묻으신 지 열흘 뒤에, 어머니는 흐르는 강물에 몸을 던져 세상을 등지셨습니다. 그 갑작스러운 상처喪妻의 충격은 아버지를 깊은 공허감에 빠트렸습니다. 아버지는 삶의 의욕을 완전히 잃으시고 나날이 수척해져 갔습니다. 기력이 허해지자 신앙마저 놓아버렸습니다. 그 대가는 혹독했습니다. 중풍을 맞으시고 끝내는 스스로 호흡을 끊고 말았습니다.
 이 땅에서 어깨 기댈 일가붙이 하나 없는 혈혈단신의 고아로 전락된 저는, 열네 살에 숙모님 댁에서 잠시 지내다 복지기관에 맡겨졌습니다. 형편이 어려워 저를 데리고 살 수가 없었던 숙모님께서 어쩔 수 없어 내린 선택이었습니다. 저는 심약한 소년이었습니다. 그래서 복지기관에 맡겨진 결손가족의 아이들과 제대로 어울리지를 못 하고, 외톨이로 주위를 맴 돌았습니다. 보육원입소 이주째 되던 날, 저는 두 살 위인…힘이 아주 센 형에게 영문도 모른 채 두들겨 맞았습니다. 그의 무서운 구타는 밤잠을 이룰 수 없도록 어린 가슴을 벌벌 떨게 만들었습니다. 저는 이불 속에서 한참을 울었습니다. 맞은 몸이 아프기도 하였으나, 그보다는 나를 편들어 주는 친구가 한 명도 없다는 데서 온 그 서글픔은 너무나 컸습니다. 저는 며칠을 고민하다 보육원탈출을 결심했습니다.
 어느 날 새벽 저는 보육원에서 멀찌감치 도망쳐 나왔습니다. 그 당일 저는 전등이 환하게 켜진 어느 가게 앞에서 부지런한 여러 명의 사람들이 신문더미를 오토바이나 자전거짐칸에 덥석덥석 높이 쌓아 싣는 광경을 목격하게 되었습니다. 저는 이 사람 저 사람에게 물어 찾은 보급소소장을 붙들고 제발 신문배달을 시켜달라고 졸랐습니다.
 '몇 살이냐?'
 사람 좋은 인상을 지닌 보급소장의 목청은 듣기 좋게 선량했습니다.
 '열네 살인데요.'
 '안 되겠다. 엄마 젖 더 먹고 이년 뒤에나 오너라.'
 '안 됩니다. 오 분 앞도 내다보지 못하는 꼬마에게 이년 뒤는 믿을 수 없으니, 지금 당장 허락하여 주십시오.'
 '이 녀석이 당돌하게 덤비네. 말 들어라, 꼬마야. 너에게 신문배달 일을 시켰다 미성년자 고용 법에라도 걸리면 아주 골치가 아프니 이쯤에서 끝내자.'
 '아저씨, 전 돌아갈 집도 없어요. 그러니 잔심부름이라도 해 드릴 테니까 여기에 있게 해 주세요.'
 '아저씨, 아줌마들이 바쁘게 움직이는 거 똑똑히 보고 있지? 나도 배달을 나가야 하니까 이따 오든가 해야겠다. 아니다. 그럴

필요 없이 방에서 쉬고 있는 게 낫겠다.'
　저는 신문배달을 하면서 소장님의 각별한 귀애로 한 해 늦은 그 이듬해에 중학교에 입학을 할 수 있었습니다. 저는 소장님의 양아들로 호적에 등재되었으며, 그 힘은 월반을 하는데 큰 원동력이 되어 중학교 졸업을 한 해 당길 수 있었습니다.
　저는 짧은 삶을 살다간 동생을 한시도 잊은 적이 없었습니다. 이와 병행하여 어린자식들의 양육책임을 다 하지 못 하신 부모님에 대해서는 치를 떨었습니다. 제가 입학원서를 낸 학교 측으로부터 합격통지를 받고 정식으로 의대수업을 받기 시작하자, 양부모는 친자식 이상으로 기특하게 여기시며 공부에 전념하라며 신문배달을 극구 말리셨습니다. 저는 제가 쓸 모든 비용은 제 스스로 벌어 보겠다는 고집을 버리지 않고, 새벽에 기상하자마자 오토바이를 몰고 골목골목을 누볐습니다.
　하나님께서는 저에게 어린이들을 특별히 사랑하는 곡진한 마음을 축복의 선물로 내리셨습니다. 저는 늘 감사를 키우며 돈보다 생명존중의 사명으로 어린환자들이 진료를 마칠 때마다, 서너 번씩 안아 주었습니다. 그래서 요즈음에는 그 후유증으로 어깨통증에 시달리고 있습니다.
　가난한 부모님들을 배려하는 차원에서 치료비 대신 쌀 일 킬로그램이나, 라면 다섯 개를 내어도 괜찮다 했습니다. 저는 그렇게 해서 차근차근 모아진 쌀이나 라면을 소년소녀 가장이나 독거노인들에게 나눠줬습니다. 그 공로로 정부표창을 몇 번 받았습니다. 그 후 저는 여러 손길들이 모아주신 성금에 힘입어 종합병원을 신축하여 의료사업을 확충하였습니다. 저는 하나님께서 이 영혼을 부르시는 그날까지 어린이들의 영원한 친구로 남아 있을 작정입니다."
　채문식 장로는 입술 언저리에 묻은 침을 바지주머니에서 꺼낸 손수건으로 닦아내며 조용히 눈을 감고 묵상에 잠겼다. 그 모습이 너무나 선하게 경건하여, 일동 모두 그 분위기에 맞추어 기도자세를 취했다.
　임무영의 시선이 안색이 핼쑥하게 마른 박정민에게로 옮겨졌다. 그는 건설현장 미장의 이력을 갖고 있다. 거의 십 여 년을 이곳저곳 현장을 다니며 세월을 보냈다. 가족 상황은 작은 떡볶이 집을 운영하는-두 살 아래인 아내와 각각 중학교 삼학년, 일학년인 두 남매를 키우고 있다. 어느 날 그는 날로 숨이 차는 경도가 심해지는-기침가래가 끓는 호흡곤란 원인을 규명하려 병원을 찾았다. 의사의 진단은 폐쇄성 폐병이었다. 그 순간 눈·귀와 입이 크게 벌어진 충격을 받은 그는 한참의 고민 끝에, 의술 의존 아닌 하늘의 신령한 기적을 바라고 기도원에 올랐다. 그리고 삼일 금식을 마쳤다. 그래서 성대 사용이 개골개골하다.

박정민은 전직판사의 시선이 자신에게 멈춰지자 머리부터 젖히며 외면했다. 간증할 자격이 없다는 뜻이었다. 임무영은 상대의 의사가 그러하자 존중 차원에서 말도 꺼내지 못하고 물러났다.

"이젠 저만 남았군요." 방주인은 입을 열었다. "왜요? 왜들 그렇게 긴장된 눈빛으로 저를 보시는 겁니까? 얼굴에 뭐가 묻기라도 했습니까?" 신앙을 나누는 이런 자리가 체면상 어색하여 그 감정을 감추려고 임무영이 마른세수를 하다 멈추었다.

"그게 아니라 이번엔 또 무슨 은혜의 말씀을 듣게 되나 하는 궁금증 때문입니다." 배윤식의 재치 넘치는 답변에 일동은 미소를 머금었다.

"난 또…김빠진 얘기는 하지 말아달라는 아우성인 줄 알고 깜짝 놀랐지 뭡니까." 농담도 어설펐다. 그럼에도 너털웃음이 한바탕 터졌다.

"에, 저를 소개할 것 같으면 인생에 있어서 진정한 자유가 무엇인지를 찾아다니는 전직판사입니다. 그 기간을 일 년으로 잡았으나, 별 소득 없이 벌써 칠 개월째를 맞고 있습니다. 이 상태로라면 아무래도 일 이 년 연장이 불가피해 보입니다. 국가가 제정한 법률에 따라 공직퇴직 후 이년간은 백수로 지내야 하는데, 그 무렵이 직업상의 경직성이 풀리는 시기이기 때문입니다.

저는 공직생활을 할 시에는 기독교의 창조론보다 종의 기원의 저자인 찰슨 다윈의 진화론에 상당히 기울어져 있었습니다. 원숭이가 직립보행을 하는 인간의 신조라는 획문언구에 재미기 붙어, 교회를 다니면서도 과학적 증거보다 무형의 믿음으로 신앙심을 키우라는 창조론의 설교가 따분하기만 했었던 겁니다. 그렇지만 근래에 들어와서는 고등한 인간을 동물로 격하시켰을 뿐만 아니라 이기주의, 쾌락주의, 생명경시, 양육강식 등의 심각한 사회병리 현상을 만연하게 퍼트린 가운데, 만물은 시행착오에 의해서 생겨났다는 유물론적 사상보다 '믿음은 바라는 것들의 실상이다.' 라는 성경구절대로 하나님에 대한 믿음의 눈이 점차 크게 뜨이고 있는 중입니다. 아직은 덜 마른 시멘트바닥 상태이나, 하나님에 대한 의존을 공고히 다지는 중입니다.

저에게 주어진 초미의 과제는 사람을 가리지 말고, 이 땅에서 한 시대를 살아가는 빈부귀천 모두를 포용하며 마음의 갈등을 지우자는 겁니다. 깊은 연구에서 얻은 지식을 성스럽게 위장한 입술의 말만으로 가르친 바리새인적 우월적 오만보다, 준행하며 하나님 뜻을 나타낸 에스라 적 신앙을 본받자는 게 저의 믿음의 선호입니다.

상대와 견주어서 나를 돌아보는 것은 시험의 빌미가 아닐 수 없습니다. 저는 지위를 핑계로 점잖을 빼면서 대위를 참 많이 멸시하였습니다. 교육수준이 낮다 싶으면, 무식하니까 사기를 당한 뒤 운다고 속으로 경멸을 쏟아냈습니다. 밑절미 일을 하는 서민들에게는 얼마나 못났으면 뼈가 으스러지도록 일을 해도 졸가리 가난에서 벗어나지 못하냐고 비하했습니다. 나보다 낫다는 선행적 사고보다, 똑같은 인간을 얕보는…천시하는 교만으로 꽉 채운 가시덤불 같은 마음이었던 겁니다. 이 못된 근성은 강바람이 매운 줄, 욕지거리 발길질 아픈 줄 미처 몰랐던…나의 위주로 살았던…나만을 내세웠던 시절 적 이야기입니다. 그래서 그때를 거울삼아 여러분들과 어울리며 소견을 넓히는 공부를 하게 된 것입니다.

저는 믿음으로 깨달았습니다. 사회적 지위가 높은 사람은 그 좋은 머리로 자신의 비리가 탄로날까봐, 대갈통 박는 신경을 다 열어 전전긍긍 한다는 것을요. 그 비밀을 반드시 꼭꼭 숨겨야만 하고, 또한 그 흔적을 말끔하게 지워버려야 보신이 보장되므로, 그 비리의 약점을 아는 사람의 입을 틀어막는 방안의 묘책만을 찾아냅니다. 이처럼 속임수에 능한 정치가, 기업가, 재벌들은 오금이 저려지도록 속은 태울망정 자신을 내려놓을 작자들이 아니다, 이에 반해 소탈한 서민들은 길 가는 나그네를 식사자리에 불러 앉혀서 정담을 나눈다는 겁니다. 저는 이 점이 굉장히 부러웠습니다. 저는 무릎을 수차례 치며 과도한 상상이나, 천국과 지옥의 차이는 이거구나, 라고 외치며 너그러운 여유를 가져야겠다는 결심을 품었습니다. 사나운 성질을 암암리에 키우는 비판적 사고를 버려야 나의 평화가 정착된다는 진리는, 그 바탕 위에서 얻은 비상구였습니다.

 저는 저마다 죄목이 다른 죄인들에게 재판 석에 앉아서…기분 상태가 평안했을 경우에 한해서…이런 생각을 자주 떠올렸습니다. 사람은 언제든지 죄를 지을 수 있다. 문제는 죄를 지은 그 자체가 아니라, 재범으로 사회혼란을 부채질하는 습성이 나쁜 것이다. 이런 사람은 결코 사회를 밝게 할 수 없다. 되레 경제적으로 가난할지라도 제 본분을 다하며 사는 것이 이웃들로부터 따뜻한 환영을 받는다. 이상은 제가 철이 들어갈 때 겪은 사례입니다.

 저는 하나님의 손길과 사랑을 요즘 들어 은연중에 체험하고 있습니다. 자만을 버리고, 형식을 배제하고, 요령을 피우려 하지 않자 믿음이 자라더라고요. 처음엔 오 분이면 무릎을 펴 일어나곤 했었던 기도시간도, 이젠 제법 길어져 영이 맑아지는 현상도 뚜렷하게 나타나더라고요. 눈에 보이는 일시적 사물보다 형체를 전혀 볼 수 없는 영의 세계에 무게중심을 두게 되었다는 게 어찌나 기쁜지 모릅니다. '믿음이 없이는 기쁘시게 못한다.' 하지 않습니까.

 기독교의 근본교리가 육신의 안일을 꿈꾸는 만사형통이 아니라, 영적 사랑이라는 사실을 이야기 중 방금 깨달았습니다. 갈등은 항상 오르막이다, 라는 영감도 방금 얻었습니다. 자주 만나면 가까워지듯이, 저는 새 생명의 빛과 새로운 희망의 싹을 심어주시는 고마우신 하나님은 물론이고, 여러분들과도 많은 대화를 나누어 인맥을 쌓는데 주력할 겁니다.

 여행의 즐거움은 누구에게나 활짝 개방된 대자연의 꾸밈없는 아름다움에 대한 찬탄이기도 하나, 여러 분야에서 주어진 삶을 충실하게 일구는 인물들과의 접촉을 통해서 나의 지평을 더 넓게 확충한다는 점이라고 봅니다. 여기에는 숨기고 싶은 인간의 모순도 포함되어 있습니다. 그렇지만 저의 장기여행의 목적은 진정한 자유를 누리는 사람을 만나는 것이므로, 신앙인들에게 한정되어 있습니다. 그러면서 신앙생활 몇 십 년째라고 자랑하는 성도 몇몇 분을 만나 이런저런 얘기를 나누는 기회를 가졌었는데, 대부분 잘못 배운 기복신앙이더라고요.

 한 사례를 들자면 오랜 기도를 드렸는데도 불구하고, 아들의 병이 고쳐지지 않자 하나님은 택함 받은 사람만 사랑하고, 별 볼일 없이 미천한 나 같은 사람은 미워하시기에 외면하는 거라면서 절망의 구덩이에서 방황한다는 겁니다. 응당 해야 할 일을 하지 않고, 기적만을 바라는 신앙인은 하나님을 용도의 대상으로만 보는 경향이 아주 높습니다. 하나님을 필요시에만 찾는 반짝 믿음, 대중의 질서유지를 위하여 제도된 법을 자신의 편리대로 짜 맞추는 태도는 하나님 사랑과 애국정신의 결핍이 아니겠습니까?"
임무영의 과거 반성과 법률정신에 입각한 간증은 여기서 매듭되었다. 모두의 얼굴에 희열이 돌았다. 특히, 송경호의 경우는 사회진출에 도움이 될 믿음의 알심을 강하게 받고는 하나님의 인도를 절실히 기대하게 되었다. 송경호는 임무영을 따로 면접하려고 자리를 옮겼다.
바깥에 나갔다 돌아온 배윤식의 양손에는 일회용커피 넉 잔이 들려있었다. 그 중에 제 몫인 한 잔은 입에 물려 있었고, 채문식 장로가 그것을 받아 부자유한 신체를 풀어주었다. 이어, 우호성이 건빵과자 몇 봉지와 천 밀리그램 우유 두 통을 함께 담은 비닐봉지를 들고 나타났다. 일동은 다시금 둥글게 모여 앉았다.
"혹시, 정봉준 목사님의 거처를 아십니까?" 곁에 붙어 앉은 송경호가 물었다.
"아는데 참고 기다려야 할 거요." 임무영이 코끝에 걸린 안경을 추켜올리면서 답변했다.
"왜 그렇습니까?"
"삼 년 기한을 잡은 경건시간이 아직 남아 있어서 사람을 피하고 있으니까요."
"마귀짓거리는 아예 하지 말아야겠네요."
"그렇게 하시는 게 그분을 돕는 겁니다."
"참, 판사님. 제가 사법고시를 준비한 지 일 년 반가량이 됩니다. 응시연령 제한이 몇 세까지인지, 혹 아십니까?"
"형제님의 금년 나이가 어떻게 됩니까?"
"서른일곱입니다."
"충분한 연령이니 준비를 잘 해봐요. 내가 퇴직한 후 아마 연령제한이 폐지됐을 걸요."
"법률에 관계된 일을 하면서 돈을 벌고 싶은데, 연줄 닿는 분

- 180 -

혹 계십니까?"

"정치바람이 잘 날 없는 법조계에요? 하나, 까다로운 질문을 잘만 넘긴다면 그런 자리는 어딘가 있을 거라 믿어져요."

"소개 좀 부탁드려도 되겠습니까?"

"여기 언제까지 머물 예정인지요?" 임무영이 물었다.

"오늘 중으로라도 집에 갈 수 있습니다."

"그럼, 내일 다시 이리로 와 봐요. 내 그동안 몇 곳을 알아볼게요."

14
-폭력사태-

 송경호는 한가하게 잡담을 나눴던 야외에서 오인 실 숙소로 함께 돌아가는 박정민의 어깨를 두서너 번 톡톡 두들긴 뒤, 혼자 성전으로 발길을 돌렸다. 절전 책으로 높은 천장에 매달린 전등 몇 개만이 밝혀져 있는 성전 안에는 장판바닥에 길게 누워 있는 금식자 몇몇과, 육성기도를 속삭이듯이 되뇌는 오륙 명 정도뿐이라 비교적 한산했다. 경호는 방석 하나를 집어 들고, 형광불빛이 벽면 중앙 십자가를 후광으로 비추는 강대상을 머리맡에 둔 그 턱 언저리에다 이마를 붙였다. 그의 입술은 굳게 닫혀 있었다. 실로 오랫동안 잊고 지낸 성심 모은 기도 자세였다.
 누군가는 기도순서를 일곱 가지로 뽑았다. 감사, 찬양, 국가안위, 위정자, 교회일치, 가족, 개인 등등이다. 그렇지만 이웃을 기쁘게 하는 선행보다 개인 욕망이 더 강한 경호는, 이 순서를 따를 의사가 전혀 없어 보인다. 머리 둔 위치와 딴판으로 그 속으로는 오로지 돈의 모양만을 그려두고 있었기 때문이다. 그는 취업을 했다는 전제 하에서, 첫 월급을 어떻게 쓸까를 구상하고 있었다.
 "돈이 아무리 급하게 필요해도 탐욕은 패망의 화를 부를 수가 있다. 그렇다고 월급만을 기다리기에는 시간은 너무 멀고, 설사 그 돈을 손에 쥐었다 할지라도 쓸 비용에는 턱없이 모자랄 것이다. 허참! 직장도 잡지 못한 주제에 속물 성 망상이 너무 빠르구나."
 경호는 어처구니없다는 반응을 자신에게 드러냈다.
 "아무튼 돈 버는 일에는 목숨을 담보하는 것도 감수해야 한다. 영혼을 팔아서라도 반드시 한 몫을 챙겨야 한다. 자본주의 사회에서는 돈 없이는 아무것도 할 수 없고, 무능한 바보취급을 받기 일 쑤이다. 난 시간을 헛되이 낭비한 죄인이다. 가정을 돌보지 않은 죄가 얼마나 큰가. 자리가 잡히는 대로 두 아이들과 아내에게 못 바쳤던 사랑을 쏟도록 하자. 내일 일이 잘 풀려야 할 텐데…"
  송경호는 기도 아닌 기도로 시간을 보내고, 저녁식사 시간에 맞춰 식당현관에서 신발을 벗어 신발장에 얹었다. 그때 옷 주머니에서 전화벨이 울렸다. 발신자는 아내였다. 믿음직하며 오붓한 남편 노릇을 못한 그 죄책감 때문에 언제나 미안하면서도 반갑기 그지없는 아내는, 안부에 이어 언제 서울에 올라오느냐고 숫접은 음색으로 물었다. 남편은 하나님의 섭리를 먼저 고백하고, 이곳에서 만난 분께 부탁드린 취직 건의 결과를 들은 뒤, 이르며 내일 늦은 저녁때쯤 상경하게 될 거라는 답변으로 아내를 안심시켰다.
  다음날 한 식탁에서 점심식사를 마친 전직판사 임무영은, 경호에게 봉투 하나를 건넸다. 경호는 돌아온 숙소에서 짐 가방을 챙겨들고 뒤에 남은 기도 자들과 작별의 악수를 나누었다. 박정민이 기도원정문까지 배웅해 주었다.
  청주에서 서울에 도착한 시간은 해껏 무렵이었다. 그는 고속버스터미널을 빠져나오면서 휴대전화기 덮개를 열었다. 수화기 저편에서 들려온 목소리의 주인공은 앳되게 느껴지는 젊은 여성이었다. 미지의 여성은 경호가 찾는 변호사는 이미 퇴근하였다는 소식을 친절하게 답해 주었다. 경호는 당초 잡았던 일정을 내일로 미루고 아내에게 귀가를 알렸다.
  "어떻게? 출근 일정이 잡혔어?" 대문을 열어준 아내가 남편의 손을 붙임성 있게 꼭 쥐며 물었다.
  "변호사 퇴근 뒤라 통화를 하지 못했어. 내일 다시 알아봐야겠어. 한데 자신감이 풀려가고 있어. 면접자를 만나봤자 소용이 없다는 뜬금없는 걱정이 자꾸만 맴돌 곤 해."
  "하나님 뜻이 아닌가 보지 뭐. 아니면 기도가 부족했거나…내키지 않으면 관둬!"
  "뭐라도 시작해야 우선 안심이 되고, 못난 나 때문에 고생만 하는 당신을 위해서도 취직만금 좋은 선물이 있을까? 알았이. 흰번 만나보고 대책을 세워볼게."
  서초동 법률사무소는 칠층 건물 이층에 자리 잡고 있었다. 조충환 변호사는 눈매가 차갑게 느껴지는 마른 체구의 인물이었다. 구릿빛 얼굴에 선명하게 드러난 두 개의 검은 점이 돋아있으면서 머리숱이 적은 그는, 항상 업무에 쫓기는 탓인지 침착하지 못한 것 같았다. 그는 여직원에게 커피 두 잔을 갖다 달라고 부탁한 말을 금세 잊고, 서류를 들고 위층으로 올라갔다가 칠분 여 만에 서둘러 내려왔다. 경호 앞에 선 그는 그새 또 다른 커피 잔을 들고 있었다.

"이거 너무 죄송합니다." 조충환 변호사는 회전의자에 서둘러 앉으면서 사과했다. "이력서 가지고 오셨지요?"

푸대접을 받고 있다는 생각으로 안색을 흐린 경호는, 모처럼 입어 꽉 쪼이게 어색하기만 한 양복안주머니에서 봉투를 꺼내 변호사 앞으로 밀었다. 그때 여직원이 사건 의뢰인이 기다리고 있다는 보고를 올렸다.

"아, 그래요?"

변호사는 양해를 구하지도 않고 일방적으로 경호와의 상담을 뒤로하고, 회전의자에서 벌떡 일어나 칸막이별실로 사라졌다. 경호는 모멸감에 울화통이 치밀었다. 예의가 없는 변호사를 쫓아가 멱살을 잡고 두들겨 패야 직성이 풀릴 것 같았다. 경호는 움켜쥔 두 주먹 중 하나를 펴고, 책상 위 봉투를 회수하면서 철제의자에서 등을 뗀 몸을 벌떡 일으켰다. 그리고는 여직원에게 한발 다가가 성질이 오를 데로 올라 검게 물든 낯빛을 들이밀었다.

"저 영감탱이에게 전해 주시오. 바깥나들이 조심하라고요. 사람을 불러놓고 딴청만 부리는 놈은 정의의 손에 죽어도 마땅하다는 말도 아울러 전해 줘요."

송경호는 여직원 앞에서 전직판사의 추천서와 자신의 이력서도 함께 동봉한 봉투를 통째로 갈기갈기 찢어 그 조각들을 공중에다 흩뿌렸다. 그리고는 재수가 더럽다는 저주의 침을 탁탁 뱉고, 눈에 걸린 파란 플라스틱 쓰레기통을 구둣발로 세차게 걷어찼다.

여직원은 바로 눈앞에서 벌어진 난데없는 난폭한 행패에 피해를 입을까봐 몸을 움찔 사렸다. 겁에 질린 눈빛은 파르르 떨렸다. 폭언 자를 주시하면서 슬금슬금 뒷걸음치며 책상을 벗어나려는 연약한 처세는 불안정했고, 굽 높은 구두에 넘어지지 않을까 염려가 들 정도였다. 그 무렵에 어깨를 들먹거리며 거친 숨결을 내쉬던 경호가 등을 돌렸다. 여직원은 기회를 놓치지 않고 재빨리 문을 연 별실로 뛰어들어 사태를 보고했다. 여직원에 앞서 놀란 기색으로 허둥지둥 나타난 조충환 변호사는, 난장판이 된 대리석바닥을 내려다보면서 혀를 끌끌 찼다. 게다가 방문객은 이미 자취를 감춘 뒤였다.

"불만은 말로 풀 것이지…왜 그렸대?" 조 변호사는 실룩이는 검은 눈썹을 바닥에 둔 채로 여직원에게 물었다.

"제가 어찌 알겠어요." 제 자리로 돌아간 여직원이 책상 위 볼펜을 연필통에 꽂으면서 고개를 저었다.

"나 원 참! 쓸어버려."

대리석바닥에 어지럽게 흩어진 종잇조각들을 무심한 눈초리로 내려다보고 있던 변호사는, 쪽지의 필체가 왠지 낯설지 않다는 느낌을 받았다. 그는 그 몇 조각을 주워 여직원의 책상 위에다 펼쳐 놓고는, 찢긴 부분을 맞추는 작업에 들어갔다. 복사본 주민등록초본이며, 이력서 종잇조각들이 마구 뒤섞인 속에서 천거서 부분만을 따로 구분하여, 필체의 주인공이 누구인지를 곰곰이 더듬었다. 그는 좀 더 신중함이 필요하다는 판단 하에, 자신을 지켜보고 있는 여직원에게 조각 전부를 주워 올리라고 시켰다. 시간을 들여 이어붙인 결과 임무영 판사의 필체임이 확인되었다.

"아차! 대실수를 결례했구나. 이봐, 미스 리. 얼른 그 남자손님을 데려 와."

여직원은 말귀를 금방 알아들었다. 대리석바닥을 요란스럽게 때려대던 구두 굽 소리가 출입문을 빠져나가면서 잠잠해졌다. 별실에서 기다리던 의뢰인이 변호사 곁으로 다가왔다.

"변호사님, 아무래도 제 사건을 다른 분께 맡겨야겠습니다."

"그렇게 하십시오. 안녕히 가세요." 조충환 변호사는 뒤도 안 돌아보고 인사를 마쳤다. 그러고 나서 오 분여 후, 그는 잊고 있었던 기억을 떠올리며 고객접견실 안을 들여다보았다. 아무도 없다. "어렵쇼! 어디 갔지? 화장실 갔나? 얘는 왜 또 자리를 비우고 야단일까. 바빠 죽겠는데…"

여직원이 헐레벌떡 돌아왔다. 그는 허리에 손을 얹고 나무라는 표정을 지었다.

"한참 동안 어디 갔었던 거야?"

"그분이 보이지 않아 모셔오지를 못했습니다." 여직원이 달뜬 안색으로 얼른 대답했다.

"그분이라니? 미스 리 월급은 누가 주지? 내가 시키지 않은 일에 왜 끼어 들어서 본분을 저버리는 거야."
"네에…? 변호사님이 시키셨잖아요!"
"내가 뭘 시켰다는 거야. 괜히 발뺌하지 말고 어서 손님이 어디 계시는지 알아 봐."
"의뢰 차 오신 분 말씀입니까? 그분 가시던데요."
"뭐? 왜 이래! 용무가 끝나지 않았단 말이야. 에이, 여긴 왜 이렇게 지저분해. 깨끗이 할 수 없어!"

거리는 벚꽃축제의 물결로 온통 들떠있다. 평일임에도 불구하고 장날 꽃을 구경하려고 나온 인파들로 벚꽃 길 일대는 북적거렸다. 예쁜 흰 꽃송이를 올려다보는 한 쌍의 젊은 연인은 추억을 남기려는 입맞춤을 하고 나서 서로를 쑥스럽게 쳐다보았고, 유모차를 끌고 나온 젊은 엄마는, 귀여운 사내아이를 저의 머리위로 최대한 높이 안아 올려서 꽃향기를 맡도록 돕고 있었다.

송경호는 낙낙한 이 계절의 모든 게 신트림이 솟구치도록 역겹게 거슬렸다. 그는 조충환을 소개하여 낭패를 보게 한 전직판사까지 싸잡아 비난하면서 이를 갈았다. 뭉근한 기분은 점차 들끓는 분노로 치달았다. 제정신이 아니었다. 그런 기분 상태로-아무런 의식 없이 한 걸음 한 걸음 발을 내딛다보니-전혀 예상 밖인 예술의 전당 안까지 들어오게 되었다. 오페라공연, 출판기념회, 서예전시회, 주말국악 한마당 등을 알리는 현수막이 한 건물 전면을 덮고 있는 전당 뜰도 어김없이 시민들로 붐볐다. 산책을 나온 사람들, 파라솔 아래에서 한가하게 차를 마시며 담소를 나누는 사람들, 약속시간이 다가오자 초조한 듯 손목시계를 연신 들여다보는 미혼여성 등, 모든 사람들은 마냥 행복해 보였다.

여기서도 경호는 철저한 박탈감을 느꼈다. 신경은 극도로 광폭해졌다. 혐오증에 심장까지 날뛰었다. 누구를 죽도록 패거나, 아니면 자신이 물보낌에 산산이 깨져야만 원성이 풀릴 것만 같았다. 생소한 수목숲길이 나타났다. 그는 폭 좁은 흙길 따라 무작정 안으로 빨려 들어갔다. 팔각지붕의 정자가 십 보 앞이다. 그 안에서 정장복장의 한 신사가 나오고 있었다. 송경호는 뭐가 그리 치통한지 아니꼬운 눈초리로 노려보며 걷다, 교차지점에서 팔꿈치를 세워 신사의 어깨 부위를 고의로 툭 쳤다. 그 폭력에 신사는 한발 떠밀렸다. 노골적인 시비에 신사는 눈살을 잔뜩 찌푸리며, 어깨와 팔의 연골부위를 매만졌다.
"왜 째려보는 거유? 당신이 피했더라면 그런 불상사는 안 당해도 되지 않았겠소. 안 그렇소!" 싸움 목청은 일방적 협박이다.
"뭐야? 잘못은 누가 해 놓고 양아치 생떼를 부려!" 열에 한층 달아오른 신사는 서슬을 올리며 삿대질로 맞섰다. 결이 선 어조이긴 하나, 그 이면은 겉보기와 달리 어리보기 했다.
"허허, 이 양반이 몸뚱이가 두 개라도 되나. 왜 이리 바락바락 덤벼!"
"흥, 맞장 붙자 이거지? 어림없다 이놈아!" 물러나지 않겠다는 신사의 성깔도 대단했다. 가당치 않다는 반응이 제법 당찼다.
"힘이 그리 세시우? 결과는 두고 봐야 알 수 있는 게 아니우."
상의를 벗는 중에 기습적인 일격을 당한 신사는, 얼굴을 감싸면서 비명을 내질렀다. 상체를 깊이 구부려 낮춘 신사를 내려다보면서 새로운 힘을 키운 송경호는, 신사의 배를 구둣발로 세차게 걷어찼다. 그 기세를 몰아 이번엔 왼발로 정강이를 가격했다. 신사는 그 자리에 무릎을 꿇고 땅바닥에 꼬꾸라졌다. 온몸으로 신음을 토해내는 신사의 입에서 무언가가 뱉어졌다. 신사가 손바닥으로 받아 낸 물체는 붉은 피에 묻힌 앞니 한 개였다.
방둥이 미치광이 지랄에서 정신을 차린 경호는, 이성을 겨우 추수렸다. 양심이 찔리도록 짓쩍은 후회가 밀려들었다. 어찌할 바를 몰라 하며 쩔쩔 매는 동안 식은땀이 밴 사지는 후들후들 떨렸고, 소리 없이 흐느끼는 눈물줄기는 천하에 못쓸 후레자식이라면서 자책하며 때리는 왼뺨을 뜨겁게 적셨다. 그때 돌연 "도망쳐라!" 라는 목청이 내면에서 울렸다. 눈물이 씻기면서 두 귀가 솔깃하게 열렸다. 폭행현장을 목격한 눈이 없는 이상 도망쳐도 무방하다는 합리띄운 생각은 냉정을 되찾게 했다. 그는 사고 친 현장을 벗어났다. 그렇지만 몇 발짝 만에 멈춰 섰다. 하늘과 땅 그리고 좌우의 수목들이 사신이 저지른 일빙직 폭행을 지켜보았는데, 그들로부터는 숨을 곳이 아무 데도 없다는 자각이 번뜩 스친 것이었다.
그는 마른 길바닥에서 시늉으로 뒹구는 신사 곁으로 되돌아왔다. 그리고는 신사의 상체를 일으켜 앉히고, 그 양 겨드랑이에 두 손을 끼어 넣었다. 팔자로 축 늘어진 체중은 벅차게 무거웠다. 도무지 힘으로는 안을 수가 없었다. 방법을 바꿔 이번엔 신사의 왼팔을 오른편 어깨에 걸쳤다. 그 팔이 맥없이 뚝 풀어진다. 신체를 놓고 호흡을 가다듬었다. 다시금 무릎자세로 앉아 신사의 팔을 제 어깨에 재차 얹었다. 신사가 용쓰는 힘을 덜어주는 보조를 조금씩 맞춰주는 기색을 흘렸다. 천만다행이었다.
　팔짱을 다정하게 낀 중년의 남녀가 앞 편에서 다가오고 있었다. 두 사람은 경호의 부축을 받으며 구둣발걸음을 겨우겨우 떼는 신사의 흰 셔츠에 붉게 배인 피를 발견하고는 동공을 크게 키웠다. 여자는 질겁하며 화장기 짙은 얼굴을 사내의 가슴팍에 묻었다.
　"도와주세요." 육십 킬로 체중의 중압감에 감당이 힘들어진 경호가 도움을 요청했다.
　"왜 이 모양이 된 겁니까?" 콧수염 사내의 말투에는 남을 걱정하는 의리가 실려 있었다. 그는 신사의 오른팔 소맷부리를 잡았다. 이때 역한 피비린내에 코를 틀어막고 있던 여자 편에서 남자의 상의 끝자락을 잡아당겼다. 화장이 짙은 검은 눈매에, 열 손톱 전체를 붉게 칠한 모양새가 몸을 파는 화류계 여자같이 요란하다.
　"강문호 씨 우리 일이 아닌데, 참견하지 말고 내버려 둬요."
　"으응? 그럴까." 남자는 손을 털어 보이며 신사 곁에서 순순히 떨어져나갔다. 남자와 어깨를 나란히 한 여자의 왼팔이 이내 남자 허리에 휘감겼다. 그 손목의 소매가 반 뼘 걷히면서 금속 줄의 시계가 드러났다.
　"자기 잘 했어. 다른 사람이 죽거나 말거나 우리가 상관할 바가 아니잖아." 빨간색 루주를 짙게 바른 여자의 입술에서 내뱉어진 강파름이 경호의 귀에 쇠 파편으로 박혔다.
　"응, 그래. 나도 자기 생각과 동감이야."
　경호는 두 발로 설 수 있을 것 같은 데도, 자신을 골탕 먹이려는지 매번 주저앉으려고만 하는 신사가 너무나 얄궂었다. 어렵게 통나무계단 앞에 다다랐다. 사람을 등에 업고 계단을 내려간다는 품은 여간 버거운 게 아니었다. 중반에 이르자 다리가 후들후들 떨리면서 하마터면 넘어질 뻔도 했다. 이마에 진땀이 배었다.
　"힘들어 죽겠네. 이봐요, 정신 차려요! 그까짓 주먹 두 방에 기절이라니…정말 미치고 환장할 노릇이군!" 경호는 신사를 잔디밭에다 눕혀놓고 짜증을 부렸다.

신사가 두어 번 기척을 냈다 잠잠해졌다. 부아에 불을 붙인 셈이 되었다. 그는 걷어차고 싶은 분기를 겨우 삼켰다. 문득, 신사의 신분이 궁금해졌다. 신사 곁에 앉아 상의 안주머니에 손을 쑥 집어넣었다. 손아귀에 부피가 두툼한 지갑이 잡혔다. 검은색 장지갑 안에는 삼십구 세 이갑수의 주민등록증과, 현금 및 체크카드 여러 장과 사설학원과 관련된 명함뭉치 외에, 현금 오십오 만원과 십만 원짜리 수표 일곱 장, 가게수표 서너 장 그리고 값비싼 오페라관람권 한 장도 들어있었다. 경호는 현금과 오페라 입장권만을 뽑아들고, 지갑은 양복안주머니에 다시 넣었다. 그리고는 간수 잘하라는 아침을 떨었다.
  경호는 신사의 전화기로 구급차를 불렀다. 그런 다음 이갑수를 다시 들쳐 업고 야외공연장까지 나왔다. 구급차가 도착했다. 두 남녀 구급대원은 숙련된 순발력으로 차량 뒷문을 재빨리 열고, 콘크리트바닥에서 들어 올린 환자를 간이침대로 옮겼다. 경호는 여자구급대원과 간이침대 뒤편 손잡이를 나눠 잡았다.
  여자구급대원이 환자와 어떤 관계냐고 물었다. 경호는 모르는 사람이라고 딱 잡아뗐다. 남자구급대원이 나서서 동행을 요청했다. 경호는 다쳐서 쓰러져 있는 사람을 신고했을 뿐이라는 발뺌을 거듭했다.
  오페라 공연까지는 두 시간 가량의 여유가 있었다. 경호는 오페라공연장 내 화장실에서 벽면에 붙은 대형거울을 들여다보며 튼 수돗물로 손과 얼굴을 꼼꼼하게 씻었다. 바깥에서 엉망으로 흐트러진 매무새를 대충 잡고 복장 품새를 최종 치레한 다음에 발견한 한 점의 혈흔도 말끔히 지웠다. 마지막으로 젖은 손으로 머리를 만져 왼편으로 가르마를 탔다.
  두 시간여의 공연을 마쳤다는 벨이 울리자, 여러 개의 출입문이 일시에 활짝 열렸다. 만족감에 젖은 관중들이 우르르 바깥으로 밀려나오기 시작했다. 오페라공연장 건물 주변으로 무선전화기를 움켜쥔 사복경찰 두세 명이 서성거리고 있었다. 일대를 살피는 사복경찰들의 집요한 눈빛은 멀리 가까이로 분주하게 넘나들었다.
  경호는 어느 중년부부의 뒤를 따라 가로등 불빛 아래로 나왔다. 이 무렵 일정한 거리를 두고 서로 간 눈신호를 주고받던 두 사람이 좌우에서 다가와 경호의 양팔을 재빨리 낚아챘다.

"어, 왜 이래요? 당신들 누구요?" 경호는 부릅뜬 눈으로 두 발에 힘을 주고 완강하게 저항했다. 그렇지만 두 사람의 거친 제압을 이겨내기에는 역부족이었다. 경호 앞으로 또 한 사람이 불쑥 나타났다.

"이 사람이 분명합니까?" 경호의 우측 팔목을 잡고 있는 형사가, 피 배인 흰 셔츠 목 단추를 풀고, 무늬넥타이를 늘어트린 밤색 양복의 신사에게 물었다.

"네, 이놈이 저를 폭행하고 지갑을 갈취한 놈입니다."

경호의 양손이 뒤로 비틀리면서 수갑이 채워졌다. 무선기로 범인 검거소식을 전해 듣고 다른 곳에서 탐색을 벌였던 동료 한 명도 한 자리에 모였다. 폭행강도범을 둘러싼 사복경찰들은 경호의 인권을 완전히 무시하고, 승합차 안으로 강제로 밀어 넣었다. 그 과정에서 형사 한 명이 그의 뒤통수를 장난치듯이 가볍게 톡톡 때렸으며, 누구는 귓불을 잡아당기며 "어둠의 자식은 어둠 속에서 살아야 어울린다." 라는 욕설로 질책했다.

경호의 구속은 집시법으로 이년 형기를 마친 이후 두 번째이다. 출소 후 새 출발을 다짐하며 일주일을 보낸 기도원에서 나온 지 하루 만에 다시금 피의자 신분이 된 것이다.

피해자 조사를 받아야 할 입장인 이갑수는 경찰관들의 특별배려로 뒷좌석에 앉아 안전벨트를 몸에 둘렀다. 손아귀에 꼭 쥔 이빨을 끝까지 놓지 않고 있었던 이갑수는 처음부터 의식을 잃지는 않았다. 강한 충격으로 잠시 혼절은 했었으나, 줄곧 오감을 열어놓고 있었다. 그는 가끔씩 실눈을 뜨고 강도의 일거수일투족을 관찰하며 구급차량이 움직일 때까지 참고 기다렸다. 그리고는 기회를 맞아 구급대원에게 피해 사실을 밝혔고, 여자구급대원이 경찰신고를 대신 도왔다.

벽시계가 밤 열시를 알리는 종을 쳤다. 종잡을 수 없이 먼 혼란스러운 불길한 예감에, 경미의 가슴은 쥐어뜯겼다. 사귀邪鬼의 흉계가 올바르게 살아가려는 우리의 가정을 위기로 몰아가는 것 같다는 불안감에 가슴은 답답하게 미어졌다. '사랑 안에는 두려움이 없고 온전한 사랑이 두려움을 내어 쫓나니…' 그녀는 성경구절을 애써 암송하면서, 망연한 공포에 떠는 자신과 사투를 벌였다. 그럼에도 어둠의 세력은 여전히 마음을 움켜쥐고 있다. 계속해서 공포와 두려움에 떨게 하였다. '시험에 들지 않도록 깨어 기도하라.'라는 성경구절을 새겼다. 그녀는 지체 않고 다락방으로 올라가 방석 위에 무릎을 꿇고 눈물을 하염없이 쏟았다. 그럼에도 속은 여전히 풀릴 기색 없이 더욱 옥죄어질 뿐이다.

때 아닌 시각에 대낮에 본 장면이 그녀의 심란하게 무거운 심경을 일시 달래주었다. 피아노학원에서 어린 두 자녀와 도시락으로 점심을 마친 후, 유리창문 밖을 무심코 내다보니 파마머리 총각이 차의 라디오볼륨을 크게 높이고, 거기서 흘러나오는 팝송리듬에 맞추어서 신나게 몸을 흔들고 있었다. 그는 외형이 날렵한 빨강 스포츠 차량의 물 세차 이후, 스펀지에 듬뿍 묻힌 흰색 왁스를 벅벅 문질렀다.

전화벨 소리가 여느 때와 달리 유난히 크게 들려왔다. 경미는 다락방에서 급히 내려와 집어든 수화기를 귀에 붙였다. 전화 저편의 목소리는 아이들 아빠의 목소리가 아니라, 낯선 남자의 음성이었다. 경찰이라는 상대방과 몇 마디 통화를 나눈 경미는 유체이탈을 체험했다. 맥이 풀린 손아귀에서 빠져나온 수화기가 방바닥에 굴러 떨어졌다. 그녀는 그 조차도 까맣게 깨닫지 못하였다. 아무것도 보이지 않았으며, 아무것도 잡히지 않는 멍한 상태로 그저 절망의 괴로움에 떨고 있을 뿐이었다. 믿음의 본질인 구원의 한 가닥 희망도 메말라 버렸다. 망망대해에서 일엽편주 하는 표류가 유일했다.

남편은 헛된 가면을 벗지 못하고, 오로지 세속 욕망만을 좇다 인간생활에 가장 기초인 가정문제를 소홀히 한 일상적 죄목을 넘어, 예수를 빌미삼아 혼탁의 성공만을 꿈꾸었던 기회주의자이었다. 기쁨이 충만했을 당시 간을 빼서라도 가장의 책임을 짊어지겠다던 그 허풍. 경미는 남편의 이러한 밑절미부터 비뚤어진 사고방식을 원통한 심정으로 원망하며, 눈이 멀어 미치게 매달렸던 연애시절이 제 발등을 씩고 날았나는 후회를 씹으며, 아무것도 모르는 두 자녀를 끌어안고 언제까지나 흐느껴 울었다.

15
-수행준비-

　아무런 방해를 받지 않고 철따라 피고 지는 들꽃들과, 내심으로 나이테를 더해가는 수목들을 지켜보는 것은 진정 평화의 화신化神이다. 초록빛이 밝아졌다 어느 사이에 싱그러운 일록일청一祿一靑(한번은 녹색, 한번은 청색)으로 춤추는 변화상을 흥미롭게 감상하며, 해사한 공기를 마음껏 들이키며, 바위너설 틈새에서 새어나오는 시원한 샘물을 마시며 정신을 맑게 깨우는 것도 영혼의 축복이 아닐 수 없다. 넘쳐나는 생명의 충만감은 사람의 정신력을 향상시킬 뿐만 아니라, 만물을 포용하는 데 더없이 거늑해지게 한다. 이러한 기분 속에서는 끊임없이 영광의 감사가 넘쳐흐르고, 창조론에 매혹되어 온 마음 다 바쳐 하나님을 찬양하며 세상시름을 거듭 잊게 된다.
　임무영은 지표와 반 뼘 차이를 띄운 보랏빛 제비꽃을 귀엽다는 듯 내려다보고 있다, 갑자기 깜짝 놀라면서 뒤 발 뒤로 물러났다. 붉은 혀를 날름거리며, 긴 몸뚱이로 꾸불꾸불 기어가는 섬뜩한 뱀이 동공을 정지시킨 것이었다. 무영은 난생처음 목격한 이미터 길이의 혐오동물에 등골이 서늘해졌다. 그 오싹함에 머리카락 전체가 뻣뻣하게 섰다.
　에덴동산에서 하와에 이어 아담을 넘어트려, 오늘날까지 인류에 타락의 형벌을 잇게 하고 있는 뱀 역시도 사람 냄새를 맡고 방향을 틀어 달아나기부터 서둘렀다. 무영은 변온농불 독사가 전속력으로 울창 숲 저편으로 사라질 때까지 꼼짝을 않고 지켜보았다. 그의 얼어붙은 사지를 일깨운 존재는, 이 나무 저 나무를 자유롭게 옮겨 다니며 청아한 목청으로 노래를 들려주는 뻐꾸기였다.
　아름드리 소나무를 둔탁하게 쪼아대는 소리가 아련하다. 검은

털 딱따구리가 동구미의 흙집을 원 주인의 자격으로 허무는 소음이다.
　일자로 곱게 쭉 뻗어 자란 한 뿌리 두 그루의 쌍태 소나무 풍채 늠름하여 절로 탄성이 내지러진다. 그 아래 표면에는 그 가느다란 바늘침엽이 겹겹이 쌓여 등산화바닥에 밟히는 감촉이 부드럽다. 상향으로 쭉쭉 뻗어 오른 칡덩굴로 뒤덮인 숲은 인적의 손길이 닿지 않아 원시림을 방불케 하였으며, 그 너머 적은 양의 물이 졸졸 흐르는 계곡에는, 바위에 빌붙어 사는 이끼의 서식지이다. 이끼 사이사이로는 신장이 이삼 센티미터에 불과한 난쟁이등나무들이 오종종 군락을 지었고, 그 곁 좁은 경사지대에서는 바람결에 잎새가 살랑거리는 오리나무가 서 있고, 울창한 가지 사이사이로 내리쬐는 한 햇살을 이름 모를 풀들도 받으며 자라고 있다. 희귀종이라 보호식물로 지정된 고란초도 간혹 눈에 띄었다.
　말림갓 수림지대를 헤집으며 얼마쯤 오르자, 알아보기 힘든 희미한 맨 땅 길이 나타났다. 크고 작은 돌멩이들이 무수히 깔려 있는 길은, 우측 봉우리 뒤쪽으로 꺾여 있었다. 봉우리를 돌아 눈길을 멀리 던지자, 방종이 얽은 바위절벽이 나타났다. 막다른 장벽이다.
　바위너설로 둘러싸인 그 높은 미지세계 너머가 궁금해진 무영은 암벽을 오를 셈으로 가늠을 잰다. 높이는 대략 십 미터 안팎일 듯싶으나, 중반에 위아래 울퉁불퉁 바위 사이에 낀 돌출부위가 있어서 타오르기가 쉽지 않아 보인다. 위험성이 높은 그 지점을 피하는 단 하나의 방안은, 볕이 들지 않아 그늘이 짙은-사람 몸 하나 겨우 지나갈 수 있는-양 벽면이 좁고 거친 골짜기로 통과하는 것뿐이다.
　그는 손 장갑 끝을 위로 세게 당긴 후, 침을 퉤퉤 뱉고 바위벽턱에 첫 발을 디뎠다. 틈새 면이 매우 좁아 엄지발가락 끝만을 간신히 걸쳤다. 성가시게 방해거리인 등짐을 지고 있는 형편이다. 절벽에 붙은 몸이라 어찌했든 사세를 고칠 수가 없다.
　눈길이 먼저 찾은 머리 위의 턱만을 손으로 더듬거려서 짚고 가파른 절벽을 오른다는 것은, 목숨을 담보 잡은 거나 다를 바 없다. 체중에 밟힌 그 턱의 조각이 혹, 부스러기로 깎여서 떨어지기라도 한다면 그대로 함께 추락할 수도 있다. 그야말로 죽음과 삶의 간격은 한 뼘 차이일뿐임을 실감한다. 무수히 흘리는 바위가루로 턱이 미끄러운 아슬아슬한 위기를 두 번이나 겪었다. 그 외에는 별다른 어려움은 없었다.
 정상에 올라서자 이름 모를 새들이 맑은 노래로 반겨 맞았다. 제법 강한 맞바람도 가쁜 숨을 몰아 내쉬는 심장을 어루만졌다. 몇 그루 나무들이 군락을 이룬 산등성을 뒤로 두고 좌우를 살펴보다, 바위동굴이 눈에 띠었다. 그 위로는 생명력 강한 가시향나무 한 그루가 풍속이 비교적 약한 샛바람을 맞고 있다.
 험한 큰 바위를 이은 동굴 평수 작은 앞마당에 들어섰다. 오래 전부터 다져진 집터서리는, 별개인 높다란 바위벽면을 등지고 있다. 사람 사는 냄새가 짙다. 참나무의 굵은 가지만으로 만든 지게가 바위벽면에 기대어져 있고, 그 위로 모자 달린 겨울외투 한 벌이 일광을 쬐고 있다. 역시 굵은 참나무가지 여러 개를 칡덩굴로 얼키설키 엮어 이은 겉으로 비닐을 덧쐬운 문은 닫혀 있었다. 규격이 맞지 않게 여기저기 틈새가 많은 손방 솜씨이다. 무영은 그 앞에서 인기척을 냈다.
 "계십니까!"
 "지금 기도 중이니, 거기서 삼십 분을 기다려 주신다면 내 그대를 손님으로 맞아 주리다."
 안에서 들려온 걸쭉한 목소리는 사뭇 명령조였다. 긴 세월의 연륜을 충분히 느낄 수 있는 나이든 남성이었다. 무영은 훼방꾼이 되고 싶지 않아 동굴에서 한참 떨어진 곳까지 벗어나왔다. 양지바른 풀밭에 앉아 자유로이 떠 흐르는 흰 구름을 쫓다, 나무의 숨결을 들으려 표피에 귀를 대보기도 하면서 평강한 자유를 즐겼다.

그야말로 고요한 침묵/하늘이 보이며/그 다음에 내가 보인다./미움도 내 안의 감정/사랑도 내 안의 감정.

 이런 시구가 절로 되뇌지는 황홀한 신비의 세상에 젖어들었다.
 새하얀 머리, 새하얀 눈썹, 새하얀 수염의 노인은 고름을 맨 한복 역시도 흰색이다. 무엇에든 쫓기는 기색 없이 평화로운 안정된 모습으로, 의자로 사용되어 표면이 반질반질한 낮은 바위에 걸터앉아 불청객을 마주보는 노인은 감히 범접할 수 없는 기품을 지니고 있었으며, 조심스러운 느릿한 말투와 온유한 미소가 무영의 마음을 평안케 하였다. 기나긴 수행의 품위이다.
"외롭지 않습니까?" 무영이 세속적 말투로 낮게 물었다.
"때로는 사람의 향기가 그립 긴 하나, 외로움을 알아야 진정한 자아의 세계를 찾을 수가 있지요." 가늘게 마른다리를 포개 얹어둔 노인은 차분한 음색으로 속성을 드러냈다. 새털구름에 해가 일시 가려지면서 그만큼의 그늘이 드리워졌다.
"제 질문의 진정한 의미는 일체의 미련조차도 잊고 지내시니 행복하시겠다는 뜻입니다."
"애매하긴…그대가 추구하는 행복은 무엇이오? 내 판단에 옳다는 결정이 내려지면 답해드리리다."
"행복은 몸 바깥 멀리에 있지 않고 내 안에 있다는 어느 성자의 가르침에 수긍은 하나, 아직 마음이 비어지지 않은 상태라 깨치지 못하고 있어 궁색할 뿐입니다."
"저가 앉을 자리를 찾지 못한 사람의 행복은 허황된 꿈일 수밖에…한시바삐 안착을 하여 나를 들여다보는 공부에 몰입하도록 하시오. 그래야만 자신을 아는 성찰을 넘어, 하늘의 신과도 대화를 나눌 수 있을 게요." 노인의 깐깐한 말의 의미는 그 이상의 해답은 없다는 결기가 담겨 있었다. 든든한 뼈대로 와 닿았다.
"학문적 가르침은 이성 중심인 데, 어르신 말씀으로는 마음의 안정이 먼저로군요. 어렵지 않은 단순한 말씀이신 데, 왜 저는 결코 이뤄낼 수 없을 것 같다는 비관에 빠져들고 있는 겁니까?" 무영은 자신의 영적둔감을 가감 없이 풀어냈다. 그 해결방법을 듣고 싶었다.
"법관출신이란 분이 참 자각하지 못하시군요. 하긴, 거듭난 영적체험을 하지 못하셨으니 이해는 됩니다. 그 이유는, 계획을 시도한 후의 그림이 불확실하다는 때문이지요."
"정확하게 짚으셨습니다. 잘 알겠습니다."
무영은 해몽삽이 뇌된 자신의 감정세계가 영힘의 투시로 징횡하게 꿰뚫어질 수 있다는 침해를 걱정하는 경계를 세웠다. 자존심이 그 이상의 속내지적은 받지 않겠다며 문을 닫아버린 것이었다. 비록, 법복을 벗은 야인이긴 하나, 국민적 명망이 높았던 옛 권위가 은근히 살아 피어올랐기 때문이다. 더불어 그는 은둔자의 성향을 읽었는데, 은둔자는 혼자만의 생활을 원한다는 깨달음이었다. 이어 남을 귀찮게 하는 것도 일종의 나쁜 기질이라는 생각도 떠올렸다.
 그는 노인 앞에서 물러나왔다. 그러면서 노인으로부터 받은 영적선물이 무엇일까 더듬다, '이유를 많이 쏟아내는 입술은 실속이 적고, 제 자리를 잡고 내 안을 들여다보는 사람일수록, 평정심 회복이 빠르므로 여러 말이 필요 없다.'라는 해석의 정리를 내렸다.
 서녘 해가 뉘엿뉘엿 저물고 있다. 그는 붉은 노을을 바라보면서 하산을 서둘렀다. 땅거미 시간이 한참 지난 시각에, 가옥 수 적은 단조로운 마을에 도착했다. 지리가 생소하여 길 찾기가 쉽지 않다. 그는 무조건 전등 불빛 수가 많은 도심지로 발길을 잡았다. 목적 둔 등산용품을 파는 가게는 이차선 도로변에 있었다. 삼십대 초반인 여직원의 눈에 비친 손님의 체질은 꽉 쥐인 관료냄새였다. 여직원은 지극히 통제적이게 사무적인 손님의 설명을 묵묵히 듣고, 오인용 텐트를 추천했다. 손님은 그 외에 취사도구 몇 가지와 가스레인지 하나와 은박돗자리 등을 샀다.
 많은 짐은 양 손으로도 다 들 수 없을 만큼 부피가 크면서 무거웠다. 이렇게 거추장스러운 짐 운반은 난생처음이라 조금은 자신에게 창피했다. 문득, 배달을 떠올렸다. 그렇지만 정하지 못한 거처가 불분명하다는 사실을 곧바로 깨닫고는 난감에 잠겨들었다. 그는 해결방법을 궁리하다 두 가지 안으로 축소했다. 그 하나는 등산용품 가게에다 맡겨두고 투숙할 주소지로 보내달라는 것과, 다른 하나는 일종에 모험 성격인, 무조건 택시를 타고 산 입구와 가까운 낯선 동네에서 일박을 한 후, 아침 일찍 출발하자는 안이었다. 아무리 머리를 굴려 봐도, 전자는 저편의 사정과 오늘의 남은 시간을 고려해 볼 때, 밤 열시 이전에 물품을 받기에는 무리일 것 같다. 그는 후자로 정했다.
 연세 지긋한 백발할머니가 생활에 보탬 되는 용돈을 벌기 위해 운영하는 소박한 민박집은 다섯 개의 방이 전부였다. 그마저도 과부노파와 서른을 넘긴 나이인데도 장가를 들지 못한 그의 셋째아들이 한 방씩을 나눠 쓰고 있었기에, 손님을 받는 방은 세 개에 불과하였다. 노란색 수건으로 백발을 감싼 채구 작은 할머니는 무영을 가운데 방으로 들여보냈다. 방에는 한 채의 요와 이불에 달린 베개 하나가 전부였다. 짐을 푼 무영은 먼저 마당 한가운데 수도꼭지를 틀고 받은 파란 플라스틱대야 물로 손과 발을 씻었다.
 낮은 천장에 매달려있는 형광등불빛은 글을 읽기 힘들 정도로 흐렸다. 독서를 할 수 없게 되자 막막함이 밀려들었다. 일 없는 묵새기다 생활이 얼마나 무료한지를 새삼 깨닫는다. 이럴 경우 어떻게 대처해야 하는지를, 미립부재로 알 턱이 없는 그는 깨끗하지 못한 요를 길게 편 그 위에 앉아 두 다리를 쭉 편 다음, 누렇게 변색되어 가는 도배 벽에 등을 기대고 두 눈을 감았다.
 제일 먼저 아내 이선미의 얼굴이 그려졌다. 청순이 빛났던 새파란 젊은 시절의 모습은 온데간데없이, 세월에 묻힌 반백과 더불어 눈가에는 주름이 부쩍 늘었다. 그렇지만 여전히 남들과 잘 어울리는 활력으로 그 나이를 잊고 사는 오세 차 아내이다. 그 아내를 나를 찾는 전국순회로 일 년 가까이 보지 못하고 있다. 그는 그럴 리야 없겠지 하면서도, 아내는 남편을 그리워하지 않을 거라는 억지를 짜냈다.
 이어, 출가하여 각각 두 아들과 한 딸의 어머니가 된 두 딸들의 생활상이 어른거렸다. 동료로써 맡은 사건과 관련된 재판의견을 사전에 조율하면서 우정을 쌓았던 여러 판사들의 얼굴인상도 잊을 수 없이 적적함을 달래기에 좋은 소재가 되어줬다.
 사회적 대우에 부러울 것이 없었던 법관시절이 새삼 그리워지자 배알이 뒤틀렸다. 그때로 다시 돌아가고 싶다는 감정이 울컥 치밀었다. 그렇지만 지난 세월은 옛 추억의 향수일 뿐이다. 그날 그때로 소급해 되돌아 갈 수 없다는 침울한 기운은 속내를 어둡게 했다. 그 속에서 꼭 이렇게 미래가 그려지지 않는 고달픈 가시밭길을 밟아야 하는가? 라는 압축의 회의가 심경을 휘저었다. 목표를 잃은 정신에 혼미가 일었다. 그때 민박집 노파주인이 노크로 야참을 알렸다.
 밤은 짧고 낮이 가장 긴 하지를 이틀 앞둔 다음날 일기는 옅게 흐렸다. 습도가 높은 날씨는 이른 아침부터 후텁지근하여 금세 속옷을 석셨나. 마낭 한쪽으로 물러나 있는 감나무의 작은 열매들 우듬지에는 가늘고 짧은 한 줄기의 메마른 수염꼭지가 달려있다.
 오늘 중으로 산에 오르면, 적어도 일 년은 꼼짝없이 머물러야 한다. 그때까지 하늘이 기쁘게 인정하고, 내 스스로도 만족할만한 영적수준에 도달해 있어야한다. 그렇지 않으면 나부터 시작해서

만인들에게 얼굴을 들 수 없게 된다. 하나님의 속성까지도 헤아리는 무게 있는 사람이 되어야만, 나 된 나로써 하나님께 영광을 돌릴 수 있게 된다는 점 명심하자.

그렇지만 쉽지 않은 도전이라는 거-살아온 인생의 나이로나 일년 가까이 겪어 본 순례에서 충분히 숙지해둔 터이다. 주변 환경에 맞춰 몸과 마음이 움직여진다는 피조물의 한계가 새삼 부각되었다. 캄캄한 비관에 갇힌 가슴으로 한 맺힌 후회의 눈물을 한없이 흘린다? 자신을 이겨낼 수 없는 심약한 틈을 파고들어 정신력을 썩히는 원망에 직면하여 귀설鬼設이나 혼돈의 잡신雜神에 꼼짝없이 잡아먹힌다? 그 세력에 붙들린 채로 본의 아니게, 구원의 본질인 하나님께 거칠게 대들며 반항한다? 이렇게 이성 잃은 추잡함에 얼마든지 노출될 수 있다는 점에서, 왠지 사지가 부들부들 떨려진다.

짧은 유랑의 경험에서 깨달은 바는, 육신이 편하면 안일함에 쉬 빠져든다는 사실이다. 나태의 원조인 게으름은 참된 삶이 무엇인지를 알려고 하지 않는 성격을 안고 있다. 그러면 사람은 짐승만도 못한 삶을 살게 되고, 일찌감치 시야를 더럽히는 고지랑물 신세로 전락할 수밖에 없게 된다.

철저한 숙련의 과정을 거쳐야 비로소 현인들의 반열에 설 수 있다는 가설은 지레 몸서리치게 했다. 그만큼 감당이 벅차다는 몸짓이다.

우선 성향이 경직하게 꼿꼿한-순리에 맞춰 죄인들에 양형을 들어 구금형량을 내렸던 관료위력의 태도를 겸비로 낮춰야 한다. 속했던 환경 조건을 타고 그 어른이 되면서 몸에 밴 구조의 생각과 경험 일체를 반죽 가능한 밀가루가 되기까지 갈아 뭉개야 한다. 그렇게 완전히 기경된 바탕에서 사람을 대하는 행동반경이 좁아-하질로 낮춰보기부터 하는 나의 중심 성 편견을-포용 넓게 세상을 품는 보편의 가치로 채워야한다.

내게 영적사명이 주어져 있는지는 확실하지 않다. 반쯤은 긴가민가한 편이다. 부모 손에 이끌려 다니기 시작한 교회생활의 믿음은 들음에서 자란다는 동안의 비 실체일 뿐이었다. 그 비 실체를 기도의 힘으로든, 의지의 믿음으로든 직접 보고만지는 체험을 거쳐야 한다. 이 자립을 키우겠다는 확립 차원에서 염원을 업은 순례에 오르게 된 동기 중 하나이다. 그러면서 이왕이면 믿음의 대상인 하나님을 만나보자는 희망의 기대가 전폭적으로 높아진 건 사실이다. 하나님께서 창조하신 세계의 그 신비를 기쁜 감흥으로 밝히 깨닫고 싶다.
 그는 슬그머니 자신의 젊은 시절, 즉 여자는 신비로운 매력의 존재이다, 라는 흥미를 돋보이게 부각했던 회상에 잠긴다. 그 당시 그는 그리스도를 소개하는 선한일이라면 어떤 희생을 감수해서라도-그 이웃을 섬기는 자세만은 꼭 지켜내야 한다는 신앙관을 굳게 품었었다. 그 당시 그는 하나님의 현상대로 지은 바 된 세상사람 모두는 차별 없이 똑같다, 라는 생각을 한시도 떨쳐내지 않았었다. 그렇지만 직업상 주로 사법 일을 다루는 사람들과의 교류에서 안착된 지금의 성격은 나의 위주인 동물적 자아가 팽팽하다. 이 불쾌한 덕지덕지 붙은 각질의 성격을 뒤늦은 신앙의 답습으로 희석시키려 애는 쓰겠으나, 땅속에 깊이 박힌 뿌리의 성정이라 쉽지 않다. 이 기저의 한편의 심정은 무언가 다른 것을 요구하는, 즉 옛것은 버리고 새로운 삶을 찾으라는 목소리로 한층 더 무거워진 처지이다.
 나는 여한 없이 누릴 것 다 누려본 인생말년의 노인이다. 이대로 남은 인생을 보내도 후회가 없을 정도이다. 그래서 모든 각오를 바치겠다는 큰 믿음에 비해 그 양이 적다는 점 시인한다. 그러므로 누구처럼 땅 끝까지 그리스도를 전파하는 함성 건은 성찰 뒤인 나중 문제이다.
 앞뒤 분별을 흐리게 하는 불필요한 잡념들에 고도의 집념이 꺾여서는 아니 된다. 흰머리 육십칠 세 나이도 믿을 수 없는 체력의 한계이다. 그렇지만 나의 본모습이 어떠하며, 또한 마음의 귀로만 듣는 가설보다 두 눈으로 똑똑히 살아 숨 쉬는 체험을 통하여 나의 본질성이 어떠한지를 낱낱이-적나라하게 파헤쳐야만 제이의 삶이 보장된다 할 수 있다.
 환경에 의손해 사는 인산의 어쎌 수 없이 버틱 내시트는 홧김 뒤로, 선한 웃음을 자아내는 두 인간성-배은망덕한 가증스런 인간성도 극복해야할 여로의 과제이다. 그에 못 미친다면 코흘리개 아이보다 못한-소금 맛을 잃은 쭉정이 늙은이로 남게 될 수 있다. 엄중한 경고는, 땅을 얻지 못한 씨앗은 공기에 말라 죽을 수밖에 없다는 것이고, 불씨는 땔감이 장만되어 있을 때, 비로소 불로써 키워 올릴 수 있다는 평범한 이치이다.
　굽이진 인생이 고달팠을 노파의 장발아들이 나타났다. 세수도 않고 아침식사를 막 마친 뒤라, 김치와 마늘 따위 냄새가 코를 자극했다. 무영은 눈살을 찌푸렸다.
　노총각은 헛간에서 꺼낸 지게를 마당복판에 세워놓고, 짐들을 하나씩 주워 올렸다. 먹고 살기 위해 닥치는 대로 발빠르게 나서는 사람인지라 솜씨가 척척 이다. 허리 구부정 노파는 손님 아닌, 피붙이 아들을 배웅하러 사립문 밖까지 나와서 잘 다녀오라는 손짓을 보냈다. 등짝이 널찍하고 힘이 센 노총각은 말수가 적었다. 무영은 듬직한 장정과 산행을 함께 하게 되었다는 점에 적이 안심했다.
　두 사람 다 진땀에 젖었다. 무영은 여러 날의 여행피로 누적 탓에 일찌감치 파근한 약골체질을 드러냈다. 그는 지친 걸음으로는 도저히 산행을 계속할 수가 없자, 눈에 띈 팥배나무 그늘 아래로 무작정 들어가 아무렇게나 신체를 뉘였다. 그의 헐떡거리는 숨결은 뜨거웠고, 안색은 온혈질환자처럼 창백했다.
　처음부터 짐주인과 이십 보 간격을 유지하며 앞서가던 총각은, 뒤따라오는 인기척이 들리질 않자 뒤를 돌아다보았다. 그는 상수리나무그늘 아래에다 지게를 풀어놓고, 지나온 길을 되짚었다. 울퉁불퉁한 자갈밭 위에 불편하게 누워있는 인상곱상한 사람은, 잠이든 듯 움직임이 전혀 없다. 노총각은 한동안 가만히 지켜보다 왼편 어깨를 흔들었다.
　"나리님, 이런 데서 주무시면 건강에 해를 입습니다."
　총각의 손길을 느낀 무영은 실눈을 떴다. 시골청년의 눈빛은 순박했다. 돈만을 외치는-경제공해에서 살아가는 도심젊은이들의 이기심으로 채운 회색눈빛과 전혀 달리 자연의 녹색 빛만을 보는 눈빛답게 푸르렀다. 그렇지만 무영은 그 눈빛을 부끄러워한다. 본의 아니게 추한 꼴을 보였다는 자존심 체면이 자해를 씌운 것이다. 울퉁불퉁 자갈들에 장시간 눌려있었던 탓에, 등짝 여러 부위가 다 발로 쑤셨다. 몸을 일으키자 천근만근 무겁다. 총각이 악력이 센 두매한짝을 내밀었다. 무영은 그의 시선은 피하고, 그 손을 맞잡는 의존을 붙였다.

"미안하오."
"괜찮으세요?"
"더위를 먹었던 모양이에요. 갑시다."
"높으신 분도 별 볼일 없는 잡초들처럼 기후의 영향을 받는다니 이해가 안 되면서도 신기합니다."
"하나님이 인류에게 축복으로 내리신 땅의 소산물을 먹는 사람들 모두 사는 게 내남없이 똑같은데, 뭘 그리 추켜세워요."
 총각의 마음가짐은 한결 수월해졌다. 고귀하신 분이라 함부로 대할 수 없다는 인식이 대체로 사라졌기에, 제멋대로 우후죽순 뻗어 나온 나뭇가지 이파리를 아무 때나 만지거나, 발끝으로 돌멩이를 차는 홀벌사람 장난도 스스럼없이 칠 수 있게 되었다. 그는 몸종이 주인을 모시듯, 손과 발로 섬김의 뜻을 깍듯하게 나타냈다. 만일, 조금 전처럼 쓰러지는 불시의 사태가 일어난다면 등에 업는 것도 마다하지 않겠다는 각오를 새겼다.
 "지게는 어디에다 벗어두고 빈 몸입니까?" 무영이 어깨를 나란히 하고 도울 일이 없을까, 벗바리눈치를 연신 굴리는 총각에게 고개를 돌려 물었다.
 "아, 예. 저 위에 있습니다."
 "도둑이라도 당했다면 보상책임을 단단히 물을 테니 그리 아시오."
 "여부가 있겠습니까. 마땅히 책임지겠습니다."
 전직판사의 짐짓 농담을 총각은 눈치로 알아차렸다. 무영은 농촌에서 살아가는 총각의 성향이 내심 궁금해졌다. 총각은 총각대로 사회적 신분이 높은 사람을 어떻게 대하여야 상대가 편안해할까 생각으로 침묵을 길게 이었다.
 "제 이름은 김봉환입니다." 양 어깨에 지게를 짊어지고 몇 발을 뗀 총각은 자진해서 제 이름을 소개했다. "살아 있는 입에 거미줄을 치게 할 수 없어서 망자의 무덤을 파주기도 하고, 때로는 남의 농사를 노와주고 받는 푼돈으로 홀어머니를 모시는 본데없는 시골뜨기입니다. 모시는 동안 눈살 찌푸려지는 일이 있으면 바로 꾸짖어주시기 바랍니다. 보고 듣고 배운 게 워낙에 졸가리라 미리 말씀을 드리는 겁니다."
 "홀어머니를 모시는 희생과 헌신이 어디 작은 효심이겠습니까.

세상 이치는 작다고 생각되는 생활에서 도덕심이 보장되는 것이므로, 지금의 거짓 없는 정직성 잘 지켜요. 허황된 욕심으로 현재의 발자취를 혐오하거나 깔보지 말고, 주어진 오늘의 시간에 최선을 다하는 땀의 성실을 유지토록 하세요. 법을 지키는 가장 기본은 내 본분을 지키는 것이니까요."

김봉환은 누구로부터도 들어보지 못한 놀라운 지각을 좀 더 들으려 두 귀를 종긋 세웠다. 그렇지만 아쉽게도 어르신은 다문 입을 더는 열지를 않았다. 그럼에도 그는 고귀하신 분이 모래만으로도 벽돌을 쌓을 수 있다고 때를 쓴다 하여도 곧이곧대로 믿을 정도로, 집 주인에게 무조건적인 존경심을 바쳤다. 다년간 경험을 해본 바에 따르면, 벽돌을 쌓는 일에는 함께 푼 모래와 시멘트에는 반드시 물을 붓고 고루 뒤집는 반죽을 거쳐야 결집체로 물린다는 사실이다.

목적지에 도착했다. 은둔노인의 바위굴과 불과 일백 미터 거리인 숲속이었다. 임무영은 미리 봐둔-그다지 넓지도 좁지도 않은 평지 한복판에 들어서서 시골청년에게 짐을 풀라 일렀다. 김봉환은 무영의 설명을 듣고, 바닥 위에 널려 있는 마른 나뭇가지와 잔돌멩이들을 맨손이나 신발로 걷어내고 텐트를 세웠다.

무영은 은박돗자리가 깔린 드넓은 텐트 안에 잠깐 들어앉았다, 준비를 더 해야 할 것들이 무엇인지를 따졌다. 방수용 텐트라는 여직원의 말이 있었으나, 곧 닥칠 우기대비 차원에서 지붕보완이 필요할 것 같고, 하계에 비해 기온이 낮은 산중야밤에 몸을 덮을 담요와, 기력을 세우는 식량거리들은 당장 마련해야 하는 주요 물품들이다. 짐도 많았고, 그보다 세상물정에 어두워 어찌 할 줄을 몰라 잠정적으로 뒤로 밀어둔 물품들이었다.

"수고가 많았어요. 자, 여기!"

노총각은 예의상 몸을 돌려 지폐더미를 한 장 한 장 세었다. 셈을 다 마친 그의 입이 크게 벌어졌다. 닷새 수입에 해당되는 큰돈이었기 때문이었다. 그는 하루치 품삯 외에 가욋돈 만 원만을 따로 떼어 바지주머니에 넣고, 나흘 치에 해당되는 돈을 들고 주인을 대면했다.

"저는 어섯에 불과한 무식쟁이라 말주변이 약합니다마는 지금까지 지켜온 원칙이 하나 있습니다. 과도한 욕심을 부리지 말고,

신뢰 쌓는 정직으로 살자는 철칙입니다. 그러니 죄 지은 듯이 떨리는 양심의 무게를 덜코자 이 돈은 돌려드리겠습니다."
 "고마워서 드리는 것이니, 부담 갖지 말고 어머님께 고기를 대접하도록 해요."
 "감사는 사람 됨됨이가 어떠해야 하는지에 대하여 가르침을 받은 제 편에서 드려야 할 줄로 압니다."
 "내 손에서 나간 돈은 이미 내 돈이 아니니, 저축을 해서 요긴하게 쓰도록 해요. 내일 일정 어때요?"
 "잡혀 있는 일감은 없습니다."
 "잘 됐네요. 나를 위해서 한 번 더 부탁을 할 수 있게 되었으니 정말 기뻐요." 가급적 신앙을 북돋는 언어를 쓰려하는 무영은 선채에서 수첩 한 장을 찢어 항상 휴대용품인 펜으로 물품목록을 차례로 적었다. 그와 함께 수표 석 장도 노총각의 손아귀에 쥐어 줬다. "베거리 짓 아닌 진정 믿고 맡기는 일이니, 앞서 한 말대로 신뢰를 남겨 줘요. 혹, 돈이 모자란다 싶으면 오늘의 그 돈을 먼저 쓰고 내게 올려요."
 봉환은 구십도 각도로 인사하고 전직판사로부터 물러났다. 텐트에서 십 미터쯤 벗어나와 비탈길을 내려가면서, 한 손에든 지게를 반대편 어깨에다 걸머졌다. 그리고는 바지주머니에서 두 겹 접이 쪽지를 꺼내 펴서 물품목록을 확인했다. 가로세로 오 미터 규격의 천막덮개 하나, 그 크기보다 일 미터씩 큰 비닐 한 폭, 야외용 담요 한 장, 쌀 십 킬로, 밑반찬재료로 쓰일 몇 가지 채소 및 티백녹차 한 통 외에 건전지 넣은 손전등 등이 구입물량의 전부였다.
 "한 짐 거리이긴 하나 식량 면에선 보름 분량인 데, 그 후로는 어쩌시려나?"
 무영은 수목가지 사이로 보이는 쪽빛 하늘을 올려다보면서 암울함을 담은 한숨을 길게 내쉬었다. "이제부터 본격적인 영성수련이 시작된 셈이구나. 잘 익어 누구나 맛있다며 재차 따먹는 열매 같은 인물도 거듭나아 힐 터인데, 세계직인 계획을 아직도 세워두지 못했으니 앞이 캄캄할 뿐이로구나."
 무영은 미지세계의 초기과정에서는 마음을 집중하는 데 전념을 다 쏟으리라는 각오를 새로이 다졌다. 그렇지만 이 신념의 이면으로 어두운 부정적 생각이 다시금 머리를 쳐들어 침통 속으로 몰아

넣는다. 겨우 자리 잡은 희망의 날개가 단번에 꺾이면서 땅바닥으로 추락하고 말았다.
 아무래도 무리수를 두는 것만 같다. 음흉에 능한 마귀를 대적할 수 있는 자는, 나처럼 쉽사리 부정하다는 머리부터 흔드는 산만한 정신의 소유자가 아니라, 하나님께 단단히 붙들린바 된 의지가 찰떡궁합인 그 힘을 입고 당당하게 외치는 담력의 사람만이 정복할 수 있는 높은 이상이다. 하나님을 부인하라는 한편의 압력이나 듣는 내가, 신앙의 보루인 영성강화 경지에 과연 오를 수 있겠는가? 어림없다.
 그때, 이 나무 저 나뭇가지를 넘나들던 작은 새 한 마리가 공중으로 날아오르면서 싼 배설물이 그의 머리위로 뚝 떨어졌다. 감촉은 따뜻했다. 그렇지만 기분은 더러워졌다.
 수행노인은 휴대용 접이 칼로 무료를 달래는 나무지팡이를 만들고 있었다. 노인은 분명 인기척을 들었을 터인 데도, 숱 적은 백발을 들지 않았다. 무관심 태도에 무영은 나를 마땅치 않게 여긴다는 오해를 품었다. 노인의 왼쪽 어깨에는 발톱을 푼 독수리 한 마리가 앉아 있었다. 새끼도 성조도 아닌 중체독수리는, 주인의 손놀림에 따라 몸체가 불규칙하게 흔들렸다. 놈이 주인 대신에 매서운 눈매로 손님을 경계했다.
 "그간 평안하셨습니까!" 무영이 영적스승으로 잠적 정한 노인에게 정감을 붙였다.
 "자리를 잡은 게요?" 노인은 작업손길을 멈추지 않았다.
 "예, 여기서 그리 멀지 않는 지점에다 어설픈 텐트를 쳤습니다. 초청하고 싶습니다."
 "정분 없는 늙은이라고 욕을 들을 지라도 댁의 초청은 거절하겠소."
 "유일한 벗바리 이웃이신 데, 매몰이 너무 섭섭하십니다."
 "잔말 지껄이지 말고 어서 숙소로 돌아가 자신 속으로 들어가도록 하시오. 이 발길이 얼마나 무모한 짓인지 대체 알기나 하는 거요? 즐길 거 다 즐긴다면 마음공부는 그만큼 늦어질 수밖에 없는 거라는 거 왜 그리 깨닫지 못하오. 배울 게 없다며 스스로 자만에 빠져든 자, 그토록 바라고 바란 기회보지 못하고 놓치고 말리. 앞에 보이는 사물의 존재 이유를 깨우쳤다면, 하나님 임재를 체험한 거나 다를 바 없네."
　은둔노인의 처음 말은 상대에 대한 호통이었으나, 나중 말은 혼자만의 넋두리였다. 무영은 뼈 맞은 무서운 채찍에 혀가 굳어버렸다. 주체 버팀이 힘들어진 경멸은 무안을 넘어 안색을 후끈 달궜다. 법정에 입장할 때마다 참관인들의 기립환대를 받으며, 높은 재판 석에 앉아서 범죄자들에게 형량을 내렸던 위엄의 심판자를 몰라보고, 일방적으로 하대하는 노인에게 은연중에 반감이 일었다.
　그는 인사도 않고 단숨에 천막으로 돌아왔다. 들끓는 흥분에 이성을 잃었던 혼돈은, 십여 분의 시간이 흐른 뒤에야 겨우 평정에 이르렀다. 그는 노인으로부터 경을 맞게 된 이유부터 되짚었다. 인과로는 정당했다는 생각이 들었다. 한데, 노인은 그답지 않게 왜 성깔을 부린 걸까? 도무지 이해가 안 되었다.
　문득, 소년 적 일이 떠올랐다. 수석 대법관이셨던 아버지께서 어느 날 모범생 아들이 "대체 정의가 무엇입니까?"라는 질문에 "네 정신과 지혜가 성장했다 싶을 때, 그때 스스로 배우며 느껴라." 라는 한마디로 답변을 보류하셨던 내용이다.
　무영은 그때의 짧은 질문을 훗날에 이렇게 정리를 마쳤다. 좌우로 치우쳐서는 안 된다는 평등이었다. 법복을 벗기 한참 전부터 잊고 지냈던 평등사상을 다시금 떠올린 그는 영의 세계에서 평등은 무엇일까? 의문을 던졌다. 성경의 주요 두 가지 핵심은 몸과 성품을 다하여 하나님을 섬기는 것과 이웃 사랑이다. 그 합당한 수행 다음으로 맞게 되는 영광의 기적이 죽음을 이긴 구원의 부활이다. 이 과정에서 하늘의 시민권자들은, 그 날을 맞이하기 전까지는 교회 밖 사람들과 똑같이 물질세상의 지배를 받는다.
　예수는 그들에게 시험에 주의하라며 과부와 재판관의 사례를 들었다. 실상, 시험에 걸린 자는 그 문제에만 오로지 사로잡혀있어 이웃을 돌아볼 여력이 없다. 그렇지만 받은 응답에 웃음을 되찾은 이후부터는 진리의 자유를 누린다. 이런 가짐이 신앙의 상승을 이끈다.
　춥고 더운 바깥기후의 영향과 무관하게 잘 짜인 세련된 실내구조에서만 오랫동안 오간 인공생활에서 접해볼 수 없었던 현장의 영적싸움은 생각보다 벅차다. 심오한 단련에 담금질이 안 된 탓이다. 그러나 온갖 흉계의 농락으로 결핍방해를 일삼는 믿음의 적을 철저히 물리치지 않으면, 내 영혼은 패배의 상징인 메마른 고갈에 시달리게 된다는 점 명심하자. 경험 미숙자가 흔히 내뱉는-모면의 수단으로 곧잘 인용되는 말의 의지력보다 내실을 다져 거듭난 인생의 전환을 맞이해야 한다. 굳건한 반석이 되기 위한 갈고 닦는 성심성의에 심혈을 기우려야 한다.

노인은 '자만에 빠져든 자'라고 질책했다. 이 바탕에서 무영의 머리에서 실마리가 풀리는 우죽이 싹텄다. 자만은 자신을 뽐내는 이기심이다. 한 걸음 더 나가 겸손의 대립각인 자만은 하나님의 영광을 해치는 감정의 도구라는 사실도 깨우쳤다.

"가장 선량한 영안이 열리려면 자신에 대한 부인이 철저해야겠구나." 무영은 이 말을 되새기며 자신의 겸연쩍은 과거의 기본적 아집으로 벽을 쌓고, 노인의 기분을 상하게 했다는 점을 시인했다. "속이 깊은 노인네야. 책망은 마땅했지. 세상지식과 경험은 이토록 영계靈界에는 부합이 되지 않고 방해를 끼친단 말일세. 주변을 맴도는 부유물에 불과할 뿐이니…의복 아닌 가슴을 찢어 정신체질을 개벽으로 확 바꾸자. 솔직해지자. 단순해지자.

누구로부터 들은 말이었지? 책에서 읽은 글이었던가? '하나님은 지정하신 데까지만 가서 그곳에서 하루를 머물던, 일 년을 머물던, 믿음의 충성으로 지경을 넓히는 사랑을 심으라.'

대체 이 문구 언제쯤 어디에서 접했던 거지? 도통 기억이 나질 않는구나. 노인성 건망증이 어느덧 내게도 임했나 보구나. 정신이 찌뿌둥하게 흐리다."

16
-첫 사랑과의 재회-

　호수공원의 푸른 수면은 잔잔하다. 한 쌍의 물총새가 앞서거니 뒤서거니 날면서 물살을 차는 재주를 즐기며 있고, 얼굴을 간질이는 살랑살랑 미풍은, 무성한 잎새를 축 늘어트린 수양버들가지를 가볍게 흔들어 수면과의 포옹을 찰나로 방해하고 있다. 이밖에 고른 분포로 우리나라 전역에서 쉽사리 볼 수 있는 호랑나비, 흰나비, 노랑나비들이 교차로 훨훨 날며 꽃향기를 좇는 가운데, 산책을 즐기는 시민들로 호수 둘레는 다소 소음이 심한 편이다.
　신정혜는 여전히 그늘진 침울함을 풀지 못하고 우수에 잠겨있다. 문학예술을 하는 사람들의 특유한 염세적 기질이다. 그녀가 이토록 통명한 실의에서 좀처럼 헤어 나오지 못 하고 있는 까닭은, 어제 날짜로 마친 시화전이 기대를 건만큼 호응이 크지 않았다는 실망 때문이다. 그녀는 당초 전시된 서른 여 점의 작품 중, 적어도 열 점 이상은 시를 사랑하는 사람들의 집 벽에 걸릴 것이라는 긍정의 예상을 했었다. 그렇지만 방명록에 기재된 백삼십여 명의 인원은 전시장 뜰만 밟은 선에서 그치고 말았다. 전시회기간에 맞추어서 출간한 시집도 판매부진으로 뼈아픈 낭패만을 불러일으켰을 뿐이었다. 속이 지글지글 끓었다.
　시화전기간은 일주일이었다. 그 기간 내내 봉준은 그녀의 곁을 지켰다. 부부처럼 일산 집에서 승용차를 타고 인사동 전시장에 해 껏끼지 늘리앉이 배후를 받쳐줬디. 그너가 지리를 비운 사이사이로, 그녀를 대신하여 관람객들에게 작품설명을 해주기도 했었다. 그러므로 이러한 전후 사정을 누구보다도 훤히 알고 있는 봉준은, 명분을 잃었다며 잠을 제대로 이루지 못한 영향으로, 아침부터 과민의 신경질을 부리는 시인의 기분을 달래주려 호수공원 산책에 나온 것이다.
 어깨를 나란히 한 두 사람은 자전거도로를 천천히 걷고 있다. 여류시인의 팔이 내연 관계로까지 발전된 남자의 왼팔에 감겨져있다. 봉준에게는 호수공원의 풍경이 생소할 뿐이다. 산중생활을 완전하게 청산한지 한 달 남짓이라 아직은 그렇다. 이후 남편과의 별거를 길게 끌다, 최근 들어 이혼 절차를 밟고 있는 여류시인과 동거를 시작했다.
 "막 노동자들도 정치, 경제, 스포츠에 관해서는 전문가 못지않은 열띤 논쟁을 곧잘 지껄이면서, 왜 유독 시 같은 문학에는 입을 다물고 있는지를 알다가도 모르겠어." 여류시인은 혀를 차며 속쓰린 불만을 내뱉었다.
 "사람들에게 시란 대체 무엇일까요? 누구는 한심한 사치라고 조롱하고, 누구는 고뇌 끝에 나온 소재라 하면서도 상상의 허구로 공개된 것이니, 인용가치는 높되, 실생활에서는 전혀 맞지 않는다 하던데요." 봉준이 나름 추려 담은 지식을 망연한 음조로 꺼냈다.
 "창작이 얼마나 고통스런 작업인 데, 그 따위 말들을 그리 쉽게 함부로 내뱉는 거래! 아무튼 내가 체험해 보지 못한 노숙자 생활을 모르듯이, 그들 역시도 글 읽는 일에 눈이 떠진다면 우리의 심정을 헤아릴 수 있겠지. 아, 배고프다. 우리 어디 가서 밥 먹어요." 시인은 허기 진 배에 손을 얹고 넋두리를 떨었다. 일종에 착잡함에 잠긴 기분전환을 꾀하는 자신의 유도였다.
 "글쎄요. 어디 잘 아는 식당이 있다면 그리로 안내를 하지 그래요." 봉준은 다섯 살 연상의 연인에게 성직자다운 점잖은 목청으로 존칭을 붙였다.
 "이곳에서는 좀 멀어. 차타고 가야해." 아무런 감정이 들어있지 않는 말씨에는 떨떠름 기운이 서려있다. 실패나 다름없는 시화전으로 상한 마음이 풀리지 않는다는 의중을 표출해 낸 것이다. "어떻게 차 갖고 올 수 있나요?"
 "갔다 오지요." 봉준의 짧은 대답은 이타심 없이 순수했다.
 십분 남짓 걸어 도착한 아파트단지 내 주차장. 신정혜의 회색 승용차는 즐비하게 주차해 있는 복판에 있다. 그는 시동 건 차량을 앞으로 빼려 잡은 운전대를 우측으로 틀었다. 그런데 뒷바퀴에 뭔가 걸렸는지 움직임이 수월하지 않다. 운전석에서 내려 살펴보니, 차량에 해가 가려진 그 그늘 아래 아스팔트바닥에서 네 발을 쭉 뻗고 옆으로 누워있는 사체 하나가 눈에 띄었다. 밤색고양이었다. 뻣뻣하게 굳어가는 사례로 미뤄, 누군가가 아무렇게나 내던져버린 것 같다. 더운 기후에 사체 썩는 냄새도 슬슬 풍겨냈다.

그는 경비실을 노크했다. 오랜 담배로 누렇게 변색된 앞니에, 숱이 적어 두피가 훤한 백발의 칠순노인이 문을 열고 인사를 꾸벅한다. 인상착의는 과거에 돈 되는 일이라면, 굳은 일 험한 일 가리지 않고 덤벼들어 오늘에 이르렀을 막노동이력이 덕지덕지 붙어 거칠다. 봉준은 그에게 고양이사체를 치워달라는 부탁을 올렸다.

"왜 이렇게 늦은 거야?" 눈꼬리를 추켜 올린 신정혜의 음양에는 짜증이 실려 있다. 하염없이 기다리게 했다는 불평이었다.

거기에 아무런 대답을 않은 봉준은 침만을 삼킨다. 고양이사체 건 얘기를 꺼내면, 비위 상했다는 몸서리부터 칠 것이 뻔했기에 혼자만 알고 있기로 했다.

백마역 앞 일대는 이색적인 식당과 카페들이 즐비해서 이상을 좇는 사람들이 많이 찾는 곳이다. 신정혜는 시인의 학교라는 간판이 걸린 카페 문을 열고 안으로 들어섰다. 흙벽 곳곳마다 시 액자가 걸려 있었으며, 별도로 그 가에로 손님 누구나 자유롭게 낙서를 할 수 있는 대형 게시판 공간도 있었다. 특이한 광경은 십여 개 식탁 모두가 굵은 전선을 감았던 그 둥근 나무통이라는 점이었다. 이번으로 세 번째로 이 영업집을 찾은 신정혜는 내부를 쭉 둘러보고 나서 정겨운 눈웃음을 쳤다. 그 밝은 낯빛은 메뉴판을 들고 곁에 선 아르바이트 아가씨에게 그대로 전염됐다.

나이 차가 서너 살인 중년의 두 남성만이 테이블을 사이에 두고 마주보고 앉아서, 앞에 둔 차를 마시면서 이야기를 나눌 뿐 분위기는 한산하다. 그 중 얼굴피부가 까무잡잡한 남성은 댕기머리를 하고 있다. 둘은 입가에 침이 매달려 있는 것도 잊은 채, 시인들의 성향에 관한 토론을 벌이고 있었다.

"자고로 시식인들은 사촌심이 강해요. 유리한 개성을 잃지 않는 내밀한 기풍으로 일반인들의 접근이 어려운 이미지를 창작해내는 한편으로, 자신을 지켜내는 의지가 대단히 높아요." 오래 피운 담배 영향으로 얼굴피부가 거무스레한 우측 손님의 달변이다. 어젯밤 늦게까지 몇몇 악단 동료들과 회포를 나눈 자리에서 마신 술

기운이 어느 정도 남아있는 탓에, 눈빛 생기는 비교적 흐리멍덩하다. 기세가 가면 상태이다.
 "음." 신음소리만 속으로 삼키듯이 가늘게 냈을 뿐인 반팔 무늬셔츠를 입은 구레나룻 손님은, 전적으로 수긍한다는 의미로 고개를 단 한번 끄덕거렸다. 그는 이곳에서 멀지 않는 변두리지역에서 참외농사를 짓는 농부시인이다. 깊은 팔자주름에 울대가 튀어나왔다.
 "언제던가? 전철을 이용하려 역사통로를 지나면서 그편과 관련 있는 자원봉사인지-두 남녀중년이 그 흰 벽면에다 여러 점의 시 액자를 부착하는 모습을 본 적이 있는 데, 쉽사리 눈에 들어온 그 한편을 읽으면서 문득, 참 마음이 깨끗한 사람들이야 라는 탄성을 내지른 적이 있어요." 댕기머리는 이름 모를 그 시인에 대한 칭찬을 늘어놓았다. 그러면서 성격변화, 즉 입 모양새가 흉하게 비틀어지는-안면을 싹 바꾸는 어둠 빛을 과도하게 띄웠다.
 "앞서 이야기와는 사뭇 다른 얘기할 게요." 댕기머리는 네 살 위인 구레나룻 선배 앞에서 재차 말문을 열었다. "그들의 일상을 들여다 본적이 없이 먼 바깥에서 멋대로 상상을 굴린 흠모에서 비롯된 앞전 과찬의 정 반대로, 사실 그들만큼 게으른 이기심으로 똘똘 뭉친 자들은 없을 겁니다. 책상머리에 마냥 눌러앉아서 도무지 일어날 줄 모르고, 입술로만 행동가인 척 떠드는 그들은 전형적인 아편 중독자예요." 댕기머리는 이렇게 지껄이면서 그 덧에 속이 쓰린지 인상을 격하게 찌푸렸다. 아마, 시인들을 두 부류로 구분한 냉온탕 주장을 펼친 것 같다.
 평소 같은 입장에서 시인들을 좋게 보아온 농부시인의 눈빛이 상대방의 신랄한 면전 비판에 적이 놀라면서, 구레나룻 턱뼈가 새겨지도록 까지 어금니를 꾹 물었다. 그는 자신의 비판은 주장임을 굽히지 않는 음악가를 깔아 본 시선을 아래로 떨어트렸다. 그러다 임시직원 아가씨를 손짓으로 불러 막걸리도 파는 지를 물었다. 그는 가냘픈 몸매를 홱 돌린 젊은 여자 뒤편에서 "파전도요." 라는 말을 덧붙였다.
 어제 저녁에 피자를 사러 피자가게에 갔다, 평소 안면 있는-엄마 같은 뚱뚱한 여주인으로부터 덤으로 받은 누룽지로 오늘 아침을 때운 그 훈훈한 정분에 기분이 흡족해 있는 시간제 근무 아가씨는, 이내 막걸리 두 병을 가져와 식탁에 올려놓고 지체 없이 물러났다. 그동안 눈만 껌뻐거리며 잠잠했던 두 사람. 농부시인이 그 한 병의 뚜껑을 따 권하자 댕기머리는 대뜸 잔을 쑥 내밀었다. 둘은 건배 형식으로 양은그릇을 맞부딪쳤다.
 "카! 좋구나. 과연 우리나라 막걸리는 최고야." 농부시인이 혼자 말로 외쳤다. 그러면서 기분이 상한 감정을 한때나마 품었던 우거지상을 슬그머니 지웠다. 고향후배라 하나, 만남이 뜸한 사이라 그쪽에서 봐준다는 선책이었다. 그리고는 막걸리를 들이키는 후배의 목덜미를 관찰하듯이 눈여긴다. 그가 빈 그릇을 내리며 손등으로 입술을 훔친다. 이때 농부시인이 뇌에서 굴린 말을 낸다.
 "현길은 흙에 대해 얼마나 알고 있는지 궁금하네." 털털한 음색이 세속 때 끼지 않게 솔직하다. "난 농부라 흙의 관해서는 훤하지만, 현길은 그렇지 않잖아."
 "참깨와 들깨조차도 구분 못하는 도심지 사람이라, 당연히 흙에 관에서 무지할 수밖에요…" 댕기머리의 무성의 한 답변은 콧방귀 뀌듯 시큰둥했다.
 "그걸 자랑으로 내놓다니…실망이 이만저만 큰 게 아니네. 이봐요, 음악을 한다는 후배 양반! 작열한 태양이 얼굴을 태우는 고된 참외농사는 아닐지라도, 인류가 장차 돌아갈 흙에 대해서는 이야기 소재로 삼을 정도의 지식은 가지고 있어야 한다는 느낌 안 들어."
 "관둡시다." 귀찮아진 댕기머리는 알고 싶지도, 듣고 싶지도 않다는 의사 표시를 손사래로 나타냈다.
 "내 이 이야기는 꼭 들려주고 싶으니 한번쯤 들어 보소." 반사정이다. 댕기머리는 손목시계를 들여다보는 척으로 농부시인의 홍정을 흘겨들었다. 농부시인은 계속 고집을 피우며 이윽고 말문을 열었다.
 "현길도 알고 있듯이 난 천문天文을 살펴가며 그 해의 농사를 싯시. ㄱ 새미는 요즘 짊은이들이 한창 즐기는 컴퓨디오락보디 생명감이 넘쳐흐르지. 그 재미에 푹 빠져 나이를 잊고 살지." 즐겨 쓰는 '지' 단어로 종결어미의 단락을 짓는 농부시인의 히죽거림에는, 정도껏의 자랑이 숨겨져 있었다. 이를테면 뽐내고 싶다는 저의가 깔려 있었다.

"농農은 별들의 노래, 그 구체는 대략 이러하오. 과일이나 채소를 비롯한 식물은 보름 전까지는 기운을 끌어올리지만, 그 이후부터는 땅속으로 기운을 끌어내려 자신을 돌아보지. 그 이유는 알찬 열매로 키우려는 내부순환 때문이고, 그러므로 그믐에 맞추어서 거둬들여야 제대로 익은 수확을 얻을 수 있지. 자연은 놀라울 정도로 신비하여, 캐들지 않으면 도통 따뜻하지 못하고 차디찰 뿐… 하여, 자연공부는 할수록 시기 맞춤이 일정하면서 무엇보다 자신을 알기에 욕심을 낼 필요 없는 순박함이 본질임을 배우게 하지. 잘못은 그릇된 판단으로 요점을 흐려 일을 망치는 인간들의 몫.
  예를 들자면 파종도 될 수 있으면 오전에 하는 것이 좋으나, 새벽에 뿌린 씨는 더더욱 튼실하게 자라고, 식물이식은 오후에 하여야 환경적 적응이 빠르고, 쌀 수확은 서리가 내리는 상강霜降 이후에 하여야 품질이 우수하고…식물의 잎사귀가 넓으면 그만큼의 칼슘 양을 저장해 두어야 하고-칼슘성분을 높이려면 별의 기운을 많이 흡수해야 하고…농작물의 병충해를 줄이려면 밭 주위에 대나무를 꽂아두면 도움이 되나, 금소, 즉 목성木星 기운은 빳빳한 성질을 안고 있으므로 이 방법도 병충해를 방지할 수 있다 뭐 그런 너절한 이론이지."
  몸집이 다부진 댕기머리는 농부시인의 잡다한 논리에 싫증이 난 묵묵부답의 행태를, 빈 물 컵을 괜히 빙글빙글 돌리는 딴청으로 나타냈다. 도무지 이해할 수 없는 괴변에 불과하여 귀에 통 들어오질 않는다는 태도였다. 농부시인도 이 점을 쉽게 간파했다. 제 기분에 놀아난-한낱 말장난에 지나지 않음을 스스로 인정했다. 그렇지만 그는 애써 태연을 꾸몄다.
  농부시인의 나열을 정작 제대로 엿들은 사람은 정봉준 뿐이었다. 그는 현재로서는 예측이 불가능하나, 그 언젠가 믿음의 성도들 앞에서 설교할 때를 대비하여 참고로 삼기로 하고, 가슴 깊이 새겨 두었다.
  말솜씨가 투박하게 서툴러 그렇지, 농부시인의 잡다한 이론은 놀랍게도 '바이오다이내믹' 이론이었다. 이 이론을 창시해낸 인물은 루돌프 슈타이너(1861~1925)로써 '별들의 힘이 식물을 키운다.'라는 매우 자연주의적인 내용이다.
  식사를 마친 두 연인은 후식으로 커피를 주문했다. 음식 값이

웬만한 식당에 비해 월등히 비싼 편인데도, 두 사람은 가격을 따지지 않고 맛을 즐겼다. 여류시인은 한발 더 나가 업소에서 위탁 판매하는 흰 색상의 사기찻잔세트를 구매했다. 그녀는 시와 관련된 환경과 물품이라면 맹목적으로 매료되는 습성을 지니고 있다.

"나의 속내를 한 번도 드러내지 않았는데도, 내 사정을 훤히 알고 있다는 듯이 말이 통하는 사람을 찾기란 쉬운 일이 아닌 데, 그 통찰력을 기르려면 어떻게 무장해야 하나요. 나의 목사님!" 식탁 가장자리에 종이박스에 담아진 찻잔세트를 올려놓고, 식사했던 그 의자에 다시 앉아 처음으로 주제 무거운 질문을 낸 그녀의 입매가 사랑스럽게 귀엽다.

그녀의 눈매를 똑바로 들여다보고 있는 봉준은 절로 미소를 머금었다. 자유로운 심연의 입이 열렸다.

"가장 쉽게 접근이 용인한 대상은 같은 업종에 종사하는 동료이지요. 그렇지만 그들 간에는 생업을 건 목적의 직업을 떠나서, 개개인 간의 감정대립에서 오는 갈등이 피부 닿게 과중하므로, 모든 면에서 하나가 됐다고는 볼 수 없어요. 두 사람이 정신적으로나 육체적으로 진정한 하나가 되었다면 내 안에 그가 있고, 상대 안에 내가 존재한다는 사실을 인식해 내고…이때는 눈빛만으로도 뜻이 통하고 있음을 알 수 있게 되는 거지요."

"사람의 첫 인연은 이해에서 출발한다는 데, 나는 정반대의 성질로 남이 먼저 이해해 주기를 바라. 그러다보니 관계를 오래 지속하지 못하고 도중에 끊기고 말아요. 인격 결함이 맞지요?"

"자신을 감추려드는 사람은 원활한 소통이 아무래도 힘들지요. 체계에 현실 적응이 붙어야 비로소 친구로서의 문이 활짝 열리듯이, 상대방이 하는 말을 들어주는 척이라도 하여야 소통이 가능해지니까요."

"그 지적이 옳아. 다분히 이기적인 방식이었으나, 남편과의 대화 단절도 크게 보면 나만을 내세우려 했기 때문이라는 반성이 일어요." 반말을 썼다 존내어를 썼나 오락가락이다.

"상대방을 탓하지 않고 나의 잘못으로 받아들인다는 건, 사랑의 일보 전진이에요. 기어이 이혼을 하고 말 작정이세요?"

"아직도 갈등 중이라 결정을 못 내리고 있어."

"남편과 자식에게로 돌아가도록 하세요. 내가 사귀어 본 시인님은 남에게 결코 지지 않겠다는 우월감이 너무나 강해요. 바늘이 안 들어가요. 되짚어 가정의 화목을 위해서…내편에서 조금만 낮춘다면 결말이 좋게 날 거예요."
"그래서…? 내가 싫어진 거야." 별안간 화를 크게 낸 목청은 섬뜩하게 날카로웠다. 부드러운 평화의 흐름을 한 순간에 뒤엎은 그녀의 입매는 이글이글 끓었다. 집요하게 쏘아보는 눈매는 표독했다. 병신 마음은 고운 데 없다하듯이-교양인의 품위를 일시에 잃은-산산조각 낸 정신분열이었다. 봉준은 냉각으로 확 바뀐 환경에 그저 어리둥절했다.
"절대 그렇지 않아요. 나의 신앙철학은 누구와도 사이를 벌리는 원수를 맺지 말자는 거예요." 낮으나 힘이 들어있는 입안 깊숙이에 감춰진 그의 목젖은 떨렸다.
두 사람 간의 정다움은 삽시에 깨지고 말았다. 둘은 각각 업소에서 나온 그 앞에서 한동안 각자 생각에 잠겼다. 시인은 열불을 좀처럼 삭이지 못하였고, 봉준은 적지 않는 불편을 안았다.
봉준은 운전석에 앉자마자 돌연 지갑에서 명함뭉치를 꺼냈다. 이 근방 어디쯤에서 어린이 대상의 교육 사업을 하는 그 누군가를 얼핏 떠올렸기 때문이다. 4-5년 전에 받아둔 명함은 지금까지 잘 간직되어 있었다. 그는 갓 개통한 휴대전화기를 열어 11자의 번호를 차례로 하나하나씩 눌렀다. 전화연결이 됐다. 반가운 인사말을 몇 마디 나눈 후, 상대방으로부터 시간 되니 방문해도 좋다는 답변이 돌아왔다.
어린이 영어뮤지컬 교습소는 삼층 건물 내 이층에 있었다. 예나 다름없이 개방하게 생기발랄한 서른 후반의 여성이, 거실 한복판에 놓인 원탁에서 어린이영어 원본 책을 정리하다말고 짧은 머리를 쳐들었다.
"오랜만예요."
본명은 허순덕이나, 미국인을 남편으로 맞은 이후부터 명함에 미니 허라는 이름을 새겨 넣은 여성이 가냘픈 손을 발그레 내밀었다. 봉준은 산행 반년 전에 서울영등포 민주노총 건물에서 개최된 출판기념회 참석 이후 처음으로 보게 된 미니 허의 손을 맞잡고 함박웃음을 터트렸다. 덩달아 미니 허도 기쁨을 감추지 못하였다. 그러면서 계란 형 얼굴로 옆 분 누구냐 묻는 뜻을 눈짓으로 슬쩍 물었다.
 "아, 이분은 신정혜 시인! 신 여사님, 이쪽은 어린이영어 뮤지컬에 열렬히 앞장서시는 미니 허 선생님이십니다. 두 사람은 서로 맞절인사를 나눴다.
 "네에…참 보람 있는 일을 하시네요."
 "반갑습니다. 이쪽으로 앉으세요." 미니 허는 도로 편으로 면해 있는 창문 아래 사인용소파로 두 손님을 안내했다. "주문하세요. 즐기시는 차 종류를 말씀해 주세요."
 "녹차로 주세요." 여류시인이 뼈대 각도가 선명한 턱을 들고 얼른 대답했다. 그 어투는 비 성실한 낌새를 다분히 깔고 있었다. 달갑지 않다는 속내 반응이라 낯빛도 메말랐다.
 미니 허는 눈꺼풀을 내린 깐 초면의 여인을 미소 지운 어섯눈으로 지켜본다. 그 창백한 표면은 무언가 잘못 알고 오해하는 질투에 갇혀있다는 상기를 띄우고 있었다. 그녀는 그 속내를 애써 감추고 봉준 편으로 시선을 돌렸다.
 "정 목사님은요?"
 "나도 녹차요."
 "그동안 통 연락이 없었던 데, 어디 다녀오셨어요?"
 "산에서 인격수양을 하고 내려온 지 한 달쯤 됐네요."
 한 면을 잘라 벽을 친 작업실 문이 바깥쪽으로 열리면서, 발목까지 덮은 긴 검은색 주름치마에, 노란 티셔츠를 입은 여성이 모습을 드러냈다. 뒷손으로 문을 닫으면서 이편으로 눈길을 던진 여성의 눈빛은, 곧바로 먼 기억에서 길어 올린 손님에게로 꽂혔다. 움찔 놀라면서 동공을 크게 키운 긴 머리여성은, 몸 둘 바 모르게 쩔쩔 매는 몸짓을 흘렸다. 그리고는 얼른 등을 지면서 작업실로 되돌아가려 했다.
 소파팔걸이에 오른팔을 얹고 그 방향으로 상체를 기우리고 있던 봉준 역시도 놀라움을 감출 수가 없었다. 전혀 기대하지 못했던 첫 사랑과의 재회에 어리둥절했다. 한끼빈에 밀려든 민교의 그리움에 젖어들었다.
 공동휴게실 겸 주방에서 손님 대접용 차를 손수 준비하다, 어떤 낌새로 고개를 내밀게 된 미니 허는, 봉준이 누군가를 뚫어지게 응시하는 시선을 목격했다. 그 방향은 동생 편이었다.

"정옥아!" 미니 허가 뒷손으로 막 문을 반쯤 닫고 있는 동생을 불렀다. "어디 가니? 네 손님이잖아." 언색은 장난기어린 놀림조였다.
움찔 놀라면서 행동을 멈춘 정옥은 소심했다. 어쩔 줄 몰라 하는 당황 기색이 역력했다. 그녀는 뒤도 안 돌아보고 작업실 턱을 이미 넘어섰다. 그러면서 바싹 세운 두 귀로 뒤편의 주의를 긴장감으로 들으려한다.
"정옥 자매님, 오랜만예요. 나예요."
그 목소리에 정옥은 보통의 몸매를 한 번 더 부들 떨었다. 여류시인도 자연스레 그편을 주목하며 밉상부터 지었다.
"놀랄게 뭐 있니. 반겨주면 그만인 걸." 하면서 웃음기를 머금은 윙크를 보낸 미니 허의 눈동자는 동생의 애정으로 넘쳐흘렀다.
"그래요. 이리 오세요." 봉준이 붙임이 강한 기쁨으로 거들었다.
그제야 마지못해진 정옥은 고개를 숙인 채로, 흰 양말을 신은 실내화발을 돌렸다. 봉준은 미리 철제의자를 지정해 두고 기다렸다.
"신수가 좋아 보이네요." 우측 의자에 다소곳이 앉은 여자에게 마음을 열게 하려는 노력에 힘을 쓰는 봉준의 인사말은 다정했다.
"아, 예! 좋게 봐주셔서 감사합니다." 대답하는 음색이 더없이 얌전하다.
출판기념회 한 달 전에 미니 허는 예술의 전당에서 개최된 어린이 위주의 뮤지컬공연에 봉준을 초대했다. 그날에 봉준은 매표소 앞에 다 함께 모여 입장하는 관객들을 반갑게 맞는 미니 허 일가족과 인사를 나눴다. 삼수 만에 간신히 입학할 수 있었던 대학졸업 사 년 차인데도-무슨 비운 탓인지, 여전히 알아보는 취직을 못하고 있던 정옥을 비롯해서, 미니 허의 미국인 남편과 분홍빛 한복을 곱게 차려 입은 그의 장모도 있었다. 그 자리에서 봉준은 준비해간 붉은 장미 한 송이와 인삼세트 선물을 정옥에게 건넸다. 이를 지켜 본 일가족은, 그 당시 정 목사의 청혼임을 인지했다. 행사를 마친 이후 인근식당에서 회식을 예약해둔 일가족은 기꺼이 반겨 맞았다. 이후 봉준은 목회 계획과의 접목 모색 차, 효자동 소재 미니 허 부부가 공동 대표인 어린이교육 사무실을 몇 차례 방문하여 우의를 다졌다. 그러면서 언니를 통해 정옥의 근황을 들을 수 있었다. 이 무렵에 봉준은 정옥과의 내조 관계를 중요시 여기게 되었다.
　그렇지만 봉준의 갑작스런 산행으로 만남은 자연 끊기게 되었다. 정옥은 봉준의 해방불명 이후 경쟁이 치열하여 안착이 쉽지 않는 대안으로, 백화점점원이라도 해보겠다는 꿈을 키우게 되었다. 그러다 무서운 언니의 끈질긴 성화를 차마 뿌리치지 못 하고, 어린이 영어책 제작자로 진로를 틀었다. 삼년 차다.
　언니가 떠밀어 맡긴 두 잔의 녹차를 쟁반에 받쳐 가져오면서 정옥은, 두 손님이 어떤 사이인지를 은밀히 살폈다. 그러면서 자신보다 열 살은 더 많을 여류시인에 향해둔 질투의 신경질을 은근히 드러냈다. 고의로 손님의 흰색 운동화 코 부위를 살짝 밟아 실수했다는 사과를 내는 식이었다. 여류시인의 예민하게 날카로운 성격은, 즉각 소리 없는 거친 반응으로 물들었다. 왜 그리 조심성 없이 꼴값 띄느냐는 핀잔이었다. 단 둘이었다면, 버럭 화를 내며 침을 뱉었을 것이다.
　"결혼했어요." 봉준이 쟁반을 쥔 채로 우두커니 서있는 정옥에게 질문을 냈다.
　"안요. 아직요." 한 귀로 두 사람의 음양의 말을 동시에 듣는 나 혼돈해진 머리를 흔든 정옥의 안색은 불안정하게 차가웠다.
　"그럼, 국수 먹을 기회 놓치지 않은 셈이네요. 반가워요. 이렇게 다시 만나서요."
　"저도요."
　"정옥아, 하던 일 다 마쳤니?" 부부작업실에서 나온 미니 허가 손님들과 합류하면서 물었다.
　"아니, 조금 더 손을 봐야 해."
　"마저 끝내고 형부에게 가봐! 책표지 디자인이 못 마땅한 가봐."
　"알았어." 대학에서 사 년의 디자인공부를 한 사람답지 않게 기가 죽어있다. 동생은 언니의 명령 같은 어조가 영 불만인지, 검은 두 눈썹을 부픈 끼웠다. 얄궂다는 눈치 니미로 이 자리에서 띠나기 싫다는 기미를 새어냈다.
　"쟤 오늘 이상하네. 목사 사모가 되고 싶어 저러나." 미니 허가 면전에서 우물쭈물 자중하는 동생을 나무랬다. 이 말을 들은 봉준이 미니 허 편으로 머리를 돌렸다.

"어째 나와 연관 짓는 말로 들리네요."
"쟤 신앙 나도 못 따라갈 정도로 부쩍 자랐다고요." 놓치지 말고 어서 잡으라는 운을 띄운 암시였다.
봉준은 내심 반겼다. 그러나 혀의 말은 이와 딴판이었다. "정도껏 합시다. 무안하네요." 봉준은 두 뺨 간격을 두고 서성이는 정옥을 다시금 돌아봤다. 일치하게 맞춘 두 남녀의 검은 눈빛에 빛이 반짝거렸다. 그녀의 불그스레한 눈빛은 숙기하게 애절했다.
"자고로 목사는 이성의 유혹에 넘어가지 않아야 하나님으로부터의 쓰임 기간이 길어지는 것이니, 알아서 잘 처리하세요. 그 시험의 방지책은 독처생활을 버리고, 아내를 맞아들이는 거죠. 그래야 정상적인 균형이 잡혀지는 게 아니겠어요." 노골적이다.
"하나님의 응답이 있었다면 미니 허 선생님과 풋내기식구가 되었겠으나, 삼 년 내내 그런 응답을 듣지 못했으니 어쩌죠. 그러나 제게는 허상이란 없습니다."
"칠칠한 방중 속비밀이다 말로 이해할게요. 마음고생 끝에 얻어진 소원은 감미로운 것이니, 좀 더 기도하며 기다려봅시다."
이곳의 내부 구조는 네 등분으로 나뉘어져 있다. 공동 구간인 거실 출입문 쪽 좌측은 직원전용 작업실이고, 그 맞은편은 부부전용 사무실이고, 그 좌측 공간은 차 종류 등이 비치된 공동휴게실 겸 주방이다.
부부작업실 문이 바깥으로 열리면서 목이 길고, 기른 콧수염 빛깔은 누렇고, 파란 눈빛에 높은 코끝을 가진 훤칠한 신장의 미국인이 모습을 드러냈다. 이중 국적자인 미국인은 아내로부터 방문한 손님들에 관에 이미 들은 터라 낯설어하지 않고, 곧바로 잰 걸음으로 다가와서 봉준의 양손을 덥석 잡고 반가움을 표시했다. 옛 지인인 두 사람은 서로를 안는 포옹을 마치고, 한 번 더 상봉의 기쁨을 나눴다. 한국여성에게 장가들어 한국의 사위가 된 그는 텔레비전 출현 횟수가 잦은 편이라, 대중들에 제법 알려진 인물이기도 하다.
"평안에 보이는 인상 여전하시네요. 근황도 무고하신 거죠?" 봉준은 저음의 목청 중간 중간의 발음이 초등생처럼 부정확하기는 하나, 그런대로 소통은 가능한 미국인에게 합당한 인사말을 꺼냈다.

"물론입니다. 아주 무탈합니다." 미니 허 남편의 답변이었다.
"잠깐 실례하겠습니다. 십 분 뒤에 다시 봅시다."
한국사위는 두 손님에게 양해를 구하고, 여러 종류의 문구들이 뒤섞여 있는 도구함에서 철제기역자를 찾아 부부작업실로 돌아갔다.
"시간 충분해요?" 미니 허가 물었다.
"백수라 시간은 남아 돕니다. 왜요?"
"우리와 저녁식사 후 음악회를 가져요."
"나는 괜찮은 데 신 여사님은 어떠세요." 봉준이 여류시인에게 물었다.
"다 알면서 뭘 새삼 물어요. 따라야지 어쩌겠어요." 여류시인은 봉준과 미니 허를 번갈아 보면서 나눈 두 단어를 나직하게 속삭였다.
단 둘이 남은 두 손님은 딱히 할 일이 없어 따분한 하품을 해대었다. 그러던 참에 봉준이 말문을 열어 미니 허의 이력을 대략 설명했다. 한 방송국에서 주최한 대학가요제에서 이등을 하였고, 예쁜 목소리 덕분에 한 음료업체 회사의 로고송을 불렀으며, 현재는 복음성가 가수로써 주로 교회순회 공연을 다닌다는 소개를 들려줬다.
미니 허와 그녀의 동생 허정옥이 배달 온 중화요리를 신문지로 덮은 원탁 위에 차렸다. 곁붙인 또 하나의 사각책상에는 그림과, 교정편집과, 책의 보급을 각각 맡아 하는 세 미혼여성들의 협력의 손길 똑같은 음식물이 하나둘씩 펼쳐졌다. 음식냄새가 진동하는 가운데 모두가 식탁 앞으로 몰려들었다. 세 명의 여직원과 동생은 책상식탁에 둘러앉았고, 두 손님은 미니 허 내외와 원탁을 차지했다. 식사기도는 미니 허가 지목한 정봉준이 목사의 신분으로 맡았다.
"젓가락 문화를 가진 한국의 민족성은 참으로 따뜻해요. 더운 음식을 즐겨서 그러한지, 나누는 정도 참 따뜻해요. 그리고 내기 외국인이라서 그런지, 사람들이 친절을 잘 베풀어줘요." 미니 허 남편이 음식을 씹는 입으로 더듬더듬 한국 칭찬을 늘어놓았다.
"마누라 잘 둔 덕에 호강 한번 톡톡히 누리네요." 미니 허의 예쁜 목청이 분위기를 장악했다.

"맞아요. 당신 말이 백번 다 맞아요. 개인주의가 강한 미국도 좋은 나라지만, 오천여 년의 유구한 역사를 자랑하는 대한민국은 여느 나라에 비해 성장속도가 굉장히 빠른 부지런한 나라예요." 생활 속에서 한국문화를 차츰 배워 가는 저면이 돋보였다.
　"빨리빨리 병이 과속을 낸 결과랍니다." 봉준이 만면에 웃음을 걸고 미국인 친구에게 농담조로 화답했다.
　음식물이 비워진 식기들이 말끔히 치워졌다. 아버지 추도예배 참석 차 집으로 돌아간 한 명의 직원만 빼고, 일곱 명 모두는 협력하여 곧 시작될 임시무대를 대충 꾸몄다. 마이크장비가 준비된 데 이어, 휴게실에서 기타-드럼 등도 앞으로 내놓아졌다. 미니 허 남편은 시험 삼아 스위치와 연결된 이동 마이크성능을 점검했으며, 그의 아내는 기타 줄을 팅기며 문제가 없음을 확인했다.
　"만인들에게 정서적 안정을 안겨주는 음악으로 세상의 근심걱정일랑 모두 털어버립시다." 사회를 겸한 미니 허의 짤막한 인사 말이었다. 그녀는 먼저 손님 대우 차원에서 정봉준을 무대에 불러 첫 순서를 맡겼다. 사춘기 시절 짧게나마 성악가를 꿈꿨던 봉준은 주저하지 않고 즉시 앞으로 나섰다. 성대 좋은 건강한 목소리의 노래는 '바위고개 언덕을 혼자 넘자니 예님이 그리워 눈물 납니다' 가사로 시작되는 '바위고개' 이었다. 감성을 넣어 불렀다. 우렁찬 박수소리와 함께 재창이 터졌다. 그는 언제 들어도 잔잔한 감동의 은혜를 느끼게 하는-세자르 프랑크가 파리 성 클로틸드 교회의 합창 장으로 일했던 시절에 작곡했다는 '생명의 양식' 으로 화답했다. 미니 허 내외 및 모든 직원들의 아낌없는 박수갈채로 환영을 받았으나, 정작 허정옥과 여류시인 간에는 서로를 눈치거리는 애정경쟁을 끊임없이 벌였다. 봉준은 모골이 송연한 부담을 안았다. 무대에서 내려온 봉준은, 잠시 두 여자 사이를 기웃거리다 여류시인 곁에 앉았다.
　미니 허는 다음으로 시를 쓰며 진정한 자유인으로 살아가는 여류시인을 호명했다. 지명 받은 여류시인은 쏟아지는 시선에 깜짝 놀란 큰 불편의 태도를, 이리저리 연신 굴리는 검은 눈동자로 확연히 나타냈다. 감상만 하겠다는 당초의 약속이 깨진 점에 기분이 상했다는 모양새였다. 그녀는 일그러진 흉상을 봉준에게로 그대로 옮겼다. 봉준은 그녀의 왼팔을 가볍게 잡고, 어서 나가서 실력을 발휘하라는 응원을 보냈다.
 "함께 불러요." 여류시인이 느닷없이 이중창을 제안하고 나섰다.
 "사전에 호흡을 맞춰보지 못한 두 분인데, 음정이 맞겠어요?" 미니 허가 사이에 끼어들었다. "이 자리에서는 흉볼 사람 아무도 없으니까 음치라도 괜찮으니, 웬만하면 더 멋질 독창을 부탁할게요."
 "아니에요. 전 자신이 없어요. 전 정말 노래를 부를 줄 몰라요." 숱 많은 긴 머릿결까지 극구 흔드는 여류시인의 발뺌은 거셌다. 그렇지만 그녀는 사회자가 예외는 없다는 배수진으로 물러날 줄 모르는 끈질긴 요청을 언제까지나 외면할 수 없음을 깨달았다. 수락하는 변명으로 "정 목사님이 함께 해 주신다면…"라는 조건을 재차 내걸었다.
 사회자의 시선이 정봉준 편으로 옮겨졌다. "어떠세요? 괜찮겠어요?" 봉준은 고개를 끄덕거렸다. "그럼 두 분이 곡명을 정하시는 동안 류찬숙 씨의 노래를 먼저 듣도록 하겠습니다. 류찬숙 씨, 드디어 기다린 시간을 맞았네요. 마음껏 실력을 뽐내 보세요."
 편집 일을 맡은 단발머리 아가씨는 적당히 살이 붙은 볼이 인상적으로 작았고, 입술을 동그랗게 모으면 꼭 구멍 난 구슬처럼 귀여웠다. 빨간색상의 옷을 즐겨 입는 그녀가 빨간 민소매 티셔츠를 받친-구멍이 숭숭 난 청바지차림으로 무대에 올랐다. 그녀는 신세대답게 온몸을 뒤흔드는 경쾌한 율동에 맞춰 귀에 생소한 '손님 오신다.' 제목이 붙은 노래를 부르면서 분위기를 한껏 띄웠다. 절로 흥이 오른 소수의 청중들은 박수로 화답을 쏟아냈다. 최신 유행가를 처음 들어 가사내용을 전혀 모를 미국인도, 자신의 무릎을 가볍게 때리면서 흥을 북돋았다.
 뒤편으로 물러난 여류시인과 봉준은 데면데면 마주보면서 선정곡에 대한 의견을 교환했다. 봉준은 슈베르트의 아베마리아를 추천했고, 이에 여류시인은 자주 들어본 곡명이라며 동의를 내렸다. 봉준은 여류시인을 앞세워 다시 오른 무대에서 사회자로부터 마이크를 넘겨받았다. 그는 헛기침으로 목청을 가다듬었다. 만면의 미소로 친밀을 과시한 여류시인은, 고의로 남자 편으로 몸을 바싹 붙이는 시도를 걸었다. 봉준은 의식을 높여 옆으로 한발 물러나면서 그만큼의 거리를 뒀다. 여류시인은 곧바로 한발 다가서며 신체 일부를 붙였다. 아예 잡아두겠다는 심보로, 남자의 손등에 제 손을 감싸 덮는 행위까지 서슴지 않았다. 결국, 봉준의 양해로 마이크를 함께 쥐었다.

허정옥의 강렬한 애정의 호소가 봉준의 일거수일투석을 쫓고 있었다. 그 눈빛은 못 볼 걸 보고 있다는 시기심의 불길이었다. 무언가 말하고 싶어 하는 입술은 파르르 떨렸고, 아릿한 몽환으로 좇기에 절제를 잃은 흙빛의 표면은, 허공에 붕 떠 있는 쓸쓸한 상태를 보였다. 봉준은 그 무겁게 가라앉은 속성의 갈등을 떨치려, 어서 하자는 신호로 신정혜의 팔꿈치를 슬쩍 건드렸다.

의아를 자아낸 새침을 과감하게 벗은 여류시인의 노래 실력은, 아마추어 실력을 훌쩍 뛰어넘는 프로급에 가까웠다. 교회합창대나 지역합창대에 비할 바 없는 숨은 재질이 놀라웠다. 소프라노 음색은 리듬 감각이 좋아 흠잡을 곳이 없었으며, 외워둔 번역가사에 맞춘 감정조절도 탁월했다. 절제된 목청도 청아했다. 내심 감탄한 봉준은 그 가창력에 도취되어 '간청을 들어 주소서.' 소절을 그만 놓치고 말았다. 봉준의 실수를 직감으로 알아차린 신정혜는, 즉시 한 축의 노래가 흐트러지지 않도록 떠받드는 여유를 부렸다. 그 봉합 책도 훌륭했다.

끝 소절에서 간신히 호흡을 끼어 맞춘 봉준은 비로소 등줄기 땀을 인식했다. 이마와 코끝에도 구슬땀이 살짝 맺혔다. 그는 무대를 내려오면서 신정혜의 등 뒤에 왼손을 얹었다. 그러면서 아름다운 목청에 감명 받았다는 찬사를 보냈다. 몸의 열기에 들뜬 그의 귀에는 청중의 갈채 따윈 들리지 않았다.

"알 만한 사람은 다 아는데 뭘 그리 놀리세요." 감동을 크게 먹은 높은 기상과 달리 신정혜의 답변은, 이로써 성악가다운 인물임을 스스로 밝힌 셈이다.

"예전에 미처 몰라본 재능 오늘에서야 비로소 알게 된 점, 용서 빕니다. 시인님!" 봉준은 사과했다.

봉준은 자리로 돌아와서 한 번 더 칭찬을 아끼지 않았다. 그는 문득 우측의 정옥 편으로 시선을 돌렸다. 수줍음을 머금은 침묵의 입술을 꾹 다물고 있다. 여류시인의 절창에 더욱 주눅이든 정옥의 무기력한 부침은, 오랫동안 뜬구름처럼 어딘가를 정처 없이 헤매었다.
 허정옥은 언니가 팔을 잡아 끌면 재촉하는 데도 종시 그 자세로 버티기만 한다. 차마, 겉으로 드러낼 수 없는 속 끓는 애통한 심경을 그 방법으로 표출하고 있는 것이다.
 언니는 도통 말을 들어 먹지 않는 동생의 옹고집을 일단 젖혀 놓고, 미술 분야를 맡은 이미연을 호명했다. 타고난 내향성이라, 직장이 쉬는 휴일이면 거의 집 안에서 홀로 지내는 그녀이다. 그 외로운 덕분에 국악의 열렬한 펜이 된 그녀는 '진도아리랑'을 부르면서 어깨춤도 덩실덩실 추웠다. 애교하게 귀여웠다. 전체 분위기는 삽시에 전통가락의 한恨 속으로 깊이 말려들었다. 열렬한 앙코르에 힘입어 이번에는 판소리 '심청가'를 애창했다. 국악을 전공한 것이 아닐까? 싶을 정도로 보통 실력이 아니었다. 마룻바닥에 주저앉아서, 두 다리를 모으고, 손바닥으로 장구를 치며, 그 가락에 맞춰 힘줄이 돋도록 목청을 높이는 발림 솜씨가 소리꾼 수준이었다.
 마지막 순서는 미니 허 내외의 이중창이었다. 진정한 기독교신앙의 모범생인 두 부부는, 손을 맞잡고 소수의 청중들과 맞대면을 했다. 미국인은 기타 끈을 반대 편 어깨에 걸었고, 아내 편에서는 손에든 마이크 위치를 앞으로 조금 물렸다. 부부는 성경 고린도전서 십삼 장 구절에 곡을 붙여 전국 교회에서 흔히 불리는 '사랑은 오래 참고' 복음성가를 선택했다. 미니 허의 육성노래에 맞추어서 남편은 기타반주를 넣었다. 미니 허의 미국유학 시에 만나 백년가약을 맺은 동갑내기 부부는, 슬하에 초등생 딸 하나를 두고 있다.
 호흡이 잘 맞는 이상의 부부였다. 박자나 가사가 한 치도 틀림없이 잘 맞았다. 신앙은 구원의 기쁨이다. 독특한 믿음 관으로 살아가는 부부이다. 예술의 전당공연 시 아이들과 함께 출현했던 미니 허는, 당시 아이들과 함께 불렀던 그 한 노래에 맞춘 율동도 곁들였다. 이어 시적감각을 제법 갖춘 남편이 직접 작사-작곡한 신곡을, 익숙하여 자유가 넘치는 영어로 불렀는데, 신앙을 고백히는 심리가 짙은 음률은 잔잔하게 고요했다.
 난데없이 드럼소리가 장안에 울려 퍼졌다. 그 여운은 일 분 남짓 이어졌다. 놀 때 신나게 즐길 줄 아는 미니허의 남편이 아직 순서가 남았다는 신호를 알린 것이었다. 내외는 손에 손을 맞잡고,

발로 바닥을 탁탁 차는 캉캉 춤을 추었다. 여자가 그 자리에서 제 몸을 세 번 회전한 후, 남자의 몸 주위를 한 바퀴 돌아오면, 그 즉시 여자의 몸을 두 팔로 받아 안아서, 여자의 상체를 뒤로 바싹 젖히는 장면을 연출했다. 그다음 다시 서로를 마주보며 손에 손을 맞잡고, 여자 편에서 온몸을 흔들어 보이면, 그때 남자 편에서 여자의 몸을 머리 위로 번쩍 들어 올려 천천히 한 바퀴 돌고난 뒤, 관중을 향해 정중히 인사하는 것으로 막이 내려지는 프랑스의 전통춤이었다. 볼 품 없는 무대를 경쾌한 화려함으로 밝혔다.
　일동은 소 음악회를 마친 뒤 다과를 나누며, 음악회에 관한 후담을 나누나 시간흐름을 잊었다. 그 자리에서 우리도 한 팀을 꾸려 음악회를 만들자는 안이 튀어나왔다. 다과 후 두 여직원은 늦은 퇴근을 했고, 미니 허는 봉준을 따로 부부작업실로 데려갔다. 벽면 가까이로 선풍기 한 대가 놓여있고, 세 개의 책상마다 컴퓨터가 놓인 작업실에는 타 출판사에서 출간된 참고 서적들 외에, 미완성 어린이영어 원본과, 모양새와 규격이 제각기 다른 여러 장의 어린이그림과, 편집 작업을 거의 마친 원고뭉치들이 켜켜이 쌓여 있거나, 여기저기 널려 있었다. 두 사람은 회전의자를 끌어다 놓고, 사각책상을 사이에 두고 마주앉았다.
　봉준은 약간 기분이 상해있는 상태였다. 기름부음을 받은 목사를 일반인처럼 함부로 대한다는 그녀의 태도가 못마땅했다.
　"내 동생이 상사병을 앓고 있는 데 어쩔 셈이에요?" 미니 허의 단도직입적 질문에는 살갖을 찌르는 아픔이 실려 있었다. 두 입술 사이로 드러낸 치열이 가지런하다.
　"그 책임을 왜 내게로 전가하는지 알만 합니다." 봉준의 답변에는 책임을 맡겠다는 소신이 담아 있었다.
　"한 생명을 소중히 여기는 게 목사사역에서 제일의 덕목이 아니던 가요. 아무튼 내 동생을 불쌍히 봐 주세요."
　"목사 나름이지요."
　"사랑 없는 말을 왜 그리 쉽게 내세요."
　"쉬운 말이 오히려 문제의 어려움을 야기한답니다. 사안에 따라 엉킨 실타래처럼 될 수도 있지요."
　"매우 신중하시네요. 결혼은 안 하기로 서원이라도 하셨나요?"
　"내가 하나님께 서원 올렸던 단 한 가지는, 양 무리들을 푸른 초장으로 잘 인도할 수 있도록 신령한 지혜와 지식을 부탁드린다는 것뿐이었어요. 그 크신 도움을 기대하며 목회를 시작하기 전에 반드시 결혼은 할 겁니다."

"누구랑…? 같이 온 여자랑 요…?"

"신정혜 시인님은 남편이 있는 분이십니다. 오해하지 마세요." 봉준은 상대방을 가벼운 어조로 꾸짖었다.

"죄송해요. 심기에 불편을 끼쳤다면 요."

"좀 더 두고 봅시다. 나의 모든 미래는 하나님의 뜻에 일임되어 있기에, 내 마음대로 결정을 내릴 수 없어서요."

"좋은 응답을 기대해 볼게요."

17
-선 넘은 갈등-

　여류시인은 귀찮을 정도로 애정 행각을 노골적으로 밝히는 교태를 끊임없이 부렸다. 팔짱을 낀 채로 장소를 가리지 않고 사람들의 눈이 없는 그늘진 골목에 들어서기만 하면, 남자의 목을 끌어당겨 강제로 입을 맞추려 들었다. 육욕의 화신처럼-친밀하다는 것을 보이려는 어린아이 같은 철부지 행동이었다. 그러나 그보다 더 큰 심리적 불편은 주거지를 옮길 기미를 전혀 보이지 않고, 마냥 눌러 산다는 점이었다. 좋았던 일에 마魔가 낀 셈이다.
　성경에서는 하와를 인류의 어머니로 등장시켰다. 그리스 신화에서는 대장장이 헤파이토스가 아프로디테 여신을 본떠 진흙으로 만들었다는 최초의 여자는 판도라라고 소개하고 있다. 판도라라는 이름의 뜻은 '모두의 선물을 받은 여자' 이다.
　그러한 여자를 동의보감에서는 '제 자신을 억제하지 못하기 때문에 병의 근원이 깊은 존재' 라고 말한다. 부인은 남편보다 병이 배나 많다. 자식을 낳고 그 자식들을 키우는 과정에서 사랑과 미움의 감정기복이 지나치게 크기 때문에 병의 근원이 깊어진다는 뜻이다. 그래서 남자의 병보다 열배 더 치료하기 어렵다는 병이 부인병이라는 말이 나오게 된 것이다.
　여자는 풀 것과 버릴 것을 빨리 해결하지 못하기에 마음의 병을 얻는 경우가 많다. 이러한 미적거림이 별거 아닌 문제라도 오랫동안 물고 늘어지게 하고, 그 결과 오장五臟이 상하는 등의 잔병치레에 시달리게 되는 것이다. 이 상태가 심각해지면 혈전까지 앓게 된다.
　봉준은 선을 넘은 단 한 번의 육체관계를 맺었을 뿐인 불륜의 죄목 때문에 그녀를 매정하게 물리칠 수 없다는 입장을 가지고 있다. 이는 분명 비누로도 씻어낼 수 없는 간통이었고, 만일 시인 편에서 양심을 품고 법에 고소라도 한다면 법적구속도 불가피하다. 그런데 이상한 심리는 불륜을 낳은 죄행인 줄 알았다면 마땅히 가슴을 찢고 회개의 눈물을 흘려야 할 터인데, 그 양심적 죄책감이 미미하다는 점이다. 사람은 인식이 약해지면 지은 죄를 부인하거나, 또는 그 죄를 죄로 받아들이지 않는 둔감의 성향을 안고 있다. 한발 더 나가 양심불량자는 그 부도덕성이 세상에 알려질까 노심초사하면서 하루 빨리 땅속에 묻으려 안달을 쓴다. 인간의 원죄는 이토록 가중하기 짝이 없다.

마음에 두고 있었기에 유혹을 받게 되는 것은 너무나 당연하다. 올바른 인격과 구원의 신앙을 위해 몸과 마음을 다 바쳐 온 봉준에게, 시인과의 한 순간 염불은 결코 헛된 망상은 아니었다. 남편 있는 핫어미와 눈이 맞아 자신의 집에 머물게 한 그 자체부터가 간음의 시초였다. 남성을 이기지 못해 기어이 선을 넘고만 그 불미했던 행각은, 분명 신앙보다 우위에 두었었다는 의미였다. 한 차원 높인다면 사랑으로 위장한 음란 숭배였었다. 그러므로 침상을 더럽혔음은 물론이고, 위로는 하나님의 영광을 가리고 말았다. 그러다 곰팡이에 뒤집어 쓴 벽지제거를 위한 회심이 뒤늦게 되살아난 까닭은, 서른다섯 살의 허정옥을 염두 해두고 있기 때문이다. 그래서 강제할 수 없는 신정혜와의 관계 정리를 위한 기도를 가슴을 치며 끊임없이 하고 있는 중이다.

이 골칫거리를 한시바삐 원만하게 푸르려면, 신정혜가 남편과 이혼을 하지 않고 다시 부부의 모습으로 돌아가는 것이 최상이다. 그렇지만 이혼을 기정사실로 정해놓고, 가정상담소 관계자들에게 수시로 전화를 걸어 자문을 구하거나, 그 희망이 불투명해 보인다 싶으면 직접 발 벗고 나서서 소송을 맡은 변호사에게 계약금 외에 뇌물성 돈 봉투를 찔러 넣었던 신정혜의 과시행위로 미뤄, 정상적 관계 회복은 꿈에 불과해 보인다. 그리고 그녀는 뜻대로 이혼이 성립됐을 경우, 그 즉시 정봉준과 부부도 살겠다고 이미 구두신인을 해둔 상태이다.

봉준도 사실은 신정혜가 싫지는 않다. 신경쇠약 증세로 가끔씩 신경질과 앙탈을 부리기는 하나, 지성을 갖춘 교양인임은 분명하다. 이 점에서는 허정옥과는 비교가 안 된다. 그렇지만 신앙적 양심에 걸리는 문제는, 비 그리스도인이라는 결점이다. 양을 치는 목회는 영적일이다. 이 사명에 비 그리스도인인 아내가 곁에 붙어 다닌다면 불협화음은 뻔해진다. 만일, 신정혜가 오늘부터라도 그리스도를 영접하는 면모를 보인다면 그녀의 이혼을 대환영할 것이다.

봉준은 허정옥과 단 둘이 만난 적은 한 번도 없다. 그래서 허정옥은 그에게는 아직 미지의 노처녀로 남아있다. 며칠 전에 몇 년 만에 본 그녀에게 이내 다시금 마음이 뜨겁게 붙들린 까닭은, 목사부인이 될 자질을 갖추었다는 성품의 무게 때문이었다. 본성이 착하며 교회생활에 충실하다는 배경도 장점이었다. 목회자로서 가장 든든한 후원자는 믿음의 내조자이다. 그런 소양을 다분히 갖춘 여자가 허정옥이다.

외출에서 막 돌아 온 여류시인은 곧바로 욕실로 들어가 수도꼭지를 틀었다. 물 쏟아지는 소리는 거실까지 새어나왔다. 소파에 앉아서 영적체험자의 간증문책을 읽다 덮은 봉준은 그녀가 사들고 온 탁자 위 과일을 물끄러미 내려다본다.

"왜 안 먹고 그림처럼 보고 있기만 하는 거야?" 욕실에서 나온 여류시인은 맨발이었다.

"별로 생각이 없네요. 방금 전에 떡 좀 먹었거든요. 어떻게 일은 진전이 있는 거요?"

"너무 시간을 질질 끌었어. 이젠 임병기는 나의 전남편으로 저 멀리 떨어져 나갔어. 남편 없는 자유해방을 마침내 달성한 거지."

봉준은 하나님의 깊으신 속내를 도무지 헤아릴 수가 없었다. 기도의 응답이 정반대로 나타나자, 상심의 깊이는 햇살 한 점 보이지 않도록 어둑 캄캄했다. 그는 두 패로 갈린 생각을 한 정점으로 모으려 골몰했다. 그러면서 무신론자인 신정혜와는 절대로 살 비비는 부부가 되어서는 안 된다는 결론을 최종적으로 내렸다.

"정신적으로나 육체적으로나 방해 없는 한적한 곳에서 오로지 글만 쓰게 됐으니 좋은 작품이 솔솔 나오려나? 낭만은 나태와 연관되어 있어. 매일 규칙적인 운동을 하면 쉽게 일어나는 지랄망정의 짜증을 잊을 수 있을 거야." 여류시인은 식도로 사과껍질을 벗겨나가면서 혼자 말처럼 중얼거렸다.

"오늘까지 안 하던 일과인데, 그 습관이 쉬 잡혀질까요? 쉽지 않은 결심일 거예요." 봉준은 여류시인의 실천 약한 게으름을 꼬

집었다.
 "알아, 백 마디 말보다는 바로 실천에 옮기는 것이 중요한다는 걸. 그렇지만 이번에는 말만 앞세우는 실언이 아니라, 진짜로 확실히 달라질 거야. 나로써 나를 믿으니까."
 "아무렴 건강해야지요."
 두 동거인은 두 몸이 하나 되자는 말을 합의적으로 꺼낸 적은 한 번도 없었다. 여류시인 편에서는 함께 살고 있는 마당에 굳이 같이 살자는 말을 꺼낼 수 없었을 터이고, 봉준은 봉준대로 현재의 관계를 어떻게 정리할까 문제로 심각한 고민에 빠져있었기에, 그 껄끄러운 부담은 자연 뒷전으로 밀려날 수밖에 없었다.
 안방침상에 누운 봉준은 앞날을 설계하는 데 몰두해 있다. 우선 그는 거래은행에 수익관리를 맡겨둔 수십 억대의 자산을 복지재단과 병원설립에 투자하리라고 결정했다. 이 두 시설물 이용자는 하루하루 삶이 힘든 소외 계층의 사람들이 될 것이다. 그리고 이와 별도로 목회를 시작할 수 있는 예배교회를 세워 하나님을 기쁘게 해 드리자는 계획도 일단락 지었다. 그렇지만 이 일은 혼자서는 도저히 감당할 수 없는 거대한 설계이다. 그러므로 한 마음 한 몸이 되어서 올바른 조언을 해 줄 수 있는 배우자의 협력이 절대적으로 필요하고, 더 나아가서는 총감독을 맡길 인물도 추천받아야 한다.

18
-형제구원-

 신정혜 시인이 차려준 된장찌개 밥으로 아침식사를 마치자마자, 봉준은 외출을 서둘렀다. 수돗물에 설거지 중이던 여류시인이 고개를 돌렸다.
 "어디 가는데? 같이 가도 괜찮은 자리라면 함께 가."
 "글이나 쓰시지요. 여사님!"
 "아냐, 화창한 날씨의 유혹이 너무 강해서 도저히 못 참겠어."
 "어린애 같긴, 혼자 산책이나 하시죠."
 봉준은 냉정해지려고 심지 굳은 어조로 응대했다. 그가 갑작스럽게 강경성향을 내비친 이유는, 맺고 끊음이 불분명한 우유부단으로는 신정혜를 떨쳐낼 수 없다는 점을 절실히 깨달았기 때문이었다. 일반인들처럼 기분대로 육탄싸움을 벌일 수 없다는 게 성직자의 고민이었다. 그렇지만 적어도 속내의 불편감은 보여야 할 것 같아 강성을 부린 것이다. 지지부진은 심성 약한 자의 특징이다. 이 성격에서 내보일 수 있는 태도는 유순함을 흉내 낸 무한정한 양보이다.

 윤정민 여사는 창 넓은 흰색 모자를 머리에 쓰고서 호미질을 하고 있다. 온통 잔 돌멩이 차지였던 땅을 개간하여 텃밭으로 만든 배추밭의 풀을 뽑고 있는 중이다. 집과 가까운 동산의 중턱 일부를 용도 변경하여 개간한 밭은 모두 일곱 고랑이다.
 식물의 성장에는 일조량이 절대적이라, 그 일대의 나무들을 간벌하여 햇볕이 잘 들도록 조성한 텃밭에는 여러 가지 작물들이 자라고 있었다. 고추, 가지, 아욱, 부추, 옥수수, 감자, 당근 등이 그녀의 정성어린 손길을 받으며 튼실하게 자라고 있었다. 그녀의 텃밭 가꾸기는 일상의 무료를 달래줄 소일거리이긴 하나, 식탁에 올릴 무공해 반찬거리를 자체적으로 조달할 수 있다는 보람도 큰 몫을 차지하고 있다.

그녀가 밭고랑의 수를 굳이 일곱 수로 맞춘 까닭은, 체력 한계와 기독교식 숫자 개념 때문이다. 기독교에서는 일곱을 기쁨의 숫자라 한다. 하나님의 말씀대로 칠 일만에 천지창조가 펼쳐졌고, 그 수에 따라 한 주간이 칠 일로 맞추어져 오늘날까지 인류문명은 이 시간 안에서 새 생명이 태어나고-인생 여정을 마친 노인들의 죽음이 되풀이로 이어진다는 것이 기독교적 주장이다.

윤정민 여사는 물질축복을 추구하는 노파는 결코 아니다. 오히려 물욕에 사로잡혀 피터지게 아등바등 싸우는 속물들을 혐오하고 있을 정도이다. 그녀가 진심으로 바라는 소원은, 크게는 국가기강이 바로 서서 위정자들부터 먼저 입법제도로 시행 중인 법을 철저하게 지키면서, 부패성에는 두 귀와 두 눈을 꼭 감고 국민의 신뢰를 얻는 것이고, 작게는 복지시설에 들어와 휴식이든, 요양이든 몸 하나 편히 눕힐 공간이 없어서 힘겨운 하루하루를 보내는 무연고 잡류들에게 안식처를 제공하는 것이다.

근래에 법적등록을 마친 재단법인 복지관은 아직 질서와 체계가 잡혀있지 않다. 큰딸이 시간 나는 대로 일주일에 두세 번 정도 방문하여 미량의 사무를 봐 주곤 하나, 상주하는 봉사자가 없는 탓에 성금후원자 모집도 흐지부지한 실정이다. 이대로라면 시간이 흐를지라도 성공적으로 자리 잡혔다는 소식을 들을 수 없게 될지도 모른다.

자칭 시운전 기간이라 위안하나, 열두 명 안팎의 노인들에게 하루 세 끼니 밥을 해 먹이면서, 그들의 건강상태가 어떠한지를 일일이 살펴보는 일과는 여간 버거운 게 아니다. 바쁠 때 민첩하게 움직여 주질 못하는 늙은 몸이라, 사사로운 일에도 굼뜨고 시간도 남들에 비해 배나 소비하는 편이어서 답답하기 그지없다.

한번은 양지실을 서의 안 하니 입 냄새가 고약한 노인이 긴질환으로 쓰러진 적이 있었다. 경직된 몸을 부들부들 떨며 비비꼬는 입에서 흰 거품을 뿜어내며 옷에다 대변을 봤다. 그 당시 윤 원장은 집에서 두 시간 가량을 쉬고, 하루 세 차례씩 오가는 복지관에 마지막 출근을 하는 날이었다.

간질환노인은 그때까지도 잠을 자고 있었다. 그의 몸에서는 지독한 배설물 악취가 풍겨 절로 코를 틀어막게 하였다. 원장은 현장에 서자마자 대뜸 울화가 치밀었다. 이유는 그 누구도 파리 떼 부르는 악취의 원인을 거두려 하지 않고, 강 건너 불 보듯 방관을 하고 있었다는 기막힌 현실 때문이었다. 열한 명 수용자 모두가 그 악취 속에서도 한가하게 장기나 바둑을 두고 있었던 것이다. 그녀의 비위가 요란하게 뒤틀렸던 건 당연했다. 속이 무척 상했다는 미간을 찌푸리며, 유급기사와 함께 그 뒷일을 수습할 수밖에 없었다.

　이 밖에도 말 못할 불미스런 일은 더 있다. 세 자녀에게 버림을 받고 거리를 헤매다 구청복지과 직원의 소개로 들어오게 된 일흔 살 노파와, 전직 목수인 예순 세 살의 노인 간에 일어나서는 안 될 성교 사건이 발생했던 것이다. 윤 여사는 그 불륜 사태를 몇 시간 뒤에 비로소 알게 되었다. 남몰래 죄를 지은 사람처럼, 이상하게 생기 풀린 눈동자로 자꾸만 몸을 숨기려드는 노파의 행동이 하도 수상해서 앞에 불러 앉혀 이 말 저 말로 달랜 후, 그 전말을 겨우 들을 수 있었다. 이해 못할 것은 그 문란한 퇴폐행위를 열 명의 수용자들 모두 수수방관하며 대리로 즐겼다는 것이다. 윤 원장은 몸서리쳐지는 분통을 터트렸다.

　이 사건으로 윤 원장은 엄청난 충격을 받고 며칠 간 앓아 누웠다. 출장간호사의 병 수발을 받으면서, 복지관 폐쇄 결심을 굳혔다. 그렇지만 실행에는 옮기지 못했다. 남은여생 미약하나마 그리스도의 사랑을 실천해 보겠다는 신앙의 의지가 되살아나 철회를 하게 된 동기였다.

　윤 원장은 이번에도 운전기사를 대리로 내세워 강간범을 경찰에 고소하지 않는 대신 복지관에서 영구 퇴출시켰다. 관리부실이 낳은 그 최악의 날 이후부터 반성과 깨달음을 얻은 윤 원장은, 오십대 부부를 정규직원으로 채용하여 각각 복지관 관리와 부엌일을 맡겼다. 그렇지만 노약자들을 몸소 돌볼 사회복지사 초빙은 일단 보류했다. 사랑으로 몸을 바쳐 헌신할 수 있는 실팍한 사람을 만나기가 그리 쉽지 않다는 게 그 이유였다.

　오 미터 높이의 축대를 쌓은 위로 일궈 낸 삼백오십 제곱미터의 마당에서는 오골계 세 마리가 한가롭게 돌아다니고 있다. 목줄 끄는 소리를 내며 제 집에서 기어 나와 두 앞발을 길게 내민 기지개를 한껏 켠 누렁개가 앞을 지나치는 오골계를 부러운 눈빛으로 물끄러미 바라보며 있다. 개는 낯익은 오골계와 장난을 치고 싶어서 앞발을 뱅글뱅글 높이 쳐들었다. 그렇지만 붉은 벼슬을 출렁출렁 흔들어대는 오골계는 거들떠도 안 보고, 작은 꽃밭 쪽으로 뒤뚱뒤뚱 도망쳐버렸다. 개가 갑자기 자세를 바꾸어 두 귀를 쫑긋 세웠다. 그리고는 물기에 촉촉이 젖은 검은 코를 벌름거리며 소리 높여 짖기 시작하였다.

과연 한 사람이 마당에 성큼 들어섰다. 말쑥한 하늘색 점퍼 안에 흰색 와이셔츠를 입고, 감색 바탕에 물방울무늬가 촘촘히 새겨진 노란색 넥타이를 맨 웬 남자가 느린 걸음으로 붉은 벽돌건물을 찬찬히 훑어보고 있었다. 그는 층계 위에 올라서서 문손잡이를 잡고 아래로 비틀었다. 야속하게도 문은 굳게 잠겨있다. 방문객은 상의주머니에서 휴대전화기를 꺼내들었다. 그러나 버튼은 누르지 않고 잠자코 내려다 만 본다.

뒤편으로 야트막한 수목 지대를 업은 실뒤 입구 마당 끝자락에서부터 농기구 따위를 두는 창고인지, 규모 작은 건물과 실터를 둔 가옥 전면 모퉁이 지점까지 이어진 나일론 빨랫줄 한복판에 바지랑대가 받쳐져 있다. 그 일대를 눈길로만 돌아보고, 아직 활착 뿌리가 깊지 않아 실해 보이는-녹색이 짙은 잔디밭 안으로 발을 들였다. 강렬한 햇살의 반사로 눈이 부셨다. 그 거의 끝 무렵에 니스 칠이 입혀진 박달나무 탁상이 파라솔 그늘 아래 놓여 있었다. 세 개의 등받이 그물의자 중 하나는 그늘 밖으로 완전히 나와 있었고, 남은 두 개는 서로 마주본 채 뜨거운 태양을 피하고 있었다. 잔디밭 정원에는 긴 수도호스가 뱀처럼 늘어져 있었으며, 그 끝머리에는 물줄기를 조절하는 금속분무기가 달려있었다.

높은 지대라 아랫마을이 한 눈에 내려다보인다. 경제적 여유를 누리는 사람들이 들어와 사는 마을의 전원주택들은 하나같이 돈을 많이 들인 호화 건물들이다. 어느 집 지붕은 유림신 모양이고, 이느 집 흙벽은 장독 조각들이 드문드문 박혀 있는 게 퍽 자연 친화적이다.

마을 동편으로 가지각색의 야생화가 싱그럽게 펼쳐져 있다. 그 왼편은 참나무, 밤나무 등이 자라고 있는 야트막한 혼합림 동산이고, 그 너머로 강물이 오후 세 시의 햇살을 금빛으로 받아 흐르고 있었으며, 강변 갈대숲에서 갑자기 솟구쳐 오른 물새 한 쌍이 공중회전을 하고 있다.
 '물질이 풍요하여 여생을 보내는데, 아쉬움이 없어 보이는 사람은 행복한 자들이다. 정말 그럴까? 못 미더운 일은 부자들보다 가난한 이들의 행복지수가 더 높다는 사실이다. 왜 그럴까? 동전 한 닢도 미래를 위하여 아껴두는 그들의 돈은 뜨겁다. 반면에 돈의 힘만을 믿고 아무데서나 큰소리치면서, 절제 없이 흥청망청 거만 떠는 부자들의 돈은 정나미 뚝 떨어지게 싸늘하고 차갑다. 곳간을 가득 채운 그 많은 돈에 사邪가 낀 탓일까? 부자들에게서는 심금을 잔잔히 울리는 덧정을 찾아볼 수 없고, 가난한 사람들을 업신여기는 경향이 높다. 반면, 가난한 사람들은 수고 없이 받게 된 돈에는 상당한 의구심을 품는다. 부자가 되는 꿈에 부풀어 있는 사람은 탐욕이 매우 강하다. 그러나 돈이 없어 생활고에 시달리는 소외계층들은, 그날그날의 식량 마련에 급급하여 내일을 내다보지 못하는 비극을 안고 있다. 이로 그들은 배우고 싶은 공부는 물론이고, 질감 높은 직장도 잡지 못하고 있는 처지이다. 그래서 그들의 인상은 하나 같이 우수에 잠겨있다.
 하나님께서 내게 맡기신 물질을 헐벗고 굶주리는 이런 이들에게 기꺼이 쓰겠다. 이 돈으로 따스한 은혜를 베풀어 그들의 자립을 돕고, 인간다운 모습을 갖추게 하자. 그것이 나의 소명이며, 또한 하늘의 뜻이다.'
 몸집 큰 여인이 벗은 창 모자를 한 손에 들고, 다른 한 손으로는 열무가 담긴 소쿠리를 옆구리에 붙인 채 마당 끝머리에 올라섰다. 봉준이 의자에서 벌떡 일어나 마중을 나갔다. 지표를 뜨겁게 달군 열기에 눈살이 찡그려졌다.
 "잘 왔다. 점심은 먹었니?" 윤정민 여사가 소쿠리를 외 조카에게 넘겨주면서 전에 없이 편안한 음색으로 물었다.
 "예, 오면서 해결했습니다."
 "혼자 다니는 게 민망한데, 언제쯤 그림자 내조자를 보여 주겠니."
 "그렇지 않아도 서두르고 있습니다."
 "나도 너의 배우자를 위한 기도를 꾸준히 하고 있다마는 최종

응답은 하나님께 맡기는 게 도리가 아니겠니?"
 "외로움이 이모님의 신앙을 키우셨군요."
 "그래, 맞는 말이다. 이 자유를 여생 끝 무렵에 내리신 주님께 감사할 뿐이란다. 조만간 천국에서 기다리고 있을 네 어머니와 우리 남편과도 상봉하게 되겠지. 다리가 후들거리니 저리로 가 앉자."
 봉준은 무릎관절로 거동이 더욱 불편해진 이모를 거의 끌어안다시피 하고서 파라솔 그늘까지 안내했다. 매미 우는 소리가 싱글하다. 마파람에 실린 풀 향기도 기분을 상쾌하게 깨웠다.
 "삼년의 산상 수도로 인격을 다졌다면 이젠 선한봉사를 해야 하지 않겠니?" 편안한 자세로 의자에 몸을 맡긴 윤정민 여사가 말문을 이었다.
 "그 문제를 상의할 참이었습니다."
 "계획을 이미 세웠다는 얘기냐?"
 "그렇습니다. 사재를 털어서 빈민병원을 세워 단독목회를 하리라는 결심을 굳혔습니다."
 "어디서? 어느 지역에서?"
 "이모님이 지켜보실 수 있는 이 지역이 어떨까 싶네요."
 "개인적으로는 찬성이나, 여기선 쉽지 않을 게다. 부자들의 텃세가 어찌나 드센지, 요 아래 복지관도 혐오시설로 배척을 하고 있거든."
 "똑같은 사람인 데, 차별이 너무 심하네요."
 "돈 없는 가난한 사람들이 몰려들면 지역이 구질구질해진다면서 노골적으로 이전을 요청한 주민도 있지 뭐냐. 그러니 신중을 기하도록 하자. 먼저 터를 잡았다며 기득권을 내세우는 꼴이 멍청하기는 하나 어쩌겠니. 주민들의 의사를 무시하는 게 능사가 아니잖니. 만일 그들과 맞대매로 싸우게 된다면, 우리가 입을 영적피해는 회복이 어렵게 깊어질 거라 생각된다."
 개척의 깃발을 꽂기 전부터 인의 장벽에 부딪친 셈이었다. 봉준은 이모가 입을 다문 막간을 이용해서 타개책 궁리에 들어갔다. 그의 뇌리에 떠오른 방안은 성경의 인물 이삭의 전철을 밟자는 것이었다. 그 내용은 대략 이렇다.
 흉년이든 팔레스타인 땅 그랄 골짜기에서 이삭은 장막을 치고 우거하게 된다. 그곳에는 블레셋 사람이 일방적으로 메운 그 아비

아브라함의 우물이 있었다. 그는 그 우물을 다시 파 사용하다, 그 랄 목자들이 자기들의 것이라고 생떼를 쓰자 에섹(다툼)이라고 이름을 붙이고 그들에게 내주고 만다. 이삭은 두 번째 우물을 팔 수밖에 없었다. 그렇지만 그 우물도 그들의 기득권 주장에 밀려 싯나(대적함)라는 이름을 남기고 떠나버린다. 거기서 생활터전을 옮긴 이삭은 세 번째 우물을 팠다. 그랄 목자들의 방해가 없었다. 그래서 정착에 대한 보장이 확실해졌다고 믿은 이삭은, 그 우물의 이름을 르호봇(장소가 넓음)이라 짓고, 그 땅에서 부를 창출해 내었다는 것이 이야기의 요지이다.
"허허벌판에다 구메농사부터 시작해 보려고요. 하나님이 저에 대해 어떻게 쓰시는지 시험해 보고 싶네요."
"너야 목사니까 나보다 하나님 뜻에 가깝잖니. 우러난 믿음대로 따르는 게 순종이 아니겠니? 뜻밖의 행운이다 하지 않니."
"일을 맡길 만한 사람 혹 알고 계세요?"
"무슨 일? 부지 매입을 대신 맡아줄 사람을 얘기하는 거냐?"
"예."
"서너 사람이 있긴 한데, 그 중에 부동산 거래를 해본 개척교회 목사가 제일 나아."
"그분을 소개해 주세요. 부탁드립니다."
높은 연세로 본래 신장에서 오 센티미터 정도 작아 보이는 대머리 노인이 윤 원장에게 머리를 조아렸다. 허리가 약간 구부정하고 체구가 마른 노인은 가래 걸린 목소리로 말문을 열었다. 그의 보고에 의하면, 인상이 험상궂은 낯선 사람이 난데없이 침입하여 난동을 부린다는 것이었다.
"건강치 못한 몸으로 이렇게 달려와 알려 주신 거 고마워요. 할아버지는 여기서 쉬고 계세요. 우리가 가서 해결할 테니까요. 차 준비를 해 줘야겠다."
쉬는 날이라 출근을 하지 않은 기사의 손때가 잔뜩 배인 차량은 구인용 승합차였다. 봉준은 비포장 경사길 운전은 처음이라 긴장을 높였다. 잡풀들의 차지가 된 한복판 양편으로 굳게 다져진 비포장 차도는, 여러 차례 내린 빗물에 씻겨 생겨난 구덩이가 몇 곳 있어 더욱 신중을 요했다. 그 구역을 지날 때 차체는 요란하게 흔들렸다. 동네 전반은 아직 환경정비가 덜 끝난 상태였다. 제대로 마친 공사는 끝이 보이지 않는 위 저편까지 이어진 포장도로뿐이었다. 그 이차선 길에 진입하면서부터 차체는 비로소 균형을 잡을 수 있었다.
　담장 없는 새 복지관은 삼층 건물이었다. 현관 입구에 차를 세우고 내리자, 요란한 욕설이 귀를 때렸다. 봉준은 조수석 문을 열어 원장의 하차를 도왔다. 윤정민 여사의 표정은 더욱 일그러졌다. 그녀는 봉준이 한발 앞서 연 유리문 사이를 지나 난간을 짚고 첫 계단을 밟았다. 이층은 공동식당과 두 개의 화장실과 운동시설을 갖추고 있었다.
　난리가 일어난 곳은 식당이었다. 나무식탁 두 개는 뒤엎어져 네 다리를 쳐들고 있었고, 몇 개의 의자들은 다리가 부러졌거나 이음선이 빠져 못 쓰게 되었다. 무자비하게 내동댕이쳐진 몇 가지 식기류도 부엌 타일바닥 곳곳에 널려 있었고, 벽지 한 부분은 얼핏 핏자국으로 착각할 수 있는 붉은 김치 국물이 한 폭의 수채화를 그려 놓았다.
　난동을 피우는 게정꾼은 째마리 장발의 사내였다. 질 낮은 싸구려 복장에 더께가 더덕더덕 뒤엉켜 있는 데다, 낡은 운동화를 신고 거친 숨결을 내쉬는 게정꾼의 오른손에는 굵고 기다란 네 모서리 각목이 들려 있었다.
　"너희들 뭐야!" 게정꾼이 모습을 드러낸 두 사람을 향해 고성을 질렀다. 부릅뜬 두 눈매는 걸리는 무엇이든 때려 부수고 말겠다는 혈기가 등등했다.
　그는 어느 한 날에 심심풀이 행패를 부리다 싸움이 붙었는데, 그 허접한 위협을 막는 차원에서 더 강한 상대방이 휘두른 칼부림에 상해를 입었다. 이때 생긴 이 센티미터 크기의 흉터가 얼굴에 남아있었고, 이어 맞은 강 주먹에 아랫니 두 개가 탈골되어, 그 사이로 쏟아내는 상말의 입은 치신없이 좁쌀하다. 이렇게 행실이 족대기인 자는 사회적 책임감을 일말도 지고 있지 않아, 삶의 기운이 부하負荷에 빠져있는 경우가 많다.
　두 사람의 출현은 또 한 사람에게 영향을 끼쳤다. 건달의 무지한 행패에 숨는다고 숨은 곳이 하필 그의 두 눈에 쉽사리 띄는 벽면 구석이라-다 보이는 작은 체구를 잔뜩 웅크리고 벌벌 떠는 원생할머니였다. 할머니는 곁눈질로 원장을 알아보고-무릎을 펴며 가녀린 몸집을 세웠다. 그 얼굴빛은 공포와 전율에 질려 있었다.
　　"배고파요? 밥 줄 테니까 기다려요." 원장은 난장판 속에서도 동요하는 기색을 보이지 않고 본데없는 건달을 달랬다.
　　"배 안 고프다. 좀 쉬러온 건데, 한 꼰대 녀석이 약을 올려놓고 줄행랑을 쳐버려 화가 나서 소동 좀 피웠다. 그 꼰대 녀석만 내 앞에 데려다 놓으면, 버르장머리 고쳐주고 더 이상 지랄 떨지 않고 물러갈 작정이다."
　　모든 행동이 제멋대로인 시통머리 터지는 식이다. 헛장의 안하무인이 따로 없다. 봉준은 밥상 의자에 앉은 할머니 곁을 지키면서, 잠시도 눈길을 떼지 않고 횡포자의 동태를 살펴보고 있었다. 그 눈빛에는 상대방의 심장을 꿰뚫어보는 광채의 얼이 실려 있었다. 그 기개의 빛이 미쳤는지, 난폭군은 저 혼자 길이길이 날뛰었던 건몸을 갑자기 뚝 멈추었다. 혼백이 유탈된 안색에는 풀이 죽은 누런빛이 떴다. 눈의 광기도 확 풀렸다. 석상처럼 우두커니 서 있는 게정꾼은 움직이려 하나, 의지대로 따라주지 않는 자신의 굳은 몸을 깨달았다. 정신은 몽롱한 상태로 허공에 떴다.
　　게정꾼은 두 사람의 출현 전까지는 어느 정도 광분이 가라앉아 있었다. 사람들은 다 도망가고 상대 없는 저 혼자만의 건몸 싸움이 되어버리자, 스스로 맥을 놓으려는 참이었다. 그러던 중에 두 사람이 새롭게 등장을 하였는데, 그 초면이 꺼져가던 화기의 잔불을 다시금 지피는 역할을 한 것이었다. 그 기세를 몰아서 다짜고짜 두 사람의 기선을 제압하려 했던 것인데, 어찌된 영문인지 그것을 실행하려던 즈음에, 어떠한 불가항력의 앙세다 기운에 사지가 짓눌리며 결박당하는 현상을 맞게 되었다. 한 손가락조차도 마음대로 까딱할 수가 없었다. 한 곳만을 응시하는 동공만이 살아 움직일 뿐이었다.
　　불량배의 두 무릎이 별안간 꽉 꺾이면서 시멘트바닥에 꿇려졌다. 그는 눈물을 흘리기 시작했다. 절제가 안 되는지 목 놓아 울었다. 어떤 경렬한 말로도 말릴 수 없이 소리가 매우 컸다. 마침내 그 입에서 "잘못했습니다." 라는 고백이 내뱉어졌다. 일종에 괴로움에 떠는 회개였다. 십여 분 지나서 겨우 정신을 차린 그의 더러운 안색은 얼떨떨해 보였다. 자신이 방금 치른 영적체험에 대한 이해를 못하겠다는 눈치만을 연신 굴렸다.

윤정민 여사는 부동자세로 서 있었을 뿐, 낯선 양자 간에 한마디 말도 오간 일이 없었는데도 불구하고 난동사태가 종료되자 적이 놀라왔다. 그녀의 뇌리를 스친 첫 깨달음은, 조카인 목사 봉준이 영적능력을 발휘하기 시작했다는 확신 찬 믿음이었다. 늙은 원장은 식탁의자 팔걸이에서 팔을 거두고 몸을 일으켰다. 그러면서 다시 도진 슬관절膝關節(무릎관절) 통증을 견디며, 이를 악물고 저는 몇 걸음으로 할머니 곁에 서서 그녀의 상체를 오른 팔로 휘감았다. 인생 말년에도 편안한 삶을 누리지 못 하고 별에 별 꼴불견을 자주 겪는 불쌍한 할머니는, 누렇게 변색된 은비녀를 꽂은 백발을 두리번거리며 원장과 우편의 낯선 손님을 번갈아 돌아봤다.
  "형제님, 이젠 그만 일어나세요." 봉준은 무릎을 꿇은 채인 형제의 두 어깨에 손을 가볍게 얹고 일깨웠다.
  고개를 쳐든 형제의 표정은 낙맥 했다. 그 시선은 도무지 이해할 수 없다는 듯이 멍청했다. 어리바리한 정신에서 깨어나지 못하고 있는 그에게 봉준이 손을 내밀었다. 더러운 손과 깨끗한 손이 하나로 맞잡아졌다. 형제는 인상 좋은 미소 앞에 머리를 조아렸다.
  "난, 하나님도 예수님도 아닌 보통 사람이에요. 그러니 편하게 대해줘요."
  대답이 없다. 이때 원장이 나섰다.
  "커피를 마시고 싶은 데 형제님, 주전자물 정도는 끓일 줄 알지요?"
  "물론입니다. 얼른 대령하겠습니다."
  오랜 한데 생활로 체격이 외소한 편인 형제는 주저하지 않고, 무작정 식당과 면한 부엌으로 들어가서 머리높이 찬장 문을 두 팔을 들어 열었다. 생각해 둔 물건이 없는지, 그 문을 닫은 다음에는 각종 식기류들을 모아 둔 싱크대 선반에서 무언가를 두루 찾다, 작은 용량의 금속 주전자를 집어 들었다. 수돗물이 채워진 주전자는 가스 불에 얹어졌다.
  "어쩜, 저리도 작하니까 시턱이 힐리기라도 한 긴가? 가르쳐 주지 않은 물건을 알아서 척척 처리하니, 예전에 우리와 한 식구가 아니었나 싶네. 뭘 찾아요? 커피 잔이요? 그건 찬장 맨 위 칸에 있을 거예요."
  원장은 형제의 뒷모습을 쫓으면서 신이난 목소리로 호들갑을 떨었다. 웬만한 기쁨에도 좀처럼 들뜬 기분을 드러내지 않고 평정을 유지했던 성격과는 아주 딴판이었다. 탕아의 개과천선에 체면도 잊고 파격을 보인 처신이었다.
　형제는 작은 숟가락으로 설탕, 크림, 커피를 세지 않고 뒤섞은 후, 잔마다에 주전자 물을 부었다. 그러고는 백합꽃 무늬가 그려진 플라스틱 쟁반에다 네 개의 커피 잔을 담아 세 사람이 둘러앉은 식탁 앞으로 옮겨왔다. 잔을 어떻게 놓아야 격식에 맞는지조차 몰라서 뒤통수를 괜히 긁적이는 그의 인상은 순진하기 그지없었다. 일동은 진심으로 환영했다.
　"한 잔씩 내려놔요. 아니면 쟁반을 통째로 내려놓으면 우리가 알아서 가져다 마실게요." 흐뭇해진 감정을 지속하고 있던 원장이 속눈썹을 치켜 올리며 소탈하게 웃었다. 형제는 부담을 털고 조심스럽게 쟁반을 내려놓았다. 세 사람이 잔 하나씩 챙겨 들었다. 한 잔의 커피가 남았다. 형제는 그것이 자신의 몫임을 알아차리고 더께 손으로 잡았다.
　커피 맛은 별로였다. 커피의 양에 비해 물이 많았고, 크림과 설탕의 배합도 아주 약해 밋밋하기 짝이 없었다. 원장과 봉준은 내색을 하지 않고 맛이 좋다며 칭찬을 늘어놓았으나, 눈치 없는 할머니는 맛없어 못 마시겠다며 화장실 세면기 구멍에다 쏟아버렸다. 형제 역시도 제가 탄 커피 맛이 입에 맞지 않는지 고개를 돌리며 멋쩍은 표정을 지어냈다.
　봉준은 어지럽게 나뒹구는 의자와 식탁을 말없이 바로 세우기 시작했다. 형제도 이내 따라 나서서 제가 저지른 난장판 수습을 도왔다. 봉준은 형제의 일대 회심을 기쁨으로 받아들였다. 그는 물을 적신 걸레로 벽지의 김치 국물을 지워내는 일까지 형제와 손발을 맞추었다. 그 일은 실은 소용없는 시간낭비였다. 이미 붉은 물이 배어 들어 닦으면 닦을수록 벽지만이 훼손될 뿐이었다.
　"수고 많으셨습니다." 봉준은 거듭난 형제의 손을 위아래로 반갑게 흔들었다.
　"당연한 일이었는데, 격려를 받으니 몸 둘 바를 모르겠습니다." 형제의 쑥스러워 하는 태도에서는 선한 인간미가 돋보였다. 내면에서부터 우러나오는 틀거지도 생소하지 않았다.
　"형제님께 드릴 게 있으니 마다하지 마시고 받도록 하세요."

"…?"

봉준은 급히 마련한 봉투를 형제의 바지주머니 속에다 찔러 넣었다. "형제님의 돈이니 마음대로 쓰도록 하세요. 그리고 언제든지 오고 싶을 때 오셔서 편히 쉬세요."

자신의 이름을 송창식이라고 밝힌 형제는, 고아원에서 지어 준 이 이름을 잊지 말고 꼭 기억해 달라는 부탁을 거듭거듭 남기고는 복지관을 나왔다. 그의 가슴은 크나큰 감동으로 벅차올랐다. 갑작스러운 심경 변화에 주체를 잃을 정도였다. 생애 처음으로 사람대접을 받았다는 사실이 여전히 믿기지 않았으나, 생각부터가 구순해졌다는 뿌듯함에 새로운 희망이 싹트는 것 같았다.

그는 내린 버스정류장과 가까운 재래시장에서 겉옷 한 벌과 신발 그리고 양말 두 켤레를 한꺼번에 샀다. 가게종업원이 피천 꼴인 봉두난발 손님에게 끊임없는 의심의 눈초리를 보냈으나, 그는 전혀 개의하지 않고 셈을 끝내고 거리로 나왔다. 그는 그날 밤을 찜질방에서 보냈다. 다음날 아침, 그는 완전히 달라진 말쑥한 차림새로 찬란한 태양의 환영을 받으며 어제 그 버스에 올랐다. 복지관은 인적 없이 고요에 잠겨 있다.

19
-예비약속-

"늦었네, 어디 갔다 온 거야?" 여류시인의 음색은 더없이 삽삽했다. 그녀는 노란색 바탕에 사각 모양의 초록색 무늬가 촘촘히 새겨진 민소매 원피스를 입고 있었다. 그 모습은 거실 천장에 걸린 전등불빛을 받아 매혹을 발산했다.
"이모님 댁에요." 짧은 대답 후 봉준은 상의와 넥타이를 풀어 안방 옷걸이에 걸어두고, 와이셔츠 차림새로 거실로 다시 나왔다.
"저녁은?"
"안 먹었지만 생각이 없네요. 물이나 한 컵 줘요."
"끼니를 자주 거르면 지능이 떨어질 수 있으니까 계란구이라도 만들어 줄까?"
"그러든 지요."
"대답이 무미건조하네. 피곤해?"
"기분은 상쾌해요."
"그럼, 왜 대답이 심드렁한 거야?" 신정혜는 싫어진 사람을 대하듯이 하는 봉준의 메마른 톤이 못마땅했다. 사이가 꽤나 좋을 때라면 얼마든지 수용이 가능한 말투이나, 지금은 두 사람의 동거가 민감하도록 위태위태한 시기이다.
"그렇게 들리게 했다면 미안해요."
신정혜는 봉준의 사과에 진정성이 결여되어 있음을 촉각으로 알아챘다. 그녀는 옅은 어둠이 내린 안색을 유지하며, 정수기에서 받은 한 잔의 물을 머리 뒤통수를 소파에 기댄 봉준에게 건네주고 다시금 주방으로 물러났다.
봉준은 물을 머금고 눈을 감았다. 삼킨 물이 목을 타고 심장을 적셨다. 더할 나위 없는 오붓한 환경이 대만족을 느끼게 했다. 그때, '안일은 나태의 주범이다.' 라는 말이 뇌리를 강하게 때렸다. 정신이 망각을 번뜩 깨우며 무언가 잃고 있다는 죄책감을 불러일으켰다. 그는 그 원인을 캐고 들었다.

그는 영성훈련 차원에서 세 해 동안 사계절 환경을 고스란히 겪었다. 여름의 무더위, 한겨울 추위 속에서 은총을 기대하는 앙모는 목마른 사슴이 시냇물을 찾듯이 갈급했었다. 그러면서 드높아진 신령에 힘입어 꿰뚫어보는 투시력이 고도에 올랐었다. 일면식도 없는 제삼자가 간접 소개한 그 사람의 이름만으로도 그 사람의 성향을 파악하는 수준을 넘어, 대면하여 대화를 나누면 그 사람이 구두로 밝히지 않는 가슴 속 비밀을 봉준 편에서 입에 올려 눈물의 회개로 용서를 구해 죄 씻음 받으라며 권면했었다. 또한, 누구에게는 그 사람과 동업하면 반드시 망할 터이니 조심하라는 충고를 했었고, 또 다른 사람에게는 이렇게 저렇게 처신하면 앙숙을 낳을 수 있는 싸움을 피할 수 있다는 예언으로 그리스도의 평강을 지원했다.

그렇지만 짧은 기간이었으나, 매끼니 걱정을 않고 잠자리도 아늑한 주거공간은 육신의 안일만을 키웠다 해도 과언이 아니다. 기도의 열망은 반 토막으로 줄었고, 혼자의 가택예배도 고만고만에 지나지 않게 되었다. 예배가 구원신앙의 유지책이라면, 기도는 그 내면의 체질을 키우는 심기일전의 자양분이다. 그렇지만 이 두 행위에 신령과 진정성이 배제되어 있다면, 껍데기 신앙에 불과하므로 보좌의 기쁨에서 멀어질 수밖에 없다.

주님께 먼저 뜻을 묻기보다 주님이 인도하시리라는 합리를 내세우면, 그와 전연 무관한 계획을 따르는 것은, 실은 믿음에 반하는 배신이다. 이는 답습된 육체를 따라 행동하는 불신이다. 문제는 깨달은 바는 실천으로 행하여만 그 가치가 높아지는 것인데, 그 경도가 약해진 신앙에 불을 지펴보겠다는 의지보다 땅의 염려로 밤잠을 설지는 경우가 많아섰다는 점이나. 산중 생활로 다시금 들어가지는 않겠으나, 그렇다면 내 몸에 나태를 경계하는 가시를 꽂아서라도 게을러진 육체의 잠을 깨워야만 한다. 그렇지 않으면 굳어진 말과 머리로서만 구원을 대변하는 웅변가에 지나지 않게 된다. 체신만을 지키려는 점잖은 참된 신앙과 거리가 먼 허영에 불과하다는 말을 깊이 되새겨야 한다.
　하나님은 인생들을 저울질하신다. 특히, 영적인 일에 소명을 바친 성직자들의 잣대 적 심판은 더욱 엄중하다. 하나님은 중심이 바르지 못하면 언제든지 채찍을 드시는 분이시다. 하나님에 대한 우롱은 진리를 말하지만, 그 이면으로는 물질가치에 더 비중을 두는 장사꾼 속셈에 있다. 나름 저 멀리 난다 하나, 나의 존재는 나의 손끝에서 벗어나지 못하는 꼴이다.
　여류시인이 식탁에 차린 것은 샌드위치 두 쪽과 우유 한 컵이 전부였다. 그녀는 짧은 시간을 들여 이 음식을 장만하는 동안 봉준을 겨냥했던 밉상의 감정을 어느 정도 가라앉혔다. 식탁 위로 세운 한 팔로 턱을 괴고 봉준과 마주한 눈매에 지순한 사랑을 실었다. 그녀는 머릿결을 두 가닥으로 가르고 고무밴드로 질끈 동여맨 평범한 민낯이었다.
　"배가 고팠었나 봐? 솜씨 없는 음식인데도 잘 먹어 주니 군침이 당기네."
　"같이 먹으면 되잖아요."
　"아니, 난 됐어. 늦은 시각에 배를 채우면 살이 찐다잖아."
　"그 몸매에 이삼 킬로 체중을 불리면 건강미가 훨씬 넘칠 텐데요."
　"내가 그렇게 약해 보여? 하긴, 요즘 체력이 달려서 그런지 머리가 자주 어질어질해…"
　"신경쇠약이니 잘 드시면서 꾸준한 운동을 하도록 하세요. 왜 자신과 약속한 말을 실천하지 않는 거예요."
　"부끄럽지만 난 의지가 약해. 그게 탈이야."
　"자신의 패인이 뭔지 아세요? 목적을 향해 달리다 곁길로 일탈을 하려 하는 거예요. 그러니 작은 일에도 좀 더 신경을 모으시고 크게 보도록 하세요. 설마가 사람 잡는다 하잖아요."
　여류시인은 잡힐 듯 잡히지 않는 이상의 무 형체를 깨달았다. 그녀는 뒤로 젖힌 가녀린 상체를 소파등받이에 붙이고 깍지 낀 두 손을 머리 위에다 얹었다. 자유분방한 몸짓에서는 남에 대한 의식 따위는 전혀 없었다.
　"난 행복을 원해. 그렇지만 요즘은 마음의 평안이 메말라 있어. 뭐랄까…? 굽질린 달까…? 아무튼 뜬구름 잡는 듯이 일이 풀리지 않으면서 꼬이는 장애를 느껴."

"자신에 대한 생각에만 갇혀있으면 결코 행복해질 수가 없는 겁니다. 창문을 열어 신선한 공기를 받아들이도록 하세요. 그리고 남을 섬기는 봉사를 해 보는 거 어떠세요. 의향이 있다면 곁에서 적극 도울 게요."

"결론은 사랑을 배우라는 뜻이네."

"해석은 좋으나 사랑은 배울 수 있는 학문이 아니지요. 나의 작은 희생으로 말미암아 너와 내가 기뻐진다면 그것이 곧 사랑이니까요."

"시인들은 이기심이 강해서 저희들끼리의 모임은 무척 즐기는 반면, 고아원이나 양로원을 찾아가 온정을 함께 나누는 일에는 인색한 편이야."

"오늘날 문학이 독자들로부터 외면을 받는 까닭도 시인들만의 이기심에 원인이 있는지도 몰라요. 제가 쓴 글이 널리 읽히기를 진정 바란다면, 독자들과 온정을 나누어 그들의 뇌리에 내 이름 석 자가 새겨지게 하는 건데, 내남을 인정하지 않고 너 따로 나 따로 살아간다면 세상이 얼마나 삭막하겠습니까? 혼자만의 삶보다는 사랑을 나누어야 그 체험 속에서 다양한 소재를 얻을 수 있고, 그래야만 다양한 작품이 나올 수 있는 건데, 책상머리 도취로만 글을 쓰니 생명의 가치를 지닌 책이 될 수 있겠습니까?

신 여사님의 신상 얘기로 돌아가 볼까요. 과거를 들추어서 참으로 죄송하지만, 가족화합을 위해서 피가 나도록 입술을 깨물어 본 적이 있나요? 뼈가 저리도록 남편 섬김에 최선을 다 한 적이 있나요? 이해해 주기만을 바라며 남의 잘못은 한 치도 용서 않고 몰아붙이지 않았던가요."

"그만, 그만해!" 여류시인이 버럭 지른 괴성은 전등이 흔들릴 지경으로 매우 컸다. 그녀는 괴란쩍은 분기를 안고 의자에서 벌떡 일어났다. 그리고는 거실을 왔다 갔다 하면서 불쾌해진 심기를 그대로 쏟아 냈다. 숨설은 거칠했고, 눈을 껌벅이는 횟수기 불안정하게 부쩍 늘었다.

"화나게 했다면 미안해요." 봉준이 식탁에서 거실소파로 옮겨 앉으며 사과했다.

"어쩜 그렇게 신랄해요! 무서워요. 사람을 절벽 아래로 밀어트리다니…" 독기를 문 신정혜의 입술은 파르르 떨렸다. 눈빛에는 살기로 번득하고, 두 귀는 벌겋게 달아올랐다.
 "진정하고 들어보세요."
 "더 이상 듣고 싶지 않아요." 여류시인은 매몰차게 말허리를 잘랐다.
 "할 수 없군요. 잘 자요."
 봉준은 등을 돌려 제 방으로 들어갔다. 잠시 후 거실로 나왔을 때 신정혜는 보이지 않았다. 그는 골방으로 들어가 제단 상 앞에 무릎을 꿇고 상체를 앞으로 기울이며 양손으로 얼굴을 감쌌다.
 다음날 봉준은 일체의 소지품을 내려놓고, 빈 몸으로 집을 나왔다. 여름의 끝 무렵이라 구름 사이로 간간이 해가 가려 다소나마 늦더위를 잊을 수 있었다. 시원스럽게 물줄기를 뿜어내는 분수대 공원 내 조경수 중 어떤 수목은 벌써 조로루老 현상을 보이며 누런 이파리를 낙송하고 있었고, 화단에는 초가을 야생화들이 만발하여 산책 나온 시민들로 하여금 발걸음을 멈추게 하였다. 어떤 이는 야생화 앞에서 시름에 잠겼던 얼굴을 풀고 코를 가까이 대며 그 향기를 맡기도 하였다.
 젊은 엄마가 손을 잡고 있는 여자아이 주변으로 한 무리의 비둘기들이 우르르 내려앉았다. 엄마의 재촉으로 고사리 손에서 던져진 과자를 쪼아 먹으려고 앞 다투며 덤벼드는 광경이 펼쳐진 것이다. 엄마가 딸아이의 손을 놓아줬다. 아이가 비둘기 속으로 아장아장 들어가자, 그 중 몇 마리가 피하듯이 낮게 뛰어오르면서 잔털을 날렸다.
 팔짱을 낀 남녀가 걸어오고 있다. 서로 나누는 표정이 미쁘도록 무척 밝아 사랑이 깊은 연인 같다. 다정하게 걷는 그들 곁으로 자전거를 막 배우기 시작한 삼십대 주부가 아슬아슬하게 지나친다. 핸들 조종이 불안하기 짝이 없다. 앞바퀴가 제멋대로 오락가락 흔들리자 긴장을 했는지 안색에 사색이 떴다. 여자의 운동화를 신은 작은 발이 페달에서 헛디디어졌다. 그러자 오른편으로 급히 꺾인 자전거 핸들부터 기울기 시작했다. 어찌 할 바를 모르게 된 여자는 "엄마, 엄마." 부르며 놓친 페달을 발로 찾으려 시선을 내리깔았다. 그때 자전거도 함께 넘어졌다.
 여자는 쓰러진 자전거에 왼편 허벅지가 눌렸다. 그 사고는 당사

자만이 다친 것이 아니었다. 그때 마침 그곳을 지나치는 한 쌍의 연인에게까지 피해를 끼쳤다.
 자전거와 함께 넘어진 여자의 몸과 부딪치면서 경계석 모서리에 엉덩방아를 찧고 산책로 바닥에 주저앉은 사람은 몸집이 뚱뚱한 남자였다. 일행도 깜짝 놀라며 뒷걸음을 쳤다.
 "아이고 아파라!"
 남자가 오만상을 찌푸리며 비명을 내질렀다. 그 목청은 비대한 체중에 비해 저음이었다. 그는 살집 두터운 출렁출렁 엉덩이를 매만지며 일어나려고 바닥에서 하체를 떼었다. 이상한 점은 그의 두 눈이었다. 흰자위만이 가득한 눈은 떴으나, 아무것도 보지 못하는 것같이 초점이 없었다.
 "어머, 어쩌죠? 다친 데는 없나요?" 사고를 낸 여자가 걱정 반 울상 반으로 물었다.
 "괜찮습니다. 현숙 씨! 나 좀 잡아 줘요." 체중에 겨워 혼자 일어나지 못하고 다시금 주저앉아 허공을 휘젓는 남자의 팔뚝은 굵었다. 일행이 오른손을 내밀었다.
 "내 손 여기 있어요. 다친 데는 없는 거죠?"
 "팔꿈치가 쓰려요. 엉덩이도 아프고요."
 남자는 여자가 당기는 힘을 빌려 자리를 털고 일어났다. 여자는 가벼운 찰과상을 입은 남자의 팔꿈치부터 살폈다. 소량의 피가 솟아 있었다.
 "이 분은 앞을 보지 못하는 시각장애인에요." 여자가 남자의 신상을 대신 소개했다.
 "정말 죄송합니다." 젊은 부인은 연신 빌었다.
 "어쩔 셈이에요? 치료비가 들 것 같은데요." 파마머리 여성이 눈을 부라리며 덤볐다.
 "얼마면 되겠어요?"
 "그야 병원에 가 봐야 알지요."
 "가요." 여자는 세운 사선서 핸들을 양손으로 집었다.
 "현숙 씨, 관둬요. 다친 쪽은 나니까 시비는 말아요." 연인의 손에 팔목이 잡혀있는 시각장애인이 말렸다.
 "내 참 순해 빠져서. 윤섭 씨, 왜 용서만을 강조하세요."
 "점자공부 시간 늦겠어요. 어서 가요. 아줌마, 전 아무렇지 않으니까요 자전거 열심히 배우세요. 부족한 미립을 채우시고 다시는 사고치지 말고요."
 무스 바른 머리를 뒤로 가지런히 빗어 넘겼고, 높은 기후에 맞지 않는 춘추복 상의에 달린 세 개의 금속단추를 다 채웠으며, 선 주름이 반듯한 하늘색바지에 번쩍번쩍 광낸 검정구두로 멋을 한껏 부린 청년이 시선에 잡혔다. 그는 주위를 의식하는 눈치를 계속 흘리면서 종종걸음으로 느티나무 아래 벤치로 걸어가고 있었다. 거기서 그는 한 번 더 주위를 둘러보며 오가는 사람들의 동정을 살폈다.
 벤치에는 구두를 신은 채로 옆으로 누워 자는 사람이 있었다. 중년남성이었다. 한눈에도 행동거지가 수상한 청년임을 알아볼 수 있는 그는, 중년남성 쪽으로 상체를 구부리면서 어깨를 가볍게 건드리며 무슨 말인가를 나직하게 걸었다. 곯아떨어진 남성의 몸에서는 술 냄새가 진동했다. 청년의 만면에 웃음이 번졌다. 찬스를 맞았다는 회심의 미소였다. 청년은 취객의 두 다리 앞으로 엉덩이 반을 걸친 자세로 앉고, 먼저 손목시계를 풀어 상의 주머니에 넣었다. 그 다음에는 바지 뒷주머니를 뒤져 지갑을 꺼냈다. 부피가 꽤나 두툼한 지갑 속을 들여다 본 청년의 얼굴빛은 횡재했다는 기쁨으로 밝아졌다.
 봉준은 분수대 쪽 벤치에서 몸을 일으켜, 취객의 전화기로 누군가에게 연락을 보내는 청년에게 다가가 헛기침을 터트렸다. 인접한 거리에서 타인의 숨결을 느낀 청년은, 저편과 몇 마디 주고받았을 뿐인 통화를 바로 끊고 경각심을 높였다. 청년은 봉준의 또 다른 일행이 없는가 알아보려고 봉준의 어깨 너머를 살폈다.
 "왜 그러세요?" 선제적으로 기세를 제압하려는 협박조의 말투는 머리 뚜껑을 너무 단단히 잠가 놓은 목청이었다.
 "형제님, 영혼의 타락을 걱정하셔야 후환이 생기지 않는 거예요. 보아하니 일하기 싫어서 한탕만을 좇는 것 같은데, 그 세월이 얼마나 가겠습니까?"
 "당신 누구요? 누군데 설교로 내 정신을 혼란케 하는 거요?"
 "형제님은 두 달 전에 고철이 가득 실린 트럭을 훔쳐 그걸 팔아 오토바이를 사들이지 않았습니까?"
 절도장면을 똑똑히 목격했다는 말에 소스라치게 놀란 청년은,

사지를 벌벌 떨었다. 그는 도망을 치려고 몸을 뒤로 뺐다. 그렇지만 발이 떨어지지 않는다.
"가시요. 그렇지만 앞으로도 그런 도둑질을 계속하면 당신은 그 즉시 중풍이라는 벌에 쓰러지고 말 것이니 명심하시오."
무서운 저주였다. 그 서슬 퍼런 악담에 청년의 안색은 하얗게 질렸다. 바싹 타들어가는 혀에 심장박동은 멈추었고, 머리카락은 일제히 쭈뼛하게 세워졌다. 심한 동요로 크게 떠진 눈동자는 갈피를 잃고 이리저리 헤매였고, 두 다리는 제대로 서 있을 수 없이 후들후들 떨렸다.
얼마나 시간이 흘렀을까? 청년은 짓눌린 압박에서 서서히 벗어나기 시작했다. 의식을 되살린 청년은 생애 처음 저항도 소용없는 불가사의한 악몽을 체험했다고 믿었다. 그러면서 청년은 내적 변화를 감지했다. 세상을 관대하게 보는 자신을 발견한 것이다. 그 감정은 환하게 펴진 온순한 인상으로 고스란히 표면화되었다. 청년은 망설임 없이 봉준 앞으로 훔친 물건들을 내밀었다. 봉준은 잠에 빠진 남자의 몸을 흔들었다.
"여보세요."
중년남성이 왼눈만을 실눈으로 겨우 뜨고 돌린 머리를 쳐들었다. 술이 덜 깨 인지능력이 어리바리 한 상태였다. 그 정신으로 찌푸린 눈살에 왜 그러느냐는 짜증이 붙어있었다.
"이 물건 아저씨 거 맞나요?" 봉준이 장지갑, 손목시계, 휴대전화기를 그 눈앞에 보이면서 물었다.
중년남성은 그제야 꾸물꾸물 일으킨 몸을 벤치에 붙였다. 그러고는 소지품들을 겨우 확인하였다. "맞아요. 이게 어째 당신 손에 있게 된 거요?" 중년남성이 의문이 가득한 눈초리로 봉준을 올려보면서 삼일 기른 수염 턱을 만지작거렸다.
"우린 일행인데, 이 분이 벤치 아래 떨어져 있는 이 물건을 발견하고, 다른 누군가가 주워가면 어쩌나 하는 마음으로 내게 건사를 무박한 섭니다."
"세상에! 보기 쉽지 않은 정직한 사람을 보게 되다니…아무튼 고맙소."
봉준은 청년의 손을 꼭 잡았다. 청년은 자신의 사악한 버릇을 덮어준 봉준이 하는 대로 가만히 내버려두었다. 마음은 들썩한 상태였다.
"펜 있어요? 전화번호를 적어 줄 테니까 도움이 필요하면 언제든지 연락을 줘요."
"없는데요." 청년이 옷 주머니를 뒤지면서 대답했다.
"그래요? 음…저기서 빌립시다."
 봉준이 반 유리문을 밀고 들어선 곳은 나이든 남자 주인이 무료하게 자리를 지키고 있는 작은 구멍 가게였다. 흰 머리를 검게 염색한 남자주인은 물건은 사지 않고 펜과 메모지만을 빌려 달라하자 떨떠름한 표정을 지어냈다. 봉준은 좋은 인상으로 전후사정을 들려주고 감사하다는 뜻으로 머리를 숙였다.
"오늘은 수입이 한 푼도 없이 끝나고 말았지요? 그 배상 내가 책임질 테니, 나중에 아니 서너 시간 후에 이 전화번호로 연락 줘요."
 청년이 눈꺼풀을 치켜뜨며 시들방귀 응시한다. 그 눈빛은 뭘 보고 믿겠냐는 의심으로 가득 차 있었다. 터무니없이 환심을 끌려는 수작이라고 여기는 눈치였다.
"뜬금없이 들리겠지만, 믿음을 갖도록 노력해 봐요."
 청년과 헤어진 봉준의 발걸음이 빨라졌다. 까먹은 시간을 만회해 보겠다는 분주였다. 그러다 그는 사전에 방문을 알린 것도 아닌데, 서두를 것 없다는 판단을 내렸다. 마음이 여유 해야 사물들을 제대로 볼 수 있고, 도시인들의 생활도 배울 수 있다는 자각이 내면에서 울려 퍼진 까닭이다. 지구상에서 일어나는 모든 일들을 알아두면 유익이 될지언정, 결코 불이익은 당하지 않을 것이다. 그렇지만 모르는 무지보다, 알고 있는 지식이 더 큰 해를 줄 수 있다는 명심을 잊어서는 아니 된다.
 마음가짐은 사람 됨됨이의 척도이다. 좁은 마음의 소유자는 저만 아는 침륜에 빠질 수 있는 사람이다. 이런 사람들은 포용력이 빈약하여 남을 배려하는 아량을 기대할 수 없다. 대신, 어디에다 흘린 줄 모르는 잔 돌멩이 같은 험담으로 말미암아 원수를 맺게 된 사람들로부터 받는 비난에 매사가 신경질적이다. 그러므로 하나님의 은혜를 아는 성도라면 모든 걸 수용하는 마음을 넓혀 세상을 크게 봐야한다. 허울 좋은 말은 부실을 낳고, 그 결과는 짧은 수명으로 나타나기 마련이다.

봉준의 가슴에서 죽음보다 강한 은혜와 사랑이 넘쳐흘렀다. 누군가가 기습적으로 상해를 입히려 흉기를 휘두른다 할지라도, 앙갚음보다는 너그러운 용서로 받아들일 수 있다는 사명감이 넘실넘실 춤을 췄다. 그는 하늘의 음성을 듣는다. "지금 만나러 가는 여자는 예비 된 네 아내이니 주저 말고 고백해라."

"이제야 결혼응답이 분명하게 내려진 게로군." 봉준은 이렇게 중얼거리며 공기를 가르는 큰 숨을 길게 내쉬었다. 그렇지만 그는 과연 결혼준비는 되어 있는가라는 질문을 자신에게 수없이 던졌다.

미니 허 부부는 부재중이었다. 다 다음 수요예배에서 찬양을 해달라는 한 교회의 초청을 받고 사전조율 차 외출을 한 것이었다. 언니를 대신하여 허정옥이 봉준을 맞았다. 그녀의 복장에서 클래식한 초가을 냄새가 풍겨왔다. 블랙 니트와 매치된 체크 패턴의 오버사이즈(몸에 맞지 않게 크게 입은 옷)한 자켓 정장의 모습에서 차분한 이미지를 읽어낼 수 있었다. 하의는 편안한 청바지 차림새이다.

때 아닌 봉준의 등장에 낯이 붉게 달아오른 그녀는 당황하는 기색이 역력했다. 오렌지주스를 쟁반에 받쳐 가져오는 허정옥은, 어찌할 바를 몰라 왼발이 바깥쪽으로 꺾이면서 넘어지는 실수까지 저질렀다. 모양새가 둥그런 쟁반이 저 멀리까지 또르르 구르다 멈추면서 엎어졌다. 다행히 유리컵은 깨지지는 않았으나 노란 주스는 몽땅 쏟아져 마룻바닥 일부를 적셨다.

봉준은 소파에서 재빨리 일어나 허정옥에게로 달려갔다. 이와 동시에 작업실 문이 열리면서 동료직원의 앳된 얼굴이 비죽 내밀어졌다. 전에 국악솜씨를 뽐낸 그 여성이었다. 그녀는 봉준의 손길이 동료직원의 어깨에 얹혀 있는 것까지만 보고 눈을 가렸다.

"죄송해요."

허정옥이 자신의 어깨에 얹혀있는 봉준의 손길을 느끼며, 사과인지 슬픔인지 분별이 어려운 낮은 음성으로 수줍게 속삭거렸다. 남자의 숨결을 피부로 삼시한 그녀가 얼굴을 돌리자, 봉준은 자신의 입술을 여자의 부드러운 입술에 붙였다. 그리고는 여자의 몸을 가볍게 안고 함께 일어났다.

여자는 상기 뜬 얼굴을 푹 숙였다. 남자는 여자의 향기에 오랫동안 취해 있다. 남자는 여자의 귓불에 입술을 댔다. 그리고는 목이 마르다고 속삭거렸다. 남자 품에서 빠져나온 여자는 오렌지주스에 젖은 마루 위를 건너뛰고, 유리컵을 주운 다음 쟁반을 집어 들었다.
 집에 돌아왔다. 어젯밤 이후 처음 보는 신정혜는 자신의 방에서 일을 보다 거실로 나왔다. 봉준은 목례만 가볍게 했을 뿐 별다른 친밀감은 보이지 않았다. 그는 먼지 뒤집어 쓴 몸을 씻으러 욕실로 들어갔다.
 여류시인은 모과차를 끓여놓고 동거인을 기다리고 있었다. 마냥 길어지는 침묵을 깨보겠다는 의도였다. 며칠 전부터 깊어진 고민 때문에 눈가의 주름이 몇 줄 늘어난 그녀의 화장 안 한 민낯 피부는 까칠했다.
 "우리 차 나누며 얘기 좀 해요." 실내복으로 갈아입고 나오는 봉준을 신정혜가 붙들었다.
 "그럽시다." 온몸에서 비누냄새를 풍기며 물기를 덜 털어낸 머리를 한 손으로 만지작거리는 봉준은, 신정혜의 말을 흔쾌히 받아들이고 소파에 등을 붙였다.
 편치 못하여진 두근두근 떠는 가슴을 달래려 거실을 서성이던 신정혜가 맞은편 자리에 앉았다. 뜨거운 모과차 향기가 거실 전체로 은실하게 번졌다. 천장의 크리스털 불빛이 운치를 더하자, 분위기 내기를 좋아하는 신정혜는 은근히 영바람에 올랐다.
 "한 집에 살면서 대화가 없다면 죽음이 아니겠어요." 한 모금의 차를 넘긴 뒤라 여류시인의 음색은 촉촉했다. 새삼스러운 면은 줄곧 하대를 하다 존대를 쓰고 있다는 것이었다.
 "뜻이 안 맞는다 싶으면 대화가 단절되는 게 현실이 아닙니까."
 "놀라워요. 우리는 잘 맞는 짝이라고 생각해 왔는데요."
 "한때는 그랬지요."
 "그럼, 우리 관계는 끝난 거예요?"
 "끝나다니요! 그렇지 않아요. 교감은 계속 이어질 겁니다."
 "난 그 차원을 넘어 부부생활을 원하고 있단 말이에요."
 "지켜야 할 금단의 선은 서로 넘지 않도록 합시다."
 "재고해 주세요. 난 정말이지 영혼이 고매하고, 성품이 유순하게 맑고 어진 목사님을 놓치고 싶지 않아요."
 "정상적이지 않은 관계는 불행의 싹일 뿐이에요. 그러니 육체적인 문제는 이쯤에서 거둡시다."
 두 사람의 찻잔은 이미 차갑게 식었다.
 "혹시, 결혼할 상대를 정하셨나요? 완고한 말투에서 그런 직감이 잡히네요."
 "네, 그래요. 목회에 도움이 될 예비아내를 만나서 합의를 보았습니다."
 "그 대상이 누군지 알만 하네요."
 신정혜의 심경은 혼란스러웠다. 좀처럼 진정이 되지 않고 불안정했다. 아람치하려 했던 형체를 놓치게 되었다는 안타까운 절망감이었다. 신경과민에 머리까지 어질어질했다.
 그녀는 관계가 냉랭해진 이후부터 자신이 그리스도인이 아니어서 사랑하는 이와 한 몸이 될 수 없다는 생각을 줄곧 해 왔었다. 이 때문에 예수를 영접하는 그리스도인이 되겠다는 다짐을 품기도 했었다. 그렇지만 타고난 부적응의 기질 탓에 한 번도 교회로 발걸음을 해본 적이 없다.
 목이 건조했다. 그녀는 두 여자 사이에서 심각한 고민을 하는 봉준을 남겨두고, 머그잔 물로 목을 축인 후 제 방으로 들어갔다. 복잡하게 얽히고설킨 정신은 쉽게 수습이 되지 않았다. 책상의자에 앉아 멀거니 천장을 바라보다 잠이 들면 잊어질까 침대에 누웠다. 예민해진 긴장 탓에 정신은 말똥말똥하다.
 그녀는 성마른 감정과 허탈에 잠긴 심경을 글로 남길 필요성을 느꼈다. 그녀는 내용은 보지 않고 책장만 건성건성 넘겼던 시집을 내던지고 책상머리에 앉아 펜을 들었다.

한숨에 또 한숨
실연 끝 허무가 심금을 울린다.
마음의 병이 심각하다.
그대의 말처럼
문을 열어 맑은 공기도 환기시켜야 하는데,
난 이겨내야 한다는 의지가 약한 탓에
나를 창살에 가둬두고 울기만 하네요.
그동안 잊고 지냈던 처지비관이
다시금 외로움에 젖어들게 하네요.

어쩌지요? 내 사랑 그대여!
짧았던 행복 시절 다 지나가고
홀로 버려진 가련한 여인은
이젠 누구의 등을 의지해야 합니까?

공원에서 좋지 않은 일로 인연을 맺은 청년으로부터 다음날 아침 전화가 왔다. 그날 분명히 서너 시간 후에 전화를 달라고 했었건만, 봉준은 약속을 지키지 않고 늑장을 부린 청년을 일단 만나보기로 하고 시간을 맞췄다. 점심 무렵이라 내부시설이 깔끔한 레스토랑은 손님들로 붐볐다. 미리 온 청년이 테이블을 잡아놓고 있었기에 자리 걱정은 안 해도 되었다.

"믿어줘서 고마워요." 봉준이 뒤로 당겼던 의자에 자세를 낮추어 앉으면서 진심을 토로했다.

서른 네 살의 청년은 얼굴을 가리는 수단으로 이용하는 주황색 모자를 예의상 벗었다 다시 썼다. 체격은 우람했으나 곱상한 인상으로 미뤄 어느 정도 교육을 받은 사람 같아 보였다.

"선생님은 대체 어떤 분이신데, 저 같은 무뢰한을 선도하려 하시는 겁니까. 저를 구슬리면 하늘에서 돈이 떨어집니까?"

청년의 태도는 눈에 띄게 공손했다. 봉준은 내심 답변을 유예하고 청년의 얼굴을 똑바로 쳐다본다. 그러면서 그 눈빛은 오로지 물질만을 탐하고 있음을 읽어냈다. 봉준은 청년의 영혼을 불쌍히 여겼다. 봉준의 예리한 눈빛에 청년은 바로 어제 꼼짝할 수 없었던 일을 상기하면서 시선을 내리깔았다. 이상스럽게 청년의 그 모습에서 비로소 살맛을 찾은 듯 느껴졌다.

"자, 이건 어제 약속한 손실보전금이에요."

식사를 하는 둥 마는 둥 곁눈질만 연신 흘렸던 청년이 재빨리 손을 내밀어 봉투를 거둬들였다. 목적물을 손에 쥔 청년의 표정에 성취감에 따른 흐뭇한 미소가 피어났다. 청년은 서둘러 포크와 나이프를 내려놓고 허둥지둥 일어나면서 냅킨으로 입 주위를 닦았다. 그 앞에는 절반도 먹지 못한 돈가스가 사기그릇에 담겨 있었다. 청년은 고개를 끄덕였다. 작별인사였다.

"급하시군요." 상대방을 뚫어지게 응시하는 봉준의 안광은 강렬했다. 청년은 그 안광의 무서움에 자리에 다시 앉았다. 그는 침조차도 마음대로 삼키지 못할 초조감에 숨이 막힐 지경이었다.
"가 보겠습니다." 청년은 심장을 조이는 답답증에서 해방되고 싶을 뿐이었다.
"형제님은 오늘 밤에 전처럼 선심을 쓴다면서 그 돈을 다 탕진할 거요. 그리고 함께 술을 마신 친구 중 한 명이 마약판매를 권하게 될 거요. 형제는 돈이 생긴다는 흥분에 들떠서 결국 일을 맡을 거요. 그렇지만 형제는 수급자의 고발로 경찰에 쫓기는 신세가 될 것이오. 그러니 적어도 글피 자정까지는 바깥출입을 삼가고 조용히 처신하는 게 좋을 거요. 명심하시오. 좋은 날을 보려면 어둠에 뒤덮인 강물을 건너지 않는 게 상책이니까요."
봉준의 단호한 경고에 청년은 한 겨울의 추위를 타듯 오싹 떨었다. 반대로 후끈 달아오른 등줄기에서는 식은땀이 줄줄 흘러내렸다. 그는 실성한 사람처럼 봉준의 예언을 곱씹었다. 장래를 망치지 않으려면, 믿고 싶지 않아도 이 예언자의 내다보는 안목을 무시해서는 안 된다는 생각을 굳혔다.
청년은 어떤 연락도 받지 않겠다는 결심에 따라 아예 전화기 배터리를 빼고 이불장에 던져 넣었다. 그러고는 따분하고 심심한 첫날을 보냈다. 그는 세상과 소통 없이 지내는 구석바치 시간이 이토록 힘들고 답답하다는 사실을 생애 처음으로 배웠다. 그 다음날도 이를 악물고 외부출입을 자제했다. 이 과정에서 그는 한 가지 진리를 몸소 체험하게 되었다. 자신을 들여다 볼 줄 아는 자는 인내로 길러진 절제심이 강하며, 필요 이상의 욕심을 부리지 않는다는 깨달음이었다.
청년은 본능적으로 술친구들의 소식이 궁금했다. 그렇지만 미련으로 연락을 취할 경우 모질지 못한 성격상, 그들과 쉽사리 어울리게 된다는 점을 상기했다. 악의 수렁에서 영영 헤어 나오지 못할 거라는 경고를 무시해서는 안 된다. 복합적 잡념은 기는 벌레처럼 심신을 파먹는다. 초조는 시간이 느리다는 지루함을 불러일으켰다. 그렇지만 온갖 인내를 싸내서라도 알짬은 끝까지 붙들어 매둬야 한다. 문득, 거짓에 농락당하는 게 아닌가? 의구심이 솟구쳤다. 그 조급증은 등을 떠밀어 햇덧이 내린 문밖까지 뛰쳐나오게 했다.
단짝처럼 보이는 미모의 두 여성이 앞을 지나가고 있었다. 이성에 굶주린 눈빛이 휘둥그레 커졌다. 마른 침도 삼켜졌다. 바로 그때 전면에서 불어오는 세찬 바람이 입안으로 밀려들었다. 동시에 호흡곤란 증세가 일었다. 청년은 흙먼지를 머금은 바람을 등을 돌려 피했다. 바람이 잔잔해졌다. 몸을 돌려 두 여성을 찾아보니, 거리가 한참 멀어진 뒤였다. 그는 말로서라도 풀지 못한 야합을 뒤로 하고 공기가 썰렁한 냉방으로 돌아왔다. 허전한 자괴가 심신을 들쑤시게 했다. 기나긴 시간, 쓸쓸함과 외로움, 뜻밖에 자신이 누구인지를 알게 되는 계기를 맞았다. 청년은 고립 속에서 장래를 그렸다. 그는 희망을 품고 정봉준 목사에게 전화를 걸어 무사를 알렸다.

"정말 고맙습니다." 커피숍에서 마주 앉은 청년은 연신 굽실거리며 정봉준 목사에게 경의를 표했다.

"자신이 자신을 올바르게 인도한 공로이니 감사는 형제님 몫으로 남겨두어요."

"전 여태까지 삶의 교훈을 진지하게 들을 기회가 없었습니다. 참으로 저의 잘못을 꾸짖어 줄 사람이 주변에 없었기에, 저는 양심을 저버리고 한 밑천을 잡아 실컷 놀다 싫증날 무렵에 자동차정비소를 차려 보겠다는 식으로 뜬구름만을 좇고 있었습니다."

"중요한 것은 나를 바로 잡아 정도를 걷겠다는 의지가 아니겠어요."

"법을 지키면 손해 본다는 게 오늘날의 사회 추세가 아닙니까."

"아무리 탁류가 범람할지라도 제 건강을 유지하려고 맑은 물을 찾아다니는 사람은 존재하기 마련입니다. 이 말이 형제님께 위안이 되었으면 하네요."

"생계가 곤란해지면 죄를 지을 수 있습니다. 바르게 살고 싶어도 먹고 살 희망이 생겨나지 않는다면, 그 꿈은 공염불에 지나지 않습니다."

"인생의 자본은 무엇이라고 생각해요?"

"그야 땀 흘려 열심히 일하는 성실성이지요."

"그 본 모습을 내게 보일 수 있나요?"

"워낙에 사람에 매이는 걸 귀찮아하는 체질이라 적응이 쉽지는 않겠으나, 목사님의 뜻이 진정 그러하시다면 기꺼이 공들여 성공해 보겠습니다."

"그렇게라도 시작을 해보세요. 형식이 있고 난 뒤 본질이 채워지는 거니까요. 덧붙여 말하지만 행복은 내가 누려야지, 나와 상관없는 남의 행복은 구경에 지나지 않다는 거예요."

 봉준은 육 대 사 비율로 이익을 나눈다는 조건 하에서 청년에게 쌍방 간 절충 후, 엄지지문을 각각 찍은 합의문 한 장과, 개인이 제시하고 작성한 약정서 한 장을 청년에게 건넸다. 청년은 걷잡을 수 없는 희열에 들떴다. 육 개월 뒤면 차량정비소를 세울 수 있는 사업자금 마련이 현실화된다는 흥분에 몸 둘 바가 몰라졌다. 찾아온 기회는 놓쳐서는 안 된다. 그 날을 대비하려면 정비소 취직부터 서둘러야 한다.

 그는 이리저리 발품을 팔았다. 그렇지만 전반적인 불경기로 근무 직원도 해고하는 시기라, 직장 구하기는 쉽지 않았다. 부질없다는 실망감에 자신을 얼뜨기로 몰아붙이는 경우도 있었다. 그렇지만 멍청하게 주저앉아 있을 수만은 없는 노릇이다. 어렸을 때 자주 갖고 놀았던 오뚝이가 생각났다.

 매지구름에서 마침내 빗방울이 떨어지기 시작했다. 초가을 비가 대지를 촉촉이 적시는 이날에, 그는 몸이 아프다는 핑계로 방 안에서 뒹굴며 무료한 하루를 보냈다. 그의 뇌리에 발상을 전환하는 생각이 떠올랐다. 무보수 근무였다.

 봉준은 정기 기도시간에 맞추어 골방 제단 앞에서 무릎을 꿇었다. 초반의 무언기도는 과거의 회상으로 젖어 들었다. 그는 거슬러 오르는 역류를 꺾지 않고, 자신이 남긴 과거의 발자취를 비상한 기억에 의지하여 찬찬히 되짚었다.

 명망 높은 법률가의 집안에서 외아들로 태어나 유복하게 지내다, 열아홉 사춘기 때 신비로운 체험을 한 뒤로 영적지도자가 되겠다면서, 일반대학 일학년을 다니던 중 돌연 신학대학교로 진로를 바꾸었다. 해외유학을 갔다 와야 교단의 신임이 두터워지고, 목회초빙에도 유리해진다는 동료들의 충고를 한 귀로 흘려버리고, 오로지 토종 공무만을 고십했다. 학부 사 년, 대학원 십 년 도합 칠 년의 시간을 신앙인으로서의 인격을 다지는 데 신심을 다 바쳤다.

 이후에는 예비목사로서 당연한 과정을 밟았다. 그렇지만 애송이 전도사를 거쳐, 교단 주관으로 그 교회에서 목사안수를 받은 이후부터는 이해하기 힘들 정도로 길은 뜻대로 열리지 않았다. 차선책으로 교목이나 군목 일을 맡아보려고 이력서를 넣었는데도 불구하고, 어느 곳에서든 연락은 오지 않았다. 잡으려는 희망이 자꾸 멀어진다는 회의심은 해외선교사의 길로 눈길을 돌리게 했다. 그렇지만 이마저도 절벽 앞이었다.
 주변 사람들의 수군거림이 시작되었다. 그들은 연단 과정도 삼 년이면 종지부를 찍기 마련인데, 남몰래 무슨 죄를 짓고 다니기에 하나님이 안 쓰시는 걸까? 어런더런 속삭이며 끊임없는 의문을 제기했다. 그들이 보내는 멸시의 눈총은 가슴의 비수로 꽂혔다. 방황이 시작되었다. 진정성을 몰라주는 하나님에 대한 읍소요, 항변이었다. 그렇게 길을 찾지 못하고 헤매다 산 기도에 발을 들였다. 신학대학원 시절에 동료들과 금요일 밤마다 외쳤던 열정을 잃지 않고 있었던 까닭이다. 처음에는 일주일에 한 번씩만 다녔다. 그러면서 시간을 점차 늘렸다. 그 기간은 무려 오 년을 끌었다. 그러던 어느 날, 성령의 강권이 임해졌다. 지식이 없고 자질이 모자라서 길이 안 열리는 것이 아니라, 하늘의 신령을 담을 그릇이 준비되지 않았다는 점을 깨달았다. 그래서 삼 년을 작정하고 산중 생활을 시작했던 것이다.
 허정옥은 사교가 활달하면서 아귀찬 언니와는 달리 말수가 적고 얌전했다. 봉준 앞에서는 늘 낯빛을 붉히며 부끄러워했다. 차량조수석에 앉은 지금도 다소곳한 자세를 좀처럼 풀지 않고 실살하다.
 "나 대하기가 어려워요?" 봉준이 조심스러워진 어조로 물었다.
 "그렇지 않아요. 타고난 성격인 걸요." 수줍음을 머금은 목소리가 바늘구멍만큼이나 작다.
 "이젠 우린 부부예요. 적어도 내 앞에서만은 의식 따위는 벗어던지고, 마음대로 자유를 누리세요. 진대를 부려도 다 받아 줄게요."
 "차차 그렇게 맞춰볼게요."
 "고마워요."
 봉준은 맵자한 정옥의 손을 꼭 쥐었다. 허정옥의 인사를 처음으로 받은 이모도, 그녀의 조신하며 여낙낙한 성품을 침이 마르도록 칭찬했다. 그러나 뒤편에서는 착한 심성이 되레 연약해 보인다며 혀를 찼다. 목사사모의 역할은 언제든 쓰러질 수 있는 나무가 도태되지 않도록 안다미로 받쳐줘야 하는 데, 그 뒷받침 힘이 모자란다는 걱정이었다. 이에 봉준은 성도들을 아끼며 섬기는 사랑이야말로 최고의 미덕이 아니겠느냐 라는 답변을 냈다. 이모로부터 결혼 승낙이 떨어졌다.
  봉준은 차를 세워 예비아내를 데리고 강변 숲으로 들어갔다. 줄기들을 치렁치렁 늘어트린 식물들을 좌우로 두고, 소리 없이 흐르는 강물은 도도했다. 실바람 강도도 알맞게 싱둥했다. 그는 메마른 모랫길을 걷다 행운을 가져다준다는 토끼풀을 발견했다. 그 면적이 제법 넓다. 그 안에서 하얗고 둥근 두 꽃줄기를 따 엮어서 반지를 만들었다. 손을 내민 여자의 새끼손가락에 꽃반지가 끼어졌다. 손목에도 꽃시계가 채워졌다.

작가노트

　언어의 집합체인 소설은 엉덩이를 의자에 붙이지 않고는 탄생될 수 없는 기나긴 인고의 작업이다. 썼다 지웠다 생활을 반복적으로 거듭하면서 싫증이 날 무렵이며, 이 작업이 나에게 무슨 행복의 유익을 안겨준다고…회의에 곧잘 빠져들기도 여러 차례. 이때마다 위안을 삼은 대상은, 전례에 따른 써도 그만 안 써도 그만이라는 지난한 갈등이었다. 그러나 아무리 이야기를 서로 엮는 내용이 부실하다할지라도 완성에는 도달해야 하지 않을까 생각에 이르면, 다시금 펜을 들어 채우고 다듬는 노력에 기우린다. 이십 년 넘는 세월을 꼬박 바쳐 해온-유일하게 할 수 있는 일이 이뿐이라 쉽사리 끊을 수도 잊을 수 없다는 집착이다. 글 쓰는 작가로서의 이 내적 문제는 영원히 안고 나가야 할 것 같다.
　작가는 어떤 존재인가? 한마디로 작업 몰두 시에는 외부 관계에 있어선 거의 단절인 나와 나와의 좁은 내밀이다. 그러므로 저자는 다양한 독서로 자신의 체계를 갖춘 독후감으로 우호적인 형태든, 혹은 비평의 견해로 작품에 직-간접으로 영향을 끼치려드는 소위 지식인들보다, 책을 통해 잃어버린 자신을 찾는 데 발품을 파는 첫 독자들이 읽기를 바란다는 소아적 소심을 밝힌다. 첫 독자들은 대체로 앞질러 나가는 유포가 적거나 없을 터이니 그렇다.

　이 소설집은 2018년에 출간된 「방황하는 영혼들」의 개정판이다. 필자의 첫 장편소설인 만큼 재출간의 일정을 잡고 제2의 창작이라 하며, 정말 심혈을 기우린 긴 시간을 들여 거듭거듭 다듬었다. 그러면서 표지 제목도 「갈대들의 신음」으로 전면 바꿔 다시금 독자분들과의 만남의 기회를 맞게 되었다.
　좀처럼 펴지지 않는 삶의 고달픔 속에서 생계문제 해결 건은 미궁에 빠져들었다. 그 당시 계절에 맞는 옷으로 제때 갈아입지 못할 정도로 면면이 편치 않았었다. 그 참담한 문제 해결책으로 하루짜리 임시일감을 이리저리 찾아 좇는 피로도가 너무나 극심하여,

이 파도에 그저 휩쓸려 제대로 살펴보지 못했다는 자책을 겪게 되었다. 이 와중에 한시바삐 생활비를 벌어야 한다는 쫓김으로 부랴부랴「방황하는 영혼들」의 책을 내게 되었다.

이 책의 내용을 검토하는 과정에서 낯이 붉어지는 민망의 창피를 곳곳마다에서 목도했다. 내용이 목에 걸리도록 부실했음을 반성하며 시인한다. 그 사례로 존재가 불분명한 어색한 문장, 단어 선택 고갈 등을 꼽을 수 있겠다. 또한, 시도를 걸고 삽입한 낯선 우리말로 가독성이 떨어진다는 어느 독자의 지적도 참고삼아 집필을 마쳤다는 것이다. 이 배후에는 기어이 빛을 보지 못하고 재고로 방치된 여러 권의 책 정리 차원을 떠올렸다는 점이다. 그래서 다시금 펜을 들어 성심성의를 바칠 수 있었다.

지금도 생활은 여전히 궁핍한 처지이다. 그럼에도 더없이 편안한 까닭은 그에 쫓기지 않고 비교적 조용한 집필로 나날을 보내고 있기 때문이다. 그동안 많아진 나이에 따라 외부 활동을 거의 끊었다. 덩달아 식사량도 퍽 줄었다. 그래서 인생을 걸 수 있었다. 더욱 공들여 이 책을 출간할 수 있었다고 굳게 믿는다.

그동안 많은 발전을 이룬 국문이다. 그 현대문법에 맞게 고쳤음은 물론이다.

2025년 02월 28일